Kelly Oram

If we were a movie

Weitere Titel der Autorin:

Cinder & Ella
Cinder & Ella – Happy End. Und Dann?
V is for Virgin
A is for Abstinence
Girl at heart
Das Avery Shaw Experiment
Das Libby Garrett Projekt

Kelly Oram

IF WE WERE A MOVIE

Übersetzung aus dem amerikanischen Englisch von
Stephanie Pannen

Dieser Titel ist auch als E-Book und Hörbuch-Download erschienen

Die Bastei Lübbe AG verfolgt eine nachhaltige Buchproduktion. Wir verwenden Papiere aus nachhaltiger Forstwirtschaft und verzichten darauf, Bücher einzeln in Folie zu verpacken. Wir stellen unsere Bücher in Deutschland und Europa (EU) her und arbeiten mit den Druckereien kontinuierlich an einer positiven Ökobilanz.

Titel der amerikanischen Originalausgabe:
»If we were a movie«

Für die Originalausgabe:
Copyright © 2016 by Kelly Oram
Published by arrangement with Bookcase Literary Agency

Für die deutschsprachige Ausgabe:
Copyright © 2022 by Bastei Lübbe AG, Köln
Umschlaggestaltung: Manuela Städele-Monverde unter Verwendung von
Motiven von © Nonika Star /shutterstock, © tomertu /shutterstock, ©
UM2020 /shutterstock
Satz: 3w+p GmbH, Rimpar (www.3wplusp.de)
Gesetzt aus der Adobe Caslon
Druck und Einband: GGP Media GmbH, Pößneck
Printed in Germany
ISBN 978-3-8466-0147-1

5 4 3 2 1

Sie finden uns im Internet unter one-verlag.de
Bitte beachten Sie auch luebbe.de

*Für meine Schreibfamilie von Absolute Chaos.
Ohne euch hätte meine Karriere niemals begonnen.
Vielen Dank für die vielen Jahre der Inspiration und
Unterstützung.
KTBSPA!*

1

Sie liebt ihn – sie liebt ihn nicht

Es gibt einen alten Film mit Gwyneth Paltrow namens *Sie liebt ihn – sie liebt ihn nicht*, in dem es darum geht, wie ein kleines unbedeutendes Ereignis den kompletten Verlauf eines Schicksals bestimmen kann. Im Film bekommt Gwyneth noch gerade so einen Zug früher und kommt deshalb eher als geplant nach Hause, wo sie ihren Freund mit einer anderen im Bett erwischt. Dann spult der Film zur Bahnstation zurück und zeigt eine alternative Realität, in der Gwyneths Figur den Zug verpasst und ihren untreuen Freund nicht erwischt. Von da an verfolgen wir beide Leben parallel und können die drastischen Unterschiede zwischen ihnen sehen. Die Vorstellung ist faszinierend und lädt die Zuschauer ein, über die Möglichkeiten ihres eigenen Lebens nachzudenken.

Mein unbedeutendes und doch vollkommen lebensverändemdes Ereignis war ein Piepton meines Computers.

Das war alles. Ein Geräusch. Ein Piepsen meines Laptops, um mich wissen zu lassen, dass er mit dem Rendern einer Datei fertig ist. Dieses kleine Piepsen hat mein ganzes Leben verändert.

Es war ein Sonntagmorgen in meinem ersten Monat als Student. Ich hatte mein Zuhause im Norden des Staates New York verlassen, um Musik an der NYU zu studieren. Mein erstes größeres Projekt für einen meiner Kurse war am nächsten Morgen um acht Uhr fällig. Ich spielte Gitarre, seit ich sechs war, hatte im Alter von dreizehn mit dem Schreiben von Songs angefangen und lernte seit einem Jahr Klavier, doch das Konzept, mittels Technik Musik zu erschaffen, war mir neu. Seit Wochen kämpfte ich damit, diese erste Komposition zu perfektionieren. Doch endlich fehlten nur noch ein paar Stunden, und ich würde fertig sein.

Ich saß am kleinen Schreibtisch in meinem Wohnheimzimmer und arbeitete hart, während meine beiden Brüder hinter mir faulenzten. Sie wechselten sich damit ab, einen Spielzeugbasketball in den kleinen Korb zu werfen, den sie an unserer Tür angebracht hatten, statt sich ihren eigenen Hausaufgaben zu widmen. Es trieb mich in den Wahnsinn.

»Vorsicht!«

Die Warnung kam genau in dem Moment, in dem ihr Ball auf meinen Laptop krachte und mich aus dem Programm warf. »Alter!«

»Upps. Sorry, Kleiner.«

»Ja, sorry, dass Chris so beschissen zielt.«

»Halt die Klappe, Mann. Das war mit links und geschlossenen Augen. Ich wette fünf Mäuse, dass du das auch nicht schaffst.«

»Die Wette gilt. Yo, Kleiner, her mit dem Ball! Ich verdiene mir jetzt fünf Mäuse.«

Ich atmete tief durch und öffnete mein Projekt erneut. Glücklicherweise war alles in Ordnung. Seit ich zu studieren angefangen hatte, war ich dazu übergegangen, meine Arbeit paranoid alle zehn Minuten zu speichern. Es war eine Überlebenstaktik, die nötig war, seit ich eingewilligt hatte, mit meinen Brüdern zusammenzuziehen. Sie hatten keinerlei Respekt vor Privatsphäre, und viel Platz gab es für uns Anderson-Brüder auch nicht.

»Kleiner? Der Ball?«

Ich drehte mich auf meinem Stuhl herum und warf meinen Brüdern einen bösen Blick zu. Sie grinsten mir von ihren Betten aus zu.

Das Zimmer, das wir in der Nähe des Campus bewohnten, war nicht größer als ein Schuhkarton. In der einen Hälfte standen ein Etagenbett, eine Kommode, ein winziger Schrank und ein Schreibtisch. In der anderen sah es genauso aus, nur dass ich ein Einzelbett hatte.

Das Zimmer war eigentlich für zwei Personen gedacht, aber meine Brüder konnten den Gedanken nicht ertragen, dass wir uns trennen, also hatten wir die Sondergenehmigung erhalten, uns zu dritt hineinzuquetschen. Ich war von Anfang an gegen diese Idee gewesen, aber sie hatten es einfach über meinen Kopf hinweg entschieden. Dafür hatte ich dann meine eigene Hälfte verlangt. Aber auch das war nicht genug Platz.

Ich hob den Ball auf und sagte mit zusammengebissenen Zähnen: »Habt ihr nicht irgendwas Besseres zu tun? Vielleicht irgendwo anders?«

Chris grinste teuflisch. »Nö.«

»Bitte lasst mich in Ruhe. Ich *muss* das hier heute fertigbekommen.«

»Ist deine eigene Schuld, Bro«, sagte Tyler. Er streckte seine Hände nach dem Ball aus, und ich warf ihn direkt in sein Gesicht. Er konnte ihn fangen, bevor er seiner Nase eine neue Form verlieh, wusste meinen tollen Wurf aber nicht zu würdigen. Sein Grinsen wurde durch einen wütenden Blick ersetzt. »Du bist derjenige, der gesagt hat, wir dürften heute nicht feiern.«

»Ich habe gesagt, ihr könnt heute nicht *hier* feiern. Und es ist eure Schuld, weil ihr mich das ganze Wochenende lang in Beschlag genommen habt.«

»Niemand hält dich davon ab, deine Arbeit zu erledigen«, schaltete sich Chris ein. Die beiden taten sich immer so gegen mich zusammen. »Außerdem hast du dich dieses Wochenende prächtig amüsiert. Du warst es doch, der sich beschwert hat, dass Triple Threat nicht mehr gespielt haben, seit wir hier sind.«

Es stimmte. Ich *hatte* an diesem Wochenende viel Spaß gehabt. Meine Brüder und ich waren mit unserer Band am Freitag- und Samstagabend aufgetreten, zum ersten Mal seit Studienbeginn. Ich war ja auch dankbar, dass Tyler uns die Gigs verschafft hatte, aber es bedeutete auch, dass ich jetzt mehr Arbeit erledigen musste. »Darüber beschwere ich mich ja auch nicht, aber ihr habt mir versprochen, dass ihr mich dann am Sonntag in Ruhe lassen würdet, damit ich mein Projekt fertigstellen kann. Könnt ihr *bitte* mal für eine Weile verschwinden?«

Auf ihr Schmollen hin war mir klar, dass ich kreativer sein musste, wenn sie abhauen sollten. Ich brauchte eine gute Geschichte. »Warum sucht ihr nicht diese Mädchen, mit denen ich gestern Abend auf der Party geredet habe? Die waren scharf und haben immer wieder nach euch gefragt.«

Beide horchten auf. »Was für Mädchen?«, fragte Tyler.

»Ich erinnere mich nicht mehr an ihre Namen, aber sie waren blond, Zimmergenossinnen und haben erwähnt, dass sie unten wohnen.«

»Wo unten?«, fragte Chris, der sich bereits seine Jacke überstreifte. »Welche Etage? Welche Zimmernummer?«

Ich zuckte mit den Schultern. »Kann mich nicht erinnern. Da waren ein Haufen Leute gestern auf der Party. Aber ihr könntet ja einfach überall anklopfen. Diese Mädels waren echt umwerfend. Irgendjemand weiß bestimmt, wen ihr meint.«

Tyler und Chris tauschten einen Blick, den ich nur zu gut kannte. Sie befanden sich offiziell auf einer Mission, und wenn sie sich erst mal etwas in den Kopf gesetzt hatten, waren sie nicht mehr aufzuhalten. Nicht, dass es für einen von ihnen schwer gewesen wäre, eine Freundin zu finden. Die Anderson-Brüder kamen bei der Damenwelt gut an. Chris und Tyler zumindest. Ich war vergeben, hätte aber auch kein Problem damit gehabt, ein Date zu bekommen, wenn ich Single gewesen wäre. Meine Brüder und ich hatten seit unserer Kindheit einen gewissen Ruf, und unsere Beliebtheit war uns nicht nur ins College gefolgt, sondern schien sich sogar *verdreifacht* zu haben.

Verstanden? Weil wir Drillinge sind. Allerdings keine eineiigen. Wir sehen uns fast überhaupt nicht ähnlich, aber die Leute sind einfach so fasziniert von Mehrlingen, dass wir seit unserer Geburt einfach immer im Mittelpunkt gestanden haben. Ich gebe es nur ungern zu, aber wir sind für das Rampenlicht einfach geschaffen.

Tyler nebelte sich mit Körperspray ein und sah zu mir, während er sich sein Portemonnaie einsteckte. »Du solltest mitkommen. Dann wären wir eine echte *Triple Threat*, verstehst du?«

Ich verdrehte die Augen. »Diese Diskussion hatten wir doch schon.«

»Sie ist 'ne Spaßbremse, Alter.«

»*Sie* ist meine Freundin.«

»Nate, wir sind jetzt am College«, stöhnte Chris, während er sein kleines Silberkreuz anlegte. Die Kette war kein religiöser Ausdruck, sondern sein Markenzeichen. Sie sollte ironisch sein, ein bisschen wie sein Name.

Christian trägt nämlich den Teufel im Leib. Er ist der Bad Boy unseres Trios. Groß, dunkelhaarig und draufgängerisch. Mit seinen Tattoos und seiner schwarzen Lederjacke ist er der Inbegriff eines Rockstars. Es ist ziemlich klischeehaft, dass er zufällig auch unser Drummer ist, aber er liebt es, dieses Stereotyp auszuleben. Und die Frauen scheinen es noch viel mehr zu lieben.

»Niemand auf dem College ist noch mit seiner Freundin aus der Highschool zusammen. Es ist einfach falsch, wenn es hier doch so viele neue Optionen gibt. Du musst die Vergangenheit hinter dir lassen. Mach Schluss und genieße dein Leben.«

Als Ältester von uns spielt sich Chris auch immer als der Weiseste auf und gibt Ratschläge – besonders, wenn es um Mädchen geht. Als ob diese fünf Minuten, die er früher als ich auf der Welt war, so erhellend gewesen wären.

»Ich soll meine Vergangenheit hinter mir lassen?« Ich schaute zwischen Chris und Tyler hin und her. »Es wohnt auf dem College auch niemand mit seinen Brüdern zusammen.«

»Ja, aber es hat auch niemand sonst so coole Brüder wie du«, erwiderte Tyler und schenkte mir das Lächeln, das ihm schon unser ganzes Leben lang in die Quere gekommen ist.

Tyler ist das genaue Gegenteil von Chris – der Engel zu seinem Teufel –, aber nur oberflächlich betrachtet. Als Jüngster, mit einem Abstand von zwölf Minuten, hat er sowohl das Babygesicht als auch das Nesthäkchen-Syndrom geerbt. Auf jeden Fall hat er regelmäßig Trotzanfälle. Und er hat wie Chris eine Rockstarpersönlichkeit, die sich bei ihm aber anders äußert. Er ist unsere Diva. Groß, mit honigblonden Haaren und den gleichen gefühlvollen braunen Augen, die wir alle haben. Ty spielt die Rolle des Schönlings perfekt. Daher sollte man meinen, er wäre der Frontmann von Triple Threat, doch da ich der beste Sänger von uns bin, steht Ty am Bass und übertreibt seine Performance, wann immer er kann, um mir das Rampenlicht zu stehlen.

Chris und Tyler sind ein gutes Team. Sie sind aufgeschlossen und witzig – oder nervig, je nachdem, wie man witzig definiert – und haben immer die gleiche Meinung. Sie sind der Mittelpunkt jeder Party, und sie sind *dauernd* auf irgendeiner Party.

Ich bin definitiv der Außenseiter. Typisch für das mittlere Kind, nehme ich an, selbst wenn unser Altersunterschied nur wenige Minuten beträgt. Auf Partys habe ich absolut keinen Bock. Ich liebe zwar das Rampenlicht, aber nur, wenn ich auf einer Bühne stehe. Ansonsten bin ich eher zurückhaltend. Während Chris und Tyler ständig feiern gehen, entspanne ich lieber.

»Was auch immer. Und jetzt haut schon ab, damit ich mein Projekt fertigstellen kann.«

Ty schmollte. »Meinetwegen. Dann bleib halt hier und mach deine Hausaufgaben, Loser.«

Ich verdrehte die Augen über die müde Beleidigung.

Ich bin kein Loser. Erstens bin ich auf meine eigene Art genauso gutaussehend wie sie – ich bin so was wie eine Mischung aus den beiden. Ich habe volle hellbraune Haare und hellbraune Augen, ein bisschen von Chris' Charme und Tylers hübsches Lächeln. Und zweitens habe ich eine viel freundlichere, offenere Ausstrahlung, zu der sich andere eher hingezogen fühlen. Im Gegensatz zu meinen energiegeladenen Brüdern bin ich entspannt, der Singer/Songwriter zu ihren Rockstars, der Indie-Film zu ihren Sommer-Blockbustern. Ich bin vielleicht anders, aber kein Loser.

Meine Brüder sind da allerdings anderer Meinung. Sie halten mich für einen Nerd, weil ich ruhiger, verantwortungsbewusster und in einer langjährigen Beziehung bin, und weil es für mich wichtigere Dinge gibt als die Frage, in welche Studierendenverbindung ich aufgenommen werde. Und weil ich kleiner bin. Was überhaupt nichts mit Coolness zu tun hat, in ihren Augen aber schon.

Chris und Tyler sind beide um die eins fünfundachtzig groß und rennen ständig ins Fitnessstudio. Das betont den Größenunterschied noch zusätzlich. Eins achtzig und siebenundsiebzig Kilo ist natürlich nicht schlecht, aber ich bin definitiv der Kümmerling des Anderson-Wurfs – und darum nennen sie mich auch immer *Kleiner*. Ich habe schon vor Jahren aufgegeben, mich dagegen zu wehren. Seit der Pubertät hat mich keiner von ihnen mehr *Nate* genannt.

»Genau das hab ich vor«, erwiderte ich. »Und ohne euch bekomme ich auch viel mehr geschafft. Keine Sorge, ich werde nicht auf euch warten.«

Es machte mir gar nichts aus, als sie beleidigt aus dem Zimmer rauschten. Die Ruhe und der Frieden danach waren einfach zu schön. Und so nötig. Nachdem ich meine Brüder endlich von den Fersen hatte, atmete ich tief durch und ging wieder an die Arbeit. Ich genoss das Wissen, dass ich eine Weile lang nicht gestört werden würde.

*

Meine Ablenkung funktionierte. Chris und Tyler waren ganze drei Stunden weg. Ich hatte gerade mein Projekt fertiggestellt und ließ die Datei nur noch rendern, als sie wieder hereingestürmt kamen. »Du bist der *Beste*«, verkündete Chris, während er einen dampfenden Becher von Starbucks vor mich auf den Schreibtisch stellte.

Ich lehnte mich zurück und nahm den Überraschungskaffee dankend an. »Ach ja?«

Tyler lachte. »Du hast vergessen zu erwähnen, dass sie aus Russland kommen.«

»Russland?« Ich musste husten, um meine Überraschung zu verbergen. Ich hatte es nicht erwähnt, weil ich mir diese Mädchen nur ausgedacht hatte. Wenn sie nur an genügend Türen klopfen würden, so meine Überlegung, würden sie schon jemanden finden, mit dem sie ausgehen könnten.« »Das erklärt den Akzent.«

»Ja.« Chris grinste. »Und sie wollen, dass ihnen heute Abend ein paar Einheimische den Big Apple zeigen.«

Ich lachte. »Ja, aber ihr seid aus Syracuse.«

»Das ist doch praktisch das Gleiche.«

»Wie auch immer. Viel Spaß, Jungs.«

Ich drehte mich wieder zum Computer um, griff nach meinen Kopfhörern und war nicht im Geringsten daran interessiert, wie sich Tyler und Chris mit falschem russischem Akzent unterhielten, während sie sich auf ihr Date vorbereiteten. Doch gerade als ich mir die Kopfhörer aufgesetzt hatte, riss Tyler sie mir wieder vom Kopf. »Von wegen.«

Ich hätte es kommen sehen müssen. Schließlich hatte ich das in der Vergangenheit schon so oft durchgemacht. Aber ich war wegen meines Projekts viel zu gestresst, um daran zu denken. Ich schüttelte den Kopf, noch bevor Tyler es aussprechen konnte. »Ich komme nicht mit.«

»Oh doch.«

»O nein. Ich habe keine Lust, das fünfte Rad am Wagen zu sein, und Sophie kann nicht mitkommen. Sie muss ein Essay schreiben und hat morgen eine Prüfung.«

»Noch besser«, sagte Chris, während er sich durch meinen Schrank wühlt. »Direkt neben den beiden wohnt eine niedliche kleine Brünette. Sie hat uns gestern Abend spielen sehen und freut sich schon sehr darauf, dich kennenzulernen.«

»Alter. Ich geh doch nicht auf ein Date mit einer anderen.«

»Wer hat denn was von Date gesagt?«, argumentierte Tyler. »Wir wollen nur ein bisschen mit denen abhängen.«

Der Anblick meiner Garderobe entlockte Chris ein Seufzen. »Skinny Jeans. Skinny Jeans. Jeansjacke. Samtjacke, Cordjacke ...« Er zog ein blassrosafarbenes Hemd heraus und sah mich skeptisch an. »Du brauchst wirklich dringend neue Klamotten, Hipster McGee. Du hast ja mehr Schals als T-Shirts.«

»Was ist denn so falsch daran, Accessoires zu besitzen?«

»Nichts, wenn man schwul ist.« Augenrollend hängte er das Hemd zurück in den Schrank und suchte weiter nach einem akzeptablen Outfit. »Ist das etwa die Erklärung für dich und Sophie? Ist sie etwa nur deine Fake-Freundin? Ich *wusste* es.«

Tyler lachte und schlug mir gegen den Arm. »Das hättest du uns aber auch einfach sagen können, Kleiner. Mir wäre lieber, du wärst schwul, als dass du so unter ihrem Pantoffel stehst.«

Während beide in Gelächter ausbrachen, schlug ich Ty viel härter zurück, als er mich geschlagen hatte. Solche dummen Sprüche musste ich mir anhören, seit Sophie und ich ein Paar waren. Und dass ich mich im Abschlussjahr dem Highschool-Chor angeschlossen hatte, hatten mir Tyler und Chris immer noch nicht verziehen. Ich fand es für mich als Leadsänger eine tolle Übung, doch offenbar war es nicht *cool*, im Chor zu singen, und ich schadete damit *unserem* Ruf.

Als Drilling wurde man nicht wirklich als Individuum wahrgenommen. Es hieß immer, *Die Anderson-Drillinge sind dies* oder *Die Anderson-Drillinge haben jenes getan*. Chris und Tyler gefiel das. Sie sagten, es wäre, wie berühmt zu sein. Nur waren wir eben nicht berühmt, sondern berüchtigt. Doch meine Brüder kannten anscheinend den Unterschied nicht.

Obwohl ich eine ganz andere Persönlichkeit hatte, wurde ich automatisch in die gleiche Schublade gesteckt wie Ty und Chris. Ich hatte die gleichen Freunde, nahm an den gleichen außerschulischen Aktivitäten teil, und da ich der Meinungsschwächste war, tat ich praktisch alles, was mir meine Brüder sagten.

Das Einzige, was ich jemals ganz allein gemacht hatte, war der Chor. Ich liebte es, zu singen. Meine Brüder taten es gern, aber ich *liebte* es. Also hatte ich zum ersten Mal in meinem Leben auf etwas bestanden. Ich wollte endlich etwas tun, was vollkommen *Nate* war statt *Die Anderson-Drillinge*. Und es hatte funktioniert.

Der Chor hatte mir eine völlig neue Welt eröffnet. Ich hatte entdeckt, wie ernsthaft Musik sein konnte, und mir war klar geworden, dass ich genau das beruflich machen wollte. Ich wollte mehr, als mit meinen Brüdern in der Garage Charthits nachspielen. Ich wollte *alles*. Schreiben und aufnehmen und alles lernen, was nötig war, um ein echtes Album zu produzieren. Also war ich drangeblieben, ganz egal, wie sehr mich meine Brüder dafür gepiesackt hatten – und *immer noch* piesackten.

»Ihr müsst euch echt mal was Neues ausdenken.« Erneut versuchte ich, mir die Kopfhörer aufzusetzen. »Außerdem nehme ich keine Modetipps von jemandem an, der Lederarmbänder und mehr Kajal als meine Freundin trägt.«

»Eigentlich weiß keiner von euch beiden, wie man sich anzieht«, sagte Tyler. Er riss mir die Kopfhörer so fest aus der Hand, dass das Kabel aus meinem Laptop gezogen wurde.

»Pass auf! Die waren teuer!«

»Sie sind vollkommen in Ordnung. Steh auf. Du kommst mit. Zumindest zum Abendessen. Du hast den ganzen Tag nur hier drin gehockt und an diesem dämlichen Ding gearbeitet, und jetzt ist es an der Zeit, dass du dich ein bisschen amüsierst.«

»Dieses *dämliche Ding* macht zufällig ein Drittel meiner Note aus. Und wenn es gut wird, bekomme ich vielleicht die Chance, es am Ende des Semesters aufzuführen.«

Chris und Tyler stöhnten auf. »Bei dieser Talentshow?«, fragte Chris. »Alter. Wir können auftreten, wann immer wir wollen. Warum bist du so besessen von einer dämlichen Talentshow?«

Ich seufzte. Meine Brüder kapierten es einfach nicht. »Steinhardt hat eines der besten Musikprogramme der Nation. Die Hälfte des Publikums wird aus Agenten, Produzenten und Talentsuchern bestehen. Alle wollen mitmachen, und für Erstsemester ist es fast unmöglich, da reinzukommen. Wenn ich das schaffe, würde mir das im Sommer Zugang zu allen möglichen Praktika eröffnen. Habt ihr überhaupt eine Ahnung, wie hart die Konkurrenz im Musikgeschäft ist? Hier geht es nicht um irgendeine dämliche Talentshow. Das ist meine Chance, herauszustechen, mir einen Vorteil zu verschaffen. Es geht um meine *Zukunft*. Das riskiere ich nicht, um mit einem Mädchen, das nicht mal meine Freundin ist, auf ein dämliches Date zu gehen. Vergesst es. Habt viel Spaß ohne mich. Ich muss das hier fertigmachen.«

Widerwillig gaben sie schließlich auf, brummten jedoch beim Rausgehen vor sich hin.

Das war der Moment, wo mein Leben zu einem Film wurde. Gerade als meine Brüder gehen wollten, piepste mein Computer, um mich wissen zu lassen, dass er mit dem Rendern fertig war. Wenn er das zwei Sekunden später getan hätte, wäre es nicht passiert, und ich würde diese Geschichte nicht erzählen. Buchstäblich zwei Sekunden später, und die Tür wäre zu gewesen. Sie waren bereits im Flur. Aber wie es das Schicksal wollte, hörten Chris und Tyler das Piepen und kamen ins Zimmer zurück. Damit änderte sich mein Leben für immer, denn sie wussten *genau*, was das Geräusch bedeutete.

»Hast du das gehört, Ty?«, fragte Chris.

»Auf jeden. Jetzt hat unser kleiner Bruder keine Ausrede mehr.«

»Das Rendern ist abgeschlossen, mehr nicht, ich muss immer noch ...«

»Netter Versuch«, sagte Tyler. »Muss ich etwa andere Saiten aufziehen?« Er hob den Kaffeebecher, als würde er damit drohen, die Flüssigkeit über meinen Computer zu gießen.

»Lass das!«, rief ich. »Das ist nicht lustig.«

»Das ist dein fehlendes Sozialleben auch nicht.« Tyler schwenkte den Becher ein wenig hin und her. »Kommst du jetzt endlich mit?«

Ich war erschöpft und gestresst und hatte das Projekt noch nicht auf meine externe Festplatte kopiert. Ich wollte nicht ausgehen. Tyler würde meinen Laptop nicht zerstören, aber in Ruhe lassen würde er mich auch nicht. Also gab ich nach. Ich gab immer nach. »Meinetwegen. Lass einfach meinen Computer in Ruhe.«

»Guter Junge«, neckte mich Chris von der Tür aus, bevor er zu meinem Kleiderschrank schlenderte.

Und da geschah es. Mein Hirn rastete immer noch über die Vorstellung aus, dass Tyler mein Projekt irgendwie unabsichtlich zerstören könnte, also sah ich nicht, wie Chris eine Jacke aus dem Schrank zog und sie mir zuwarf. Sie flog an meinem Gesicht vorbei und schlug Tyler den Kaffeebecher aus der Hand. Es passierte wie in Zeitlupe, genau wie im Film. Der Inhalt des Bechers ergoss sich über meinen Laptop. Funken, Rauch und ein Knistern.

Meinen Computer sterben zu sehen, war vollkommen surreal. Ich wusste, dass mein Projekt, meine gute Note und meine Chancen für die Talentshow gerade vor meinen Augen dahinschwanden. Und ich konnte absolut nichts dagegen tun. Ich stand einfach nur da und starrte geschockt auf meinen Schreibtisch, während Tyler und Chris hastig herumliefen, um das Chaos zu beseitigen.

Schließlich schnipste Chris vor meinem Gesicht mit den Fingern, um mich aus meiner Erstarrung zu reißen. »Alter, das tut mir so leid.«

»Brauchst nicht ausrasten«, fügte Tyler hinzu. »Dad kauft dir einen neuen.«

»Ein Drittel meiner Note.«

»Wir reden mit deinem Lehrer«, fuhr Chris fort. »Wir erklären ihm, dass es nicht deine Schuld war. Wir verschaffen dir eine Verlängerung.«

»Die Talentshow.«

»Wir bringen das wieder in Ordnung, Kleiner. Versprochen.«

Ich wusste nicht, wer von beiden gerade mit mir redete, und es war mir auch egal. »Vergesst es. Ihr habt schon genug Schaden angerichtet.«

»Nate, es tut uns echt leid. Es war ein Versehen.«

Aus irgendeinem Grund war es die Verwendung meines echten Namens, die mich schließlich ausrasten ließ. Mein Schock wurde von Wut abgelöst. »Es ist *immer* nur ein Versehen!«, brüllte ich. »Ihr wisst nie, wann Schluss ist! Ihr drängt und drängt und drängt, bis die Dinge außer Kontrolle geraten, und ich bin immer derjenige, der es dann ausbaden muss. Warum könnt ihr mich nicht *einmal* in Ruhe lassen?«

Ich schnappte mir meine Jeansjacke – da meine neue aus Wildleder mit Kaffee befleckt war –, stürmte aus dem Zimmer und schlug die Tür hinter mir zu. Chris und Tyler kamen mir nicht hinterher, also muss ich wohl so aufgebracht ausgesehen haben, wie ich mich fühlte.

2

Ich kann's kaum erwarten!

Mein Projekt war weg, mein Laptop zerstört. Und ich wollte weder Tyler noch Chris jemals wiedersehen. Nachdem ich aus unserem Zimmer gestürmt war, verließ ich das Wohnheim und ging los. Es war mir egal, wohin, ich wollte einfach nur weg. Ich brauchte frische Luft und etwas Zeit, um mich wieder abzuregen. Irgendwo in meinem Hirn wusste ich, dass ich so schnell wie möglich meinen Vater anrufen und ihn bitten sollte, meinen Laptop zu ersetzen. Und dann sollte ich meinen Professor kontaktieren, um zu versuchen, mein fehlendes Projekt zu erklären. Aber ich stand immer noch unter Schock.

Sophies Stimme erfüllte mein Ohr, noch bevor mir klar wurde, dass ich sie angerufen hatte. »Hey, Baby! Wie läuft dein Projekt? Bist du fertig?«

»Nicht wirklich. Wie läuft es mit deinem Aufsatz? Hast du Zeit für eine Pause?«

»Leider nein. Der Aufsatz ist fertig, aber um sechs hab ich Lerngruppe.«

Ich seufzte. »Okay. Schon gut.«

Sophies spielerischer Tonfall verschwand. »Nate? Ist was nicht in Ordnung?«

Ich seufzte erneut. Was *war* in Ordnung? »Ist 'ne lange Geschichte, aber wir können uns ja morgen nach dem Kurs treffen.«

»Baby, du klingst furchtbar. Wenn was ist, kann ich die Lerngruppe ausfallen lassen.«

Ein Teil von mir wollte dazu unbedingt Ja sagen, der egoistische Teil, der einfach nur in Selbstmitleid baden und sich von meiner Freundin trösten lassen wollte. Aber ich wusste, dass das nichts helfen würde. »Nein, tu das nicht. Ich weiß, dass du bald diesen Test hast, und du bist deswegen sowieso schon nervös. Wir sehen uns morgen nach dem Kurs.«

Ich klang wohl nicht überzeugend genug. »Nate, sei nicht albern. Ich habe eine halbe Stunde. Lass uns doch einfach jetzt kurz treffen, und ich gehe einfach ein bisschen später zu meiner Lerngruppe. Die anderen werden stundenlang da sein. Das ist schon okay.«

Ich wollte nicht zu anhänglich erscheinen, aber gleichzeitig konnte ich dieses Angebot nicht ablehnen. »Ja, okay. Sollen wir uns im Café auf dem Campus treffen? Ich spendiere dir auch einen Kaffee.«

Das Lächeln war zurück in ihrer Stimme, als sie antwortete. »Na klar. Bis gleich.« Nur das kurze Telefonat mit Sophie hatte dafür gesorgt, dass ich mich ein bisschen besser fühlte. Inzwischen hatte ich wieder einen einigermaßen klaren Kopf – klar genug, um mich endlich dem Problem meines fehlenden Projekts widmen zu können. Auf dem Weg zum Café googelte ich mit meinem Handy nach einer Lösung. Es musste doch etwas geben, um die Dateien auf meinem Laptop zu retten.

Meine Suche nach Ratschlägen kam zu einem abrupten Ende, als ich direkt vor dem Café mit jemandem zusammenstieß. Der Aufprall hatte genug Wucht, um mich einen Schritt zurückzuschleudern. Und als ob ich es geahnt hätte, hatte die Person, mit der ich zusammengestoßen war, einen Pappbecher in der Hand gehalten, der nun regelrecht über mir explodierte.

Ich schrie überrascht auf und ließ bei dem Versuch, so schnell wie möglich meine mit heißer Flüssigkeit bedeckte Jacke auszuziehen, auch noch mein Handy fallen. Schnell nutzte ich die trockene Innenseite, um meine Hände abzuwischen. Als ich mich bückte, um mein Handy wieder aufzuheben, rastete ich jedoch völlig aus. Das Smartphone hatte genauso viel abbekommen wie meine Jacke, und beim Sturz auf den Boden war der Bildschirm gesplittert. Es war einfach alles zu viel. Dass ich nach allem, was an diesem Abend passiert war, in einen zweiten Heißgetränke-Unfall verwickelt werden sollte, ließ mich verlieren, was von meinem Verstand noch übrig war.

Ich starrte auf meine fleckige, feuchte Jacke und brach in Gelächter aus. Es war kein humorvolles, sondern ein leicht manisches *Willst du mich verarschen?*-Lachen.

»Natürlich«, stöhnte ich. »Denn einmal war ja heute noch nicht genug.« Genervt sah ich in den Himmel, vergaß die Leute um mich herum und rief: »Vielen Dank auch!«

Mein Moment des Irrsinns wurde unterbrochen von etwas, das wie Fluchen auf Chinesisch klang. »So redet man aber nicht mit anderen, junger Mann«, sagte eine wütende Stimme. »Besonders nicht, wenn man sie so unhöflich umgeworfen hat.«

Sofort wurde ich wieder in die Wirklichkeit zurückgeholt, und mir wurde klar, dass ich nicht mit der Luft zusammengestoßen war, sondern mit einer kleinen alten Frau, die ich dabei zu Boden gerissen hatte. Der Pappbecher und die kleine Papiertüte, die sie dabeihatte, lagen im Rinnstein und wurden nass. Ich schämte mich zutiefst. »Oh nein, ich meinte Sie gar nicht. Sind Sie okay? Es tut mir so leid!«

Als ich zu ihr eilte und ihr meine Hand anbot, ließ sie sich zwar von mir aufhelfen, starrte mich dabei aber weiterhin böse an. »Es tut mir wirklich furchtbar leid. Ich habe nicht Ihnen die Schuld gegeben. Ich habe nur ... das Schicksal verflucht oder so. Es war ein harter Tag. Aber das hier war allein meine Schuld. Ich hätte aufpassen müssen, wohin ich gehe. Sie haben doch hoffentlich nichts abbekommen, oder? Wenn doch, übernehme ich natürlich die Reinigung.«

Während sich die Frau abklopfte – glücklicherweise schien ich tatsächlich das meiste abbekommen zu haben –, hob ich ihre Papiertüte auf. Sie war ebenso zerstört wie mein Handy. »Es tut mir schrecklich leid. Wie es aussieht, sind Ihre ...«

Meine Stimme verlor sich, als ich auf die durchweichte Tüte starrte. Ich konnte nicht erkennen, was sich darin befand.

Der Zorn der Frau verrauchte. Ich sah mit meinem hochroten Kopf und den Flecken auf dem Shirt wohl ziemlich mitleiderregend aus. Sie nahm die Papiertüte und seufzte. »Schon gut. Es waren nur Scones.«

Ich zog einen Zehner aus meiner Brieftasche. »Hier. Ich hoffe, das reicht. Bitte entschuldigen Sie noch mal.«

Sie hob ihre Hand, um das Geld abzulehnen. »Nein, wirklich. Es waren welche vom Vortag, die ich dem netten Obdachlosen vor meinem Haus bringen wollte. Ich habe nicht mal dafür bezahlt. Es ist kein tragischer Verlust.«

Ich schlug die Hand vors Gesicht und stöhnte erneut. *Ernsthaft?* Ich hatte eine nette alte Dame umgeworfen und einen armen Obdachlosen um sein Abendessen gebracht? Konnte dieser Tag noch schlimmer werden? »Bitte, ich bestehe darauf. Ich fühle mich schrecklich, und ich will auf keinen Fall, dass Ihr obdachloser Freund leer ausgeht. Nehmen Sie das Geld und kaufen Sie ihm eine warme Mahlzeit davon. *Bitte.*«

Die alte Frau kniff nachdenklich die Augenbrauen zusammen. Eigentlich war sie gar nicht *so* alt. Vielleicht Anfang sechzig. Ich konnte es nicht genau sagen. Sie hatte etwas Alterloses an sich. Sie trug eine traditionelle chinesische Seidenbluse – die glücklicherweise trocken geblieben zu sein schien – sowie eine schwarze Stoffhose, und ihre Haare waren mit einem kleinen perlenbesetzten Kamm hochgesteckt. Ihre runden Wangen waren gesund gerötet und jetzt, wo sie mich nicht mehr wütend ansah, wirkten ihre Augen sehr freundlich.

Schließlich lächelte sie und nahm das Geld von mir an. »Also gut, wenn Sie darauf bestehen. Das ist sehr aufmerksam von Ihnen.«

»Ich bestehe darauf«, sagte ich bestätigend und legte mir meine tropfend nasse Jacke über den Arm. Seufzend steckte ich mir mein kaputtes Handy in die Gesäßtasche und fügte hinzu: »So kommt zumindest bei einer Person an diesem verflixten Tag etwas Gutes heraus.«

Ich warf einen Blick auf das Café hinter uns und zuckte mit den Schultern. »Noch mal, Entschuldigung. Ich wünsche Ihnen einen schönen Abend.«

Ich ging um sie herum zum Eingang, und sie folgte mir. Ich lächelte verlegen und hielt die Tür für sie auf, doch sie grinste mich nur an und blieb vor mir stehen. »Glaubst du an das Schicksal, junger Mann?«

»Äh …« Wo kam das denn plötzlich her? Und warum sah sie mich mit diesem wissenden, fast begeisterten Funkeln in den Augen an? »Wie bitte?«

Sie hakte sich bei mir unter und zog mich ins Café. Ihr Griff war fest genug, dass ich ihr nicht entkommen konnte, ohne sie erneut umzustoßen. »Du hast vorhin gesagt, du würdest das Schicksal verfluchen.« Sie blieb stehen und sah mich an. »Glaubst du wirklich an das Schicksal?«

Ich sah mich unauffällig im Laden um. Der Barista hinterm Tresen bemerkte meine panische Miene, und sein Blick wanderte zu der alten Dame, die sich an meinen Arm klammerte. Er verzog das Gesicht, als wäre er nicht überrascht. Vermutlich war ich wohl nicht ihr erstes Opfer.

Na großartig. Die Frau war verrückt. Von allen Menschen auf der Welt musste ausgerechnet ich an eine Irre geraten. Zugegeben, ich befand mich mitten in New York City, und die Stadt wimmelte von Menschen, aber dennoch schien ich das Unglück heute Abend regelrecht anzuziehen. »Wenn es so etwas wie das Schicksal gibt, würde ich wirklich gern wissen, warum es mich hasst«, murmelte ich.

Die alte Dame lachte.

»Pearl«, rief der Barista amüsiert. »Was hat der Boss über das Belästigen von Kunden gesagt?«

Pearl verdrehte die Augen, während sie mich weiter zum Tresen schleifte. »Ach, sei still, Colin«, erwiderte sie. »Ich belästige doch niemanden. Dieser nette junge Mann und ich hatten draußen nur einen kleinen Unfall, und er hat angeboten, meine Backwaren zu ersetzen.«

Der Barista sah mich mit hochgezogenen Augenbrauen an. Ich zuckte nur mit den Schultern, weil ich einfach nicht wusste, was ich sagen sollte. Ja, ich hatte angeboten, der Dame das Essen zu ersetzen, aber ich hatte nicht den geringsten Schimmer, wie wir zusammen an der Kasse gelandet waren. Wir mussten aussehen, als ob sie meine Großmutter wäre, die mich zum Essen ausführte.

Colins Blick fiel auf die feuchte Jacke über meinem Arm und die Flecken auf meinem Shirt. Ein weiteres amüsiertes Lächeln und Kopfschütteln, dann sah er Pearl ironisch an. »Einen *Unfall?*«

Meine verrückte Gefährtin warf ihm einen bösen Blick zu. »Ich brauche ein paar neue Scones zum Mitnehmen und noch einen Tee – den trinke ich aber hier. Und für meinen neuen Freund ebenfalls einen.«

Colin schnaubte.

Es dauerte einen Moment, bis mir klar geworden war, was Pearl gerade gesagt hatte. Da endlich befreite ich mich aus ihrem Arm. »O nein, schon gut.« Ich zwang mich zu einem höflichen Lächeln. »Tut mir leid, ich kann jetzt keinen … Tee trinken. Ich bin mit jemandem verabredet. Sie wird sicher jede Minute hier sein.« Bevor Pearl etwas erwidern konnte, wandte ich mich zum Barista. »Für mich keinen Tee, danke. Ich suche mir einfach einen Tisch. Ich bestelle, wenn meine Freundin hier ist.«

Bei der Erwähnung meiner Freundin runzelte Pearl ein wenig die Stirn. Ich wusste nicht, was hinter ihrem Interesse steckte, und ich wollte es auch gar nicht erst herausfinden, also entschuldigte ich mich ein letztes Mal hastig bei ihr und setzte mich an einen Tisch am Fenster, von dem ich Ausschau nach Sophie halten konnte.

Kopfschüttelnd betrachtete ich den Trubel auf der Straße. New York war voll von seltsamen Leuten. Meine Brüder liebten es hier, doch ich war noch nicht völlig überzeugt. Viel zu viele Menschen auf einem Haufen. Ich hatte nichts gegen Großstädte, doch diese hier ließ mich manchmal leicht klaustrophobisch werden.

Da von Sophie noch keine Spur zu sehen war, holte ich mein Handy aus der Tasche und versuchte es einzuschalten. Natürlich tat sich gar nichts. »Großartig.«

Zum gefühlt tausendsten Mal an diesem Abend seufzte ich, legte das Handy an die Seite, stützte die Ellbogen auf den Tisch und ließ meinen schmerzenden Kopf in meine Hände sinken. So blieb ich sitzen, bis mir jemand plötzlich eine große Tasse mitsamt Untertasse vor die Nase schob. Verwundert blickte ich auf und sah, dass Pearl mir gegenüber Platz genommen hatte. »Trink etwas Tee.« Ihre Stimme und ihr Gesichtsausdruck duldeten keinen Widerspruch. »Das beruhigt die Nerven.«

Da ich nicht wusste, was ich sonst tun sollte, nahm ich brav einen Schluck und flehte inständig, dass Sophie bald auftauchen würde. Als das warme Getränk meine Kehle hinunterfloss, bemerkte ich, wie ich mich langsam entspannte. Mir war gar nicht klar gewesen, wie verdreht mein Magen gewesen war, bis der Tee ihn beruhigte. Schließlich kapitulierte ich und rührte ein Päckchen Süßstoff hinein. Pearl saß mir zurückgelehnt gegenüber und beobachtete mich mit einem zufriedenen Lächeln. »Das ist schon besser«, sagte sie. »Wie heißt du, junger Mann?«

Hätte ich gewusst, wie das geht, hätte ich auf die gleiche Weise die Augenbrauen hochgezogen, wie Colin, der Barista, es getan hatte. Pearl trank einen Schluck von ihrem Tee und wartete auf eine Antwort.

»Nathan.« Ich lachte fassungslos. Ich tat das hier also wirklich. Trank Tee mit einer Fremden, die mindestens dreimal so alt war wie ich. »Nate.«

Wieder lächelte Pearl. »Schön, dich kennenzulernen, Nathan. Und jetzt erzähl mal, warum du so durcheinander bist, dass du harmlose alte Damen auf dem Bürgersteig umwirfst und das Schicksal verfluchst.«

Mir fiel vor Überraschung über ihre Direktheit die Kinnlade herunter. Sie musterte mich eindringlich, aber nicht auf eine arrogante Weise. Ihre Miene sollte wohl eher aussagen, dass sie es ernst meinte und eine ehrliche Antwort erwartete. »Jeder junge Mann, der beim Gehen so entschlossen auf seine Schuhe starrt, muss etwas auf dem Herzen haben.«

Als ich nicht sofort antwortete, wurde ihr Lächeln milder. »Beziehungsprobleme?«

Von wegen. Beziehungsprobleme wären mal eine nette Abwechslung. Ich schnaubte verächtlich und schüttelte den Kopf. »Familienprobleme.«

Wie zuvor nahm Pearl gelassen einen Schluck Tee und wartete darauf, dass ich weitersprach. »Es geht um meine Brüder«, murmelte ich, als würde sie mir die Worte durch pure Willensanstrengung entlocken. »Sie meinen es gut, aber sie treiben mich in den Wahnsinn.«

Meine Bemerkung ließ Pearl mit einem Mal nachdenklich und gedankenverloren wirken. Ihre Antwort war so leise, dass ich sie fast nicht hören konnte. »So ist das mit der Familie meistens.«

Ein Anflug von Traurigkeit überschattete ihr Gesicht, und es fiel mir leicht, ihr zu glauben, dass sie tatsächlich wusste, wie ich mich fühlte. Das war irgendwie tröstlich, und nach einem weiteren Schluck Tee gab ich schließlich nach und begann zu reden. Ich wurde Ethan Embry im Film *Ich kann's kaum erwarten!* Ich war der Kerl, der so einsam und deprimiert war, dass er allein durch die Straßen wanderte und einer völlig Fremden sein Herz ausschüttete.

In dem Film war Ethan Embrys Figur wegen eines Mädchens durcheinander, in das er schon seit Jahren verliebt war. Er wollte die Dinge so verzweifelt ändern, dass er nachts um zwei den Rat einer Stripperin an einer Straßenecke annahm. Ich hatte zwar keine Beziehungsprobleme, dennoch war ich wie er. Seit Jahren hatte ich das gleiche Problem mit meinen Brüdern, aber nie den Mut, etwas dagegen zu tun. Sie bedrängten mich, und ich gab nach. Jedes Mal. Und nun, wo ich an meine Grenze gestoßen war, suchte ich so verzweifelt nach einer Lösung, dass ich meine Lebensgeschichte bei einer Tasse Tee einer verrückten alten Dame erzählte. Alles in der Hoffnung, dass sie vielleicht Antworten für mich hatte.

Nein, nicht sie war es, die verrückt war. Sondern ich.

Seltsamerweise entpuppte sich Pearl als großartige Zuhörerin. Ich begann mich weiter zu entspannen, und es fiel mir plötzlich leicht, ihr mein Herz auszuschütten. Nachdem ich ihr vom Laptop-Fiasko erzählt hatte, spulte ich zurück und vertraute ihr an, wie es gewesen war, mit meinen Brüdern aufzuwachsen, und dass ich mich immer als Außenseiter gefühlt hatte.

»Weil der Chor nicht besonders populär und keiner der beliebten Schüler dabei war, als ich eingetreten bin, habe ich dort einen komplett neuen Freundeskreis gefunden, der nichts mit meinen Brüdern zu tun hatte. Endlich konnte ich *ich* sein und nicht nur ein Teil der *Anderson-Drillinge*. Zum ersten Mal in meinem Leben wurde ich mit meinem Namen angesprochen und nicht mit *Kleiner*. Ich glaube, da hab ich begriffen, dass ich mich von meinen Brüdern abnabeln möchte. Ich hatte vor, das College allein durchzuziehen. Chris und Tyler hatten immer davon gesprochen, daheim zu bleiben und sich an der örtlichen Uni einzuschreiben. Aber ich wollte so unbedingt weg, dass ich mich eines Tages zu einem Vorspiel für ein Musikstipendium hier an der NYU geschlichen habe.«

»Musik«, wiederholte Pearl anerkennend. »Du bist also talentiert und kreativ und weißt die Künste zu schätzen. Sehr gut. Das wird gut funktionieren.«

Sie hatte sich wieder in ihren eigenen Kopf zurückgezogen, wie bereits mehrere Male während unseres Gesprächs. Es war, als ob sie meine Persönlichkeitsmerkmale katalogisieren würde. »Funktionieren für was?«

Sie riss sich aus ihren Gedanken, lächelte und winkte ab. »Achte nicht auf mich. Ich bin nur eine verrückte alte Frau. Du musst das Stipendium bekommen haben, wenn du jetzt hier bist.«

Ich errötete. Um das Stipendium zu bekommen, hatte

ich ein eigenes Lied schreiben und vortragen müssen. Die Konkurrenz war stark gewesen, aber meine harte Arbeit hatte sich bezahlt gemacht. Das Gefühl, als ich die Zusage bekommen hatte, war einfach unvergleichlich.

Pearl grinste wieder. »Und bescheiden ist er auch.«

Ihre Bemerkung ließ meine Wangen noch heißer werden. »Ja, ich hab das Stipendium bekommen«, murmelte ich und griff nach meiner Tasse, um sie nicht ansehen zu müssen.

»Und deine Brüder sind dir hierher gefolgt, nachdem du ihnen davon erzählt hast.«

Ich nickte, obwohl es keine Frage gewesen war. »Chris hat ein spezielles Stipendium für Drillinge gefunden, und der Sponsor war zufällig ein ehemaliger Absolvent der NYU. Bevor ich wusste, wie mir geschah, war ich dabei, mein Zeug auszupacken, während sich meine Brüder darum prügelten, wer das obere Bett bekommt. Wie immer haben sie alles übernommen und kontrolliert, und nichts hat sich geändert. Eigentlich ist es jetzt noch schlimmer, denn nun teile ich mir auch noch ein Zimmer mit ihnen.«

»*Nate?*«

Sophies Stimme ertönte so plötzlich, dass ich mich an meinem Tee verschluckte.

Ihr Blick wanderte zwischen Pearl und mir hin und her, bis er schließlich stirnrunzelnd an mir hängenblieb. »Eine Freundin von dir?«

3

Freaky Friday – Ein voll verrückter Freitag

Sophie starrte mich verwundert an, und ich bekam einen roten Kopf, während ich nach Worten suchte. Aber wie erklärte man schon eine spontane Teeparty mit einer vollkommen Fremden? Pearl kam mir zu Hilfe. »Du musst Sophie sein. Wie schön, dich kennenzulernen. Nathan und ich hatten vor dem Laden einen kleinen Unfall, und er war so nett, mir einen Tee zu spendieren, um den zu ersetzen, den ich aus Versehen über ihm verschüttet habe.«

Sophie starrte unsere Tassen an. »Oookaay...« Sie dehnte das Wort, als ob sie uns für völlig verrückt halten würde. Nach einer kleinen Pause zwang sie sich zu einem Lächeln, das sie bestimmt freundlich meinte, aber eher herablassend wirkte. »Es war nett, Sie kennenzulernen, Pearl, aber würde es Ihnen etwas ausmachen, wenn ich meinen Freund jetzt entführen würde? Ich habe nicht viel Zeit und wir …«

»Setz dich, Sophie.«

Ich zuckte zusammen, und auch Sophie riss überrascht die Augen auf. Pearls Stimme war sanft gewesen, doch es schwang unverkennbar ein Befehl in ihren Worten mit. »Lass Nathan seinen Tee austrinken. Er hat einen harten Tag hinter sich und fängt gerade erst an, sich zu entspannen.«

Als mich Sophie entgeistert ansah, zuckte ich nur hilflos mit den Schultern. Ohne etwas zu erwidern, sank sie auf den Platz neben mir und sah mich fragend an. Doch ich wusste, dass ihr meine Erklärung nicht gefallen würde. Die Wahrheit lautete, dass ich Pearls Gesellschaft tatsächlich genoss. Es gelang ihr hervorragend, mich zu beruhigen.

Pearl unterbrach unser Blickduell. »Also, Sophie, du bist wirklich genauso hübsch, wie dich Nathan beschrieben hat.«

Sophie blinzelte Pearl erstaunt an. »Vielen Dank.«

Das Kompliment besänftigte ihre Verärgerung, und ich musste insgeheim grinsen. Pearl konnte es nicht wissen, doch wenn Sophie eine Schwäche hatte, dann war es Eitelkeit. Sie *war* wunderschön. Sie hatte lange blonde Haare, kristallblaue Augen und die Figur einer professionellen Cheerleaderin. Allerdings wusste sie auch, wie attraktiv sie war, und liebte es, bestätigende Komplimente zu bekommen. Sie war nicht eingebildet oder gemein, aber durchaus auf ihr Aussehen fixiert. Sie brauchte immer ewig, um sich fertig zu machen, und sie lebte für Anerkennung. Wenn sie jemals sauer auf mich war, brauchte ich ihr nur zu sagen, wie hübsch ich sie fand, und alles war vergessen.

Als Pearl sah, dass sie erreicht hatte, was sie wollte, lehnte sie sich zurück und lächelte zufrieden. »Nathan hat mir gerade erzählt, wie er sich von zu Hause weggeschlichen hat, um ein Musikstipendium zu bekommen, ohne es seinen Brüdern zu verraten, sie ihm dann aber trotzdem gefolgt sind.«

Ich verzog mein Gesicht. Das Schicksal weigerte sich heute wirklich beharrlich, mir auch nur ein bisschen entgegenzukommen. Musste Pearl ausgerechnet *das* wiederholen? Mein Stipendium für die NYU war das heikelste Thema zwischen Sophie und mir. Fast. Abgesehen von Chris und Tyler. »Ohne es seinen *Brüdern* zu sagen?«, fragte sie. »Ohne es *überhaupt* jemandem zu sagen. Fast wäre ich mit meiner Bewerbung für die NYU zu spät dran gewesen, weil er so lange gewartet hat, mir zu sagen, dass er hier studieren will.«

Pearl zog überrascht die Augenbrauen hoch. Der Blick, den sie mir zuwarf, ließ meine Wangen brennen. »Du hast deiner Freundin gegenüber nicht erwähnt, wo du studieren willst? Wolltest du ihr etwa auch entkommen, so wie deinen Brüdern?«

Sophie warf Pearl einen vernichtenden Blick zu, dann sah sie mich an.

»Nein«, versicherte ich Sophie erneut. »So war das nicht.« Ich runzelte die Stirn. »Komm schon, Pearl. Ich dachte, wir wären jetzt Freunde, die zusammen einen Tee trinken. Warum werfen Sie mich jetzt den Wölfen zum Fraß vor?«

Pearl runzelte ebenfalls die Stirn. »Ich werfe dich nicht

den Wölfen zum Fraß vor, Nathan. Ich versuche nur, es zu verstehen. Du hast mir gesagt, ihr zwei wärt seit der elften Klasse ein Paar. Zwei Jahre ist eine ziemlich lange Zeit, um deine Freundin nicht in deine Studienpläne miteinzubeziehen.«

Sophie schlug mit der flachen Hand auf den Tisch und zeigte dann auf Pearl. »Ganz genau!«

»Soph ...«, seufzte ich. Das war das Letzte, was ich heute Abend gebrauchen konnte. »Ich habe dir das schon hundert Mal erklärt. Es ist nicht so, dass ich es dir nicht sagen wollte.« Ich fühlte mich so in die Ecke getrieben, dass ich der netten alten Dame, mit der ich gerade einen Tee getrunken hatte, einen bösen Blick zuwarf, während sie meiner Freundin und mir beim Streiten zusah. Obwohl ich den Nettigkeitsteil vielleicht noch mal überdenken sollte. »Ich habe es niemandem gesagt, weil ich ... Angst hatte.« Ich verzog das Gesicht. Mann, ich hasste es, das zuzugeben.

»Angst?«, fragte Pearl. »Wovor?«

»Ich weiß nicht, vor einer Million Sachen.« Ich begann, meine Schläfen zu massieren. »Als ich gesagt habe, dass ich Singer-Songwriter werden will, haben mich alle ausgelacht. Niemand hat mich ernst genommen, und niemand hat geglaubt, dass ich es schaffe. Alle halten es für eine dämliche Zeitverschwendung.«

Sophie seufzte. »Ich habe nie gesagt, dass ich es für dämlich halte. Ich weiß, wie wichtig dir deine Musik ist, und das liebe ich an dir. Aber du musst zugeben, dass die Chancen, als Musiker groß rauszukommen, verschwindend gering sind. Es ist kein guter Zukunftsplan. Es ist keine sichere Berufswahl.«

»Und genau *deshalb* habe ich dir nichts von dem Stipendium erzählt. Ich war mir nicht sicher, ob ich es bekommen würde, und ich wollte dir nicht sagen müssen, dass ich es versucht habe und gescheitert bin.«

Sophie sah mich mit absoluter Aufrichtigkeit an. »Nate. Du musst niemals Angst haben, mir etwas zu sagen. Ich würde niemals schlechter von dir denken, wenn das mit der Musik nichts wird. Das weißt du. Ich werde dich immer lieben. Ganz egal, was passiert.«

Sie meinte es tröstlich, dennoch hinterließen ihre Worte einen üblen Nachgeschmack. Sie würde nicht schlechter von mir denken, weil sie *davon ausging*, dass ich scheitern würde. Meine Musik war mein Leben, und auch wenn Sophie mich unterstützte und mich gern spielen und singen hörte, verstand sie dennoch nicht, wie viel es mir *wirklich* bedeutete. Für sie war es nur ein netter Zeitvertreib, mehr nicht – ein albernes Hobby, das sie mochte, weil ich talentiert war und sie mit mir vor ihren Freunden angeben konnte. Ich wusste, dass sie mich liebte, aber manchmal fühlte es sich so an, als wäre ich für sie nicht mehr als eine Trophäe.

»Tja, vielleicht spielt das alles eh keine Rolle mehr, wenn ich meinen Computer nicht wieder in Ordnung bringen kann. Mein Laptop ist zerstört. Alles, woran ich dieses Semester gearbeitet habe, ist weg.«

Sophie schnappte entsetzt nach Luft. »Dein Laptop ist zerstört?«

Ich hob mein zerbrochenes Handy hoch. »Und das hier auch.«

Sie starrte erst das Handy und dann mich an. »Wie ist das passiert?«

»So, wie es *immer* passiert.« Ich fuhr mir durch die Haare und seufzte genervt.

Sie wusste die Verärgerung in meiner Stimme richtig zu deuten. »Deine Brüder haben das getan?«

»Na ja, nicht *das* hier«, sagte ich und wedelte mit dem Smartphone herum. »Das war ein Kollateralschaden von meinem Zusammenstoß mit Pearl. Aber das mit meinem Laptop. Chris und Tyler waren ... eben Chris und Tyler, und dabei haben sie Kaffee darüber verschüttet. Das Ding ist praktisch explodiert. Mein Projekt hat sich in Rauch aufgelöst.«

Sophie blinzelte mich ein paarmal an, dann nahm ihr Gesicht einen tiefen Rotton an. »Diese *Idioten*. Wie haben sie das nur geschafft?«

»Indem sie herumgeblödelt haben, wie immer.« Ich würde ihr nicht sagen, dass sie mich hatten zwingen wollen, mit einem anderen Mädchen auszugehen. Sophie und meine Brüder kamen so gut miteinander aus wie Spider-Man und der Green Goblin. »Spielt ja auch keine Rolle. Was geschehen ist, ist geschehen.« Ich sank auf meinem Platz in mich zusammen.

»Das ist alles?« Sophie schüttelte den roten Kopf. »Wieso bist du deswegen nicht wütender?«

»Das bin ich doch, aber wütend zu sein, wird mein Problem nicht lösen. Kann ich mir mal dein Handy leihen? Ich muss einen Laden finden, der mir bei der Wiederherstellung der Dateien von der Festplatte helfen kann. Wenn ich meine Arbeit nicht wiederbekomme, bin ich am Arsch.«

Sophie wollte mir gerade ihr Handy reichen, als sie es plötzlich wieder zurückzog und mit der Faust auf den

Tisch schlug. »Dein Projekt ist nicht das Problem. Deine *Brüder* sind das Problem.«

Sie hätte mir ebenso gut in den Bauch schlagen können. »Wow, danke für das Mitleid.«

Sophie schüttelte den Kopf. »Bist du wirklich überrascht, dass so etwas passiert ist? Ich will ja nicht sagen, ich hätte es gewusst, aber wie oft habe ich dich davor gewarnt, mit deinen Brüdern zusammenzuziehen?«

»Ja, warum hast du das gemacht?«, fragte Pearl plötzlich. Ich war so in mein Wortgefecht mit Sophie versunken gewesen, dass ich ganz vergessen hatte, dass sie auch noch mit am Tisch saß.

Bevor ich antworten konnte, murmelte Sophie: »Weil er nicht Nein sagen kann, wenn es um sie geht.«

Ich verdrehte die Augen und versuchte es Pearl so gut zu erklären, wie ich konnte. »Das stimmt so nicht.«

Sophie schnaubte verächtlich, also schob ich nach: »Okay, vielleicht schon ein bisschen. Aber die Sache ist komplizierter. Meine Brüder haben sich ohne mein Wissen um dieses Zimmer gekümmert. Sie mussten extra eine Sondergenehmigung einholen, um dort zu dritt zu wohnen, weil das Studierendenwohnheim keine größeren Zimmer mehr hatte. Es war ein ziemliches Theater. Und als sie es mir dann schließlich gesagt haben, hatte Dad bereits die Anzahlung geleistet. Sie haben das als *Überraschung* für mich gemacht. Weil sie mich lieben und nicht von mir getrennt sein wollen. Sie haben sich so gefreut.«

Ich drehte mich mit flehendem Blick zu Sophie um. »Was hätte ich denn tun sollen? Ja, vielleicht wollte ich nicht mit ihnen zusammenziehen, aber ich konnte ja schlecht ihre Gefühle verletzen. Glaub mir, wenn ich auch nur eine Ahnung gehabt hätte, wie es sein würde, mir ein Zimmer mit ihnen zu teilen, hätte ich abgelehnt und mir eine eigene Bleibe gesucht.«

Pearl stellte ihre Teetasse ab und verschränkte die Hände vor sich auf dem Tisch. Dann lächelte sie aufrichtig. »Du hast ein gutes Herz, Nathan.«

Erneut gelang es Pearls Kompliment, Sophies Wut verrauchen zu lassen. Sie lächelte mich entschuldigend an und lehnte ihren Kopf an meine Schulter. »Das hat er«, stimmte sie Pearl zu. »Er ist die selbstloseste Person, die ich kenne. Aber genau darin besteht das Problem. Er steht nie für sich selbst ein, sondern lässt Chris und Tyler sein Leben kontrollieren. Und obwohl sie ihm so viel Ärger machen, liebt er sie trotzdem, obwohl sie seine Loyalität gar nicht verdient haben.«

Als ich etwas entgegnen wollte, brachte mich Sophie mit einem scharfen Blick zum Schweigen. »Du weißt, dass ich recht habe. Sie haben keinen Respekt vor dir, sie wissen dich nicht zu schätzen, und sie verschwenden nie einen Gedanken an deine Gefühle oder was du wirklich brauchst. Ich hasse es, so negativ zu klingen, aber ich bin es einfach leid, dass sie uns immer alles verderben.«

»Uns? Was haben sie dir denn bitte verdorben?«

»Zum Beispiel dieses Jahr«, erwiderte Sophie. »Das hier sollte *unsere* Zeit werden. Deine und meine. Stattdessen heißt es du, ich, Chris und Tyler. Sie mischen sich jetzt noch mehr ein als daheim. Ständig versuchen sie, dich mir wegzunehmen und dich dazu zu bringen, mit mir Schluss zu machen. Und du weißt genau, wie sie mich immer behandeln. Wann wirst du dich endlich von ihnen loslösen?«

Wir hatten diese Diskussion schon hunderte Male, seit

ich mit meinen Brüdern in New York zusammenlebte. Ich war wirklich nicht in der Stimmung, um das alles noch mal durchzukauen, aber ich konnte auch nicht widerstehen, etwas zu erwidern. Ich war furchtbar schlecht gelaunt, und sie machte es nur schlimmer. »Du redest hier von meiner *Familie*, Sophie. Meinen *Brüdern*. Es ist nicht so, als könnte ich sie so einfach in die Wüste schicken.«

Mit einem Schnauben lehnte sich Sophie zurück und verschränkte die Arme. »Tja, aber du musst sie ja nicht auch noch *ermutigen*. Du hättest nicht einwilligen dürfen, mit ihnen ein Zimmer zu teilen. Ich hab dir gesagt, dass du dich damit in eine schreckliche Situation bringen wirst. Aber hast du dich gegen sie gewehrt? Nein. Du hast wie immer einfach nachgegeben. Hör endlich auf, dir von ihnen dein Leben kontrollieren und *zerstören* zu lassen.«

Ich hatte genug. »Ich hab jetzt keine Zeit, mich weiter mit dir herumzustreiten. Anders als dir ist es mir wichtig, mein Projekt zu retten.« Ich stand auf und steckte mir das kaputte Handy in die Tasche. »Du bist genauso schlimm wie meine Brüder. Dir ist doch auch egal, was ich will. Jetzt gerade zum Beispiel denkst du nur an dich.«

Sophie sprang auf. »Das stimmt doch gar nicht! Wie kannst du so was sagen? Ich denke immer an dich. Du musst von deinen Brüdern weg!«

»Würde es dir um mich gehen, würdest du damit aufhören, mich zu belehren und mir stattdessen helfen, meinen Computer wieder in Ordnung zu bringen. Dieses Projekt war eine riesige Sache für mich. In den Talentwettbewerb zu kommen ist meine große Chance. Aber du scherst dich überhaupt nicht darum.«

»Natürlich tue ich das! Ich würde mich freuen, wenn du deinen Traum verwirklichen könntest.«

»Aber du glaubst nicht, dass ich es schaffen kann!« Auf einmal mischte sich Pearl ein. »Ihr beiden habt ein Problem«, sagte sie. »Glücklicherweise kann ich euch helfen.«

Sie beobachtete uns beide, und wieder war da dieses wissende Lächeln in ihrem Gesicht. In ihrem Blick lag etwas Schelmisches. Ich kam mir vor wie Lindsay Lohan in *Freaky Friday – Ein voll verrückter Freitag*, die sich mit ihrer Filmmutter Jamie Lee Curtis stritt. Wenn Pearl in diesem Moment einen Glückskeks aus der Tasche gezogen hätte, wäre ich ernsthaft getürmt.

Ihr Lächeln wurde wieder das einer freundlichen Großmutter. »Vielleicht war es ja doch das Schicksal, das uns zusammengeführt hat. Ich kenne jemanden, der einen Mitbewohner sucht. Es ist eine sehr nette Wohnung. Du hättest dein eigenes Schlafzimmer und Bad. Die Miete ist ziemlich günstig. Jordan studiert auch hier an der Universität. Ich denke, ihr beide würdet gut zusammenpassen.«

Ich war fast so schockiert wie in dem Moment, als mein Laptop in Kaffee ertränkt worden war. »Sie kennen wirklich jemanden mit einer freien Wohnung?«

Sophie schnappte begeistert nach Luft, ihre Wut war wie weggeblasen. »Nate, ja! O mein Gott, das ist *perfekt*! Du *musst* sie nehmen. Besorg dir deine eigene Wohnung. Zieh aus.«

Ihr Enthusiasmus irritierte mich. »Einfach ausziehen? Und meine Brüder im Stich lassen?«

Sie hüpfte aufgeregt herum, schnappte sich meine Hände und drückte sie. »Ja! Wir könnten sie los sein. Endlich.«

»Aber …«

»Baby, denk nicht drüber nach, tu es einfach. Tu es für uns. Ich meine, schau uns an. Wir streiten uns in einem Café und eine vollkommen Fremde muss schlichten. Wir brauchen das. Tut mir leid, dass ich wegen deines Projekts so unsensibel war. Natürlich tut es mir furchtbar leid, dass du die Dateien vielleicht nicht wiederbekommst. Ich weiß doch, wie hart du daran gearbeitet hast. Ich war nur so wütend wegen deiner Brüder. Sie reißen uns auseinander, Nate. Wir *brauchen* dieses Jahr Zeit für uns, weit weg von ihnen.«

Vielleicht hatte sie gar nicht so unrecht. Unsere Beziehung war dieses Jahr ziemlich angespannt, und meine Brüder waren bisher alles andere als hilfreich gewesen. Aber konnte es wirklich so einfach sein? »Aber ich kann doch nicht einfach so auszuziehen.«

»Warum nicht?«, fragten Pearl und Sophie gleichzeitig. Sie standen nun nebeneinander, sodass sie so etwas wie ein Team bildeten, das mich von der Wichtigkeit dieses Umzugs überzeugen wollte. Seufzend ließ ich mich wieder auf meinen Platz sinken. »Ein Umzug ist kompliziert. Und teuer.«

Sophie und Pearl setzten sich ebenfalls wieder. »Aber es ist machbar«, sagte Sophie. »Du hast doch etwas ansparen können, weil du das Stipendium bekommst und dir die Miete mit deinen Brüdern teilst. Warum nutzt du dieses Geld nicht, um dir was Besseres zu suchen? Ich würde ja mit dir zusammenziehen, aber ich kann erst nach einem Jahr meinen Mietvertrag kündigen. Deine Brüder können doch dein Zimmer einfach mit übernehmen, also kannst du ruhig dort raus. Wohne dieses Semester allein, und im Sommer können wir dann zusammen nach was suchen.«

»*Was?*« Hätte ich noch Tee getrunken, hätte ich ihn überall hingespuckt. Glücklicherweise war die Tasse vor mir leer. Ich wollte nicht so ausflippen, aber ich spielte gerade erst mit dem Gedanken, von meinen Brüdern wegzuziehen. Wieso war jetzt plötzlich die Rede davon, dass Sophie und ich zusammenziehen würden?

Ich sah von Sophie zu Pearl und wünschte plötzlich, ich hätte es nicht getan. Die alte Frau beobachtete mich ganz genau, als ob sie wissen würde, wie viel Angst mir Sophies Vorschlag machte. Mir wurde regelrecht schlecht, während ich darauf wartete, dass sie mich darauf ansprach, genau wie sie es zuvor getan hatte. Ihre Lippen zuckten, doch sie blieb stumm.

Ich atmete tief durch und konzentrierte mich wieder auf Sophie. Glücklicherweise schien sie nicht bemerkt zu haben, wie mir das Blut aus dem Gesicht gewichen war. Sie war viel zu sehr damit beschäftigt, unsere Zukunft durchzuplanen, um etwas zu bemerken. »Denk doch mal darüber nach, Nate. Wir sind jetzt auf dem College. Wir sind erwachsen. Und wir sind seit über zwei Jahren ein Paar. Zusammenzuziehen ist der nächste logische Schritt. Ich meine, wir wissen doch, dass wir mal heiraten werden. Warum sollen wir bis zum Abschluss warten, um unser gemeinsames Leben zu beginnen?«

Heiraten? Sie redete davon, zu *heiraten? Was?* »Whoa, Sophie, warte mal einen Moment. Heiraten? Wir sind Studienanfänger, wir sind noch keine neunzehn. Wir haben noch viel Zeit, bevor ...«

Sie winkte meine Bedenken ab. »Das weiß ich natürlich. Meine Eltern würden mich umbringen, wenn ich vor dem Abschluss heiraten würde. Aber wir sind jetzt alt genug, um diese Beziehung ernsthaft anzugehen. Darauf wirst du schon noch kommen, sobald du es schaffst, von Chris und Tyler wegzukommen. Sie sind diejenigen, die mit dem Kopf noch in der Grundschule sind. Sie sind es, die dich zurückhalten. Diese beiden werden niemals erwachsen werden. Du musst ausziehen, sonst werden sie dich mit in den Abgrund reißen. Sie haben schon dein Projekt ruiniert. Was kommt als Nächstes?«

Mir drehte sich der Magen um. Sophie hatte recht damit, dass meine Brüder in absehbarer Zeit nicht erwachsen werden würden, sie hingegen beeilte sich viel zu sehr damit. Ich fühlte mich nicht mehr wie ein Kind, aber warum musste ich mich direkt in einen verantwortungsbewussten Erwachsenen verwandeln? Warum konnte das College keine Übergangszeit sein?

Als hätte sie meine Gedanken gelesen, schenkte mir Pearl ein ermutigendes Lächeln. »Du bist ein kluger Bursche, Nathan. Ich glaube, tief in deinem Inneren weißt du bereits, was du willst. Hab keine Angst, es dir zu nehmen. Es ist *dein* Leben. Es ist an der Zeit, dass du die Führung übernimmst.«

»Sie hat recht«, sagte Sophie. »Übernimm die Führung, Nate. Ruf diesen Jordan an. Triff dich wenigstens mal mit ihm und sieh dir die Wohnung an.« Sie hob ihr Handy und sah zu Pearl. »Wie lautet seine Nummer? Wir können ihn direkt anrufen.«

Pearl betrachtete Sophie einen Moment zögernd, als ob sie etwas anderes sagen wollte. Doch was immer es war, sie entschied sich dagegen. Sie sah zu mir und wartete. Sie wollte es von mir hören. Sie wollte, dass ich Ja sagte, nicht nur Sophie. Das wusste ich zu schätzen. Als die beiden mich so erwartungsvoll ansahen, kam ich mir fast so erdrückt vor wie an dem Tag, als mir Chris und Tyler verkündet hatten, dass wir zusammenwohnen würden. Aber ich wollte meinen Brüdern wirklich entkommen. Sie würden sauer sein, aber früher oder später würden sie schon darüber hinwegkommen. Was konnte es schaden, mich mit diesem Typen zu treffen und mir die Wohnung anzusehen? »Also gut. Ich schaue sie mir mal an.«

Pearl nickte zufrieden, und Sophie klatschte in die Hände. »Yay! Das wird so toll. Ich kann nicht glauben, dass du diesen Idioten endlich den Rücken zuwendest. Du wirst es nicht bereuen. Das verspreche ich.« Nachdem sie mir einen Kuss auf die Wange gegeben hatte, sah sie mit gezücktem Handy wieder zu Pearl. »Wie lautet seine Nummer?«

»Ich habe nur eine E-Mail-Adresse«, sagte Pearl. »TheNextStevenSpielberg@gmail.com.« Sie warf mir ein weiteres aufmunterndes Lächeln zu. »Jordan studiert Film und ist wie du künstlerisch veranlagt. Ich glaube, ihr könntet wirklich gut füreinander sein.«

Ein Filmstudent? Das ließ mich aufhorchen. Den Durchbruch beim Film zu schaffen war ebenso schwer, wie als Musiker bekannt zu werden. Es würde nett sein, einen Mitbewohner zu haben, der nachvollziehen konnte, was ich durchmachte.

Sophie riss mich aus meinen Gedanken, als sie mir ihr Handy in die Hand legte. »Hier, Baby. Schreib ihm, und dann such dir jemanden, der deinen Computer reparieren kann. Und danach wird es höchste Eisenbahn für meine Lerngruppe.«

Als ich mein E-Mail-Konto öffnete, ging Sophie zum

Tresen, um sich einen Kaffee zum Mitnehmen zu bestellen.

> An: TheNextStevenSpielberg@gmail.com
> Von: Anderson.Nathan@NYU.edu
> Betreff: Mitbewohner gesucht?
>
> Hi. Deine Freundin Pearl hat gesagt, du würdest einen Mitbewohner suchen. Ist das Zimmer noch zu haben? Ich bin nicht besonders wählerisch, was die Unterbringung angeht. Ich muss nur so schnell wie möglich aus meiner derzeitigen Wohnung raus.
> Danke, Nate

Nachdem ich auf *Absenden* gedrückt hatte, atmete ich tief durch und begann nach Geschäften für Datenrettung zu suchen, die rund um die Uhr erreichbar waren. Noch bevor ich eines in der Nähe finden konnte, kam eine Antwort.

> An: Anderson.Nathan@NYU.edu
> Von: TheNextStevenSpielberg@gmail.com
> Betreff: Pearl hat dich empfohlen???
>
> Ich wollte das Zimmer gerade in den Kleinanzeigen inserieren, aber einem Kommilitonen helfe ich natürlich gern aus. Wenn du also interessiert bist, halte ich die Anzeige zurück, bis du dir die Wohnung angesehen hast. Außerdem musst du so was wie ein Heiliger sein, wenn *Pearl* dich empfiehlt. Die Wohnung ist nur fünf Blocks vom Hauptcampus entfernt. Die Miete ist nur halb so hoch wie bei vergleichbaren Woh-

nungen, und du hättest dein eigenes Schlaf- und Badezimmer. Die Miete beinhaltet Nebenkosten, Internet und Kabel. Das Schlafzimmer ist möbliert, wir haben Zugang zu Waschmaschine und Trockner, und im Gebäude gibt es außerdem noch ein Fitnessstudio.

Das alles bei günstiger Miete? Irgendwo musste es einen Haken geben.

An: TheNextStevenSpielberg@gmail.com
Von: Anderson.Nathan@NYU.edu
Betreff: Wo ist der Haken?

Ich bin definitiv interessiert. Aber das Angebot klingt zu gut, um wahr zu sein. Wie kommt es, dass es noch verfügbar ist, wenn ich fragen darf?

Ich wartete einen Moment in der Hoffnung, noch eine schnelle Antwort zu bekommen, und tatsächlich kam eine. Als ich den Betreff las, hätte ich fast laut losgelacht.

An: Anderson.Nathan@NYU.edu
Von: TheNextStevenSpielberg@gmail.com
Betreff: Ich habe die Tendenz, meine Mitbewohner zu töten.

Die Wohnung ist fantastisch. Sie wurde erst letzte Woche frei, und das Semester läuft schon einen Monat. Die meisten Studierenden haben schon was gefunden. Der Haken ist, dass ich voll lahm bin. Ich stehe nicht auf Party machen. Hab ich alles hinter mir. Es macht mir nichts aus, mal Freunde da zu haben, aber ich bevorzuge es ruhig. Keine Partys, keine Raucher, keine Drogen. Und ich werde ziemlich gereizt, wenn ich nicht genug Schlaf bekomme, also toleriere ich auch keinen späten Lärm. Eigentlich bin ich ziemlich unkompliziert, aber für den typischen Studierenden vielleicht nicht der ideale Mitbewohner.

Ohne lang darüber nachzudenken, drückte ich auf *Antworten*.

An: TheNextStevenSpielberg@gmail.com
Von:Anderson.Nathan@NYU.edu
Betreff: Klingt perfekt.

Ich wohne momentan auf dem Stockwerk der Erstsemester im Studierendenwohnheim und die täglichen Partys sind nichts für mich. Genau das ist der Grund, warum ich nach etwas Neuem suche.

An: Anderson.Nathan@NYU.edu
Von: TheNextStevenSpielberg@gmail.com
Betreff: Es gehört dir!

Jetzt klingst du zu gut, um wahr zu sein. Du bist doch nicht zufällig ein gemeingefährlicher Irrer, oder?

An: TheNextStevenSpielberg@gmail.com
Von:Anderson.Nathan@NYU.edu
Betreff: Das musst ausgerechnet du sagen.

Du bist doch derjenige, der gern seine Mitbewohner tötet.

Während ich auf eine Antwort wartete, wurde ich richtig aufgeregt. Ich hatte Spaß und fühlte mich bereits besser. Das war genau die Art von Mitbewohner, die ich mir gewünscht hatte, als die Stipendiatszusage gekommen war. Ich hatte nie mit jemand anderem als meinen Brüdern zusammengewohnt, also könnte sich dieser Kerl tatsächlich als der mörderische Irre entpuppen, für den er sich ausgab, und ich würde wahrscheinlich darüber hinwegsehen. Aber er wirkte echt cool, also machte ich mir nicht allzu viele Sorgen darüber, in einem Leichensack zu enden. Als ich den Betreff der nächsten Antwort las, stieg meine Vorfreude auf ein wenig Freiheit ins Unermessliche.

An: Anderson.Nathan@NYU.edu
Von: TheNextStevenSpielberg@gmail.com
Betreff: Wann kannst du einziehen?

Ich hab jetzt gerade Zeit, wenn du dir die Wohnung anschauen willst.

Ein leises Lachen zog meine Aufmerksamkeit vom Handy. »Du lächelst ja schon«, sagte Pearl.
Genau wie sie. Sie lächelte von einem Ohr zum ande-

ren, und ihre Augen funkelten vor Freude. Noch nie hatte ich jemanden so zufrieden wirken sehen.

Ich zuckte mit den Schultern. »Er kommt mir wie ein cooler Typ vor. Ich glaube, Sie haben recht. Das könnte was werden. Danke, Pearl.«

Sie zwinkerte mir zu und stand auf. »Ich glaube, meine Arbeit hier ist getan. Grüß Jordan von mir und nimm die Wohnung, Nathan. Geh das Risiko ein. Für dich, denn es ist, was *du* willst. Was *du* brauchst. Denk diesmal nicht an Sophie oder an deine Brüder. Vertrau mir, du wirst es nicht bereuen.«

Ich wusste selbst nicht warum, aber ich glaubte ihr. Ich konnte das tun. Als sie um den Tisch zur Tür ging, blieb sie kurz stehen und nahm etwas aus ihrer Tasche. Fast hätte ich laut nach Luft geschnappt, als sie einen Glückskeks vor mich stellte. Sie lächelte verschmitzt und verließ das Café, ohne noch mal zurückzublicken.

Sobald sie fort war, wurde ich von dem Gefühl übermannt, als ob mein Leben für immer verändert worden war. Ich starrte auf den Glückskeks vor mir und erwartete fast so was wie ein Erdbeben, einen Blitzeinschlag oder so etwas in der Art, das mit einem magischen Seelentausch einherging, doch es geschah nichts Dramatisches.

Ich wartete immer noch darauf, dass der Glückskeks … keine Ahnung, vom Tisch sprang und mich biss, als Sophie mit zwei Bechern Kaffee wiederkam. »Was ist das denn? Hat dir die alte chinesische Frau etwa einen *Glückskeks* dagelassen?«

Kichernd reichte sie mir einen der Pappbecher und griff nach dem Keks.

»Warte!«

Bevor ich sie aufhalten konnte, brach sie ihn auseinander. »Eine unerwartete Gelegenheit wird Ihr Leben verändern«, las sie vor und begann zu strahlen. »Da! Siehst du? Das ist ein Zeichen. Du musst dir unbedingt diese Wohnung ansehen.«

Es war wohl wirklich ein Zeichen. Und zwar ein *voll verrücktes*. Ich hoffte nur, dass ich noch in meinem eigenen Körper sein würde, wenn ich am nächsten Morgen aufwachte.

4

Eurotrip

Als ich vor der Tür zu meiner potentiell ersten eigenen Wohnung stand, ging die Sonne gerade unter und ließ das makellose Gebäude im sanften Licht funkeln. Die Adresse, die mir Jordan gegeben hatte, führte zu einem Haus, das so vornehm war, dass es sogar einen Aufzug und einen Pförtner hatte. Außerdem befand es sich in einer Toplage nur zehn Minuten zu Fuß vom Campus entfernt.

Wenn Jordan wirklich so cool war, wie er zu sein schien, es ernst meinte mit der niedrigen Miete und die Wohnung auch nur halb so schick war, wie das Gebäude vermuten ließ, schuldete ich Pearl einen Riesengefallen. Bis jetzt konnte ich noch keinen Haken an diesem Arrangement erkennen. Ich begrüßte den Pförtner mit einem breiten Lächeln. »Nate Anderson, ich möchte zu Jordan Kramer.«

Der Mann nickte und deutete zum Aufzug. »Sie werden erwartet. Achter Stock, Apartment 8B.«

»Danke.«

Ich war immer noch ein wenig berauscht von Pearls Motivationsrede, doch meine Hoffnungen wurden zunichtegemacht, als eine junge Frau in pink gestreiftem Pyjama und Plüschpantoffeln die Tür öffnete. Sie lehnte sich gegen den Türrahmen und musterte mich mit offensichtlicher Faszination.

»Mr Anderson«, sagte sie wie Agent Smith, der Bösewicht aus *Matrix*, als sie mir die Hand entgegenstreckte. Sie war nicht die Erste, die das machte, aber die Imitation war perfekt. Wenn ich nicht völlig überrumpelt gewesen wäre, hätte ich ihr meinen Respekt dafür ausgesprochen.

»So sieht also ein von Pearl genehmigter Kerl aus.« Sie schüttelte den Kopf und grinste. »Das muss ich ihr lassen, sie hat einen guten Geschmack. Du bist eine seltsame Mischung aus heiß und süß. Das sieht man nicht so oft.«

Ich war ziemlich verblüfft über das Kompliment, wenn es denn überhaupt eines gewesen war. Vielleicht war es auch nur eine bloße Feststellung gewesen. Meine offensichtliche Überraschung brachte sie zum Lachen, und erneut streckte sie mir die Hand entgegen. »Schön, dich kennenzulernen. Ich bin Jordan Kramer.«

Das hatte ich bereits befürchtet. »Du bist ein Mädchen.«

Jordan lachte erneut. »Steht zumindest auf meiner Geburtsurkunde, aber es freut mich, dass du es erkannt hast, ohne einen Blick darauf zu werfen.«

Nein. Das war definitiv nicht nötig. Ich hätte sie vielleicht nicht als hinreißend oder wunderschön bezeichnet, aber sie war echt *süß*. Grünbraune Augen, Sommersprossen um die Nase und ein ansteckendes Lächeln. Ihre Haare waren dunkel, aber mit genug Rot darin, um es als kastanienbraun bezeichnen zu können. Jordan trug einen unordentlichen Pferdeschwanz, was sie noch mehr wie das typische Mädchen von nebenan wirken ließ. Und sie war echt klein. Ich überragte sie förmlich, was ziemlich neu für mich war, denn selbst auf Zehenspitzen war ich von ziemlich durchschnittlicher Größe.

Ich schüttelte grinsend den Kopf. »Nein, sorry. Ich war nur überrascht. Pearl hat es nicht erwähnt, also bin ich von einem Jungen ausgegangen.«

Jordan biss sich auf die Lippen, als würde sie versuchen, mich nicht auszulachen. Dann überraschte sie mich damit, dass sie mit den Fingern schnippte und auf mich zeigte. »Genau wie in *Eurotrip!*«

Ich wollte mich gerade noch mal entschuldigen, doch ihre Worte verschlugen mir die Sprache, und ich sah sie stirnrunzelnd an. Ich hatte keinen blassen Schimmer, wovon sie da redete. »Wie bitte?«

»Sorry.« Sie deutete auf sich selbst. »Riesenfilmfan hier. Ich habe da diese Theorie, dass alles im Leben schon mal in einem Film vorkam, und jetzt gerade ist dein Film *Eurotrip*.«

Sie wartete darauf, dass ich etwas sagte – ihr vielleicht zustimmte –, doch ich konnte nur mit den Schultern zucken. »Noch nie davon gehört.«

»Ernsthaft? Oh, da hast du echt was verpasst. Der ist toll!« Sie packte mich am Handgelenk und zog mich in die Wohnung, bevor ich auch nur ein Wort herausbringen konnte. »Komm, ich zeige ihn dir.«

Als wir drinnen waren, blieb ich wie angewurzelt stehen. Die Wohnung war *unglaublich*. Und riesig. Das Wohnzimmer allein war größer als die Studierendenbude, die ich mir mit meinen Brüdern teilte. Die Küche hatte eine anständige Größe, und es gab ein separates Esszimmer. Ein richtiges Esszimmer. Keine Sitzecke, die die Küche zustellt. Ein Esszimmer. In *Manhattan*. Wo ein einziger Quadratmeter wahrscheinlich dreißig Milliarden Dollar kostete. Die Wohnung musste ein Vermögen wert sein.

Alles war neu und modern und schick. Es war super sauber und hübsch eingerichtet. An einer Wand im Wohnzimmer hing ein riesiger Fernseher, der mindestens sechzig Zoll haben musste. Dazu gab es eine Soundanlage, die technisch hochaktuell wirkte, und wunderschöne Einbauschränke. Die meisten Regale waren allerdings nicht mit Büchern, sondern mit DVDs gefüllt.

Bevor ich fragen konnte, warum in aller Welt die Miete so niedrig sein konnte, obwohl die Wohnung so großartig war, hatte Jordan einen Film aus dem Regal gezogen und ihn mir in die Hand gedrückt. »*Eurotrip*«, verkündete sie stolz. »Eine Teeniekomödie aus den frühen Nullern. Scott hat diesen Internetkumpel, den er für einen Kerl namens Mike hält. Doch in Wirklichkeit heißt sie *Mieke* und ist ein Mädchen. Wie ich.«

Sie wartete erneut auf eine Reaktion. Ich nickte und dieses Mal musste ich wirklich lachen. »Okay, hab's kapiert. Den Film hab ich aber nie gesehen.«

»Der ist so gut. Total krass, aber wahnsinnig witzig. Der Höhepunkt des Films ist ein Überraschungsauftritt von Matt Damon. Er spielt so einen durchgeknallten

Punkrocker, der dieses total lustige Lied singt. ›Scotty doesn't know.‹ Echt jetzt, ich lache mich jedes Mal schlapp, egal wie oft ich diese Szene sehe.«

Ich starrte auf die DVD-Hülle in meiner Hand und versuchte, der Unterhaltung zu folgen. Jordan war ein bisschen überwältigend. »Matt Damon spielt einen Punker und singt ein ganzes Lied darüber, dass so ein Typ nicht wusste, dass sein Kumpel aus dem Internet ein Mädchen ist?«

Jordan lachte. »Nein, nein, nein. Sorry, diese Verwechslung kommt erst nach dem Lied. Das war die Inspiration. Aber für ein episches Abenteuer braucht der Held erst einen Auslöser, um seinem Ruf zu folgen. Das Lied war dieser Auslöser. Brutal, aber so witzig. Es geht darum, dass Scottys Freundin ihn seit Ewigkeiten betrügt und es alle wissen außer ...« Sie stockte.

Stille breitete sich im Wohnzimmer aus. Es war, als ob sich Jordan an ihren eigenen Worten verschluckt hatte. Sie stand einfach nur da und kniff die Augen zusammen. »Äh ... alles okay?«

Als ich sprach, atmete sie tief durch, öffnete die Augen, nahm mir die DVD aus der Hand, zerbrach die Scheibe und warf sie in den Müll. »Bist du okay?«, wiederholte ich, nachdem sie einen Moment nur dastand und sichtlich mit den Tränen kämpfte.

Meine Stimme ließ sie zusammenzucken. Sie wischte sich über die Augen und versuchte wieder zu lächeln. »Jetzt wieder«, sagte sie. »Tut mir leid. Drama mit meinem Exfreund. Ich schätze, wir sind heute wohl beide Scotty. Du hast Glück. Du stehst am Beginn eines aufregenden

Abenteuers. Ich hab nur das Fremdgehen und das brutale Schlussmachen abbekommen.«

Wieder atmete sie tief ein und langsam wieder aus, während ich fieberhaft überlegte, was sie über das Lied erzählt hatte. Etwas über ein Mädchen, das ihren Freund hintergeht? *Oh.* Ich hatte keine Ahnung, was ich sagen oder tun sollte. »O Mann. Das ist echt scheiße. Tut mir leid.«

Als ob ihr jetzt erst klar geworden war, dass ich mich mit der Situation unbehaglich fühlte, schüttelte sie den Kopf und riss sich zusammen. »Nein. Mir tut es leid. Ich wollte mich nicht so irre vor dir aufführen. Ich dachte nur, ich wäre alles losgeworden, was mich an sie erinnert.«

»An sie?«

Jordan seufzte. »Sagen wir einfach, mein Freund, mit dem ich acht Monate zusammen war, ist nicht länger mein Freund, und meine Mitbewohnerin nicht länger meine Mitbewohnerin.«

Ihr Freund hatte was mit ihrer Mitbewohnerin angefangen? »Wow. Übel.«

Sie nickte, und wieder verfielen wir in verlegenes Schweigen. Ich versuchte, die Atmosphäre aufzulockern. »Also ... du bringst deine Mitbewohner echt um, was? Ich dachte, das wäre ein Scherz, als ich zugestimmt habe, mir die Wohnung anzusehen.«

Im ersten Moment dachte ich, der Witz wäre unsensibel gewesen, als sie zusammenzuckte und mehrere Male blinzelte. Doch dann fing sie an zu lachen. »O mein Gott!«, rief sie. »Ein super Eisbrecher! Du bist toll. Und kannst jetzt auf jeden Fall mein Mitbewohner werden.

Komm, ich zeig dir dein Zimmer. Es ist riesig. Du wirst es lieben.«

Sie griff nach meinem Handgelenk, um mich durch die Wohnung zu schleifen, und wir waren schon halb im Flur, als ich auf die Bremse trat. »Warte mal. Sorry. Du wirkst echt cool, aber ich kann das Zimmer nicht nehmen.«

Jordan verzog das Gesicht. »Ich kann dich doch nicht schon abgeschreckt haben. Ich schwöre, dass ich nicht immer so durchgedreht bin. Es ist erst eine Woche her, seit ich das von ihnen erfahren habe, und ...«

»Nein, das ist es nicht«, versicherte ich ihr schnell. »Es liegt daran, dass du ein Mädchen bist.«

Jordan klappte den Mund zu und rümpfte die Nase. »Mein Geschlecht ist ein Problem?«

Ich seufzte. »Ja. Na ja, nein. Aber ja.« Als sie die Stirn runzelte, musste ich grinsen. »Natürlich ist dein Geschlecht kein Problem. Zufällig mag ich Frauen sehr gern. Ich hätte auch kein Problem damit, hier einzuziehen, aber meine Freundin sieht das höchstwahrscheinlich anders.«

Für Sophie wäre es auf keinen Fall in Ordnung, dass meine Mitbewohnerin weiblich wäre.

Jordans Augenbrauen schossen so in die Höhe, dass sie fast unter der Decke landeten. »Du hast eine *Freundin?*«

Ihre Fassungslosigkeit hätte mich kränken sollen, aber aus irgendeinem Grund fand ich es lustig. »Ist das wirklich so schwer zu glauben?«, scherzte ich.

Sie schlug die Hände vors Gesicht, dann winkte sie verlegen ab. »Nein, das meinte ich natürlich nicht. Natürlich hast du eine Freundin. Das ist überhaupt nicht schwer zu glauben. Es ist nur ... Pearl hat dich geschickt.« Sie kratzte sich am Kopf und musterte mich verwirrt. »Wusste Pearl, dass du eine Freundin hast, als sie dir meine Mailadresse gegeben hat?«

»Ja klar.« Ich lachte. »Sie hat sie getroffen. Eigentlich hat sie mich von meiner Freundin entführt und mich gezwungen, einen Tee mit ihr zu trinken. Sie ist ziemlich seltsam, oder? Aber ja. Sie weiß von meiner Freundin. Und wenn ich jetzt so darüber nachdenke, war ihr vermutlich sogar klar, dass das ein Problem für Sophie sein würde, denn sie hat uns absichtlich nicht korrigiert, als wir angenommen haben, du wärst ein Kerl.«

Jordan schnaubte. »Überrascht mich nicht. Diese hinterhältige kleine Einmischerin hat immer irgendeinen Plan auf Lager.« Sie schüttelte den Kopf und lachte auf. »Ein Kerl mit Freundin. Unglaublich.«

»Pearl ist schon irgendwie komisch, oder?«

Wieder lachte Jordan. »Sie ist ein wenig exzentrisch, aber harmlos. Eigentlich ist sie sogar ziemlich nett, wenn auch ein bisschen zu neugierig.«

Ich nickte. Abgesehen von diesem seltsamen Gefühl, Pearl würde viel zu viel über mich wissen, war genau das auch mein Eindruck von ihr. Ich war erleichtert, dass Jordan sie zu mögen schien. »Ich bin mir sicher, sie meinte es gut«, sagte ich. »Ich brauche unbedingt eine neue Wohnung und sie schien davon überzeugt, dass das hier perfekt passt. Sie wollte bestimmt nur helfen. Und wenn da nicht Sophie wäre, würde es das bestimmt auch. Du wirkst echt cool, die Lage ist super, und die Wohnung selbst ist der Wahnsinn.«

Jordan sah sich seufzend um. »Das ist sie wirklich. Und du bist dir sicher, dass du dir das Zimmer nicht wenigstens mal ansehen willst?« Es war so verlockend, ihr Angebot anzunehmen. Jetzt, wo mir der Gedanke an einen Umzug in den Kopf gesetzt worden war, konnte ich ihn nicht so einfach aufgeben. Die Vorstellung, den Rest des Semesters mit meinen Brüdern in diesem winzigen Zimmer zu hocken, wenn mir dieser Ort hier als Alternative zur Verfügung stand, war …

Als ich zögerte, trat Jordan beiseite und deutete den Flur hinunter. »Schau es dir doch wenigstens mal an. Ich muss das Zimmer vermieten, und du brauchst eine neue Bleibe. Ist doch keine große Sache. Wir würden uns nicht mal ein Badezimmer teilen.«

»Nein, wirklich. Du solltest mich nicht so in Versuchung führen. Ich *weiß*, dass es Sophie nicht recht wäre, selbst wenn sie zustimmen würde. Ich kann ihr das nicht antun.«

Jordan musterte mich einen Moment und begriff seufzend, dass ich es ernst meinte. Es war ihr anzusehen, dass sie enttäuscht war, doch gleichzeitig wirkte sie beeindruckt. »Du erneuerst echt meinen Glauben an die Männerwelt, Nate. Ich hoffe, Sophie weiß zu schätzen, was für einen tollen Kerl sie sich da geangelt hat.«

In Anbetracht der Tatsache, dass sie noch vor einer halben Stunde unsere gemeinsame Zukunft durchgeplant hatte, selbst nach unserem Streit? Ich lachte. »Das hoffe ich doch. Sie liebt mich jedenfalls, und das muss ja irgendwas heißen, oder?«

Wieder lächelte Jordan. »Vielleicht ein bisschen. Sag mal, du hast nicht zufällig einen Bruder, der Single ist, oder?«

Ich musste so laut lachen, dass mir das Zwerchfell wehtat. »Sogar zwei. Wir sind Drillinge. Aber vertrau mir, wenn du dir deinen neugewonnenen Glauben an die Männer bewahren willst, hältst du dich besser von den beiden fern.«

Jordan zog eine Augenbraue hoch. »Das klingt ja interessant.«

Ich grinste. »Finden die meisten Frauen. Und dann lernen sie auf die harte Tour die Wahrheit.«

Jordan lächelte breit und nickte. »Okay, dann nehme ich dich einfach mal beim Wort. Schade.«

»Ja.« Als es wieder still wurde, zwang ich mich in Bewegung. »Ich sollte jetzt wirklich los. Ich habe heute noch einiges zu tun.« Als ich zur Tür ging, warf ich einen letzten wehmütigen Blick in die Wohnung. »Das ist wirklich ein Spitzenapartment. Viel Glück für die Mitbewohnersuche. Tut mir leid, dass ich deine Zeit verschwendet habe. Es war echt nett, dich kennenzulernen.«

Jordan schüttelte den Kopf. »Das war auf keinen Fall Zeitverschwendung, sondern eine nette Ablenkung. Wenn ich nicht bereits wüsste, dass du das Zimmer nicht nimmst, hätte ich dich gefragt, ob wir nicht noch zusammen einen Film anschauen wollen oder so was. Ich hasse es, hier allein zu sein, und nach der Woche, die ich hatte, könnte ich wirklich Gesellschaft gebrauchen.«

Ich lachte, weil sie es so beiläufig sagte, doch sie tat mir auch leid. Und ich war überraschend versucht, ihr Angebot anzunehmen. Es war kein Flirten ihrerseits, und sie bettelte auch nicht um Aufmerksamkeit. Sie war einfach … keine Ahnung … aufrichtig, schätzte ich. Bodenständig und freundlich. Locker und unkompliziert. Die Vorstellung, einfach entspannt und ohne Erwartungen mit ihr abzuhängen, übte einen gewissen Reiz auf mich aus. Wenn Sophie dabei gewesen wäre, hätten wir wahrscheinlich eingewilligt, zu bleiben. Doch ich musste auch immer noch meinen Computer in Ordnung bringen.

»Dabei fällt mir ein, könntest du vielleicht schnell mal was für mich nachsehen? Meine Brüder haben vorhin meinen Laptop geschrottet, und morgen früh ist dieses große Projekt fällig. Ich muss versuchen, die Dateien auf meiner Festplatte zu retten, aber mein Handy ist mir vorhin auch noch kaputt gegangen, also hab ich kein Internet.«

Jordan riss die Augen auf. »Dir sind an einem einzigen Abend dein Computer *und* dein Handy kaputt gegangen?«

Mit einem selbstironischen Lächeln hob ich meine immer noch feuchte Jacke in die Höhe. »Die hier auch. Es war kein besonders guter Tag.«

Jordan sah mich einen Moment an, dann grinste sie. »Deine Pechsträhne hat jetzt ein Ende. Ich kenne jemanden, der dir mit deinem Computer helfen kann, und er ist nicht in der Lage, mir etwas abzuschlagen.«

Bevor ich antworten konnte, zog sie sich einen Hoodie über, der so groß war, dass sie fast darin verschwand, und tauschte ihre Plüschpantoffeln gegen Flipflops. Dann marschierte sie aus ihrer Wohnung, obwohl sie nur eine Pyjamahose trug. Als sie sich umdrehte und ich mich noch keinen Zentimeter bewegt hatte, verdrehte sie die Augen. »Komm schon, Mr Supertreu. Das ist kein Date oder so was. Wir lassen nur deinen Computer wieder in Ordnung bringen. Ich verspreche dir, dass ich nicht versuchen werde, dich zu verführen. Zufällig hab ich der Männerwelt komplett abgeschworen, du bist also völlig sicher. Ehrenwort.«

»Na gut.« Ich lachte. »Wenn ich dein Ehrenwort habe.«

5

Joe gegen den Vulkan

Als wir auf die Straße traten, schlang Jordan die Arme um sich und pustete in ihre Hände. »Brrr. Ich vermisse den September jetzt schon.«

»Es ist doch erst Anfang Oktober.«

»Und es kommt mir schon wie Winter vor.«

Ich betrachtete die bunt gefärbten Blätter an den Bäumen um uns herum. Die Sonne war fast untergegangen und die Temperatur leicht gesunken. Es war frisch, aber nicht kalt. »Wie ein kalifornischer Winter«, erklärte sie, als ich widersprechen wollte. »Oktober in New York ist wie Februar in L.A.«

Die Passanten eilten um uns herum, verließen Geschäfte oder stiegen in Taxis, während Jordan schlenderte, als hätte sie alle Zeit der Welt. Das gefiel mir. Nach dem stressigen Tag, den ich hatte, entspannte mich das irgendwie. »Dann kommst du aus Los Angeles?«

Sie nickte. »Ja, geboren und aufgewachsen in der Stadt der Engel.«

»Das erklärt die Filmreferenzen.« Ich warf einen Blick auf ihre Füße. »Und die Flipflops. Weißt du, mit richtigen Schuhen wäre dir vielleicht nicht so kalt.«

Jordan warf einen Blick auf ihre lackierten Zehennägel und runzelte die Stirn. »Auf keinen Fall. Die Flipflops sind die beste Erinnerung an zu Hause. Wenn ich anfange, feste Schuhe zu tragen, könnte ich meine Wurzeln vergessen und für immer hier in dieser Stadt gefangen bleiben.«

»Dann bist du also kein Fan von New York?«

Jordan zuckte mit den Schultern. »Es ist nicht das Schlechteste. Ich kam her, weil ich eine Veränderung brauchte, und dafür ist es okay. Aber nach dem Abschluss freue ich mich darauf, zu Sonnenschein und Strand zurückzukehren.« Neugierig stieß sie mich an. »Und du? Dir steht Ostküste praktisch auf die Stirn geschrieben. Bist du ein überzeugter New Yorker?«

Ich blickte zu den Wolkenkratzern auf und schüttelte den Kopf. »Da ist das letzte Urteil noch nicht gesprochen. Ich stamme aus Syracuse. Ich war also schon öfter hier, bin mir aber nicht sicher, ob ich für den Rest meines Lebens bleiben will. Es ist mir hier alles ein bisschen zu groß und überfüllt. Ich mag es eigentlich lieber ein bisschen ruhiger.«

Wir warteten an einer Ampel und sahen einen Mann im Anzug und Handy am Ohr vor uns die Straße überqueren, noch bevor wir Grün hatten. Ein Auto musste eine Vollbremsung hinlegen. Als der Fahrer wie wild hupte, schlug der Geschäftstyp fluchend auf dessen Motorhaube und brüllte. Jordan und ich sahen uns an und lachten. »Diese Stadt ist alles andere als ruhig«, sagte sie.

»Ich weiß. Aber ich will ins Musikbusiness einsteigen, also werde ich wahrscheinlich sowieso hier landen. Bestimmt gewöhne ich mich noch dran.«

Jordan horchte auf, während wir die Straße überquerten. »Musik?«

Ich nickte. »Ja. Ich studiere Musikkomposition an der Steinhardt.« Mit einem verlegenen Lächeln fügte ich hinzu: »Ich kam nach New York mit der alten Gitarre meiner Mutter auf dem Rücken und dem Ziel, eines Tages einen Grammy als Singer-Songwriter zu bekommen.«

»Cool. Das ist so wie bei mir, die ich in L.A. aufgewachsen bin und immer ...«

»Der nächste Steven Spielberg sein wollte?«, riet ich, als mir ihre Mailadresse einfiel.

Sie schenkte mir ein schiefes Lächeln. »Genau. Wie es aussieht, sind wir beide wandelnde Klischees. Und wie schlimm haben es deine Eltern aufgenommen? Denn meine sind völlig ausgerastet, als ich ihnen gesagt habe, dass ich Film studieren will. Mein Dad ist in der Bauwirtschaft und meine Mom Chefin eines großen Unternehmens. Jedes Mal, wenn sie anrufen, muss ich mir anhören, dass man beim Film nichts verdient.«

Ich schnaubte. »Na klar. Mein Vater ist Handwerker und war einfach nur froh, dass er nicht fürs Studium bezahlen muss, weil ich ein Stipendium bekommen habe. Aber Sophie hat sich entschieden, Rechnungswesen zu studieren, weil, und ich zitiere, *das ein sicherer Beruf ist, und einer von uns muss ja realistisch denken, was unser Einkommen angeht.*«

»Ugh.« Jordan schüttelte sich. »Kannst du dir vorstellen, den ganzen Tag über Zahlen zu hocken und Steuererklärungen zu machen?«

Ich lachte. »Auf keinen Fall. Aber ich weiß es zu schätzen, dass es okay für sie ist. Und zumindest hat sie nie versucht, mich von der Musik abzubringen. Sie kann meine Entscheidung nicht nachvollziehen, aber sie ist froh, dass es mich glücklich macht, und will trotzdem mit mir zusammen sein, obwohl sie davon überzeugt ist, dass sie es sein wird, die später das Geld nach Hause bringt.«

»So kann man es natürlich auch sehen. Aber ich wäre schon lieber mit jemandem zusammen, der es wirklich kapiert, weißt du? Jemand, der mich versteht. Das ist es, was ich am Studium am meisten mag. Meine Kommilitonen und ich verfolgen diesen unmöglichen Traum gemeinsam. Und die Lehrer ermutigen und unterstützen uns. Das ist nett.«

»Ich weiß, was du meinst.«

Genau so war es auch bei mir. Ich blühte dieses Jahr richtig auf. Während meine Brüder nach Hause kamen und sich über ihre Kurse oder Dozierenden beschwerten, liebte ich meinen Stundenplan. Ich saugte jedes Wort meiner Lehrer auf und verstand mich mit den anderen Studierenden. Allein diese Unterhaltung mit Jordan sorgte dafür, dass ich mich mit ihr verbunden fühlte, weil sie wusste, wie es war, einen Traum, eine Leidenschaft zu haben und trotz geringer Erfolgsaussichten dafür zu kämpfen. Wir studierten zwar unterschiedliche Fächer, dennoch saßen wir im selben Boot.

Das leichte Gefühl in meiner Brust verschwand, als wir mein Wohnheim erreichten. Es kostete mich körperliche

Überwindung, durch die Tür zu gehen. Als wir meine Etage erreicht hatten, war ich in genauso schlechter Stimmung wie in dem Moment, als ich meine Brüder stehengelassen hatte.

»Hey.« Jordan riss mich aus meinen finsteren Gedanken. »Alles klar? Seit wir hier drin sind, erinnerst du mich an den Anfang von *Joe gegen den Vulkan*.«

»Joe gegen den Vulkan?«

»Ein Romcom-Klassiker mit Tom Hanks und Meg Ryan von 1990. Ein Mann erfährt, dass er nur noch ein paar Monate zu leben hat, also nimmt er dieses irre Angebot an, stilvoll abzutreten, indem er in einen Vulkan springt.«

»Was?« Sie hatte mich erfolgreich abgelenkt, und ich blieb stirnrunzelnd vor ihr stehen. »Er will in einen *Vulkan* springen?«

Jordan lachte über meine Reaktion. »Ja. Weil es ihm einfach wie eine bessere Option vorkommt, als die letzten drei Monate seiner erbärmlichen Existenz weiterzuleben. Das Großartige an dem Film ist, dass er die Zuschauer dazu bringt, zu hoffen, dass Joe auf diese verrückte Selbstmordreise geht, weil uns die Macher so eindringlich zeigen, wie schlecht es ihm geht. Die ersten fünf Minuten bestehen wirklich nur daraus, wie Tom Hanks zur Arbeit geht, aber danach will man am liebsten mit ihm in den Vulkan springen.«

Sie nickte in den Gang vor uns. »Du bist gerade genau wie Joe. Du siehst aus, als wäre dieser Ort hier so deprimierend für dich, dass dir der Sprung in einen Vulkan als verlockendere Option erscheint.«

Sie hatte recht. In der letzten Stunde hatte ich meinen

ganzen Ärger vergessen, und jetzt kam mein Stress mit aller Wucht zurück. Bis zu diesem Moment war mir gar nicht klar gewesen, wie sehr ich es hasste, hier zu wohnen. »Ich bin okay. Mir ist nur gerade eingefallen, wie sauer ich auf meine Brüder bin. Sie sind meine derzeitigen Mitbewohner und der Grund, warum ich unbedingt ausziehen will.«

»Ah. Schon kapiert. Ich hab einen großen Bruder. Ich würde auch lieber in einen Vulkan springen, als mit ihm zusammenzuziehen.«

Das Gewicht auf meinen Schultern schien plötzlich leichter zu werden. Jordan verfügte offenbar über die magische Fähigkeit, mich aufzuheitern. »So schlimm sind Chris und Ty auch wieder nicht.«

Jordan seufzte. »Noah eigentlich auch nicht. Ich liebe diesen Kerl. Er ist superlieb und behandelt mich wie eine Prinzessin. Er ist regelrecht perfekt. Aber genau darin besteht das Problem. Noah ist sieben Jahre älter als ich, war Jahrgangsbester in Harvard, ist jetzt Juniorpartner in einer der größten Anwaltskanzleien in San Diego und darüber hinaus mit einer perfekten Chirurgin verlobt. Ich bin ihm in jeder Hinsicht unterlegen, und meine Eltern lieben es, mich darauf hinzuweisen.«

»Autsch.«

»Genau«, sagte Jordan. »Also bin ich nach New York, um meiner Familie zu entkommen und meinen Traum zu verwirklichen. Und so sehr ich L.A. vermisse, muss ich zugeben, dass es das Beste war, was ich je gemacht habe.«

Ich war mir unsicher, ob ich Jordan bemitleiden oder beneiden sollte. Wir gingen weiter, doch jetzt bekam ich das Bild nicht mehr aus dem Kopf, dass mein Zimmer ein Vulkan war und ich gerade in meinen Untergang lief.

»Zumindest werden meine Brüder nicht da sein. Sie wollten mit ein paar Mädchen ausgehen. Ich kann mir also einfach meinen Computer schnappen und wieder verschwinden. Es wird wohl noch ein paar Stunden dauern, bevor ich mich wieder mit ihnen auseinandersetzen kann.«

Vor meiner Tür blieb ich stehen. Entgegen meiner Erwartung waren meine Brüder wohl doch nicht weg. Ganz im Gegenteil. Es kam so viel Krach aus unserem Zimmer, dass ich eine Party befürchtete. Aus der offenen Tür drangen Musik und Gelächter. »Oder auch nicht.«

»Dann ist das also dein Zimmer?«, fragte Jordan.

»Leider ja.«

Ich verkniff mir ein Fluchen. Das war so typisch von ihnen. Erst ruinierten sie mir den Abend, dann schmissen sie eine Party.

Jordan grinste. »Ich weiß, dass du nicht begeistert bist, aber ich muss zugeben, dass ich es kaum erwarten kann, deine charmanten Brüder kennenzulernen, denen ich nicht zu nah kommen soll, wenn ich mir meinen Glauben an die Männer erhalten will.«

Ich musste lachen. »Vermeide einfach Blickkontakt, dann solltest du sicher sein«, scherzte ich, als Tylers Stimme ertönte. »Alter, sei vorsichtig damit!«, rief er. »Wenn du das Ding noch mehr zerstörst, bringt dich der Kleine um.«

»Der Kleine?«, fragte Jordan.

Ich deutete mit bekümmertem Lächeln auf mich, und Jordan grinste.

»Keine Sorge«, sagte Chris. »Ich schau ihn mir nur an.«

»Er kann ihn nicht noch mehr zerstören, als er schon ist«, sagte eine unbekannte helle Stimme und kicherte. Dem Akzent nach musste das eine der Russinnen sein, die Chris und Tyler erwähnt hatten.

»Außerdem könnte es dieser Spargeltarzan nie mit mir aufnehmen.«

Jordan sah mich fragend an. Ich verdrehte nur die Augen und schüttelte den Kopf.

»Er vielleicht nicht«, entgegnete Ty. »Psycho-Sophie aber schon.«

»Wer ist Psycho-Sophie?«, fragte eine andere Frauenstimme. Diese hatte keinen Akzent, und ich fragte mich, wie viele Mädchen die beiden gerade da drin hatten.

»Ach, nur die Psychofreundin unseres Bruders.«

Ich seufzte.

»Ist das die, die vorhin hier war, um euch wegen Nates Laptop anzuschreien?«, fragte ein Typ, dessen Stimme mir irgendwie bekannt vorkam. Ich sah ein Gesicht vor mir – er wohnte ein paar Türen weiter –, doch sein Name fiel mir nicht ein.

»Richtig«, sagte Tyler.

»Die ist scharf.«

»Die ist schrecklich«, sagte Chris. »Es ist dieses Jahr unsere Mission – unsere Pflicht als Brüder –, den Kleinen aus Sophies bösen Klauen zu retten.«

»Aber er steht so unter ihrer Fuchtel, dass er sich dagegen wehrt.«

»Wir helfen euch, ihn zu retten«, erklärte jemand sehr Betrunkenes. »Vanessa würde ihn bestimmt gern verführen, um die Beziehung zu sprengen. Stimmt doch, Nessa?«

»Aber mit Vergnügen. Nichts für ungut, Jungs, aber Nate ist definitiv der heißeste Anderson-Bruder.«

»Mmm«, sagte ein anderes Mädchen. »Ja, er ist echt ein Leckerbissen.«

Jordan kippte vor Lachen fast aus den Latschen, und obwohl ich sie gerade erst kannte, hatte ich kein Problem damit, ihr auf dem Weg ins Zimmer mit dem Ellbogen gegen die Rippen zu stoßen.

In dem kleinen Raum drängte sich ein halbes Dutzend Leute, aßen Pizza und tranken Alkohol. Ich räusperte mich, um auf mich aufmerksam zu machen, und als sie mich erkannten, hoben alle ihre Getränke und applaudierten, als ob ich gerade angeboten hätte, die nächste Runde zu bezahlen. »Es ist der Kleine!« Tyler jubelte. »Zurück von seinem Wutanfall und genau rechtzeitig, um sich das letzte Bier zu schnappen!«

Er warf mir die ungeöffnete Dose zu. Als ich sie fing, rief der Typ von unserem Flur »Rettet den Kleinen!«, was die anderen erneut johlen ließ.

Ich war absolut nicht in der Stimmung. Weil ich so schnell wie möglich wieder rauswollte, warf ich Tyler die ungeöffnete Bierdose zurück und drehte mich zu meinem Schreibtisch um. Doch da war mein Computer nicht. »Wo ist mein Laptop?«

Chris deutete auf mein Bett.

Jeglicher Vorsatz, ruhig zu bleiben, flog aus dem Fenster, als ich sah, dass mein Computer in Einzelteilen und mit weißen Körnern übersät auf der Decke lag. »Was habt ihr gemacht? Ihn auseinandergebaut? Ist das *Reis*?« Hektisch wischte ich die Körner von der freigelegten Hauptplatine meines Computers.

Chris hüpfte von seinem Platz zwischen zwei Mädchen auf dem Hochbett und boxte meinen Arm. »Na klar. Hab ich mal in einer Krimiserie gesehen, als das Handy von so einem Typen nass geworden ist und sie die Anrufliste brauchten, um den Mörder zu schnappen. Das soll die Feuchtigkeit schneller aufsaugen. Vertrau mir. Wir haben die Sache unter Kontrolle.«

Er hatte das mal in einer Serie gesehen? »Mein Laptop ist *zerstört*.«

Chris verdrehte die Augen, als wäre ich hier der Trottel. »Wir mussten ihn auseinandernehmen, um alle Teile zu trocknen. So muss man das machen.«

»Sagt wer?«

»Google!« Eine kichernde Brünette, die auf dem Boden vor meinem Schrank saß, hob ihr Handy.

»Google weiß alles«, fügte mein betrunkener Nachbar, dessen Name mir nicht einfiel, hinzu.

»Wir sind doch nicht dumm«, sagte Chris. »Wir haben nachgeschaut, was man macht, wenn man aus Versehen Flüssigkeit über einen Computer schüttet, und da stand, dass man ihn so schnell wie möglich trockenlegen soll. Wir sind genau nach Anleitung vorgegangen. Keine Sorge, Alter. Wir waren vorsichtig.«

»Da stand, man muss ihn auseinanderbauen?«

Chris zuckte mit den Schultern. »Die haben geschrieben, wenn es was anderes als Wasser war, muss man es auseinandernehmen und mit Alkohol abreiben, um das klebrige Zeug abzubekommen.«

Mein Herz setzte einen Schlag aus, als ich all die leeren Bierdosen im Zimmer sah. Ich hatte nur dann eine Chance, die Dateien auf meiner Festplatte zu speichern, wenn sie die nicht aus dem Computer genommen und in Alkohol gebadet hatten. »Bitte sag mir, dass ihr kein Bier über meine Festplatte geschüttet habt.«

Tyler schnaubte. »Hältst du uns für blöde oder was?«

»Ja.«

»Fick dich. Wir haben kein Bier benutzt.« Tyler hob eine große Glasflasche vom Boden und grinste stolz. »Sondern hochprozentigen Wodka.«

»Wodka? Du Idiot! Die meinten mit Sicherheit *Reinigungsalkohol.*«

»Das passt schon.« Er drehte die Flasche auf und nahm einen Schluck. Dann schob er sie mir zu. »Dieses Zeug brennt dir die Brusthaare weg. Hat die Kaffeereste super von deinem Computer runterbekommen.«

Mir klappte die Kinnlade herunter. Er meinte es ernst. Er war betrunken, aber er meinte es hundertprozentig ernst. Sie hatten meinen Laptop wirklich mit Wodka übergossen und mit Reis bedeckt, weil das mal jemand im Fernsehen gemacht hatte. Ich schloss die Augen, massierte meinen Nasenrücken und bemühte mich, meine Brüder nicht zu erwürgen. »Ich bin erledigt.«

Jemand legte mir einen Arm um die Schulter. »Mal im Ernst, Kleiner, entspann dich.« Tyler drückte mich auf den Schreibtischstuhl. »Dein Laptop kommt wieder in Ordnung. Gib ihm ein paar Tage, um richtig auszutrocknen, und er wird so gut wie neu sein. Erklär einfach deinem Dozenten, was passiert ist. Ich bin sicher, er wird dir eine Verlängerung gewähren, bis der Computer wieder läuft. Nichts weiter passiert. Und bis dahin kannst du aufhören, so auszurasten. Trink was und genieße die Gesellschaft. Hier ist jemand, der dich kennenlernen will.«

Er krümmte einen Finger zu der Brünetten mit dem Handy. Ich wusste, worauf das hinauslief, und wollte abhauen, aber als ich aufstehen wollte, drückte mich Tyler einfach wieder auf den Stuhl. Er und Chris hielten mich an den Schultern fest, während sich die Brünette auf meinen Schoß setzte. »Nessa, das ist Nate. Kleiner, das ist Vanessa. Sie hat uns gestern spielen sehen und will dich kennenlernen.«

Das Mädchen warf mir einen verheißungsvollen Blick zu. »Hi, Süßer. Du warst gestern echt unglaublich.«

Als ich sie davon abhielt, ihre Arme um meinen Hals zu legen, gab sie sich damit zufrieden, meine Brust zu streicheln. Wieder versuchte ich aufzustehen, doch Chris und Tyler schnappten sich meine Arme und hielten sie hinter dem Stuhl fest. Wenn ich wegwollte, würde ich mich richtig anstrengen müssen, und dabei konnte dem Mädchen auf meinem Schoß etwas passieren. »Hör mal«, sagte ich zu ihr. »Du bist echt hübsch, aber ich bin nicht interessiert. Ich habe eine Freundin.«

Sie lächelte hartnäckig weiter. »Aber soweit man hört keine, die es sich zu behalten lohnt.«

Sie lehnte sich vor und presste ihre Lippen auf meine. Ich erwiderte den Kuss nicht, konnte sie aber auch nicht aufhalten, solange mich meine Brüder festhielten. Alle im Zimmer johlten und lachten, während sie mich küsste. Mein betrunkener Nachbar begann erneut, »Rettet den Kleinen! Rettet den Kleinen! Rettet den Kleinen!« zu skandieren. Nach und nach stimmten alle mit ein. Die ganze Etage musste den Krawall hören können.

Sobald meine Brüder ihren Griff genug lockerten, dass ich mich befreien konnte, schob ich Vanessa eilig von mir herunter. Doch dann stolperte sie, und ich musste sie festhalten und ihr wieder zu ihrem Platz helfen. Die ganze Zeit über kicherte sie. »Aw, du bist so süß. Einfach zum Vernaschen.«

Ich verdrehte die Augen, als ich sie in die wartenden Arme ihrer Freundin entließ, dann warf ich meinen Brüdern einen bösen Blick zu. Als sie mich triumphierend angrinsten, machte es in meinem Kopf endlich klick. Man sollte meinen, ich wäre nach dem, was passiert war, wütend oder verlegen. Doch in diesem Moment, während ich erst meine Brüder ansah, dann ihre betrunkenen Freunde überall im Zimmer, überkam mich eine große Klarheit. Das alles war bedeutungslos. Ich brauchte es nicht und musste es nicht länger ertragen.

Geh das Risiko ein, hatte Pearl gesagt. *Für dich.*

Jordan lehnte in der Tür und beobachtete mich belustigt und fasziniert. Wir wussten beide, welche Entscheidung ich gerade getroffen hatte. Sie kniff die Augen zusammen, doch ich konnte die Neugier darin erkennen. Die Begeisterung. »Was soll es sein, Joe?«, fragte sie.

»Wer ist Joe?«, fragte Chris, während Tyler sagte: »Wer ist die Tussi?«

Ich antwortete nicht, sondern sah weiter zu Jordan. »Es muss doch noch etwas anderes geben als das hier und in einen Vulkan zu springen.«

Sie nickte lächelnd. »Gibt es. Du musst nur Ja sagen.«

Sie wartete. Ich starrte weiter. Dachte nach. Rang mit mir. Pearls Worte hallten durch meinen Kopf. *Geh das Risiko ein. Geh das Risiko ein. Geh das Risiko ein.*

Eine unerwartete Gelegenheit wird Ihr Leben verändern.

Das stand in meinem Glückskeks. Sophie und Pearl hatten recht. Ich brauchte eine Veränderung.

»Zu was Ja sagen?«, fragte Chris. »Wovon redet ihr? Und wer ist die Tante eigentlich?«

Meine Mundwinkel verzogen sich zu einem Lächeln. »Sie ist meine neue Mitbewohnerin.«

Dem folgte eine lange Pause, dann explodierten meine beiden Brüder. »Deine *Mitbewohnerin?*«, fragten sie einstimmig.

»Genau. Ich ziehe aus. Jetzt sofort«, fügte ich hinzu und trat über Vanessa hinweg, um eine große Sporttasche aus meinem Schrank zu holen. »Ich hab so was von die Schnauze voll von all dem hier.«

Schließlich trat Jordan richtig ins Zimmer, ignorierte die ungläubigen Blicke der anderen und starrte auf die Katastrophe auf meinem Bett. Sie hob meine Festplatte hoch und wischte den Reis ab, der daran klebte. »Gib noch nicht auf. Junior kann Wunder bewirken. Mal sehen, was er machen kann.«

Ich gab ihr wortlos eine Kiste und ließ sie die Einzelteile meines Computers hineinlegen, während ich ein paar Kleidungsstücke einpackte. Chris riss mir die Tasche aus der Hand. »Was meinst du damit, du ziehst aus? Du kannst nicht ausziehen.«

»Es ist schon geschehen.« Ich nahm ihm die Tasche wieder ab. »Morgen hole ich den Rest von meinem Zeug ab.«

Schock breitete sich in Chris' Gesicht aus, als ihm klar wurde, dass ich es ernst meinte. Tyler kam dazu, doch das Einzige, was ich in seinen Augen sah, war Wut. »Du lässt uns einfach hängen?«

Ich zuckte nur mit den Schultern. »Ich wollte von Anfang an nicht mit euch zusammenwohnen.«

Er starrte mich so finster an, dass ihm Chris eine Hand auf die Schulter legte – um ihn zu trösten oder vom Zuschlagen abzuhalten, war mir nicht klar. »Hasst du uns wirklich so sehr?«

Die Frage überraschte mich nicht. Ich wusste, dass sie es persönlich nehmen würden. Wir waren unser ganzes Leben lang unzertrennlich gewesen. Na ja, abgesehen von der Tatsache, dass mich die beiden mit elf aus unserem gemeinsamen Raum geworfen und ins Gästezimmer verbannt hatten. Aber abgesehen davon hatten wir fast alles in unserem Leben gemeinsam getan. Mir war klar gewesen, dass es sich anfangs wie eine Trennung anfühlen würde, doch ich musste einfach daran glauben, dass es nicht immer so bleiben würde. Ich meine, irgendwann mussten wir doch mal erwachsen werden und damit anfangen, unser eigenes Leben zu führen, oder?

Dennoch fühlte ich mich auf einmal schlecht, denn ich konnte meinen Brüdern ansehen, dass sie gekränkt waren. »Ich hasse euch nicht«, versicherte ich ihnen, während ich mir meine Kulturtasche schnappte. Ein eigenes Badezimmer zu haben, war ein weiterer Vorteil meiner neuen Bleibe. »Ich brauche einfach nur etwas Platz für mich und war nie Fan von ständigen Partys und Ausgehen. Und ich habe keine Lust mehr darauf, dass ihr dauernd versucht, mir Frauen aufzudrängen und meine Beziehung mit *Psycho-Sophie* zu sabotieren.«

Chris war anständig genug, bekümmert zu wirken, doch Tyler schnaubte nur verächtlich. »Na klar. Als ob du dir um sie noch Gedanken machen müsstest, wenn sie erst mal erfährt, dass du mit einem anderen Mädchen zusammenziehst. Nicht dass es mir etwas ausmachen würde, wenn sie dich abschießt.« Nur mit größter Anstrengung gelang es mir, nicht das Gesicht zu verziehen, obwohl ich wusste, dass das durchaus möglich war. Sophie würde furchtbar wütend auf mich sein, aber das spielte keine Rolle. Ich konnte nicht hierbleiben. »Machst du Witze? Sophie war es, die mich gezwungen hat, Jordan zu kontaktieren. Das Ganze war ihre Idee. Sie hat mich praktisch *angefleht*, es zu tun.«

Tyler schüttelte den Kopf. »Sophie hat dich angefleht, mit einer anderen zusammenzuziehen? Wohl kaum.«

»Doch, hat sie. So wichtig ist ihr, dass ich von euch wegkomme.«

Tyler kniff die Augen zusammen. Als sich seine Hände zu Fäusten ballten, hielt ihn Chris zurück. Tyler war der mit Abstand größte Hitzkopf von uns dreien. »Meinetwegen«, sagte er. »Dann hau halt ab. Wir sind es eh leid, dass du uns die ganze Zeit runterziehst.«

»Ich ziehe euch runter?« Ich lachte verbittert auf und schlang mir die Tasche über die Schulter. »Was auch immer. Viel Spaß noch mit eurer Party. Ich muss jetzt die Scheiße wieder in Ordnung bringen, die ihr beiden angerichtet habt.«

Ohne noch mal zurückzublicken, verließ ich das Zimmer. Dafür, dass es mir damals vollkommen unmöglich vorgekommen war, Nein zu meinen Brüdern zu sagen, als sie mit diesem Zimmer angekommen waren, fiel es mir jetzt gerade überraschend leicht.

6

She's the Man – Voll mein Typ!

Ich dachte, ich würde vielleicht Reue oder Panik verspüren, doch als ich wieder auf dem Gehweg stand und die kühle Nachtluft einatmete, hatte ich einen regelrechten Adrenalinkick.

»Es geht doch nichts über die frische New Yorker Luft«, scherzte Jordan. »Diese herrliche Mischung aus Abgasen und Urin …« Sie atmete genauso tief ein, wie ich es getan hatte, und seufzte selig. »Duftet einfach unglaublich.«

Es war mir egal, dass sie sich über mich lustig machte, denn dafür war meine Stimmung viel zu gut. »Es riecht nach Freiheit.«

»Und Sieg.«

So hatte ich es noch nicht betrachtet, aber sie hatte recht. Ich war heute Abend auf jeden Fall siegreich gewesen. Vielleicht wirkte es auf jemand anderen nicht so, aber ich war schon mein ganzes Leben lang an meine Brüder gefesselt gewesen. »Und Erleichterung.«

Jordan grinste, und wir gingen in Richtung ihrer Wohnung zurück. »Gut. Freut mich. Ich war ein bisschen besorgt, du könntest das Gefühl haben, versehentlich in die Lava gesprungen zu sein, da du mir bereits gesagt hattest, dass du nicht bei mir einziehen kannst.«

Ich nahm die belebte Stadt um mich herum auf. Sie fühlte sich plötzlich irgendwie anders an. Als ob sie nur darauf warten würde, von mir erforscht und erlebt zu werden. »Überhaupt nicht«, sagte ich. »Sophie wird mir wegen dir die Hölle heißmachen, aber ich bereue meine Entscheidung kein bisschen.« Und das war die Wahrheit.

Jordan sah schelmisch zu mir auf. »Darf ich ehrlich sein?« Auf meinen neugierigen Blick hin sagte sie: »Ich bereue es auch nicht. Ich bin echt froh, dass du einziehst.«

Sie lächelte, dann bog sie in eine etwas weniger belebte Straße ein. Ich folgte ihr schweigend und dachte über diese neue Freundschaft nach, die ich gerade geschlossen hatte. Ich fühlte mich gut durch sie und empfand ein Gefühl von Wärme, das mir lange gefehlt hatte. Es lag nicht daran, dass Jordan süß war, und sie flirtete auch nicht mit mir. Ich fühlte mich nur einfach *verstanden*.

Jordan und ich schienen viel gemeinsam zu haben – künstlerische Leidenschaft, den Sinn für Humor und eine unkomplizierte Persönlichkeit –, doch darüber hinaus waren wir auch zwei Menschen, die am gleichen Wendepunkt standen. Wir beide wollten unser bisheriges Leben hinter uns lassen, um endlich ganz wir selbst sein zu können. Ich mochte Jordan. Ich war froh, sie getroffen zu haben, und ich hatte so eine Ahnung, dass wir gute Freunde werden würden.

»Du hast es so verzweifelt auf meinen Teil der Miete abgesehen, dass du dich über meinen Einzug freust, obwohl du meine irren Brüder kennengelernt und mitbekommen hast ... was immer das da drin eben war?«

Jordan lachte. »Ehrlich gesagt ist es deine Freundin, wegen der ich mir gerade die meisten Sorgen mache, und ja, ich bin verzweifelt, aber nicht wegen der Miete. Ich will einfach nicht allein sein. Das hier ist New York, weißt du? Ich brauche jemanden, den ich für nächtliche Geräusche verantwortlich machen kann. Ich fühle mich sicherer mit dir. Mir gefällt die Vorstellung, dass jemand da ist, um mich zu beschützen, störrische Marmeladengläser zu öffnen und kaputte Sachen zu reparieren.«

Ich lachte. »Ich sage dir das jetzt nur ungern, aber ich bin nicht gerade LeBron James. Wenn jemand einbricht, stecken wir beide in Schwierigkeiten.«

Jordan musterte mich von Kopf bis Fuß und seufzte.

»Also gut. Dann installieren wir eben ein Sicherheitssystem. Aber Gläser aufschrauben geht doch, oder?«

»Das kann ich. Die handwerklichen Dinge bekomme ich wahrscheinlich auch hin. Na ja, zumindest kann ich so tun, als ob ich wüsste, was ich da mache, bis alles noch schlimmer ist, und wenn du nicht zu Hause bist, rufe ich einfach einen richtigen Handwerker an.«

Jordan kicherte.

»Oh, und mit Spinnen will ich nichts zu tun haben.« Nun keuchte sie überrascht auf. »Das ist jetzt aber nicht fair. Wenn du mich schon nicht vor den bösen Typen beschützt, musst du zumindest Krabbelviecher erledigen.«

»Fliegen und Ameisen sind kein Problem. Vielleicht sogar Mäuse. Aber ich sage dir, ist da eine Spinne, stehe ich auf dem Sofa und verlange, dass *du* sie jagst. Ich gebe das nur ungern zu, aber es ist besser, du weißt schon vorher Bescheid.«

»Dann sind wir ja genau wie im Film *She's the Man – Voll mein Typ!*. Denn wir werden beide auf dem Sofa stehen und schreien. Ich *hasse* Spinnen.«

Ich lachte. »Okay, den hab ich sogar gesehen, und damit liegst du goldrichtig. Die Szene mit der Tarantel, wo Channing Tatum auf dem Bett herumspringt und genauso laut schreit wie Amanda Bynes? Das bin ich.«

»Na ja, bis jetzt habe ich noch keine Spinne in der Wohnung entdeckt, also sind wir vielleicht sicher. Aber jetzt, wo du es erwähnst ... die beiden sind wirklich genau wie wir.«

»Was meinst du?«

»Na ja, ein Mädchen und ein Kerl«, sagte Jordan. »Und sie sind Mitbewohner.«

»Das ist alles?«, scherze ich.

Jordan warf mir einen so finsteren Blick zu, dass ich wieder lachen musste.

»Da ist diese Fußballsache«, sagte sie. »Ich hab in der Schule Fußball gespielt, genau wie Amanda Bynes im Film. Und ich bin genauso verpeilt und ungeschickt wie sie.«

»Du ähnelst ihr schon ein bisschen. Aber ich spiele kein Fußball, und Channing Tatums Bauchmuskeln hab ich auch nicht, also sehe ich nicht so richtig, wie ich – abgesehen vom Mitbewohner und der Spinnenangst – dazu passe.«

Sie verdrehte die Augen. »Wie auch immer. Channing und Amanda sind in diesem Film die niedlichsten Mitbewohner aller Zeiten, und ich weiß jetzt schon, dass wir das auch sein werden. Außerdem ist da noch die Spinnensache, wie du gesagt hast. Das passt perfekt.«

Ich hatte das Gefühl, sie könnte den ganzen Abend darüber diskutieren, also beließ ich es dabei. »Mit der Spinnenangst übertreibe ich übrigens nicht. Die hab ich, seit mich meine Brüder gezwungen haben, *Arachnophobia* zu schauen, als wir noch klein waren.«

»Mm, *Arachnophobia*. Ein echter Klassiker. Es geht doch nichts über einen guten B-Horrorfilm.« Sie kicherte und grinste mich plötzlich an. »Ich kann mir genau vorstellen, wie ihr drei Jungs als Kinder spät abends nach unten geschlichen seid, um euch den Film anzuschauen. Wie du dein Gesicht unter einer Decke versteckt und geschrien hast ... und wie dich deine Brüder wochenlang danach mit Plastikspinnen gepiesackt haben.«

Als ich aufstöhnte, lachte Jordan auf. »War ja klar«, sagte ich. »Nach dem, was meine Brüder da drin gemacht haben, hast du keinerlei Respekt mehr vor mir. Ich hätte sie aufhalten können, weißt du?«

Jordan blieb vor einem dunklen Schaufenster stehen und sah mich skeptisch an. Ich wusste, dass sie mich einfach nur wieder aufzog, dennoch hatte ich das Gefühl, mich erklären zu müssen. »Ich wollte die Gefühle dieses Mädchens nicht verletzen.«

Nachdem sie mich noch einen Moment schwitzen ließ, lächelte sie endlich. »Ich weiß doch. Das war echt nett von dir, ihr eine so sanfte Abfuhr zu erteilen und ihr dann wieder zu ihrem Platz zu helfen.« Sie blieb an einer Tür neben

dem geschlossenen Laden stehen und drückte auf die Klingel. »Aber eigentlich hast du all deine Würde schon vorher verloren, als sie dich ›Kleiner‹ genannt haben.«
»Bitte lass es. Das ist nicht mal witzig.«
Doch. Eigentlich war es das schon. Wir mussten beide so sehr lachen, dass Jordan fast nicht mehr ihren Namen herausbekam, als sich über die Gegensprechanlage ein Kerl mit starkem Brooklyn-Akzent meldete. »Junior!«, flötete sie. »Wie geht es meinem liebsten Computergenie heute?«
Es folgte ein lautes Seufzen, doch selbst über die Gegensprechanlage konnte ich die Zuneigung darin hören. »Ich kenne diesen Tonfall, Jordan, und du kannst es vergessen. Was auch immer diesmal passiert ist, muss bis morgen warten. Wir haben es beim neuen *Demon Slayer* gerade bis Level 63 geschafft, und ich kann jetzt nicht aufhören, egal wie dringend es ist.«
Ich schob die Hände in die Hosentaschen und lehnte mich grinsend gegen die Tür. Das versprach eine unterhaltsame Show zu werden. Jordan drückte erneut auf den Sprechknopf. »*Bitte*, Junior? Ich weiß, es ist spät, und ich könnte bestimmt einen PC-Notdienst finden, der die ganze Nacht lang offen hat, aber es ist wirklich dringend, und du bist der Einzige, dem ich vertraue. Du bist der *Beste*. Das weißt du selbst.«
Ein weiteres langes Seufzen, gefolgt von einem Murmeln. »Und du bist eine Nervensäge.« Dann ertönte das Summen der Tür, und Jordan zwinkerte mir zu, bevor sie hineinging. Ich folgte ihr eine schmale Treppe hinauf zu einer zweiten Tür, die schon einen Spaltbreit offen stand. Jordan klopfte an und trat ein. »Hey, Junior!«
Sie ließ sich auf ein Sofa fallen und klopfte auf den

Platz neben sich. Ich setzte mich zu ihr und sah mich um. Die Wohnung war klein und chaotisch, aber in gutem Zustand und bis unter die Decke mit elektronischer Ausrüstung vollgestopft. Ein kleiner dünner Latino, den ich auf Ende zwanzig schätzte, saß an einem Schreibtisch mit drei riesigen Monitoren, jeder einzelne größer als der Fernseher, mit dem ich aufgewachsen war. Er spielte ein Online-Game mit ein paar anderen Leuten. Ich konnte sie aufgeregt miteinander reden hören, während sie Dämonen mit Breitschwertern und magischen Feuerbällen erledigten.

»Schon Level 63?«, sagte Jordan. »Wie lange spielt ihr denn schon?«

»Achteinhalb Stunden«, antwortete Junior, ohne den Blick von den Monitoren zu nehmen. »Und wenn du nicht so süß wärst, würde ich dich bitten, morgen zurückzukommen, wenn wir fertig sind, wie jeden anderen auch.«

»Hey Mann«, sagte einer seiner Online-Mitspieler. »Hast du etwa eine heiße Schnitte da?«

Junior lachte. »Aber immer doch, Bro. Bis jetzt will sie immer nur meine Computerkenntnisse, aber eines Tages wird sie ihren Loserfreund abschießen und mich für meinen Körper wollen.«

Er drehte sich um und warf Jordan einen Luftkuss zu. Da endlich bemerkte er mich. »Upps.« Er grinste verlegen. »Sorry, Alter. Das mit dem Loserfreund war nicht persönlich gemeint.«

Jordan verdrehte die Augen. Ich wollte gerade erklären, dass ich nicht ihr Freund war, doch bevor ich etwas sagen konnte, kam sie mir zuvor. »Junior, das ist Nate. Sein Computer braucht deine Zauberkräfte.«

Junior wandte sich wieder seinem Videospiel zu. »Jetzt

bittest du mich also schon um einen Gefallen für deinen Freund? Du brichst mir das Herz, *chica*.« Dann warf er mir einen kurzen Blick zu. »Nichts für ungut, Mann, aber ich versuchte schon, diese Frau zu erobern, lange bevor du auf der Bildfläche erschienen bist.«

Ich bezweifelte, dass ich es ihm übelgenommen hätte, selbst wenn Jordan wirklich meine Freundin gewesen wäre. Der Kerl war unterhaltsam. »Kein Ding. Und ich bin nicht ihr Freund.«

Er beäugte mich erneut. »Nicht ihr Freund, ja? Und wer bist du dann?«

Erneut kam mir Jordan zuvor. »Mein neuer Mitbewohner. Und er hat schon eine Freundin. Ich hingegen bin seit Neuestem Single.«

Junior hörte abrupt zu spielen auf, drehte sich herum und starrte Jordan an. »Du hast Schluss gemacht?«

»Hab seinen fremdgehenden Hintern in die Wüste geschickt. Wir haben es ein bisschen eilig, Junior. Wirst du uns helfen oder nicht?«

Junior lehnte sich zurück, verschränkte die Arme und sah Jordan mit zusammengekniffenen Augen an. »Meinetwegen. Ich mache es für ein Date.«

Seine Gamerfreunde hörten ihn und begannen zu johlen. Er zeigte ihnen den Mittelfinger und sah Jordan erwartungsvoll an. Sie schüttelte den Kopf. »Sorry. Ich hab der Männerwelt für immer abgeschworen. Warum machst du es nicht, weil wir Kumpel sind und du mir helfen willst?«

»Du bist mein Mädchen, Jordan, aber *er* ist nicht mein Kumpel.« Er deutete mit dem Daumen auf mich und drehte sich wieder zu seinem Spiel um. »Wir reden hier vom neuen *Demon Slayer*, Babe. Wir wollen die Ersten sein, die es schaffen. Das würde ich nur für ein Date aufgeben.«

Seine Freunde begannen zu protestieren und verlangten, dass er sie nicht hängen ließ. »Bruder vor Luder, Alter!«, rief einer. »Bruder vor Luder!«

»Das sagt ihr Loser doch nur, weil keiner von euch eine Freundin hat.«

Ich lachte und wollte ihm gerade sagen, dass ich ihn bezahlen konnte, aber erneut ergriff Jordan das Wort, bevor ich es konnte. »Red-Bulls-Tickets.«

Junior erstarrte und drehte sich zu Jordan um. »*Deine* Red-Bulls-Tickets?«

Jordan nickte. »Meine Plätze.«

Es war Junior anzusehen, wie verlockend dieses Angebot für ihn war. Während er darüber nachdachte, versuchte ich herauszufinden, um was es hier ging. »Red-Bulls-Tickets?«, fragte ich Jordan.

»MLS.« Als ich immer noch verwirrt war, seufzte sie. »Major League Soccer. Die Red Bulls sind die New Yorker Mannschaft.« Sie zog die Vorderseite ihres Hoodies glatt, um mir das Logo zu zeigen. Es war ein Fußball abgebildet und die Worte *L.A. Galaxy*. »Das ist mein Team, aber Fußball ist Fußball, also hab ich Saisontickets für New York.« Sie warf ihm ein teuflisches Grinsen zu. »Also was sagst du, Junior? Du weißt, wo meine Plätze sind.«

Erst warf er einen Blick zurück auf sein Spiel, dann sah er Jordan gequält an. »Ich will eines von den Tickets. Und du musst das andere benutzen.«

Jordan lachte. »Das ist immer noch ein Date.«

»Das beste Date, auf dem du je warst, *mamacita*. Komm schon, nur als Freunde. Oder als Teamkollegen.«

»Teamkollegen?«, fragte ich, als Jordan lachte.

Sie grinste mich an. »Wir haben uns diesen Sommer bei der Fußballliga der Uni angemeldet.« Sie drehte sich wieder zu ihm um. »Meinetwegen. Du gewinnst. Ein Spiel. Es ist *kein* Date. Und ich ziehe meinen Rob-Lexley-Hoodie an.«

Der letzte Teil ließ Junior aufstöhnen. Ich nahm an, dass der erwähnte Spieler bei Galaxy war und nicht bei den Red Bulls. Ich musste grinsen. Ich kannte Jordan kaum, konnte mir aber gut vorstellen, wie sie zu einem Spiel in den Farben der gegnerischen Mannschaft erschien, um die New Yorker Fans zu ärgern.

»Meinetwegen. Abgemacht«, stimmte Junior zu. Als seine Freunde zu fluchen begannen, sagte er: »Kommt damit klar, ihr Luschen. Ich muss meiner zukünftigen Ehefrau helfen.«

Damit schaltete er den Computer aus und schenkte uns seine ganze Aufmerksamkeit. »Worum geht es denn?«

Jordan reichte ihm die Kiste mit den Computerteilen. Er warf einen Blick hinein und pfiff. »Was ist denn da passiert?«

»Äh, na ja, meine Brüder haben Kaffee darüber verschüttet und versucht, es wieder hinzubekommen, indem sie ihn mit Wodka abgerieben und mit Reis überschüttet haben.«

Junior nickte gedankenverloren und war bereits damit beschäftigt, die Einzelteile zu begutachten. Als ich den Wodka erwähnte, roch er an einem Teil und grinste. »Clever.«

Jordan und ich starrten uns fassungslos an. »Clever?«

Junior stellte die Kiste auf seinen Tisch, und nachdem er das Chaos darauf ein wenig beiseitegeschoben hatte, begann er die Einzelteile meines Laptops darauf auszubreiten. »Ja, Mann. Kaffee ist echt übles Zeug. Besonders mit Milch und Zucker. Das verklebt den Computer und lässt ihn rosten. Ich wäre zwar nicht auf die Idee gekommen, Wodka zu benutzen, aber es scheint ganz gut funktioniert zu haben.«

»Ernsthaft?«

»Ja.«

Wieder sah ich ungläubig zu Jordan, und sie grinste. »Wer hätte das gedacht.«

Junior setzte sich, stellte eine helle Lampe an und begutachtete die Hauptplatine durch eine Lupe. Nach einer kurzen Untersuchung schnalzte er mit der Zunge. »Er war im Betrieb, als der Kaffee darüber verschüttet wurde.«

»Ja. Ich war gerade dabei, ein großes Projekt abzuschließen. Es liefen mehrere Programme.«

»Gab es Funken?«

Ich nickte.

»Rauch.«

Ich atmete tief durch, rief mir den Moment vor Augen und verzog mein Gesicht. »Ja.«

Er nickte, als hätte er genau diese Antwort erwartet. »Das war ein ziemlich krasser Kurzschluss. Ich kann ein paar Sachen versuchen, werde aber wohl nicht viel machen können. Deine Hauptplatine ist am Arsch.«

Mir wurde schlecht. Ich war erledigt.

»Was ist mit seiner Festplatte?«, fragte Jordan.

Ich nickte, und ein Funken Hoffnung erlaubte es mir,

wieder zu atmen. »Den Laptop kann ich ersetzen, aber ich *brauche* die Dateien. Das Projekt ist morgen früh fällig und macht ein Drittel meiner Note aus. Wenn ich es nicht wiederbekomme, könnte das mein Stipendium gefährden.«

Junior legte die zerstörte Hauptplatine beiseite und begann die Festplatte zu untersuchen. »Lass uns nicht in Panik verfallen, bevor ich mir angesehen habe, in welchen Zustand das Teil ist. Für mich sieht es ziemlich okay aus.«

Er brauchte nur zwei Minuten, um meine Festplatte in eine sogenannte *Disk Enclosure* zu packen und sie mit seinem Computer zu verbinden. »Du bist ein echter Glückspilz, Junge«, sagte er, als er einen Ordner auf seinem Desktop öffnete und einzelne Dateien durchzugehen begann. »Du hast nicht nur die unglaublichste Mitbewohnerin des Planeten, sondern auch deine Daten.«

Mein Herz setzte vor Erleichterung einen Schlag aus. Es schien zu gut, um wahr zu sein. Ich atmete tief aus, und jegliche Anspannung fiel von mir ab. »Ich habe meine Dateien.«

»Du hast deine Dateien!«, jubelte Jordan.

Junior nickte. »Es sieht vollständig aus. Du hast so schnell gehandelt, dass die Festplatte überhaupt keinen Schaden genommen zu haben scheint. Den Laptop auseinanderzubauen und zu reinigen hat dir den Hintern gerettet.« Er schüttelte den Kopf. »Wodka. Das muss ich mir merken. Sogar der Reis war eine schlaue Idee.«

Mir fiel die Kinnlade herunter. »Machst du Witze?«

Junior sah zu mir auf. »Ich mache nie Witze, wenn es um Computer geht, Alter. Reis zieht die Feuchtigkeit aus allem. Weil du die Festplatte schnell ausgebaut und in Reis gesteckt hast, konnte keine Flüssigkeit eindringen. Sie ist vollkommen in Ordnung. Bau sie einfach in einen anderen Computer ein, und du hast dein Projekt wieder.«

Ich war so überrascht, dass ich aufs Sofa zurücksank und ins Nichts starrte. »Ich kann es nicht fassen«, murmelte ich kopfschüttelnd. »Sie haben wirklich mein Projekt gerettet. Natürlich waren sie auch die Idioten, die meinen Laptop überhaupt erst zerstört haben, und ich muss immer noch einen neuen kaufen, aber sie haben mein Projekt gerettet.«

Und ich meinte das wortwörtlich. Ich war einfach aus dem Zimmer gestürmt und war so wütend gewesen, dass ich nicht mal mehr an meinen Computer gedacht hatte, bis mich Pearl beruhigt hatte. Erst da war mir überhaupt der Gedanke gekommen, dass ich versuchen könnte, meine Dateien zu retten. Wenn Chris und Tyler nicht gehandelt hätten, wäre das Projekt wahrscheinlich verloren gewesen.

»Und ich kann nicht fassen, dass ich einem Date zugestimmt habe, obwohl die Sache nur fünf Minuten gedauert hat«, riss mich Jordan aus meinen Gedanken. »Wenn ich das gewusst hätte, hätte ich es auch selbst machen können!«

Junior und ich grinsten. »Aber du wusstest es nicht«, sagte Junior. »Wissen ist Macht, *chica*. Und jetzt, wo du zugegeben hast, dass es ein richtiges Date ist, erwarte ich auch, dass wir nach dem Spiel miteinander rumknutschen.«

Jordan schnaubte und trat Junior spielerisch gegen das Schienbein. »Träum weiter.«

»Du kannst mir nicht auf ewig widerstehen, Baby.« Junior grinste mich an. »Ich schulde dir was, Bro. So leicht bin ich noch nie an ein Date gekommen.«

Jordan verdrehte die Augen und warf mir einen so bösen Blick zu, dass ich wieder lachen musste. »Schön, dass ich helfen konnte«, antwortete ich Junior. Dann wühlte ich in meinem Rucksack herum und fand einen USB-Stick. »Kannst du mir das Projekt da draufziehen? Oder es auf CD brennen?«

»Für den Kerl, der mir einen Platz in der ersten Reihe bei einem Red-Bulls-Spiel neben meiner liebsten *mamacita* beschafft hat, kann ich sogar beides.«

Ich zeigte ihm die richtige Datei, und Junior kopierte sie mir. Eine weitere Welle der Erleichterung überkam mich, als ich den Stick sicher in meinem Rucksack verstaute. Es war erstaunlich. Diese Datei auf einem Acht-Dollar-USB-Stick machte es plötzlich irrelevant, dass ich meinen Zweitausend-Dollar-Laptop ersetzen musste. Selbst die Wut auf meine Brüder verpuffte. Sie waren Idioten, aber ich konnte einfach nicht weiter auf sie sauer sein. Ich war zwar immer noch froh, nicht mehr mit ihnen zusammenwohnen zu müssen, aber das war definitiv ein weiterer Grund, warum ich ihnen den dämlichen Kaffeevorfall nicht mehr vorwerfen konnte. Ohne sie hätte ich Jordan nicht getroffen und hätte jetzt keine neue Wohnung. Ohne etwas so Drastisches wie die Zerstörung meines Laptops hätte ich sie wahrscheinlich das ganze Jahr ertragen müssen. Vielleicht sogar die ganzen vier Jahre meines Studiums.

Ich sprang auf, als mein Track aus den Lautsprechern zu dröhnen begann. »Oh, warte, du musst nicht … das ist …« Junior wippte mit seinem Kopf zum Takt, und Jordan sah mich fasziniert an.

Während die beiden der Musik lauschten, starrte ich mit angehaltenem Atem auf meine Schuhe. Ich wusste, dass dies Teil des Prozesses war und dass ich mein Werk am nächsten Tag dem ganzen Kurs vorspielen musste, doch dies war mein erster Versuch mit elektronischer Musik. Ich konnte nichts gegen die Nervosität tun, die mich auf einmal überkam.

»Das hast du komponiert?«, fragte Jordan.

Ich atmete tief durch, rieb mir verlegen den Nacken und zuckte mit den Schultern. »Ja.«

»Das ist der Hammer.«

Ihr Lächeln sorgte dafür, dass ich mich ein wenig entspannte, genau wie Juniors zustimmendes Nicken. »Das ist ziemlich nice. Gut, dass du es nicht verloren hast.«

Ich lächelte. »Ja, ich bin auch froh.«

Der Track endete, und Junior reichte mir die CD, die er nebenbei gebrannt hatte. »Das war's.«

Ich nahm die CD, schüttelte seine Hand und dankte ihm überschwänglich.

»Jederzeit«, sagte er. »Schön, dich kennengelernt zu haben. Und jetzt verschwindet gefälligst.« Er lächelte. »Nichts für ungut. Aber ich habe noch ein Spiel zu gewinnen.«

Ich lachte. »Viel Glück. Und noch mal danke.«

Er startete bereits wieder sein Spiel, also sammelte ich meine Sachen ein und ging zur Tür.

»Danke, Junior«, rief Jordan, als sie mir folgte.

Er hielt kurz inne und warf Jordan ein durchtriebenes

Lächeln zu. »Danke *dir, mamacita.* Wir sehen uns dann bald. Und zieh dich für unser Date schön sexy an.«

Jordan verließ die Wohnung mit einem letzten Schnauben.

7

Der Druidenprinz

Jetzt, da mein Projekt gesichert war und ich es morgen abgeben konnte, hatte ich plötzlich keine Ahnung, was ich mit dem Rest meines Abends anstellen sollte. Ich stand einen Moment auf dem Gehweg und verarbeitete das Chaos der letzten Stunden. Jordan riss mich aus meinen Gedanken. »Tja, Nate, jetzt hast du dein Projekt wieder und ich einen neuen Mitbewohner. Das sollten wir feiern.«

Sie klemmte sich die Kiste mit den Resten meines Laptops unter den Arm, hakte sich bei mir unter und zog mich die Straße entlang, während ich, mit Rucksack und der großen Sporttasche bepackt, hinter ihr her strauchelte.

Als wir die nächste Kreuzung erreichten, ließ sie mich los, um den Knopf der Ampel zu drücken. »Ich versuche wirklich, mich schlecht zu fühlen, weil du jetzt mit Junior ausgehen musst«, sagte ich, während wir auf Grün warteten. »Aber es gelingt mir einfach nicht. Du hast mir echt einen Riesengefallen getan. Danke.«

Sie grinste mich an. »Freut mich, dass ich helfen konnte. Und du musst dich deshalb nicht schlecht fühlen. In Wahrheit hatte ich sowieso vor, ihn zu ein paar Spielen mitzunehmen.«

»Ach ja? Dann bist du also interessiert?«

Sie lachte. »O Gott, nein. Auf keinen Fall. Die einzigen ernsthaften Beziehungen, die Junior hat, sind die zu seinen Videospielen. Aber er ist ein guter Freund, und es ist einfach besser, mit jemanden zu den Spielen zu gehen, der Fußball genauso liebt wie ich.«

Als wir die Straße überquerten, gingen wir jedoch nicht nach rechts zu ihrer Wohnung, sondern nach links in die Richtung meines Wohnheims. Ich folgte ihr, ohne es zu hinterfragen, weil ich darauf vertraute, dass sie schon wusste, wo es lang ging. Sie schien ein Ziel im Kopf zu haben, und ich ehrlicherweise nicht. Ich wäre auch damit zufrieden gewesen, den ganzen Abend einfach herumzulaufen.

Eine Weile gingen wir in kameradschaftlichem Schweigen nebeneinander her, bis ich plötzlich laut auflachen musste. »Ich kann immer noch nicht fassen, dass meine Brüder die Festplatte mit Wodka und Reis gerettet haben.«

Jordan schmunzelte. »Das ist auf jeden Fall eine Geschichte, die du eines Tages mal deinen Kindern erzählen kannst.« Sie warf einen Blick auf die Kiste mit Computerteilen und zog die Nase kraus. »Tut mir leid, dass wir den Rest des Laptops nicht retten konnten.«

»Ach, der ist mir eigentlich egal.« Und das war er wirklich. »Ich habe etwas Geld gespart und kann ihn ersetzen.

Aber dafür, dass du die Arbeit meines ganzen Semesters gerettet hast, bin ich dir wirklich was schuldig.«

Jordans Augen leuchteten auf. »Okay, wenn du mir wirklich was Gutes tun willst, kannst du mir ein Dankeschön-Dessert ausgeben.«

Ich lachte. »Abgemacht. Wo gehen wir hin?«

»Eigentlich sind wir schon da.«

Mir klappte die Kinnlade herunter, als mir klar wurde, dass wir vor dem gleichen Café standen, in dem ich mit Pearl gesessen hatte. »*Hier?* Von allen Cafés in New York hast du dir ausgerechnet *dieses* ausgesucht?«

Dieser Abend war wirklich seltsam. Jordan zog die Tür für uns auf. »Die Pointe kapiere ich nicht.«

Ich lachte. »Sorry. Es ist nur so, dass ich gerade erst hier war. Hier hab ich Pearl getroffen, und sie hat mich dazu überredet, dir zu schreiben. Es ist einfach witzig, dass du mich jetzt wieder genau hierher gebracht hast.«

»Das passt doch irgendwie, oder? Wir feiern dort, wo alles begonnen hat. Außerdem ist das hausgemachte Eis hier einfach zum Sterben lecker.«

Dieser Argumentation hatte ich nichts entgegenzusetzen. Ich folgte Jordan in das Café. »Ich beschwere mich nicht. Die Scones haben vorhin wirklich himmlisch gerochen. Ist nur ein ziemlich verrückter Zufall.«

»Eigentlich nicht«, sagte Jordan, als wir zur Theke gingen. »Ich arbeite hier. Pearl ist eine meiner Stammkundinnen. Klingt logisch, dass du sie hier getroffen hast.« Irgendwie fühlte ich mich mit dieser Erklärung ein bisschen besser. Natürlich hatte Jordan eine Verbindung zu diesem Ort. Irgendwoher mussten Pearl und sie sich ja kennen. Ich hatte bisher nur nicht an so etwas Naheliegendes gedacht, weil Pearl so seltsam gewesen war. Nach der Sache mit dem Glückskeks hatte ich kurz befürchtet, ich würde verrückt werden. Die letzten paar Stunden hatten mein Leben so komplett auf den Kopf gestellt, dass ich schon halb überzeugt gewesen war, Pearl wäre eine Art geheimnisvolle spirituelle Führerin, die genau im richtigen Moment in meinem Leben auftauchte. Genau wie Priesterin Ellamara im Film Der Druidenprinz. Prinz Cinder war eine Waise, der mit seinem gemeinen und immer betrunkenen Stiefvater auf einem Bauernhof leben musste. Im entscheidendsten Augenblick seines Lebens tauchte dann plötzlich die geheimnisvolle, faszinierende und weise Ellamara auf, die ihn davon überzeugte, eine verrückte Reise anzutreten. *Ein Risiko einzugehen.*

Pearl war quasi meine Ellamara gewesen. Aber so cool die Priesterin in dem Film auch gewesen war, empfand ich es doch als Erleichterung, dass meine spirituelle Führerin einfach nur eine ältere Dame mit guter Menschenkenntnis war, die zufällig jemanden kannte, der nach einem Mitbewohner suchte.

»Hey Colin«, sagte Jordan und riss mich damit aus meinen Gedanken. »Wir haben was zu feiern, und da brauchen wir natürlich zwei Ice Cream Sundaes und ein Stück Salted Caramel Cake.« Sie drehte sich zu mir um. »Den wirst du lieben. Ist der beste Kuchen der ganzen Stadt. Und wie wäre es mit einer heißen Schokolade? Magst du heiße Schokolade?« Ich nickte, doch bevor ich etwas sagen konnte, hatte sie sich auch schon wieder zur Theke umgedreht. »Und zweimal heiße Schokolade. Oh, und ein paar Scones. Er wollte die Scones probieren.« Wieder drehte sie sich zu mir um. »Noch was?«

»In Anbetracht der Tatsache, dass du gerade die halbe Speisekarte bestellt hast?« Ich grinste. »Ich glaube, das reicht.«

Sie ignorierte meine Ironie. »Großartig. Also ran an die Arbeit, Colin.«

Es war der gleiche Verkäufer, der vor ein paar Stunden schon hinter der Theke gestanden hatte. Als er mich erkannte, sah er zwischen Jordan und mir hin und her und begann zu lachen. »Halt die Klappe, Colin«, sagte Jordan. Obwohl man sie kaum ernst nehmen konnte, wenn sie selbst ein Grinsen unterdrücken musste. Irgendwas entging mir hier.

Als Colin sich wieder einigermaßen im Griff hatte, strahlte er mich an. »Noch mal hallo, Hübscher«, schnurrte er und zwinkerte mir zu, als ich die Augenbrauen hochzog. Er musterte mich interessiert, dann seufzte er wehmütig und grinste Jordan an. »Du hast echt Glück. Bin ich zu eurer Hochzeit eingeladen?«

»*Hochzeit?*« Okay, mir entging hier eindeutig etwas Monumentales.

»Colin!«, kreischte Jordan entsetzt. »Im Ernst, halt die Klappe. Du wirst ihn noch verjagen.« Sie drehte sich mit knallroten Wangen zu mir um. »Ignorier ihn. Er ist ein Idiot.«

Sie zog mich zu einem Tisch in der Ecke, so weit von der Theke entfernt wie möglich. »Tut mir leid deswegen. Colin ist toll, aber echt männerverrückt. Sogar noch schlimmer als ich.«

Ich lachte. »Kein Ding. Ist nicht das erste Mal, dass ich von einem Typen angemacht werde. Solange er mir nicht an den Hintern packt, kommen wir klar.«

Jordan schnaubte. »Kann ich nicht versprechen.«

»Was meinte er denn mit *unserer Hochzeit?*«, fragte ich, nachdem wir uns hingesetzt hatten. »Das ist doch wohl nicht Teil des Mietvertrags, oder? Denn ich weiß nicht, ob ich für solch eine Verpflichtung schon bereit bin.«

Jordan lachte überrascht auf, dann stöhnte sie. »Es ist nur … Pearl.« Sie schüttelte genervt den Kopf. »Sie ist hier seit Monaten Stammgast und führt ständig so was wie Bewerbungsgespräche mit ›netten jungen Herren‹ für mich.« Sie untermauerte ihre Worte, indem sie Anführungszeichen mit den Fingern in die Luft malte.

Ich schmunzelte, aber im Nachhinein war mein Treffen mit Pearl irgendwie schon so etwas wie ein Bewerbungsgespräch gewesen. All ihre Fragen und wie sie meine Charaktereigenschaften quasi katalogisiert hatte. »Aber wofür?«

»Für Jordans perfekten Partner«, mischte sich nun Colin ein, der gerade mit einem Tablett zu uns trat, auf dem sich viel zu viel Nachtisch für nur zwei Personen befand.

Jordan verdrehte die Augen. »Ja. Für meine *einzig wahre Liebe*. Pearl sieht sich als Partnervermittlerin.«

»Und in dem Jahr, seit sie herkommt, hat sie noch nie einen Jungen für Jordan als würdig erachtet. Bis jetzt.«

Mein Schock musste mir anzusehen sein, denn Jordan trat Colin gegen das Schienbein und schüttelte hektisch den Kopf. »Sie ist nur eine seltsame alte Frau, okay?«

Da war ich mir nicht so sicher. Wieder hatte ich dieses komische Gefühl, dass hinter Pearl mehr steckte, als auf den ersten Blick zu erkennen war.

»Sie ist harmlos«, versprach Jordan. »Natürlich erwarte ich keinen Ring. Ich habe schließlich ein heißes Date mit

Junior, weißt du noch?« Das brachte mich aus meiner Schockstarre, und Jordan beruhigte sich ein wenig. »Kein Kleingedrucktes im Mietvertrag, versprochen.«

Colin stieß ein überraschtes Geräusch aus und hätte fast das Tablett fallen lassen. »*Mietvertrag?* Ihr zieht schon zusammen? Mann, Pearl ist echt gut.« Er grinste mich an. »Sie hat bereits zwei unserer Freunde verheiratet, weißt du? Pass besser auf.«

Es sollte ein Scherz sein, aber ein bisschen meinte er es wohl auch ernst. Mir wurde ein wenig flau im Magen bei der Vorstellung. Pearl hatte gesagt, dass Jordan und ich gut zusammenpassen würden. Genau diese Worte hatte sie benutzt. Sie mochte eine seltsame alte Frau sein, aber sie schien auch irgendwie ... weise. Jedenfalls war sie nicht verrückt.

Wieder lief Jordan rot an und verpasste Colin erneut einen Tritt.

»Hey, Shortie La Forge, hör auf damit«, jammerte Colin. »Ich bin kein Fußball.«

»Nein. Du bist nur nervig. Hau ab oder du bekommst kein Trinkgeld.«

Colin schmollte. »Spielverderberin.«

»Und du bist eine Nervensäge. Außerdem wirst du meinen neuen Mitbewohner vergraulen, wenn du so weitermachst. Und wenn das passiert, bringe ich dich um. Weißt du, wie schwer es ist, in dieser Stadt einen guten Mitbewohner zu finden?«

Colin seufzte dramatisch. »Meinetwegen. Ich benehme mich. Schön, dich kennenzulernen, ...?«

»Nate Anderson.« Ich streckte ihm meine Hand entgegen.

Colin lächelte durchtrieben, als er mir die Hand gab. »Mir macht es gar nichts aus, dass Jordans Mitbewohner so attraktiv ist – kleine Vorwarnung, ich verbringe viel Zeit bei ihr –, aber warst du nicht vorhin mit deiner total scharfen Freundin hier?«

»Ja, das war Sophie.« Ich runzelte die Stirn. »Warte mal. Ich bin verwirrt. Bist du nicht …«

Er wusste, was ich sagen wollte, und kam mir zuvor. »Nein, ich stehe nur auf Kerle, aber ich erkenne eine attraktive Frau, wenn ich eine sehe.« Er zwinkerte mir zu. »Und was ist mit dir? Mein Gaydar sagt, dass du völlig hetero bist, aber hast du schon mal daran gedacht, es mit einem Mann zu versuchen? Denn ich würde dich definitiv nicht von der Bettkante stoßen.«

Er wackelte mit seinen Augenbrauen, und ich musste lachen. »Sorry. Bisher hatte ich nicht das Verlangen. Ist nichts Persönliches. Ich bin sicher, du bist ein toller Kerl.«

Er seufzte. »Die besten sind immer hetero.«

»Meiner Erfahrung nach sind die besten immer schwul«, widersprach Jordan.

»Das liegt daran, dass du einen furchtbaren Männergeschmack hast.« Colin sah mich an. »Hat sie wirklich. Sie sucht sich immer nur die Mistkerle heraus.«

»Halt die Klappe, Colin.«

»Beweise mir nur ein einziges Mal das Gegenteil, und ich schweige für immer.«

Sie streckte ihm die Zunge heraus und nahm sich ihren Sundae. Colin und ich sahen zu, wie sie einen Löffel davon probierte und vor Genuss erschauerte. Sie stöhnte auf und deutete auf mich. »Iss, bevor es schmilzt. Dieses Eis ist echt unglaublich gut.«

Colin nickte. »Und Jordan muss es wissen. Sie ist besessen von Eiscreme.« Statt wieder an die Theke zurückzugehen, zog er sich einen Stuhl heran und setzte sich. »Sie lebt praktisch von dem Zeug und nimmt trotzdem nicht zu.«

»Ich gehe laufen«, brummte Jordan. »Jeden Tag.« Sie warf mir einen weiteren Blick zu. »Iss.«

Ich gehorchte.

»Also, Nate«, sagte Colin. »Du hast die Sache mit der Freundin noch nicht erklärt.«

Ich zuckte mit den Schultern. »Ich hab keine richtige Erklärung. Sie und Pearl haben sich heute Abend zusammengetan und darauf bestanden, dass ich aus dem Wohnheim ausziehe. Sie war es, die mich dazu gebracht hat, Jordan wegen des Zimmers zu schreiben.«

»Dabei hat Pearl nur vergessen zu erwähnen, dass ich ein Mädchen bin«, fügte Jordan hinzu.

Colin schnaubte. »Natürlich.«

»Ich überlege immer noch, was ich Sophie sagen soll. Sie wird ausflippen, aber ich hoffe, dass ich sie überzeugen kann. Jordan ist auf jeden Fall das kleinere Übel.«

Colin lachte erneut, und Jordan verteidigte mich mit vollem Mund. »Es stimmt. Ich hab seine letzte Wohnsituation gesehen, und ich bin definitiv die sicherere Option.«

»Wenn du das sagst.« Colin richtete seinen skeptischen Blick wieder auf mich und musterte mich einen Moment erneut völlig schamlos. »Also, was treibst du so?«

Ich schüttelte den Kopf. »Nichts besonders Aufregendes. Momentan habe ich nur Zeit fürs Studium und meine Freundin, leider in genau dieser Reihenfolge.«

»Ach, nun sei doch nicht so bescheiden«, sagte Jordan. »Nate ist ein Drilling. Wie cool ist das bitte? Er hat zwei vollkommen irre Brüder, die fast genauso gut aussehen wie er – und bevor du fragst, nein, sie sind auch nicht schwul, sorry.«

Colin schnaubte, und ich musste grinsen.

»*Und* ...«, fuhr Jordan stolz fort, »Nate studiert Musik an der Steinhardt und ist so talentiert, dass er ein Stipendium bekommen hat.«

Colin legte mir eine Hand auf den Arm und blinzelte mich mit großen Augen an. »Meint sie das etwa ernst? Du siehst nicht nur gut aus, sondern bist auch noch Sänger? Bitte, bitte, bitte, wenn es einen Gott gibt, sag mir, dass du auch noch Gitarre spielst.«

»Ja, tue ich. Bass auch, und ein bisschen Keyboard.«

Colin begann aufgeregt zu quietschen. Ich sah fragend zu Jordan, doch sie verdrehte nur die Augen. »Colin ist einfach besessen von Musikern. Du bist praktisch sein Traummann, nur dass du leider hetero bist.«

»Würdest du was für mich spielen?«, bettelte Colin. »Mir ein Lied singen?«

»Im Ernst? Gleich hier und jetzt?«

»Ja.« Colin sprang auf und marschierte zu einer Ecke des Cafés, wo sich eine kleine Bühne mit Mikrofon befand. An einer Wand lehnte eine Akustikgitarre. »Komm schon«, sagte er. »Open Mic Night ist eigentlich donnerstags, aber ich bin mir sicher, dass es niemanden stören wird, wenn du uns jetzt was vorspielst. Oder, Leute? Ihr wollt doch auch was hören, oder?«, fragte er die wenigen Gäste im Café. Sie schauten ihn kurz an, dann kümmerten sie sich wieder um ihre eigenen Angelegenheiten. Typisch

New York. »Bitte?«, sagte Colin ins Mikrofon. »Ein Song?«

»Geh besser vor, bevor er selbst anfängt, ein Liebeslied zu singen«, sagte Jordan. »Vertrau mir, das will niemand hören. Er kann einfach keinen Ton halten.«

»Ist ja gut, ich komme«, rief ich Colin zu, der begeistert in die Hände klatschte. Ich grinste Jordan an. »Hast du einen speziellen Wunsch?«

Jordans Antwort überraschte mich. »Warum spielst du nicht dein Lieblingslied?«

»*Mein* Lieblingslied?«

Sie nickte. »Du liebst Musik offensichtlich so sehr, wie ich Filme liebe. Also hast du doch auch bestimmt ein Lieblingslied.«

»Ich hab jede Menge Lieblingslieder. Aber ich will deins wissen.«

»Ich hab keins.«

Mir fiel die Kinnlade herunter. »Wirklich? Du hast keins? Wie kannst du kein Lieblingslied haben?«

»Keine Ahnung. Ich höre nicht so viel Musik.«

Ich griff mir schockiert ans Herz. »Jordan, das meinst du hoffentlich nicht ernst.«

Sie lachte und zuckte mit den Schultern. »Ich interessiere mich eben mehr für Filme. Ein guter Soundtrack ist sehr wichtig, aber ich höre kein Radio oder so.«

Ich runzelte die Stirn, räumte dann aber schnell ein: »Ich schätze, das ist nur fair. Ich meine, ich habe keinen Lieblingsfilm, also sind wir wohl quitt.«

Jordan keuchte entsetzt, als hätte ich gerade ihr Leben bedroht. »Das ist doch nicht wahr! Sag mir, dass das nicht wahr ist!«

Ich grinste. »Doch, schon. Es ist so wie bei dir mit Musik. Ich bin einfach kein großer Filmfreak und schaue nur selten Fernsehen. Ab und an gehe ich mit Freunden, Familie oder Sophie ins Kino, aber ansonsten ...«

Ich befürchtete wirklich, Jordan würde vor Schreck explodieren. »Nein.« Sie schlug die Hände vor dem Gesicht zusammen und schüttelte den Kopf. »Nein, ich kann nicht mit jemandem zusammenwohnen, der keinen Lieblingsfilm hat.«

»Tja, und ich kann mit niemandem zusammenwohnen, der kein Lieblingslied hat.«

Sie sank auf ihrem Platz in sich zusammen und dachte nach. »Okay, dann helfen wir uns gegenseitig bei der Suche.«

»Das wird aber nicht leicht«, sagte ich.

Es sollte ein Scherz sein, doch Jordan stimmte mir todernst zu. »Wem sagst du das? Man kann sich nicht einfach einen Lieblingsfilm aussuchen. Man muss ihn schauen, total davon bewegt sein und einfach *wissen*, dass man niemals einen anderen mehr mögen wird.«

Sie war so leidenschaftlich bei diesem Thema, dass es mir erneut zeigte, wie ähnlich wir uns waren. Filme waren ihr Leben, so wie die Musik meines war. Selbst wenn sie Musik nie geliebt hatte, verstand sie doch zumindest, wie ich dafür empfand. »Bei Liedern ist es das Gleiche, nur dass es viel mehr Lieder als Filme gibt. Ich weiß nicht mal, wie ich damit anfangen soll, dir bei der Suche zu helfen.«

Sie grinste und nickte in Richtung der kleinen Bühne, wo Colin ungeduldig auf mich wartete. »Du kannst damit anfangen, mir dein Lieblingslied vorzuspielen.«

»Okay, aber wenn ich das mache, musst du mir nachher deinen Lieblingsfilm zeigen.«

Ich ließ es wie eine lästige Pflicht klingen, doch in Wahrheit kam es mir wie der perfekte Ausklang für diesen verrückten Tag vor. Sie begann übers ganze Gesicht zu strahlen. »Abgemacht. Und jetzt geh da rauf, und spiel uns was vor, sonst beginnt Colin noch mit dem Mikrofonständer zu twerken.«

Lachend nahm ich auf dem Hocker Platz, den mir Colin auf die Bühne gestellt hatte. Dann reichte er mir die Gitarre und seufzte, als ich die Saiten zupfte, um festzustellen, ob sie gestimmt war. Ich ließ ihn das Mikro auf meine Höhe einstellen, dann räusperte ich mich und lächelte in Jordans Richtung. »Okay, du hast mich nach meinem Lieblingslied gefragt. Ich habe viele Favoriten, aber auf das hier komme ich immer wieder zurück. Als ich zehn war, ist meine Mutter leider verstorben, und das hier wurde auf ihrer Beerdigung gespielt. Ich weiß, das klingt morbide, aber seitdem hat mich dieses Lied immer, wenn ich es gehört oder selbst gespielt habe, beruhigt. Es sorgt dafür, dass ich das Gefühl habe, dass sie immer bei mir ist und über mich wacht. Ich weiß, dass sie mich im Himmel erkennen würde, wenn ich sie dort sehen würde, und dass sie stolz auf mich wäre.« Wieder musste ich mich räuspern. »Hier ist jedenfalls ›Tears in Heaven‹ von Eric Clapton.«

Wie immer, wenn ich die Saiten zu zupfen begann, versank ich in der Musik und ließ sie übernehmen. Musik ist mächtig und ansteckend. Je nachdem, wie man spielt, kann es die Stimmung im ganzen Raum ändern. Als ich anfing, hatte sich die Handvoll Gäste noch unterhalten oder auf ihr Handy gestarrt, ohne mich auch nur im Geringsten zu beachten. Doch als ich den letzten Akkord spielte, waren die Anwesenden in ehrfürchtiges Schweigen verfallen. Ich sah auf, und jeder Einzelne von ihnen hatte seinen Blick auf mich gerichtet. Einige wirkten ernst, andere lächelten und ein paar Leuten liefen sogar Tränen über die Wangen.

Genau diese Reaktionen waren der Grund, warum ich es so sehr liebte, auf der Bühne zu stehen. Chris und Tyler gefiel es, zu rocken, die Menge in Stimmung zu bringen und wenn die Fans ihre Namen brüllten. Sie liebten die Aufmerksamkeit. Mir hingegen gefiel es, die Leute mit der Musik zu berühren.

Colin, der hemmungslos heulte, begann zu klatschen, was alle anderen dazu brachte, es ihm gleichzutun. »Nate Anderson von der NYU, Leute!«, jubelte Colin.

Ich winkte und lächelte meinem Publikum zu. Doch als ich mich erheben wollte, hielt Colin mich davon ab. »O nein, Nate, das geht nicht. Du musst noch eins spielen.« Er schob die Unterlippe so weit raus, dass es schon fast schmerzhaft aussah. »Bitte, bitte?«, flehte er und wandte sich an die Cafégäste. »Er war unglaublich, oder? Und wir wollen noch ein Lied hören, richtig?«

Ich war überrascht, als das eine begeisterte Reaktion hervorrief. Colin grinste. »Siehst du? Du *musst*.«

Er brauchte mich gar nicht so zu drängen. Ich fühlte mich vor einem Publikum und mit einer Gitarre auf dem Schoß ganz wie zu Hause. »Okay, okay. Meinetwegen. Dann spiele ich noch eins.« Ich grinste die Leute im Café an. »Ihr werdet mich auslachen, aber jetzt fühle ich mich verpflichtet, das Lieblingslied meiner Mutter zu spielen. Schließlich war sie diejenige, die mir das Gitarre spielen beigebracht hat. Und es ist der Song, den ich auf der Gitarre am allerliebsten spiele. Aber ich muss euch warnen, meine Mutter war ein großer Fan von Dolly Parton.«

Alle lachten, verstummten aber sofort, als das Intro von ›Jolene‹ begann. Es ist einer der besten Songs, die je für die Akustikgitarre geschrieben wurden und kann ziemlich beeindruckend sein, wenn man ihn gut spielen kann. Die nächste Stunde verging wie im Rausch, denn die Gäste begannen Songwünsche zu äußern, und ich spielte und sang, bis mich Jordan endlich von dort loseisen konnte – und zwar erst, nachdem sie mich praktisch aus Colins Klauen befreien musste, als er versuchte, mich zu entführen und zu *seinem* Mitbewohner zu machen.

8

Die Braut des Prinzen

An diesem ersten Abend in meiner nagelneuen Wohnung zeigte mir Jordan *Die Braut des Prinzen*. Zuerst bekam ich aber noch einen zwanzigminütigen Vortrag, warum es sich um den besten Film aller Zeiten handelte. Es hatte laut Jordan etwas mit der speziellen Art von Satire zu tun, die nur sehr schwer zu erreichen war. Es handelte sich um eine lächerlich übertriebene Komödie, während es ihr gleichzeitig gelang, dramatisch, romantisch, aufregend und voller Herz zu sein. Und der Film war zeitlos. Ganz egal, wie alt er sein würde, er blieb gut und würde sich nie überholt anfühlen. Es war ein guter Film. Er gefiel mir. Und mir machten sogar Jordans unentwegte Bemerkungen nichts aus. Der Film blieb mir im Kopf, und ich träumte sogar davon.

Jordan war bereits wach und trank einen Kaffee, als ich am nächsten Morgen angezogen und fertig für meinen ersten Kurs aus meinem Zimmer kam. »Guten Morgen«, murmelte sie. »Wenn du Kaffee willst, die Becher sind rechts neben dem Kühlschrank. Ich hab reichlich gekocht.«

Ihre Haare waren völlig durcheinander, ihre Augen halb geschlossen, und sie gähnte den Satz mehr, als dass sie ihn sagte. Lächelnd nahm ich mir einen Becher. »Ich nehme an, du bist kein Morgenmensch?«

»Nicht, bevor das Koffein zu wirken anfängt. Wie hast du geschlafen?«

Ich schenkte mir einen Becher Kaffee ein und setzte mich neben sie an den Frühstückstresen. »Großartig. Das Bett in meinem Zimmer ist viel besser als das dämliche Gestell, auf dem ich die letzten Wochen schlafen musste.« Ich trank einen Schluck Kaffee und lachte auf. »Das ist allerdings das letzte Mal, dass ich mir kurz vorm Schlafengehen einen Film anschaue. Ich hatte den seltsamsten Traum meines Lebens. Es war total irre, und ich gebe allein dir die Schuld.«

»Ach wirklich?« Jordan sah mich ein wenig wacher an als noch wenige Sekunden zuvor. »Erzähl.«

So seltsam mein Traum gewesen war, fiel es mir nicht schwer, ihn Jordan zu beschreiben. »Ich war Prinzessin Buttercup, und Sophie war Prinz Humperdinck. Meine Brüder haben mich entführt, weil sie einen Krieg mit Sophie beginnen wollten. Ich glaube, sie sollten der Riese und der kleine nervige Typ mit der wehleidigen Stimme sein.«

»Fezzik und Vizzini.« Sie sprach die Namen in dem Akzent des spanischen Schwertkämpfers aus und brachte mich damit zum Lachen.

»Genau. Diese Typen. Dann kamst du, verkleidet als der Mann in Schwarz.«

»Ich durfte Wesley sein? Super. Ich würde einen tollen grausamen Piraten Roberts abgeben.«

»Hast du«, sagte ich ihr. »Du hast mich meinen Brüdern gestohlen und auf dieses wilde Abenteuer mitgenommen, wo wir nach vergrabenen Schätzen gesucht haben. Colin war dein Erster Maat und redete die ganze Zeit von Nimmerland und den Verlorenen Jungs.«

Jordan spuckte fast ihren Kaffee aus. »Das klingt nach seiner ultimativen Fantasie.«

»Jedenfalls endete der Traum damit, dass wir die Höhle fanden, in der der Schatz vergraben war, doch statt Gold und Juwelen war da nur Pearl.«

»Pearl?«

»Ja. Sie hat auf mich gewartet und mir einen Glückskeks gegeben.«

Jordan setzte sich auf. »Oh. Was stand drin? Vielleicht ist es dein Unterbewusstsein, das dir was zu sagen versucht.«

Ich lachte. »Ich hoffe nicht. Da stand: ›Du hast meinen Vater getötet. Jetzt bist du des Todes.‹«

Jordan kicherte, bevor sie ihren Kaffee austrank, sich erhob und mir auf die Schulter klopfte. Sie grinste immer noch, als sie ihren Becher in der Spüle auswusch. »Das ist der coolste Traum aller Zeiten. Und die unterschwelligen Botschaften sind krass zutreffend. Ich glaube, ich werde dich von jetzt an Buttercup nennen.«

Ich hoffte inständig, dass das nur ein Witz war. »Das finde ich noch schlimmer als Kleiner.« Sie zwinkerte mir zu, zog eine Kiste mit Energieriegeln aus dem Schrank und hielt sie mir fragend hin. Als ich nickte, warf sie mir einen Riegel zu. »Danke. Was für unterschwellige Botschaften?«

Sie hörte kurz auf, ihren Riegel auszupacken, und starrte mich an. »Du machst Witze, oder? Du hast geträumt, deine Brüder würden dich als Geisel halten. Dann hab ich dich gerettet. Du bist heute total wie Buttercup. Und ich bin Wesley. Was richtig cool ist.« Nachdem sie von ihrem Riegel abgebissen hatte, runzelte sie die Stirn. »Es ist allerdings interessant, dass Sophie Humperdinck ist. Ich meine, er ist der Schurke, der Buttercup in einer lieblosen Verlobung gefangen hält. Sophie und du habt doch keine Beziehungsprobleme, oder?«

»Nein, alles bestens.« Die Frage ließ mich innerlich zusammenzucken. Oder vielleicht waren es die Ähnlichkeiten zu meiner aktuellen Situation, die mir nicht gefielen. »Es war nur ein Traum.«

»Na klar«, lenkte Jordan ein. »Und selbst wenn dein Unterbewusstsein versucht hat, dir was zu sagen, ging es bestimmt nur um deine Nervosität, ihr sagen zu müssen, dass du mit einem Mädchen zusammengezogen bist.«

Damit hatte sie nicht ganz unrecht.

»Weißt du schon, wie du es ihr beibringen willst?«

»Keine Ahnung.«

»Warum bringst du sie nicht einfach heute mal her? Dann kann sie sich die Wohnung ansehen und mich kennenlernen. Wir können sie gemeinsam überzeugen.«

Das war keine schlechte Idee. »Ja, okay. Aber erst heute Abend. Ich muss mir nach meinen Kursen einen neuen Laptop und ein neues Handy besorgen, und dann muss ich noch meinen ganzen Kram aus dem Wohnheim holen.«

»Oh, dabei kann ich dir helfen. Ich hab ein Auto. Komm doch einfach mit Sophie her, wenn du fertig mit shoppen bist, und wir holen dein Zeug zusammen ab? So geht es viel schneller.«

Ein Auto, um all mein Zeug auf einen Schlag mitzunehmen? Dieses Angebot konnte ich auf keinen Fall ablehnen. »Das wäre irre. Danke.«

»Ich bestelle uns sogar was zu essen. Dann kann Sophie mich beim Abendessen verhören.«

»Das musst du nicht.«

»Ich will aber. Mögt ihr Chinesisch? Dieses ganze Gerede über Glückskekse hat mich hungrig gemacht.«

»Das isst Sophie am liebsten.«

Jordan grinste. »Perfekt. Dann ist es abgemacht.«

»Klingt gut. Aber bitte keine Glückskekse. Nicht nach diesem Traum.

Jordan lachte. »Wie Ihr wünscht.«

Ich verdrehte die Augen, während sie aus dem Zimmer tanzte und sich lachend auf ihren Tag vorbereitete.

*

Als ich in der Uni ankam, stellte ich überrascht fest, dass Chris und Tyler gerade mit meinem Dozenten sprachen. Vor Schreck setzte mein Herz einen Sprung aus. Ich war mir sicher, dass ihre Anwesenheit mit meinem zerstörten Laptop zu tun hatte, und so sehr ich ihren Versuch, mich zu entschuldigen, auch zu schätzen wusste, waren sie immer noch Chris und Tyler. Mein Dozent war wirklich nett, aber meine Brüder konnten schnell überwältigend wirken.

Ich eilte zu ihnen, blieb jedoch stehen, als sie alle drei zu lachen anfingen. »Äh, hi Leute.«

Chris und Tyler strahlten mich an. »Alter. Ich kann nicht fassen, dass du von Will Treager unterrichtet wirst«, sagte Tyler.

Will Treager war in den späten Neunzigern ein erfolgreicher R&B-Sänger gewesen, dann für Epic Records ins Produzentengeschäft gewechselt und hatte sich letztendlich dafür entschieden, zu lehren.

»Er hat vier Grammys gewonnen«, fügte Chris hinzu.

Ihre Überraschung war gleichzeitig amüsant und ärgerlich. »Ja. Ich weiß. Ich hab euch doch gesagt, dass die Steinhardt eine der besten Schulen des Landes ist. Das bedeutet, dass sie auch die besten Lehrer hat.«

Chris runzelte die Stirn. »Ja, aber du hast uns nicht gesagt, dass das auch für richtige Musik gilt.«

»Wir dachten, du meinst diesen dämlichen Chornerd-Beethovenscheiß, den du im letzten Schuljahr gemacht hast.«

Oh Tyler. Ich seufzte. »So was lehren sie hier auch, und es ist kein *Scheiß*.«

Am liebsten wäre ich im Erdboden versunken, doch zumindest wirkte mein Dozent amüsiert. »Tut mir leid«, sagte ich. »Ich weiß nicht, wie ich mich für sie entschuldigen soll.«

Mr Treager lachte. »Schon gut. Viele Leute sind sich nicht darüber bewusst, was wir alles für Programme anbieten.« Er lächelte meine Brüder an. »Ihr solltet mal auf dem Weg nach draußen beim Hauptbüro vorbeischauen und euch ein paar Flyer mitnehmen. Wenn ihr auch nur halb so talentiert seid wie euer Bruder und Musik auch nur halb so sehr liebt wie er, wollt ihr euch vielleicht für einen unserer Kurse einschreiben.«

Schockierender als ihre Anwesenheit hier war nur die Art und Weise, wie sie begeistert ihre Augen aufrissen und versprachen, dem nachzugehen, während sie meinen Dozenten wie einen Helden anstarrten. Mr Treager richtete sich an mich. »Nate, deine Brüder haben mir erzählt, dass ihnen ein kleines Missgeschick mit deinem Laptop unterlaufen ist?«

»So kann man es auch ausdrücken. Ich habe ihn von einem Spezialisten begutachten lassen. Er ist völlig zerstört. Nach meinen Kursen heute muss ich los und mir einen neuen besorgen.«

Mr Treager verzog das Gesicht. »Autsch. Tut mir leid, das zu hören. So was mache ich sonst zwar nicht, aber deine Brüder haben mir erklärt, wie hart du an deinem Projekt gearbeitet hast, und dass es allein ihre Schuld war, also gewähre ich dir ausnahmsweise eine Verlängerung. Du hast bis zum Ende der Woche Zeit. Es wird zwar ziemlich anstrengend werden, aber wenn du es bereits einmal gemacht hast, wirst du in der Lage sein, dein Projekt bis dahin wiederherzustellen.«

Ich war sehr überrascht und geschmeichelt, dass er bereit war, mir eine zweite Chance zu geben, auch wenn es unnötig war. Wieder sah es so aus, als würde ich meinen Brüdern einen Gefallen schulden. »Danke, Mr Treager. Das weiß ich wirklich zu schätzen, aber ich werde keine Verlängerung brauchen. Der Spezialist, den ich gestern wegen meines Laptops um Rat gefragt habe, hat die Dateien von meiner Festplatte retten können. Ich habe sie auf einem USB-Stick und hab es auch noch auf CD brennen lassen, weil ich nicht genau wusste, wie wir die Projekte heute präsentieren sollen.«

»Oh.« Es dauerte einen Moment, bis er die Information verarbeitet hatte, dann lächelte er breit. »Na, das ist doch großartig. Du kannst gern den Stick benutzen. Dafür musst du nur jemanden finden, der bereit ist, heute seinen Laptop mit dir zu teilen. Ich bin schon sehr gespannt, was du auf die Beine gestellt hast.«

Mr Treager wirkte beeindruckt, dass ich das Problem ohne seine Hilfe gelöst hatte, und das kam mir wie ein weiterer Silberstreif am Horizont dieses ganzen Kaffeefiaskos vor. Mein Laptop war zwar zerstört, aber dafür hatte ich jetzt eine neue Wohnung und meinen Lehrer beeindruckt. »Danke, Mr Treager.«

»Kein Problem.« Er lächelte noch mal Chris und Tyler an. »Es war nett, euch kennenzulernen, Jungs, aber jetzt müsst ihr mich entschuldigen. Ich habe vor Kursbeginn noch ein paar Dinge zu erledigen. Vergesst nicht, euch Flyer mitzunehmen, solltet ihr ernsthaft interessiert sein. Wir haben ein wirklich ausgezeichnetes Programm, das viel mehr Spaß macht als eure Wirtschaftskurse. Versprochen.«

Er entschuldigte sich, und ich blieb mit meinen Brüdern allein zurück. Bis zum Kursbeginn hatte ich noch ein paar Minuten, und ich schuldete meinen Brüdern ein Dankeschön, also begleitete ich sie zum Hauptbüro. »Du hast deine Dateien wieder?«, fragte Chris, als wir den Kursraum verlassen hatten.

»Ja. Wie sich herausgestellt hat, habt ihr doch genau das Richtige getan und dadurch die Festplatte gerettet.«

Die beiden grinsten, und Chris stupste mich mit dem

Ellbogen an. »Siehst du? Wir haben doch gesagt, dass wir wissen, was wir tun.«

»Außerdem haben wir mit Dad geredet. Er hat gesagt, er schickt dir Geld für einen neuen Laptop.«

Bevor ich ihnen sagen konnte, dass das nicht nötig war, sagte Chris etwas, das mich völlig überrumpelte. »Also, dieses Lied, das du geschrieben hast, wäre das was für Triple Threat? Denn es wäre echt cool, wenn wir mal was Eigenes spielen könnten statt immer nur Coversongs, findest du nicht auch?«

Als ich nicht sofort antwortete, blieben beide stehen und sahen mich erwartungsvoll an. »Ich ... na ja, dieses Lied speziell nicht, aber wenn ihr Jungs das echt wollt, fällt uns bestimmt was Gutes ein.«

»Das wäre großartig«, sagte Tyler, und Chris nickte.

Sie sahen nicht nur aus, als würden sie es ernst meinen, sondern wirkten regelrecht begeistert. Das Gefühl war ansteckend. Genau *das* hatte ich mir immer gewünscht. Ich war es gewesen, der in der Mittelstufe die Band gegründet hatte. Meine Mom hatte mir als Kind Gitarre beigebracht, und es dauerte ein paar Jahre, bis ich meine Brüder dazu überredet hatte, auch ein Instrument zu lernen, damit wir zusammen spielen konnten. Sie lehnten immer ab, bis ich in der sechsten Klasse beim Talentwettbewerb der Schule mitmachte. Danach war ich total beliebt, und plötzlich waren Chris und Tyler der Meinung, dass eine eigene Band eine hervorragende Idee war.

Also lernten sie Instrumente, was ihnen nicht schwerfiel, da sie wie ich viel von Moms musikalischem Talent geerbt hatten, aber sie nahmen es nie so ernst wie ich. Die Band war für sie nur eine Möglichkeit, um beliebt zu werden und Mädchen abzubekommen. Es machte ihnen Spaß, aber sie waren nie mit vollem Herzen dabei. Ich würde ihnen so gern klarmachen, dass Musik so viel mehr zu bieten hatte, als ihre Datingchancen zu erhöhen. Wenn ich sie nur dazu bringen könnte, es ernst zu nehmen, würden wir einfach *unglaublich* sein. »Ja, okay, dann lasst uns das machen.«

Wir erreichten die Eingangshalle, und statt hinauszugehen, blieben Chris und Tyler vor der Tür stehen und stießen die Fäuste aneinander. Als sie beide auch mir eine Faust hinhielten, verdrehte ich zwar die Augen, stieß meine Faust aber gegen ihre und vollendete den Kreis. »Triple Threat!«, riefen wir zusammen, so wie wir es immer vor einem Auftritt taten. Doch genau wie immer boxten sie mich danach so fest gegen die Schulter, dass ich blaue Flecke bekommen würde. Sie behaupteten, das würde Glück bringen. Doch ich war der Meinung, dass es ihnen einfach gefiel, mich zu drangsalieren.

»Idioten.«

Lachend nahmen sie mich in ihre Mitte und legten jeweils einen Arm um meine Schulter. »Du liebst das doch«, sagte Tyler.

»Das tue ich wirklich nicht.«

Natürlich ignorierten sie meine Worte und schoben mich durch den Haupteingang auf den Gehweg. »Tut uns wirklich leid wegen deines Laptops«, sagte Chris. »Lass uns nachher zusammen losziehen und dir einen neuen besorgen, damit wir uns an die Arbeit machen können. Du musst uns zeigen, was du kannst, Alter. *Will Treager* hat dich gelobt, was bedeutet, dass du uns was vorenthalten hast. Du musst uns was Großartiges schreiben, denn ich kenne da so einen Typen, der uns einen Gig in dieser angesagten Bar besorgen kann. Wir könnten richtige Rockstars werden.«

Ich musste lachen. Meistens nervten mich meine Brüder tierisch, aber ich könnte niemals ohne sie leben. Sie waren einfach am besten, wenn man sie in niedrigen Dosen genoss. »Klingt gut, aber heute kann ich nicht. Ich gehe heute Abend mit Sophie ein Handy und den Laptop kaufen, und dann bringe ich sie in die neue Wohnung, damit sie Jordan kennenlernt. Wahrscheinlich kommen wir nach dem Abendessen kurz im Wohnheim vorbei, um meine Sachen zu holen. Jordan hat ein Auto, also schaffen wir wahrscheinlich alles auf einmal.«

Sie zogen die Arme von meinen Schultern und sahen mich empört an. Wieder einmal hieß es sie gegen mich, und diesmal waren sie richtig sauer. »Soll das heißen, du hast das ernst gemeint?«

»Natürlich.«

»Wir dachten, du wärst einfach nur wütend und würdest uns damit eins auswischen wollen«, sagte Tyler. »Und es hat funktioniert. Wir sind voll ausgerastet, als du gestern Abend nicht nach Hause gekommen bist.«

»Ich hab euch doch gesagt, wo ich hingehe.«

»Wie kannst du uns nur so einfach im Stich lassen?«, fragte Chris.

So viel zu der brüderlichen Kameradschaft, die wir gerade erreicht hatten. Sie waren nicht sauer, sondern gekränkt. »Leute, ich lass euch nicht im Stich. Wir schreiben diese Songs. Ich kann nur einfach nicht mit euch zusammenleben. Ich brauche ein bisschen Platz für mich.«

»Weißt du, was wir alles machen mussten, um die Erlaubnis zu bekommen, zu dritt zu wohnen?«, fragte Tyler. »Das war ein Riesenumstand.«

»Ihr habt mich vorher nicht gefragt, ob ich das überhaupt will.«

Chris warf die Arme in die Luft, während Tyler seine vor der Brust verschränkte und mich finster anstarrte. »Wir wollten dich überraschen«, sagte Chris.

»Wir haben es für dich getan«, ergänzte Ty. »Wir haben nur versucht, auf dich aufzupassen.«

Es gelang mir gerade so, ihnen nicht ins Gesicht zu lachen. »Auf mich aufzupassen? Warum solltet ihr auf mich aufpassen müssen?«

Ich hatte ein Lachen unterdrückt, aber meine Brüder machten sich nicht die Mühe. »Du machst Witze, oder?«, fragte Tyler.

Chris schüttelte den Kopf. »Du weißt doch, wie du bist, Kleiner.«

Was sollte denn das jetzt wieder heißen? »Nein, weiß ich nicht. Wie bin ich denn?«

»Du weißt schon …« Chris' Stimme verlor sich, weil ihm offenbar nichts Nettes einfiel.

Tyler hatte kein Problem damit. »Du bist halt so ein Strebertyp. Wir waren es, die dafür gesorgt haben, dass du auf der Highschool beliebt warst. Ohne uns hättest du weder Freunde noch Spaß gehabt.«

Ich schnaubte. »Ernsthaft?«

Chris versuchte zu vermitteln. »Hör mal, Kleiner, Tyler will dich nicht beleidigen. Wir wollen, dass du im College eine gute Zeit hast. Dass du mal ein bisschen lebst. Deine Optionen austestest. Ohne uns würdest du durchs College rauschen, ohne Spaß gehabt zu haben, und nach dem Abschluss würdest du dann deine spießige Freundin heiraten, einen lahmen Job antreten, den sie dir besorgt, und auch sonst alles machen, was sie dir sagt. Wir versuchen nur, auf dich aufzupassen.«

»Vergiss das«, sagte Tyler. »Wir wollen dich *retten*.«

Ihre Rettungsversuche waren völlig irregeführt. Kein Wunder, dass sie im Traum meine Entführer gewesen waren und Jordan meine Retterin. Meine Brüder waren echt der Meinung, sie würden mir helfen, doch in Wirklichkeit hielten sie mich gefangen. Wir hatten diesen Streit schon unser ganzes Leben lang, und ich hatte es so satt.

Es hatte keinen Zweck herumzudiskutieren. Sie würden es niemals verstehen. Doch obwohl ich das wusste, hielt es mich nicht davon ab, meine Geduld zu verlieren. »Das Einzige, vor dem ich gerettet werden muss, seid *ihr*. Ihr seid diejenigen, die mir das Leben versauen. Ich bin nicht wie ihr. Ich will nicht so ein Leben, und ich komme hervorragend allein zurecht, ohne dass ihr mich wie ein Kleinkind behandelt. Mich *schikaniert!* Ich bin kein Loser. Ich bin kein unbeholfener kleiner Idiot, der nur zurechtkommt, wenn seine Brüder auf ihn *aufpassen*. Ohne euch komme ich besser klar.«

Chris wollte etwas sagen, doch Tyler kam ihm zuvor. »Meinetwegen, wenn du es so willst. Dann hau halt ab. Lass uns im Stich. Wir haben eh die Schnauze voll davon, dich immer mitschleifen zu müssen.« Er stieß Chris gegen den Arm. »Komm, Alter. Wir brauchen ihn nicht.«

Mit ein paar letzten wütenden Blicken stürmten sie davon, und ich ging vor Wut schäumend zu meinem Kurs.

9

Die üblichen Verdächtigen

Jordan war die Filmexpertin, nicht ich, doch nach all ihren endlosen Referenzen und ihrem Gerede über Parallelität dachte ich den ganzen Tag an all die Filme, die ich kannte, und überlegte, welcher von ihnen die Antwort auf mein Sophie-Problem hatte. Ich wusste, dass es schwer werden würde, sie davon zu überzeugen, dass es okay war, mit Jordan zusammenzuwohnen.

Es war eindeutig, dass ich mit den Filmbezügen nicht so geübt war wie Jordan – ihr wäre wahrscheinlich direkt etwas eingefallen, was meiner Situation glich –, doch der Film, der mir immer wieder in den Sinn kam, war *Die üblichen Verdächtigen* mit Kevin Spacey. Ich hatte zwar keinen Lieblingsfilm, doch wenn ich meine Favoriten hätte auflisten müssen, wäre *Die üblichen Verdächtigen* ziemlich weit oben gewesen. Er war raffiniert und subtil – zwei Dinge, die ich sein musste, wenn ich meine neue Wohnung *und* meine Freundin behalten wollte. Das Wichtigste war hier Manipulation.

Ich kannte Sophie. Kannte ihre Schwächen, und ich wusste, wie ich sie gegen sie einsetzen konnte. Nicht, dass ich Sophie manipulieren *wollte*, aber ich sah einfach keine andere Möglichkeit. Ich würde das schon irgendwie hinbekommen. Dafür musste ich einfach nur meine Karten richtig ausspielen. Ich musste Sophie überzeugen und dabei subtil sein.

Doch ein Schritt nach dem anderen. Vor allem musste sie gute Laune haben. Als ich mich also nach dem Unterricht mit Sophie traf, zog ich sie direkt in meine Arme und küsste sie, ohne vorher auch nur Hallo zu sagen.

»Wofür war das denn?«, fragte sie ein wenig atemlos, als ich mich von ihren Lippen löste, sie aber weiterhin im Arm hielt.

Ich grinste sie an. »Nur so. Die letzten vierundzwanzig Stunden waren ziemlich irre, und jetzt brauche ich meine umwerfende Freundin.« Sie begann zu strahlen, und ich küsste sie erneut. »Wie war deine Lerngruppe?«

Sie stöhnte. »Lang. Wir haben ewig da gehockt. Aber es war gut. Ich brauchte das. Ich glaube, ich hab den Test gut hinbekommen. Tut mir leid, dass ich dich gestern Abend nicht begleiten konnte.«

»Schon gut. Ich weiß, wie sehr du dich wegen dieses Kurses gestresst hast.«

»Das stimmt. Ich bin so froh, wenn dieses Semester vorbei ist. Aber genug von mir. Wie lief es denn für *dich* gestern Abend? Wie war die Wohnung? Hast du sie bekommen?«

»Ja. Hab gestern direkt den Mietvertrag unterschrieben.«

»Wirklich?«, quietschte sie aufgeregt. »Du wirst wirklich ausziehen?«

»Ja, du hattest absolut recht. Ich brauche einfach ein bisschen Abstand von meinen Brüdern. Die neue Wohnung ist fantastisch, und Jordan ist cool. Ich hatte keine Ahnung, wie sehr mich Chris und Ty erdrückt haben, bis ich mich entschieden habe, umzuziehen, und jetzt fühle ich mich plötzlich so viel besser.«

Sophie grinste. »Ich wusste, dass es dich glücklich machen würde. Siehst du? Du solltest wirklich öfter auf mich hören. Ab wann kannst du einziehen?«

»Heute Abend schon. Komm mit mir shoppen, und dann zeige ich es dir.«

Als wir beim Elektronikmarkt ankamen, hatte ich Sophie bereits alles darüber erzählt, wie Jordan einen Freund mit Tickets zu einem Fußballspiel bestochen hatte, damit er mir mit meinem Laptop half. Das einzige Detail, was ich ausließ, war die Tatsache, dass Jordan ein Mädchen war. Ich nahm an, dass es schlauer war, Sophie erst mal für meinen Umzug zu begeistern. So würde es ihr schwerer fallen, später einen Wutanfall zu bekommen, sobald sie die schlechte Nachricht erfuhr.

Okay, und ich hatte den Teil ausgelassen, wo mich meine Brüder festgehalten hatten, damit mich ein betrunkenes Mädchen abknutschen konnte, denn einige Dinge blieben einfach besser ungesagt.

Sophie war ebenso schockiert, wie ich es gewesen war, dass meine Brüder die Festplatte mit ihrer irren Idee gerettet hatten. Doch sie war nicht so nachsichtig wie ich.

»Wenn diese Idioten deinen Laptop nicht zerstört hätten, hätten sie die Festplatte auch nicht retten müssen. Du musst dir trotzdem einen neuen Computer kaufen. Sie sollten diejenigen sein, die ihn dir bezahlen.«

Inzwischen standen wir vor einer Reihe von Laptops. Ich las mir gerade die Eigenschaften des neuen MacBook Pro durch, und Sophie verglich die Preise. »Muss es denn auch unbedingt ein Mac sein? Die sind so viel teurer.«

»Dafür sind sie auch so viel besser für die Programme, die ich in all meinen Kursen benutze.« Als sie die Stirn runzelte, verdrehte ich die Augen. »Spielt keine Rolle. Ich hab noch das Geld vom zweiten Stipendium ...«

»Nur weil du Geld hast, musst du damit ja nicht um dich schmeißen. Vergiss nicht, dass du jetzt auch Miete zahlen musst.«

»Das weiß ich. Hab ich alles schon durchgerechnet. Außerdem hat mein Dad darauf bestanden, mir das Geld für den Laptop zu schicken. Chris und Tyler haben ihm erzählt, was passiert ist, und ich tat ihm leid.«

»Großartig.« Sophie ging in den Gang mit den billigeren Computern und deutete auf einen Laptop, der im Angebot war. »Dann hol dir einen von denen, und du wirst nichts von deinem eigenen Geld dazugeben müssen.«

Ich winkte einen Verkäufer heran und deutete auf den Mac. »Ich hätte gern den hier, und ein neues Handy brauche ich auch.«

»Das neue iPhone?«

»Genau.«

»Nate!«

Lachend zog ich Sophie an mich und gab ihr einen Kuss auf die Stirn. »Du wirst mal eine tolle Buchhalterin.«

»Und du wirst einen tollen Rockstar abgeben.« Obwohl sie sich über meine Ausgaben beschwerte, grinste ich sie nur an. »Genau das ist der Plan.«

Sie stöhnte und löste sich von mir. »Das ist nicht witzig.«

»Ich meine es aber völlig ernst.« Ich nahm ihre Hand und zog sie zur Kasse, wo der Verkäufer bereits meinen Einkauf abkassierte und mein neues Handy aktivierte. »Soph, ich weiß, dass du mich für verrückt hältst, aber du musst mir zumindest ein kleines bisschen Vertrauen schenken.«

Sie verdrehte die Augen, musste jedoch lächeln und gab mir schließlich einen Kuss auf die Wange. »Weißt du, ich wünsche dir wirklich, dass all deine Träume wahr werden, aber falls nicht, hoffe ich, dass ich mich um dich kümmern darf. Komm, lass uns deine neue Wohnung anschauen.«

*

Ich atmete erleichtert auf, als wir die Wohnung erreichten und Jordan nicht zu Hause war. Natürlich war es unausweichlich, dass Sophie ihr begegnete, doch das hieß nicht, dass ich mich darauf freute. Außerdem half es, dass Sophie die Wohnung liebte, noch bevor wir überhaupt drin waren. Als sie dann mein Schlafzimmer sah, schnappte sie überrascht nach Luft. »Nate! Dieser Raum allein ist größer als das, was du im Wohnheim hattest. Das ist unglaublich.«

»Ist es. Und weißt du, was das Beste ist?«

Sie grinste. »Keine Brüder?«

Ich grinste ebenfalls. »Keine Brüder.«

Sophie war davon wohl genauso begeistert wie ich,

denn als ich sie an mich zog, schlang sie ihre Arme um meinen Hals und schob mich zurück, bis wir zusammen aufs Bett fielen. Ein paar Minuten später, als unsere Küsse ziemlich intensiv zu werden begannen, atmete ich tief durch. »Wir sollten aufhören. Jordan wird gleich hier sein.«

Sophie rollte sich von mir herunter und seufzte. »Ich liebe diese neue Wohnung. Wer auch immer diese seltsame alte Frau war, ich wünschte, wir könnten ihr eine Dankeskarte schicken.«

Ich schmunzelte. »Wie wäre es stattdessen mit einem Dankeschön von mir? Du hattest recht. Ich brauchte das hier.«

»Wir beide.« Sophie legte sich wieder auf mich. »Und jetzt sag es noch mal.«

Ich drückte sie fest und küsste sie. »Danke.«

Sophie schüttelte den Kopf und lächelte auf eine Weise, die mein Blut in Wallung brachte. »Hm-mm. Sag mir, dass ich recht hatte.«

Sie erwartete, dass ich widersprach, doch da ich sie bei Laune halten wollte und außerdem vollkommen in Kussstimmung war, tat ich ihr den Gefallen. Ich legte meine Lippen auf die empfindliche Stelle hinter ihrem Ohr, an der sie kitzlig war. »Du hattest wie immer recht, Baby. Danke.«

Sie kicherte und wand sich unter meinen Lippen. Ich liebte es, wenn sie das tat. »Vielleicht sollte ich dir richtig danken.«

Ich drehte uns herum und übernahm die Kontrolle über den Kuss. Sie ließ zu, dass unsere Zungen miteinander tanzten, machte dem aber dann ein Ende. »Du hast gesagt,

Jordan wäre gleich wieder da.« Doch das war mir inzwischen egal. »Das ist ja das Schöne daran, mein eigenes Zimmer zu haben. Es spielt keine Rolle.«

Bevor ich sie wieder küssen konnte, ertönte Jordans Stimme im Flur. »Nate? Bist du da?«

Als Nächstes war Colin zu hören. »Wir haben Mu-Shu mitgebracht!«

»Und als Nachtisch Eis statt Glückskeksen! Versprochen!«

»Wir sind hier!«, rief ich und hielt meine Freundin fest, sodass sie nicht aufstehen konnte. »Wir weihen nur mein neues Zimmer ein!«

Sophie keuchte entsetzt und boxte meinen Arm. »Nate!«

Lachend stahl ich mir einen letzten Kuss, dann ließ ich von ihr ab. Wir fanden Jordan und Colin in der Küche, wo sie gerade Geschirr aus dem Schrank holten. Auf dem Tresen standen die zwei größten Tüten mit chinesischem Essen, die ich je gesehen hatte. »Habt ihr etwa die komplette Speisekarte bestellt?«

Colin zeigte anklagend mit dem Finger auf Jordan, doch er lachte dabei. »Fast.«

Jordan trat nach ihm. »Wir wussten nicht, was ihr mögt.«

Sie warf mir einen fragenden Blick zu. Ich schüttelte subtil den Kopf und atmete tief ein. Jetzt oder nie. Ich nahm mir ein Beispiel an *Die üblichen Verdächtigen* und entschied, dass es am besten war, mich dumm zu stellen. Ich musste so unschuldig und naiv wirken, dass Sophie gar nicht wütend auf mich werden konnte.

Mit einem Lächeln im Gesicht, das in mir die Frage

weckte, ob ich vielleicht besser Schauspieler werden sollte, zog ich Sophie an meine Seite und stellte sie Jordan vor, als wäre nichts an der Situation ungewöhnlich. »Sophie, das ist Jordan Kramer. Jordan, das ist meine Freundin Sophie Farnsworth.«

Ohne mit der Wimper zu zucken, übernahm Jordan meine Taktik. Aber sie musste sich dafür nicht verstellen. Sie fand wirklich nichts Ungewöhnliches daran, dass wir zusammenwohnten. »Sophie!« Statt meiner Freundin die Hand zu geben, umarmte sie sie. »Ich hab das Gefühl, dich bereits zu kennen. Seit Nate gestern aufgetaucht ist, spricht er eigentlich nur von dir.«

Sophie erwiderte Jordans Umarmung instinktiv, zog sich dann jedoch stirnrunzelnd zurück. »Ach ja?« Sie blinzelte und sah zwischen Jordan und Colin hin und her. Nachdem sie mir einen verwirrten Blick zugeworfen hatte, wandte sie sich wieder an Jordan. »*Du* bist Jordan?«

»Genau. Und das ist Colin.«

Sophies Blick ging zu Colin. »Dein Freund?«

Bevor Jordan Nein sagen konnte, schob Colin sie beiseite und grinste Sophie breit an. »Ja, richtig. Das bin ich. Jordans Freund. Und sie hat recht, Nate hat so viel von dir gesprochen, dass es mir schon so vorkommt, als wären wir beste Freunde.«

Während er meine Freundin fest umarmte, sah ich Jordan stirnrunzelnd an und sagte lautlos: »Dein Freund?«

Sie verdrehte die Augen. Colin bemerkte den Austausch und zwinkerte uns über Sophies Schulter hinweg zu. »Ich hoffe, du bist hungrig«, sagte er ihr, nachdem er sie losgelassen hatte.

»Ein bisschen schon. Ich muss nur ... Nate?« Ihre

Stimme hatte einen eisigen Ton angenommen, und ihr Gesicht war zu einem gezwungenen Lächeln erstarrt. »Baby, kann ich mal kurz mit dir reden?« Sie warf Jordan einen scharfen Blick zu. »Unter vier Augen?«

Stell dich dumm, stell dich dumm, stell dich dumm, rief ich mir ins Gedächtnis, als sie mich den Flur entlang zu meinem Zimmer schleifte. Sie hielt mich doch ohnehin meistens für einen naiven Träumer. Das kränkte zwar mein Ego ein bisschen, aber diesmal würde es mir nutzen. Und schließlich war ich mit meinen Brüdern verwandt. Sie erwartete so etwas von mir, selbst wenn ich es nicht verdiente. »Was ist los?«

Leise schloss sie die Tür, dann wirbelte sie herum. »Jordan ist eine *Frau*?«

»Ja, verrückt, oder? Ich hab echt keine Ahnung, warum Pearl das nicht erwähnt hat.«

»Und du hast den Mietvertrag schon unterschrieben. Obwohl sie eine *Sie* ist?«

»Natürlich hab ich das. Du hast doch darauf bestanden, dass ich die Wohnung nehme, und hast dich so wahnsinnig darüber gefreut, dass ich ausziehe. Ich wollte dich nicht enttäuschen.«

Vielleicht war es niederträchtig von mir, sie daran zu erinnern, dass es ihre Idee gewesen war, doch nur so würde es funktionieren. Ich nahm ihre Hand und zog sie besorgt an mich. »Bist du etwa wegen Jordan beunruhigt?«

Nachdem sie die Augen verdreht hatte, sah sie zur Decke und seufzte, um ihren aufgestauten Ärger loszuwerden. »Nate, Baby, ich liebe dich, aber manchmal bist du wirklich so naiv. Natürlich beunruhigt es mich, dass du zugestimmt hast, mit einer anderen Frau zusammenzuwohnen.«

»Aber warum? Ich habe hier mein eigenes Zimmer und Bad. Diese Wohnung ist genial und die Miete unglaublich niedrig. Ich werde in New York nichts Besseres finden.«

Sie schüttelte den Kopf, und ich sah ihr an, dass sie wieder wütend wurde. »Es ist unangemessen.«

»Das ist doch kein Unterschied zu dem gemischten Wohnheim, in dem ich vorher war. Direkt neben meinen Brüdern und mir wohnen Mädchen. Ihr Schlafzimmer ist viel näher an meinem gewesen als Jordans Zimmer hier.«

Sophie sah mich ungerührt an. »Aber du hast nicht mit ihnen *zusammengewohnt*.«

»Ich hab mir mit ihnen einen Gemeinschaftsraum geteilt. Sie waren nur ein paar Schritte entfernt.« Ich zuckte mit den Schultern. »Jetzt mal ehrlich, hier ist es viel unwahrscheinlicher, dass eine fremde Frau in mein Bett kriecht, als im Wohnheim. Dort habe ich mir ein Zimmer mit *Chris und Tyler* geteilt. Hier habe ich wenigstens meine Privatsphäre.«

Sophie ließ sich auf die Bettkante sinken. »Ich weiß, okay? Ich will auch nicht, dass du mit deinen Brüdern zusammenwohnst. Aber das hier ... ich weiß einfach nicht.«

Ich setzte mich neben sie und nahm erneut ihre Hand in meine. »Jordan ist echt cool, aber dich *lieb*e ich. Das weißt du doch, oder? Jordan ist nur eine Mitbewohnerin. Nicht mehr. Vertraust du mir etwa nicht?«

Sie schenkte mir ein trauriges Lächeln. »Natürlich vertraue ich dir.«

»Was ist dann das Problem? Colin hat mir gestern gesagt, dass er ständig hier ist, und Jordan meinte, du kannst hier übernachten, wann immer du willst.«

Sophie sagte nichts, doch in ihren Augen sah ich den inneren Konflikt. Ich wusste, dass es nicht die Vorstellung war, dass ich mit einem Mädchen zusammenwohnte, die sie am meisten schockierte, sondern dass ich diese Entscheidung getroffen hatte, ohne sie zuerst um Erlaubnis zu bitten. Mich für Musikwissenschaft an der NYU einzuschreiben, ohne es Sophie zu sagen, hatte fast zu unserer Trennung geführt. Seitdem war sie bei all meinen Entscheidungen noch empfindlicher geworden.

Sophie war ein willensstarker Mensch, der die Kontrolle behalten wollte. Wir funktionierten als Paar deshalb so gut, weil ich kein Problem damit hatte, dass sie den Großteil der Entscheidungen traf, und ihr einfach folgte. Ich war noch nie eine besonders unabhängige Person. Außerdem musste ich zugeben, dass ich mich leicht überreden ließ. Das war eine meiner größten Schwächen. Aber ich versuchte, daran zu arbeiten, und genau darum wollte ich in dieser Sache auch nicht nachgeben. Doch damit es funktionierte, musste Sophie das Gefühl haben, dass es ihre Idee war. Sie musste denken, dass sie die Kontrolle hatte, also seufzte ich und sagte: »Soph, ich mag diese Wohnung wirklich gern und brauche unbedingt Abstand zu meinen Brüdern. Ich will hierbleiben. Aber wenn du das nicht willst, werde ich es nicht tun. Warum essen wir nicht erst mal mit Jordan und Colin zu Abend? Dann kannst du Jordan auf den Zahn fühlen, sie ein bisschen kennenlernen, und dann kannst du mir sagen, ob ich bleiben soll oder nicht. Deine Entscheidung.«

Sophie sah mich unsicher an. Ich erwiderte ihren Blick

völlig selbstsicher und ruhig. »Wirklich?«, fragte sie mit einem kleinen Schmollen. »Du würdest wirklich wieder ausziehen, wenn ich dich darum bitte?«

Jetzt war der Moment gekommen, ihr Honig ums Maul zu schmieren. »Wir wissen beide, dass du die Kluge, Verantwortungsbewusste und Logische in dieser Beziehung bist.« Ich lächelte und küsste sie. »Ich vertraue dir, die beste und praktischste Entscheidung zu treffen.«

Sie warf mir einen Blick zu, als wäre sie sich darüber bewusst, wie gönnerhaft das klang, dennoch musste sie lächeln. »Also gut, meinetwegen. Lass uns mit ihnen essen, dann überlege ich es mir.«

Ich grinste. »Danke, dass du so verständnisvoll bist. Tut mir leid, dass ich ein so ahnungsloser Kerl bin.«

Sie verdrehte die Augen. »Du hast Glück, dass du so süß bist.«

Es war Zeit für den letzten Punkt meines Plans – sie zu verführen. Es bestand kein Zweifel daran, dass einer der größten Vorteile dieses Arrangements darin bestand, dass wir endlich Privatsphäre hatten. Da wir im letzten Monat in winzigen Wohnheimen mit Zimmergenossen gehaust hatten, sehnten wir uns beide nach ein wenig Zeit für uns.

»Süß?« Ich runzelte die Stirn. »Meinst du nicht eher sexy?«

Ohne Vorwarnung küsste ich sie so leidenschaftlich, wie ich konnte. Sie schnappte überrascht nach Luft, war jedoch unfähig, mir zu widerstehen, und erwiderte den Kuss. Es dauerte einen Moment, bis sie sich wieder unter Kontrolle hatte. »Nate«, flüsterte sie. »Nebenan sind Leute, die auf uns warten. Was ist denn nur in dich gefahren?«

Ich zuckte mit den Schultern. »Wenn ich hier wieder

ausziehen muss, ist das hier vielleicht für lange Zeit die letzte Gelegenheit, mit dir in einem abschließbaren Zimmer allein zu sein. Vielleicht sollten wir das Abendessen auslassen. Jordan und Colin wissen, dass wir uns zurückgezogen haben, um zu streiten. Sie werden bestimmt verstehen, dass wir Zeit brauchen, um uns wieder zu vertragen.«

Sie boxte mich spielerisch gegen die Schulter und lachte. »Das kannst du vergessen. Komm, lass uns mit deiner neuen Mitbewohnerin essen.«

Vielleicht war Sophie gar nicht klar, dass sie Jordan gerade als meine Mitbewohnerin bezeichnet hatte, aber *mir* war es aufgefallen. Und ich konnte nicht anders, als ein bisschen stolz zu sein. Ich hatte diese Diskussion gewonnen – hatte sie manipuliert wie Keyser Söze in *Die üblichen Verdächtigen*. Und sie hatte nichts gemerkt.

Ich hätte mich schuldig gefühlt, wenn ich mir nicht sicher gewesen wäre, dass sie nichts zu befürchten hatte. Doch wir waren seit zwei Jahren ein Paar, und ich hatte eine Million Gelegenheiten gehabt, Schluss zu machen oder untreu zu sein. Wenn ich die unzähligen Mädchen überstehen konnte, die mir meine Brüder vor die Nase gesetzt hatten, würde ich locker mit einer Mitbewohnerin fertigwerden.

10

Step Up

Das Abendessen lief so gut, dass ich mir sicher war, Sophie überzeugt zu haben. Jordan hatte etwas an sich, durch das sich andere in ihrer Gegenwart wohlfühlten, selbst Sophie, die anfangs noch zurückhaltend gewesen war. Und Colin brachte uns alle ständig zum Lachen. Alles war perfekt, bis es plötzlich *zu* perfekt war. Jedenfalls für Sophie. Es begann, als sich Jordan nach meinem Projekt erkundigte. »Wie lief eigentlich deine Präsentation heute?«, fragte sie. »Du hast es gerockt, oder? Ich wette, du warst der Beste in deinem Kurs.«

Ich wollte nur bescheiden mit den Schultern zucken, musste jedoch grinsen. Mein Projekt war wirklich eines der besten gewesen.

»Präsentation?«, fragte Sophie erstaunt und sah mich stirnrunzelnd an. »Was für eine Präsentation?«

»Sie meint meinen Song.« Ich nickte Jordan zu und war

für ihre Begeisterung dankbar, da mich Sophie nicht mal danach gefragt hatte. »Es lief toll. Der ganze Kurs fand ihn super.«

»Ich wusste es.«

»Was für ein Song?«, fragte Sophie immer noch verwirrt.

Und da ging meine Freude dahin. Ich unterdrückte ein Seufzen, doch meine Enttäuschung war mir mit Sicherheit anzumerken. »Die Komposition, die ich für meinen Kurs machen musste? Das Projekt, an dem ich die ganzen letzten Wochen gearbeitet habe und das meine Brüder gestern fast zerstört haben?«

»Oh!« Sie verzog ihr Gesicht. »Tut mir leid. Mir war nicht klar, dass du es dem ganzen Kurs präsentieren musstest.« Nach einer kurzen betretenen Stille drückte Sophie meine Hand und lächelte. »Also gefiel es ihnen?«

»Sehr sogar. Besonders meinem Dozenten. Er hat mich nach dem Kurs beiseite genommen und eingeladen, für die Talentshow am Ende des Semesters vorzusprechen.«

»Du bist in den Talentwettbewerb gekommen?«, fragte Sophie überrascht.

Jordan und Colin keuchten überrascht auf. »Ernsthaft?«, quietschte Jordan, während Colin sagte: »Der Talentwettbewerb des Steinhardt?«

Ihre Reaktionen verwirrten Sophie. Beide starrten mich mit offenem Mund an. Ich lachte und wandte mich an Sophie. »Noch bin ich nicht drin. Ich wurde zu einer Audition eingeladen.«

»Nate, das ist ja unglaublich«, schwärmte Jordan. »Herzlichen Glückwunsch.«

Colin nickte. »Aber wirklich. Wieso hast du das denn nicht direkt gesagt? Wir sollten ausgehen und feiern.«

»Es gibt nur eine Möglichkeit, um das angemessen zu feiern«, sagte Jordan.

Wir anderen warteten ab. Es war klar, dass nur sie diesen offensichtlichen Weg kannte. Als sie unsere ausdruckslosen Gesichter bemerkte, verdrehte sie die Augen. »Natürlich, indem wir *Step Up* schauen.«

Eigentlich wollte ich den Köder nicht schlucken, tat es aber dennoch. »*Step Up?*«

Jordan stöhnte auf. »Nate! Du machst mich fertig. Wirklich. Du kennst *Step Up* nicht?«

Ich grinste. »Sorry.«

Sie sah flehend zu Sophie. »Aber du kennst ihn, oder? Bitte sag mir, du hast ihn gesehen.«

Sophie nickte langsam. Jordans verzweifelter Tonfall irritierte sie. »Dieser Tanzschulfilm, oder? Den kenne ich. Er war gut.« Sie lächelte mich schwach an. »Nicht gerade dein Filmgenre, Nate.«

Ich wusste nicht, dass ich so etwas überhaupt hatte.

»Natürlich ist er das«, widersprach Jordan. »Es geht um Studierende an einer Schule für darstellende Künste.« Sie wandte sich an mich. »Jenna Dewan muss für einen Kurs eine Choreografie kreieren, und als ihr Partner durch eine Verletzung ausfällt, rekrutiert sie Channing Tatum, der an der Tanzschule Sozialstunden ableistet.«

Bei der Erwähnung von Channing Tatum seufzte Colin wohlig. Ich schüttelte den Kopf und unterdrückte ein Grinsen. Wenn er weiter vorgeben wollte, Jordans fester Freund zu sein, sollte er vielleicht nicht so offensichtlich für Kerle schwärmen.

»Und natürlich begeistern sie alle«, fuhr Jordan fort. »Der Film ist toll. Du wirst ihn lieben. Und vielleicht inspiriert er dich ja sogar ein bisschen für deinen Audition-Song.«

»Ich verstehe das nicht«, unterbrach Sophie und sah zwischen Jordan, Colin und mir stirnrunzelnd hin und her. »Warum freut ihr euch alle so über eine *Audition?* Ich meine, sie könnten immer noch Nein sagen, oder? Das bedeutet doch nicht, dass du bei der richtigen Talentshow mitmachen darfst.«

Ich weigerte mich, mir von ihrer Gleichgültigkeit die gute Laune verderben zu lassen. »Nein, du verstehst nicht«, ergriff Jordan erneut das Wort. »Es ist eine geschlossene Audition. Alle Studierenden aus dem letzten Jahr sind automatisch drin, aber alle anderen müssen persönlich eingeladen werden.«

»Und allein die Tatsache, dass Nate eingeladen wurde, ist eine große Sache«, fügte Colin hinzu. »Denn er ist ein Erstsemester. So was gab es noch nie.«

Ich spürte, wie meine Wangen heiß wurden, während mich Jordan und Colin ehrfürchtig ansahen. »Mr Treager hat gesagt, dass ich seit drei Jahren der erste Studienanfänger bin, der zu einer Audition eingeladen wurde.«

Sophie horchte auf. »Wirklich?«

»Ja, wirklich.«

»Das ist eine Riesensache«, sagte Jordan. »Selbst wenn es Nate am Ende nicht in die Talentshow schafft, besteht die Jury aus seinen gegenwärtigen und zukünftigen Dozenten. Allein durch sein Erscheinen dort werden sie auf ihn aufmerksam, und wenn er sich gut schlägt, werden sie ihn nicht so schnell vergessen. Es wird ihm einen Vorteil verschaffen, wenn sie studentische Aushilfen suchen oder jemanden für Praktika empfehlen. Er könnte sogar eingeladen werden, mit professionellen Künstlern zu arbeiten. Die Schule hat alle möglichen Kontakte.«

Colin grinste mich an. »Du wirst in Nullkommanichts eine Legende sein.«

Sophie blinzelte erst ihn an, dann schaute sie zu mir. »Tja, dann muss ich dir wohl gratulieren«, sagte sie mit einem Lächeln. »Du hast zwar immer gesagt, dass das Projekt wichtig ist, aber mir war nicht klar, *wie* wichtig.« Sie lehnte sich vor und gab mir einen Kuss auf die Wange. »Herzlichen Glückwunsch, Nate. Ich bin stolz auf dich.«

»Danke.«

Sophie wurde sanfter, doch irgendetwas schien sie immer noch zu verwirren. Sie wandte sich an Colin und Jordan. »Woher wisst ihr so viel über dieses Zeug? Ihr studiert doch nicht auch Musik, oder?«

Wir schmunzelten über ihre Skepsis. Es tat mir leid, als sie errötete, und ich drückte ihre Hand. Dann gab ich ihr einen Kuss auf die Wange. »Nein, Soph. Ich bin hier der Einzige, der verrückt genug ist, um Musik zu studieren.« Ich grinste Jordan und Colin an. »Die beiden da sind auf ihre eigene Weise verrückt.«

Wir drei begannen zu lachen. Sophie runzelte die Stirn. »Was soll das heißen?«

Es war offensichtlich, dass sie sich ein bisschen ausgeschlossen vorkam, also wurden wir wieder ernst und beantworteten ihre Fragen. »Wir gehen beide auf die Tisch«, sagte Jordan. »Also sitzen wir praktisch im gleichen Boot wie Nate. Wir haben so etwas Ähnliches wie Nates Talentshow, nur dass es eher einem Filmfestival gleicht. Und die Studierenden der Tisch arbeiten dafür oft mit den Steinhardt-Studierenden zusammen.«

Sophie schüttelte den Kopf. »Tut mir leid, aber was ist die Tisch?«

»Die Kunsthochschule der NYU. Ich studiere Film, und Colin ist im Drama-Programm.«

Sophies Augenbrauen schossen in die Höhe. Wieder musste ich grinsen. »Mit anderen Worten eine aufstrebende Regisseurin und ein Schauspieler.« Ich schüttelte den Kopf. »Wir drei sind so was wie ein schlechter Witz.«

Jordan lachte. »Ha, aber wirklich. Ein Möchtegern-Rockstar, eine Regisseurin und ein Schauspieler kommen in eine Bar …«

Colin schnaubte. »Um ihre Schicht anzutreten. Denn das ist der einzige Job, den sie bekommen können, selbst mit ihrem schicken Abschluss von der NYU.«

Wir drei begannen wieder zu kichern. Doch Sophie blieb ernst. »Wie schön, dass *ihr* darüber Witze machen könnt.«

»Soph.« Sie war plötzlich richtig aufgebracht, und ich vermutete nicht, dass es an dem Witz über unsere trostlosen Zukunftsaussichten lag.

»Süße, wenn man in unserer Position ist, muss man Witze darüber machen«, sagte Colin. »Es ist doch kein Geheimnis, was wir uns da eingebrockt haben. Wir wissen, was uns blüht. Jordan und ich sind im vorletzten Jahr. Schon bald werden wir uns der echten Welt stellen müssen und versuchen, es in einem der grausamsten Gewerbe der Welt zu schaffen. Wenn wir darüber keine Witze machen könnten, würde uns der Druck umbringen.«

»Und warum macht ihr es dann?«

Colin lächelte traurig. »Weil es das ist, was ich bin. Was ich liebe.«

»Wer *wir* sind«, korrigierte ihn Jordan.

Sie warf mir ein Lächeln zu, um mich in das *Wir* mit einzuschließen. Als ich es erwiderte und nickte, lehnte sich Sophie zurück. »Wenn wir scheitern, scheitern wir eben«, sagte Jordan. »Aber zumindest haben wir es versucht.«

Colin schlug mit der Faust auf den Tisch. »Aber wir werden nicht scheitern. Doch nicht jetzt, wo wir Nate kennen. Der Erstsemester, der zur Audition für den Steinhardt-Talentwettbewerb eingeladen wurde, wird im Handumdrehen berühmt sein, und wir werden auf seiner Erfolgswelle mitschwimmen, solange es geht.«

Jordan hob ihr Glas. »Auf Nate und sein musikalisches Genie!«, rief sie. »Möge er in der Unterhaltungsbranche so berühmt werden, dass wir auf seiner Erfolgswelle mitschwimmen können!«

Lachend hoben wir anderen ebenfalls unsere Gläser. Das war ein Toast, dem ich mich gerne anschloss. Es war offensichtlich, dass uns Sophie für verrückt hielt, doch auch sie prostete mir zu.

Nachdem wir so viel gegessen hatten, wie wir konnten – Colin und Jordan hatten so viel gekauft, dass noch reichlich übrig blieb und wir wohl die restliche Woche Chinesisch essen würden –, machten wir uns an den Nachtisch. Wie Jordan versprochen hatte, gab es keine Glückskekse, sondern Eis. Sie stellte vier unterschiedliche Packungen Häagen-Dazs und vier Löffel auf den Tisch und sagte uns, wir sollten uns einen Geschmack aussuchen. Ich grinste. Irgendwie passte das zu ihr. »Was?«, fragte sie.

»Nichts.« Wieder musste ich lachen. Ich konnte einfach nicht anders.

»Mach dich nicht über meine Eisgewohnheiten lustig«, warnte sie.

Ich hob abwehrend die Hände. »Würde ich niemals wagen.« Ich schnappte mir zwei Sorten und gab eine Sophie. »Offenbar essen wir direkt aus der Packung.«

Sie warf mir einen langen Blick zu, den ich nicht deuten konnte, sagte aber nichts. Ich war erstaunt über die Wut, die sie ausstrahlte. Bevor ich sie fragen konnte, was los war, stellte mir Jordan eine Frage. »Hast du schon eine Idee, was du bei der Audition machen wirst?«

»Keine Ahnung«, sagte ich ehrlich. »Mr Treager mochte meinen Song, aber er hat mir gesagt, dass ich für die Audition *mehr* brauche. Ich hab ein paar Ideen, die ich gern ausprobieren würde, aber dafür muss mir jemand helfen, der besser Keyboard spielen kann als ich. Und vielleicht noch ein paar weitere Leute.«

Colin nickte. »Gute Idee. Die Jury liebt Kollaborationen.«

Jordan lachte. »Du bist heute so was von *Step Up*. Du musst dir den Film echt mal anschauen, wenn wir dein Zeug aus dem Wohnheim geholt haben.«

»Das wird nicht nötig sein«, sagte Sophie plötzlich. Sie schob ihr Eis von sich und legte den Löffel hin. Dann warf sie mir einen düsteren Blick zu und schüttelte den Kopf. »Das gefällt mir nicht.«

»Was?« Ich war schockiert. »Warum? Was ist los? Ich dachte …«

»Nate, du hast gesagt, dass du hier nicht einziehen wirst, wenn ich dich darum bitte.«

Ich verstand einfach nicht, was sich plötzlich geändert hatte. Warum flippte sie jetzt aus, obwohl das Essen doch so gut gelaufen war? »Das werde ich auch nicht, aber hast du nicht gesagt ...?«

»Ich will nicht, dass du hier wohnst.«

Ich musste zugeben, dass ich in Panik geriet. Es war das Letzte, was ich erwartet hatte, und ich wusste einfach nicht, wie ich reagieren sollte. Es war Jordan, die einsprang. »Du willst nicht, dass er das Zimmer nimmt?«, fragte sie. »Liegt es an mir? Weil ich eine Frau bin?«

Sophie, die nicht gewohnt war, dass man sie so direkt konfrontierte, lächelte gezwungen. »Es ist nichts Persönliches. Du bist echt nett und witzig und hübsch, und du hast viel mit Nate gemeinsam.«

Colin legte schnell seinen Arm um Jordans Schultern. »Aber sie ist vergeben.«

Sophie musterte die beiden einen Moment, bevor sie Colin stirnrunzelnd fragte: »Und du hast überhaupt kein Problem damit, dass Nate zu deiner Freundin zieht?«

Colin grinste. Er schien diese kleine Scharade zu genießen, doch seine Erwiderung klang ziemlich herablassend. »Warum sollte ich? Ich vertraue ihr. Vertraust du Nate etwa nicht?«

Sophie zog die Schultern zurück und kniff die Augen zusammen. »Natürlich vertraue ich ihm.«

»Bei mir ist er auf jeden Fall sicherer als bei seinen Brüdern.«

»Was soll das denn bedeuten?«

»Jordan, keine gute Idee«, murmelte ich kopfschüttelnd. Doch sie ignorierte mich. »Also, ich werde ihn zumindest nicht festhalten, während ihn betrunkene Mädchen betatschen und abknutschen«, sagte sie. »Das könnte ich gar nicht, selbst wenn ich wollte.«

Als Sophie die Augen aufriss, wusste ich, dass ich in Schwierigkeiten steckte. »Wie bitte?«

»Das gehörte zu der ›Rettet den Kleinen vor seiner Freundin-Kampagne‹, die seine Brüder am Laufen haben«, fuhr Jordan gnadenlos fort. »Als wir gestern Abend seinen Laptop abholen wollten, hatten Chris und Tyler ein paar Mädchen dort. Natürlich hat Nate ihr Angebot, ihm beim Fremdgehen zu helfen, abgelehnt, also haben sie ihn festgehalten, während sich so eine Tussi an ihm abgearbeitet hat.«

Ich vergrub mein Gesicht in den Händen und seufzte resigniert. »Nicht besonders hilfreich«, brummte ich.

Doch Jordans Stimme blieb ruhig und freundlich. »Keine Sorge. Er hat sie nicht zurückgeküsst, obwohl sie total umwerfend war und kaum etwas anhatte. Nate war der Inbegriff eines treuen Gentlemans. Ich war beeindruckt.«

»Jemand hat dich *geküsst?*«, rief Sophie entsetzt.

Ich ließ die Hände von meinem Gesicht sinken und stellte mich ihrem mörderischen Blick. »Beruhige dich. Da war nichts. Meine Brüder waren nur wie immer Idioten.«

»Nichts?«

»Sie waren ziemlich betrunken«, fügte Jordan hinzu, als ob sie das vom Haken lassen würde.

»Die sind doch *immer* betrunken!«, blaffte Sophie. Sie verschränkte die Arme und sah mich mit zusammengekniffenen Augen an. »Läuft das schon das ganze Semester so?«

»Äh ...« Einen Moment lang kam ich mir vor wie ein Reh im Scheinwerferlicht. Meine Brüder hatten eine

Menge getan, von dem ich ihr nie etwas erzählt hatte, um sie nicht zu verletzen und um den Frieden zwischen meinen Brüdern und ihr zu bewahren. Doch in diesem Augenblick war es vielleicht besser, ihr die Wahrheit zu sagen.

Bevor ich eine Entscheidung treffen konnte, verstand Sophie, was mein Zögern zu bedeuten hatte. »Unglaublich«, zischte sie. »Ich bringe sie um. Warum können sie dich nicht einfach in Ruhe lassen?«

»Das werden sie, wenn ich hierbleibe«, sagte ich. »Sie kennen nicht mal die Adresse.«

Sophie warf mir einen wütenden Blick zu. Nach einem langen Moment sah sie zu Jordan und Colin. Sie schloss die Augen und atmete tief durch. »Meinetwegen. Aber nur vorübergehend, okay?« Wieder warf sie mir diesen mörderischen Blick zu, der mich herausforderte, ihr zu widersprechen. »Bis wir was anderes gefunden haben, das besser funktioniert.«

Fast verschluckte ich mich an einem Löffel Eis. Mir gefiel ganz und gar nicht, wie das klang. »Bis *wir* etwas anderes gefunden haben?«

Sophie verdrehte die Augen. »Wenn wir nächstes Jahr ohnehin zusammenziehen, können wir es auch genauso gut ein bisschen früher machen.«

»Wenn wir *was?* Soph, wir haben das noch nicht endgültig entschieden.«

»Doch, haben wir. Gestern Abend hast du …«

»Ich sagte, wir können darüber nachdenken. Ich sagte, wir können darüber *reden*. Ich habe nie gesagt …«

»Was ist dein Problem, Nate? Du flehst mich an, zu einer Frau ziehen zu dürfen, die du vor fünf Sekunden getroffen hast, aber mit *mir* willst du nicht zusammenwohnen?«

»Jetzt mach aber mal einen Punkt, Sophie. Ich will mir mit ihr eine Wohnung teilen, nicht Vater-Mutter-Kind spielen. Du weißt ganz genau, dass das etwas vollkommen anderes ist.«

Sophie verzog gekränkt ihr Gesicht. »Dann willst du also nicht mit mir zusammenziehen? Du willst nicht dein Leben mit mir teilen?«

Ich fuhr mir durchs Haar und musste dem Drang widerstehen, es mir büschelweise auszureißen. Wie in aller Welt waren wir denn jetzt plötzlich darauf gekommen? Ich kam mir komplett überfahren vor. »Keine Ahnung, okay? Ich brauche mehr Zeit, um darüber nachzudenken. Das ist eine ziemlich große Verpflichtung, und wir haben momentan so viel anderes um die Ohren.«

»Wie du willst.« Sie sprang auf und marschierte zur Tür.

Ich eilte ihr nach und holte sie ein, als sie gerade ihre Jacke anzog. »Sophie«, flüsterte ich und zog sie an mich. Sie wehrte sich zuerst, doch es war nur ein milder Widerstand, und als ich meine Arme um sie legte, beruhigte sie sich und wartete darauf, dass ich etwas sagte. »Wir müssen nicht über Nacht erwachsen werden, nur weil wir jetzt auf dem College sind. Ich brauche einfach noch ein bisschen Zeit, okay?«

Sie wurde kreidebleich. »Machst du etwa mit mir Schluss?«

»Nein, natürlich nicht.« Ich strich ihr die Haare aus dem Gesicht, während sie tief durchatmete. »Ich meinte damit nicht, sich zu trennen. Ich meinte Zeit für den

Übergang. Ich muss mich erst langsam an dieses Erwachsensein gewöhnen. Jetzt gerade will ich mich aufs Studium und meine Musik konzentrieren. Ich will ein bisschen Abstand von meinen Brüdern und zur Abwechslung mal auf eigenen Beinen stehen. Ich will ein bisschen Spaß haben und die Studienzeit nicht verpassen, weil ich mir zu viele Gedanken darum mache, erwachsen zu sein.«

Sie erwiderte nichts, wirkte jedoch längst nicht mehr so gekränkt. Ich streichelte sanft über ihre Wange, dann hob ich vorsichtig ihr Kinn an und küsste sie zärtlich. »Wir haben noch unser ganzes Leben vor uns. Wir müssen nichts überstürzen.«

Sie schmollte einen Moment, bevor sie schwach mit dem Kopf nickte. »Okay.«

»Willst du wirklich nicht, dass ich die Wohnung nehme?«

Sie sah zu Jordan und Colin, die in ein Gespräch über Eis verwickelt waren, um uns Privatsphäre zu geben. Dennoch vermutete ich, dass sie unserer Diskussion insgeheim lauschten.

»Du musst es nur sagen, dann bleibe ich bei meinen Brüdern.« Ich wusste, dass dies das Letzte war, was Sophie wollte.

Sie seufzte. »Nein. Behalte die Wohnung.« Sie sah mich an und sagte in einem seltenen Moment der absoluten Offenheit: »Ich vertraue dir. Ich bin nur eifersüchtig auf sie.«

Ich lächelte und gab ihr noch einen sanften Kuss. »Das musst du nicht sein.«

Sie legte den Kopf auf meine Schulter. »Ich weiß. Ich versuche es abzustellen.«

»Wenn es hilft, bleib heute Nacht doch bei mir.«

Sie legte ihre Arme um meine Taille und seufzte in meine Halsbeuge. »Sehr verlockend. Aber ich habe noch eine ganze Menge Hausaufgaben zu erledigen, und mein erster Kurs ist morgen total früh.«

So sehr ich mich auch gefreut hätte, eine Nacht allein mit meiner Freundin zu verbringen, drängte ich sie nicht. So war Sophie eben – absolut verantwortungsbewusst. »Dann eben dieses Wochenende.«

Sie presste ihre Lippen gegen meinen Hals. »Abgemacht.«

Wir küssten uns ein letztes Mal, dann winkte sie Jordan und Colin zum Abschied zu und ging. Ich lehnte noch einen Moment am Türrahmen, schloss meine Augen und atmete tief durch. Applaus und Jubel unterbrach meinen stillen Moment. Als ich die Augen wieder öffnete, erwartete mich eine Standing Ovation meiner neuen Mitbewohnerin und ihres angeblichen Partners. »Das war meisterhaft«, sagte Jordan.

»Mm«, stimmte Colin zu. »Ich glaube, ich werde dich von jetzt an meinen kleinen Machiavelli nennen.«

Ich lachte auf und sah Colin spielerisch an. »Jordans *fester* Freund?«

Colin grinste durchtrieben. »Sophie sah aus, als müsse sie überzeugt werden.«

»Und es war eine tolle Vorstellung«, sagte Jordan stolz.

»Abgesehen von dem Moment, wo du Channing Tatum angeschmachtet hast«, sagte ich, während ich an den Tisch zurückkehrte und abzuräumen begann.

Jordan kicherte, doch Colin sah mich ernst an. »Hey, es

gibt einen Haufen Hetero-Männer, die für Magic Mike schwärmen.«

»Gibt es nicht«, sagten Jordan und ich gleichzeitig, sahen uns an und mussten wieder lachen. Ich weiß nicht, was lustiger war – unsere identische Reaktion oder Colin, der schmollte, weil wir uns gegen ihn verschworen hatten.

Als ich damit anfangen wollte, das Geschirr in die Spülmaschine einzuräumen, sagte Jordan: »Lass nur. Das können wir später machen. Jetzt holen wir erst mal dein Zeug, bevor es dunkel wird.« Sie schnappte sich Colins Arm und zog ihn zur Tür. »Und du kannst uns helfen, *mein Schatz.*«

»Was für eine Sklaventreiberin«, beschwerte sich Colin. »Warst du schon so herrisch, als wir zusammengekommen sind?«

»Warst du da auch schon so wehleidig?«, konterte sie.

»Ja. Und so gern ich deinen Handlanger spielen würde, kann ich leider nicht. Ich habe ein Date.«

Jordan gab sich entrüstet. »Du hast ein Date mit einer anderen Frau?«

»Nein. Mit einem attraktiven älteren Mann.«

Jordan seufzte. »Weißt du, Colin, es tut mir wirklich leid, aber ich glaube, diese Sache mit uns funktioniert einfach nicht.«

Colin verzog das Gesicht. »Das denke ich auch. Aber können wir nicht so tun, als wären wir weiterhin ein Paar, damit ich vorbeikommen kann, wann immer ich will? Ich habe nämlich vor, deinen hinreißenden neuen Mitbewohner zu verführen.«

»Er ist nicht schwul, Colin. Ich sage dir das jetzt nur

ungern, aber du kannst niemanden durch einen Trick dazu bringen, seine sexuelle Präferenz zu ändern.«

»Das denkst du, Süße. Warte nur ab.«

Ich lächelte, als sie Arm in Arm hinausgingen, ohne mit ihrem Wortgefecht aufzuhören. Die letzten vierundzwanzig Stunden hatten einer Achterbahnfahrt geglichen, und jetzt, wo sie vorbei war, war ich gleichzeitig erschöpft und mehr als bereit, mich für die nächste anzustellen.

11

Zurück in die Zukunft

Nachdem wir Colin unten in der Lobby abgesetzt hatten, drückte Jordan grinsend den Knopf des Aufzugs mit der Aufschrift *P2*. »Das ist der Grund, warum ich hier eingezogen bin. Es ist eines der wenigen Gebäude in der Gegend mit einem Parkhaus. Mal sehen, ob sich mein Wagen überhaupt daran erinnert, wie man anspringt. Ich bin jetzt seit drei Jahren in New York und kann an meinen Fingern abzählen, wie oft ich ihn seitdem benutzt habe. Ich denke, höchstens zweimal im Jahr.«

»Aber warum hast du ihn dann überhaupt mitgenommen? Der Parkplatz muss doch unheimlich teuer sein.«

»Mein Vater hat darauf bestanden.«

Der Aufzug öffnete sich, und wir betraten das schwach beleuchtete Parkdeck, das – mal abgesehen von den Luxusschlitten, die darin standen –, jedem anderen Parkdeck glich. Als Jordan auf einen funkelnden roten Sportwagen zuging, kam mir der Verdacht, dass die Kosten des Parkplatzes für sie vielleicht gar keine große Rolle spielten. Ich wollte gerade fragen, ob sie mich auf den Arm nahm, als die Lichter aufblinkten, während sie das Auto per Knopfdruck entriegelte. »Das gehört ernsthaft dir?«, fragte ich und starrte den Wagen an.

Sie grinste. »Hübsch, oder?«

Mir klappte die Kinnlade herunter, als sie über das Dach des Autos strich und dann die Fahrertür öffnete. »Wenn du viel Zeug hast, müssen wir wahrscheinlich mehrfach fahren. Bei diesem Baby hier ging Form definitiv über Funktion. Aber dafür fährt es traumhaft.«

Ich schaffte es nicht, meine Füße in Bewegung zu setzen. *Form über Funktion?* Was für eine Untertreibung. »Jordan, das ist ein Ferrari.«

»Und ich bin ein Mädchen. Dir kann man wirklich nichts vormachen, oder?« Sie zwinkerte mir zu. »Genau genommen ist das ein F12berlinetta. Eine wirklich unglaubliche Maschine. Komm, steig ein.«

Ich riss mich aus meiner Erstarrung und tat wie mir geheißen. Ich versank im Sitz, als wäre er für mich gemacht worden, und seufzte wohlig. »Und schon bin ich für alle anderen Autos verdorben.«

Jordan grinste und startete den Motor. »Mach dich auf die komfortabelste Fahrt deines Lebens gefasst.«

Ich lachte, während sie ausparkte. »Es sind nur fünf Blocks.« Doch insgeheim freute ich mich auf die Fahrt, und ich entschied, jede Minute zu genießen.

»Aber wir werden eine halbe Stunde im Kreis fahren müssen, um einen Parkplatz zu bekommen.«

Da hatte sie natürlich recht. »Du hast also einen Ferrari.«

»Korrekt.« Jordan nickte, behielt den Blick aber auf die Straße gerichtet, während sie aus der Garage fuhr und sich in den dichten New Yorker Verkehr einfädelte. »Aber nur etwa zweimal im Jahr«, erinnerte sie mich.

Ich schüttelte den Kopf. Es fiel mir schwer, diese Information zu verarbeiten. Als Jordan wieder schwieg, sagte ich: »Muss ich jetzt wirklich nachfragen?«

Sie stöhnte, doch ich wusste, dass das Thema in Ordnung war, als sie mir ein kurzes Lächeln zuwarf. »Okay, okay, meinetwegen. Du hast mich erwischt. Ich bin eines dieser Rich Kids. Das Auto war ein Abschlussgeschenk meiner Mutter.«

»Ernsthaft?«

Sie seufzte. »So was passiert eben, wenn man Milliardärseltern hat, die eine unschöne Scheidung durchmachen. Dad fliegt dein Fußballteam und dich mit dem Firmenjet zur WM nach Brasilien, und Mom, die nicht hinter ihrem *fremdgehenden Dreckskerl von Ehemann* zurückstehen will, schleift dich zu jedem Autohaus in Beverly Hills und sagt, dass du dir aussuchen kannst, was immer du willst. Die Scheidung war echt brutal, und ich hab es gehasst, mittendrin zu stecken, weil sie mich ständig gegen den anderen aufhetzen wollten, aber es hatte durchaus auch seine Vorteile. Dad hat übrigens gewonnen, als er mir die Wohnung gekauft hat.«

Ich starrte sie fassungslos an. »Dir *gehört* die Wohnung?«

Sie zuckte mit den Schultern, dann hupte sie und fluchte, genervt vom Verkehr. »Dad hat meine Mom betrogen, also hat sie es ihm bei der Scheidung so richtig gezeigt. Er konnte es nicht ertragen, dass er verlor, also ist er mit mir auf Apartmentsuche gegangen, als ich hier an der NYU angenommen wurde. Er hat die Wohnung in bar bezahlt und sie auf meinen Namen eingetragen. Die Scheidung war damals noch nicht rechtskräftig, und so waren es 2,7 Millionen Dollar weniger, die ihm meine Mutter nehmen konnte. Sie war *so* wütend. Und da sie mir den Wagen geschenkt hatte, bestand er darauf, ein Gebäude mit Parkhaus zu finden.«

Etwa eine halbe Minute lang verschlug es mir den Atem. »Vergiss *Step Up*. Gerade fühle ich mich wie die kleine Waise Anne, die gerade bei Daddy Warbucks eingezogen ist.«

Jordan musste lachen. »Ha! Und schon hab ich dich verdorben! Siehst du? Filmreferenzen. Man kann einfach nicht anders.«

Sie hatte recht. So war es mir schon den ganzen Tag gegangen, und ich hatte irgendwie das Gefühl, dass es eine neue Angewohnheit werden würde. Rein aus Prinzip wollte ich ihr widersprechen, als mir ein Gedanke kam. »Moment mal. Du hast doch gesagt, du arbeitest im Café, oder nicht?«

»Ja. Colin hat mich angefleht, mit ihm zusammenzuarbeiten, als ich mich in meinem ersten Sommer hier nach einem Job umgesehen habe.«

»Und du machst einen schlechtbezahlten Nebenjob, weil …?«

Jordan grinste. »Weil ich dort kostenlosen Kaffee und hausgemachtes Eis bekomme, natürlich.«

»Natürlich.«

»Es ist eine lange Geschichte – hey, kannst du bitte nach einem Parkplatz Ausschau halten?«, fragte sie, als wir um die Ecke zu meinem alten Wohnheim bogen, bevor sie weitererzählte. »Also, der Job. Ich war früher das Klischee einer verwöhnten, ahnungslosen Prinzessin – genau das, was du von einer Erbin erwarten würdest. Im Abschlussjahr bin ich von meiner teuren Privatschule zu einer öffentlichen gewechselt, um meinem Ex-Ex-Freund nach einem größeren Fußballskandal eins auszuwischen. Ich schätze, ich arbeite jetzt, weil ich es mag, mich normal zu fühlen. Ich will einfach ich selbst sein, mein Leben leben, wie ich es möchte, und all das.«

»Wow.« Ich brauchte so lange, um zu antworten, dass Jordan verlegen auf ihrer Unterlippe herumzukauen begann, während sie weiter nach einem Parkplatz suchte.

»Tut mir leid«, sagte ich zu ihr. »Ich weiß nur nicht genau, was ich zuerst tun soll: dich für deine Reife bewundern, dich dazu bringen, mir von dem großen Fußballskandal zu erzählen, dich fragen, warum ich Miete bezahlen muss, wenn dir die Wohnung gehört – nicht, dass ich mich beschweren würde –, oder was ein Ex-Ex-Freund ist.«

Jordans Augen begannen wieder zu strahlen, und sie lachte. »Danke. Die Reife hab ich mir schwer erarbeitet und funktioniert auch nur etwa die Hälfte der Zeit. Es würde einen ganzen Roman brauchen, um den Fußballskandal zu erklären, also sparen wir uns das lieber für ein anderes Mal auf. Die Miete war der Vorschlag meines Vaters, damit sich keine Schmarotzer bei mir einnisten, die nur mit mir abhängen, weil ich Geld habe. Und ein Ex-Ex ist der Ex vor meinem Ex.«

Sie schüttelte den Kopf und seufzte. »Tatsächlich habe ich eine ganze Reihe von Exfreunden. Doch mein Ex und der Ex-Ex sind die wichtigsten. Mein Ex-Ex ist John Prince, er war mein Freund auf der Highschool. Wir waren fast zwei Jahre lang zusammen. Eine Riesenzeitverschwendung. Er war so eingebildet und arrogant. Ein richtiger Snob und Star des Fußballteams, also war er der Meinung, dass sich alle vor ihm verneigen müssten, verstehst du? Kein besonders netter Typ. Greg, mein Ex, war anders. Er ist ein liberaler, umweltbewusster Künstlertyp aus SoHo. Er kam mir immer nett und authentisch vor, also dachte ich, er wäre anders als John. Doch das war er nicht. Eigentlich war er ein noch viel größerer Idiot. Ich war acht Monate mit ihm zusammen, und sechs davon hat er mit meiner Mitbewohnerin geschlafen. Sechs!« Sie schüttelte angewidert den Kopf. »Ich hätte es merken müssen, weil es genau das war, was mein Dad meiner Mom angetan hat. Zurückblickend waren alle Zeichen da, aber ich war viel zu verliebt.«

Ich war besorgt, dass es sie wieder aufregen würde, über ihren Ex zu sprechen, so wie bei unserer ersten Begegnung, doch stattdessen lachte sie nur verbittert und begann wie verrückt über den Kerl zu lästern. Es war, als ob jetzt, wo die Schleusen erst mal offen waren, all ihre Wut unaufhaltsam aus ihr herausströmen wollte. Es war schrecklich, doch gleichzeitig schien sie es zu brauchen, also saß ich nur da und hörte ihr zu, wie sie mir jedes Detail ihrer Beziehung mit Greg erzählte. Ich entdeckte sogar kurz einen freien Parkplatz, brachte es aber nicht über mich, sie zu unterbrechen.

Als ihr schließlich klar wurde, was sie da tat, schämte

sie sich. Es war echt niedlich. Gerade erzählte sie noch, wie er sie an ihrem Geburtstag versetzt hatte, weil ihm entfallen war, dass sie sich verabredet hatten. Sie hatte den ganzen Abend allein in einem Restaurant auf ihn gewartet. So etwas war ihm offenbar häufiger passiert. Der Kerl klang nach einem richtigen Mistkerl, und ich konnte einfach nicht verstehen, warum sie überhaupt erst mit ihm zusammengekommen war. Während sie mir alles erzählte, hielt sie plötzlich mitten im Satz inne. »Nachdem ich also eine Stunde gewartet habe, bin ich nach Hause und – ach du je, jetzt mache ich es schon wieder.«

»Was machst du?«, fragte ich, erstaunt über ihren plötzlichen Stimmungswechsel.

Völlig niedergeschlagen ließ sie die Schultern sinken und starrte auf die rote Ampel vor uns. »Ich bin Andie.«

Sie fühlte sich offensichtlich schrecklich, und ich konnte den Frust in ihren Augen erkennen, aber hatte gleichzeitig keine Ahnung, was sie damit meinte. »Wer ist Andie?«

»Kate Hudsons Rolle in *Wie werde ich ihn los – in 10 Tagen?*«

Den Film hatte ich tatsächlich mal gesehen und ihn nicht besonders gut gefunden, aber mir dämmerte erst, was sie meinte, als sie es mir erklärte. »Als ich diesen Film mit Greg gesehen habe, hat er gesagt, dass ich genau wie sie wäre. Er hat die Liste auswendig gelernt und jedes Mal *Tag drei* oder *Tag sieben* gesagt, wenn ich etwas Nerviges getan habe.«

Was für ein Idiot. Ich wollte fragen, wie sie an diesen Mistkerl geraten war, aber das wäre in diesem Moment wohl nicht so gut angekommen, also sagte ich nur: »Das ist ja schrecklich.«

Sie seufzte. »Stimmt.«

»Und es ist auch nicht wahr.« Mir gefiel nicht, dass sie so von sich dachte, aber dieser Greg hatte ihr richtig übel mitgespielt.

Sie runzelte die Stirn. »Tag eins: Erzähle ihm jedes kleinste Detail über deine vorherigen Beziehungen.« Sie rasselte es auf eine Art und Weise herunter, die darauf hindeutete, dass sie das öfter tat. »Ich gehe sogar chronologisch vor.«

Ich wollte nicht, dass sie sich schlecht fühlte, doch nach dieser letzten Viertelstunde konnte ich es auch nicht abstreiten. Also tätschelte ich ihre Schulter und gab mein Bestes, ernst zu bleiben. »Genau genommen wäre das hier schon Tag zwei. Und du hast mir nur von deinem letzten Freund erzählt, nicht von allen, also würde ich sagen, du hast mehr von *Wie werde ich ihn los – in 20 Tagen?*«

Ihr klappte vor Überraschung die Kinnlade herunter, und ich konnte nicht länger ein ernstes Gesicht machen. Als ich zu lachen begann, warf sie mir einen wütenden Blick zu, doch dann fiel auch sie in mein Lachen mit ein. Und zwar so sehr, dass sie kaum noch atmen konnte. Kurz hatte ich die Befürchtung, dass sie einen Unfall bauen würde. Doch schließlich wischte sie sich eine Lachträne von der Wange und seufzte. »Du bist echt gut darin.«

»Worin?«

»Angespannte Atmosphären zu lockern. Unangenehme Situationen zu entschärfen. Das ist toll, weil ich nämlich ein Profi darin bin, sie zu erschaffen. Du wirst gut für mich sein, das spüre ich einfach. Ich bin froh, dass du mir gestern diese E-Mail geschrieben hast.« Sie sah mich neugierig an. »Glaubst du ans Schicksal?« Wenn ihre Frage nicht so ernst geklungen hätte, würde ich sie vermutlich mit einem Lachen abwinken, aber so antwortete ich ihr lieber aufrichtig. »Nein. Mir gefällt die Vorstellung nicht, dass der Verlauf meines Lebens außerhalb meiner Kontrolle liegt.«

Jordan schüttelte den Kopf. »Ich glaube nicht, dass uns das Schicksal kontrolliert. Sondern dass es dafür sorgt, dass gewisse Dinge passieren. Was wir aus den Gelegenheiten machen, die es uns bietet, liegt allein an uns.« Sie wurde noch ernster. »Ich hab gelogen. Als du mir geschrieben hast, war ich gar nicht dabei, das Zimmer zu inserieren.«

Nach einer kurzen Pause, in der nur ein Schlucken von Jordan zu hören war, flüsterte sie: »Ich hab nach Flügen nach Hause geschaut. Ich war so traurig und deprimiert, dass ich aufgeben wollte – mein Studium hier schmeißen und mich nach den Ferien an der USC einschreiben.«

Sie sah mich nicht an, sondern starrte durch die Windschutzscheibe nach vorn. Ihre Stimme wurde so leise, dass ich sie fast nicht mehr hören konnte. »Als du aufgetaucht bist, habe ich mich entschieden, es noch mal zu versuchen. Du hast etwas an dir, Nate. Du bist wie ein frischer Wind. Ich bin froh, dass du eingezogen bist.«

Mir wurde ganz warm ums Herz. Dieser Moment hätte unangenehm sein können, doch das war er nicht. Das konnte er gar nicht sein, wenn ich genau das Gleiche empfand. Ich glaubte zwar nicht an ihre Theorie, dass uns das Schicksal zusammengebracht hatte, aber so, wie es passiert war ... steckte vielleicht doch mehr dahinter. Ich war es schließlich, der Pearl für eine Art Hexe gehalten hatte.

»Ich bin auch froh, dass ich eingezogen bin.« Und weil ich nicht anders konnte, als sie aufzuziehen, sagte ich: »Mein Rikscha hat mich zu dir geparkt.«

Wie erwartet, begann sie unkontrolliert zu lachen.

»Und du hast behauptet, du wärst kein Filmfan.«

»Das bin ich auch nicht. Aber jeder kennt doch *Zurück in die Zukunft*.«

»Ich glaube dir nicht. Du *bist* ein Filmfan, selbst wenn du es noch nicht wahrhaben willst. Oh!« Sie trat auf die Bremse und deutete auf ein Auto, das direkt vor dem Eingang meines alten Wohnheims gestanden hatte und gerade wegfuhr. Breit grinsend parkte sie ein. »Besser geht's nicht. Mach dich ruhig über mich lustig, George McFly, aber das *ist* Schicksal.«

Lachend stieg ich aus und wartete, bis sie sich mir anschloss. Wir verfielen in ein angenehmes Schweigen. Als wir im Aufzug waren, atmete ich tief durch und bereitete mich mental darauf vor, von Tyler angebrüllt zu werden oder dass Chris versuchen würde, es mir auszureden.

»Du wirkst nervös«, sagte Jordan.

Ich schüttelte den Kopf. Das war das falsche Wort. »Nicht nervös, aber ich freue mich nicht besonders darauf. Ich habe Chris und Tyler heute Morgen getroffen und sie ... waren nicht besonders glücklich darüber, dass ich wirklich ausziehe.«

»Du denkst, sie werden immer noch wütend sein?«

»Gelinde gesagt.« Die Aufzugtüren öffneten sich, und ich betrat vorsichtig den Flur. »Mit ihrer Wut kann ich umgehen, aber heute Morgen haben sie richtig gekränkt gewirkt.« Auf Jordans fragenden Blick zuckte ich mit den Schultern. »Wir sind Drillinge. Es ist schwer zu beschreiben, was das bedeutet. Wir stehen uns nicht nur nah. Da ist diese unbeschreibliche Verbindung. Sie sehen es als Verrat an, dass ich nicht mit ihnen zusammenwohnen möchte.« Plötzlich kann ich Jordan nicht mehr in die Augen sehen. »Und das ist es irgendwie auch.«

Jordan überraschte mich mit einer Umarmung. »Das ist kein Verrat, sondern gehört zum Erwachsenwerden dazu. Ihr Jungs könnt doch nicht euer ganzes Leben zusammenleben. Die beruhigen sich schon wieder. Wie du gesagt hast, sie sind deine Brüder. Früher oder später kommt das schon wieder in Ordnung.«

Ich lehnte meinen Kopf an ihren. Es war schön, zur Abwechslung mal unterstützt zu werden. Sophie war nie so verständnisvoll, wenn es um meine Brüder ging. Sie hasste Chris und Tyler und kapierte nicht, warum ich sie nicht ebenfalls hasste.

Jordan hatte es so klingen lassen, als hätte sie eine dysfunktionale Familie, aber wenn sie über ihre Probleme sprach, war ihr anzumerken, dass sie ihre Eltern trotzdem liebte. Es war schön zu wissen, dass sie sich nicht auf Sophies Seite stellte und mich dafür verurteilte, dass mir meine Brüder am Herzen lagen. Auch wenn sie echte Idioten sein konnten. »Danke«, murmelte ich und drückte Jordan noch mal, bevor ich sie losließ. »Und jetzt bereite dich lieber auf ein Feuerwerk vor. Ty ist wahrscheinlich gerade damit beschäftigt, mein Zeug zu zerstören ...«

Meine Stimme verlor sich, als wir die Tür meines Zimmers erreichten und alle meine Sachen ordentlich davor im Flur standen.

»Oder auch nicht«, flüsterte Jordan und pfiff anerkennend.

Ich verdrehte die Augen und murmelte: »Wie *erwachsen*.«

Jordans Mundwinkel zuckten, weil sie versuchte, nicht zu lachen, falls ich sauer sein sollte, doch ehrlich gesagt war mir selbst das inzwischen egal. Wenn sie sich so aufführen wollten, hatte ich kein Problem damit, meine Sachen einzusammeln und in meine neue Wohnung zu ziehen, ohne mich von ihnen auch nur zu verabschieden. Ich sah sie ausdruckslos an. »Es ist wohl schon alles gepackt.«

Wieder zuckten Jordans Mundwinkel. »Zumindest sieht nichts zerstört aus. Offenbar hat Tyler dein Zeug sehr vorsichtig in den Flur gepfeffert. Ich muss schon sagen, dass ich ein bisschen enttäuscht bin. Du hast mich darauf vorbereitet, ein großes Drama mitzuerleben.«

Ich musste lächeln, und das reichte aus, um erst Jordan und dann auch mich zum Lachen zu bringen. Als ich wieder einen Blick auf den Berg mit meinen Sachen warf, wurde ich dennoch wütend. Wie konnten sie meine Instrumente einfach so im Flur stehen lassen? »Die nehmen wir besser als Erstes. Ich habe echt Glück, dass die nicht schon jemand geklaut hat.«

Ich reichte Jordan meine E-Gitarre, die ich hatte, seit ich zwölf war, und lachte, als sie begeistert die Augen aufriss. »E-Gitarre spielst du auch?«

»Ist mein Hauptfach.« Dann griff ich nach meinem Keyboard. »Das spiele ich auch ein bisschen. Und Bass.«

»Irre.« Ehrfürchtig musterte sie das Instrument.

»Warum wirkst du so überrascht?«

Sie sah mich an, als wäre die Antwort offensichtlich. »Hallo? Hast du dich mal getroffen? Du, mit einer Akustikgitarre, der an einem Lagerfeuer oder in einem Café sanfte Lieder singt, ergibt total Sinn. Aber ich kann mir echt nicht vorstellen, wie du auf einer Bühne mit deiner E-Gitarre abrockst.« Sie musterte mich einen Moment, dann schüttelte sie den Kopf. »Du wirst für mich spielen müssen, sonst werde ich es nicht glauben.«

Jordan schien von der Gitarre echt begeistert zu sein. Das hätte ich nicht von ihr erwartet, doch aus irgendeinem Grund gefiel es mir. Musik war die eine Sache, von der ich wusste, dass ich gut darin war, und ich musste zugeben, dass ich es auf der Bühne genauso liebte, wenn mich die Mädchen anschmachteten wie Chris und Tyler. Mir gefiel die Vorstellung, wie Jordan in der ersten Reihe stand und mich anfeuerte. »Ich bin mir sicher, dass es dir ziemlich schnell zum Hals raushängen wird. Aber keine Sorge, ich kann in alles Kopfhörer einstöpseln. Außer in die Akustikgitarre, aber die ist ziemlich leise.«

Als ich nach einer weiteren Tasche griff, sah ich, was auf dem Flyer stand, der an der Tür klebte. Vorher hatte ich ihn nicht beachtet, weil ich dachte, dass es nur um irgendeine Party ging.

»Dann bist du also in einer Band oder so was?«, fragte Jordan. »Darf ich dein Groupie sein?«

Ich wollte über ihre Frage lachen, konnte jedoch nur den Kopf schütteln. So viel dazu, eigene Songs zusammen zu schreiben. »Das bin ich wohl nicht mehr.« Ich reichte Jordan den Flyer. »Sieht so aus, als würden sie Auditions abhalten, um mich zu ersetzen.«

»Deine Brüder spielen auch? Und sie haben dich aus eurer Band gekickt?« Stirnrunzelnd las sie den Zettel, dann knüllte sie ihn zusammen und warf ihn in einen Mülleimer, der auf dem Gang stand. »Wahrscheinlich bist du solo ohnehin besser dran. Komm, lass uns dein Zeug nach Hause schaffen und einen Film schauen. Du hast mich in Stimmung auf einen *Zurück in die Zukunft*-Marathon gebracht.«

12

Sid und Nancy

Die ersten paar Wochen in meiner neuen Wohnung waren zwar befreiend, aber auch überraschend einsam. Zwei Wochen von meinen Brüdern getrennt zu sein, war ein persönlicher Rekord. Seit unserer Geburt hatten wir praktisch jede Sekunde miteinander verbracht. Mich von ihnen zu lösen, war viel schwerer, als ich erwartet hatte, besonders da sie nicht mit mir redeten. Ich hatte sie ein paar Tage nach dem Umzug angerufen, um sie zu fragen, ob sie mir bei meinem Song für die Audition helfen würden, doch sie gingen nicht dran.

Also vergrub ich mich in mein Studium und der Musik, um mich abzulenken, doch die wochenlange harte Arbeit forderte bald ihren Tribut. Ich war erschöpft, gestresst und bereit, Dampf abzulassen. Als Colin mir also sagte, dass die Band seines Freundes am Freitag einen Gig hatte, stürzte ich mich auf die Gelegenheit, auszugehen.

Wir entschieden, ein Double-Date daraus zu machen und holten Sophie ab, bevor wir mit der U-Bahn nach Midtown fuhren. Als ich sie sah, blieb mir fast das Herz stehen, und Colin stieß einen anerkennenden Pfiff aus.

»Sophie ...« Ich war sprachlos. Noch nie hatte sie so unglaublich ausgesehen. Unter ihrem offenen Mantel trug sie ein rotes Kleid, das wie aufgesprüht wirkte, und sie zeigte gerade so viel Haut, dass ich nicht wusste, ob ich stolz mit ihr angeben oder sie lieber unter meiner Jacke verstecken wollte. Überwältigt zog ich sie an mich. »Du siehst ... *wow*.«

Sie wirkte erfreut über meine Reaktion, küsste mich und lächelte auf eine Weise, die vermuten ließ, dass sie genau wusste, wie gut sie aussah. »Ich *liebe* dieses Kleid.«

»Ach wirklich?«, sagte Colin zustimmend und drehte sich zu Jordan um. »Siehst du? So solltest du dich auch mal anziehen, wenn wir ausgehen.«

Ich verkniff mir ein Grinsen. Jordan trug eine schicke Jeans, eine Jacke statt ihrem üblichen Hoodie und zur Abwechslung sogar geschlossene Schuhe. Ich wohnte erst seit zwei Wochen mit ihr zusammen, aber ich wusste, dass sie sich für ihre Verhältnisse aufgebrezelt hatte. Sie musterte Sophie und schnaubte. »Sicher. Ich könnte niemals so aussehen, egal was ich anhabe. Außerdem gehen wir in eine schäbige Kneipe, nicht auf die Met-Gala. Du hast Glück, dass ich mich gegen Flipflops entschieden habe.«

Colin seufzte dramatisch und zog sie weiter. Ich zog Sophie in einen leidenschaftlichen Kuss, bevor wir meinen Freunden zur U-Bahn-Station folgten.

Jordan hatte keine Witze gemacht, als sie die Kneipe als schäbig bezeichnet hatte. Die Bar war wirklich nichts Besonderes. Ich machte mir zwar keine Sorgen, mir was einzufangen, als ich mich in die schmale Sitzecke fallen ließ, hoffte aber inständig, dass ich nicht auf die Toilette gehen musste. Die Bar war winzig und lag zwischen einem Antiquariat und einem Pfandleihhaus. Es gab eine Bühne, gerade groß genug für eine Band, wenn sie die ganze Show über still stehen blieb. Jeder, der sich dort zu sehr mitreißen ließ, würde einen halben Meter tief vom Podest fallen. Die Theke machte eine ganze Seite aus, und auf der gegenüberliegenden waren kleine Sitzecken. Es war dunkel, schmuddelig, laut, und es stank nach Tabak und Gras.

Sophie saß starr neben mir und versuchte, sich ihre Abscheu nicht anmerken zu lassen. Jordan hingegen schien kein Problem damit zu haben, ihre Meinung kundzutun. »Also wirklich, Colin.« Sie lachte, während sie die anderen Gäste musterte. »Das ist wohl der schlimmste Schuppen, in den du mich je geschleppt hast.«

Colin folgte ihrem Blick und rümpfte die Nase. »Absolut. Diese Bar ist ranzig. Selbst mit deinem Outfit sind wir vier die beeindruckendsten Leute hier.«

Plötzlich zuckte Colin zusammen und schrie vor Schmerz auf. »Vielleicht solltest du anfangen, Schienbeinschoner zu tragen«, scherzte ich. Jordan musste ihn getreten haben.

Sie verdrehte die Augen. »Wenn er gelegentlich mal nett zu mir wäre, würde er sie nicht brauchen.«

»Süße, ich bin doch nett zu dir. Wie sollen wir dir einen neuen Freund suchen, wenn deine Vorstellung von schick aus einem Pferdeschwanz und farblosem Lipgloss besteht?«

»Einen neuen Freund?«, fragte Sophie erschrocken. »Habt ihr etwa Schluss gemacht?«

»Oh, äh ...« Colin stutzte nur kurz, bis ihm einfiel, dass er Sophie gegenüber vor ein paar Wochen ja behauptet hatte, Jordans fester Freund zu sein. Er legte seinen Arm um Jordans Schulter und lächelte breit. »Ja, haben wir. Uns ist klar geworden, dass wir besser als Freunde funktionieren. Es hat einfach etwas zwischen uns gefehlt.«

Ja, so was wie sexuelle Anziehung.

Ich war mir sicher, dass Sophie nicht aus Mitgefühl für unsere Freunde die Stirn runzelte, sondern deshalb, weil Jordan nun Single war. Ich hoffte inständig, sie würde jetzt keine große Sache daraus machen. Seit meinem Umzug war sie gereizt gewesen, aber so langsam hatte sie damit begonnen, sich wieder ein wenig zu entspannen. »Oh. Wow, das ist ja schade. Tut mir wirklich leid, Leute.«

Sie klang so unaufrichtig, dass mir Jordan einen Blick zuwarf. Ich lächelte entschuldigend, zog Sophie an mich und küsste ihre Schläfe. »Mach dir wegen ihnen keine Sorgen. Sie werden die Trennung schon überleben. Colin hat diese Woche mehr Zeit bei uns verbracht als vorher.«

»Ja, das wird schon«, sagte Colin. »Es war eine gemeinsame Entscheidung, und jetzt haben wir das Vergnügen, Jordan einen neuen Freund zu finden. Das wird bestimmt lustig.«

»Das ist völlig unnötig«, beharrte Jordan. »Ich hab dir doch gesagt, dass ich der Männerwelt abgeschworen habe, da ich ohnehin nie jemanden finden werde, der genauso wunderbar ist wie du.«

Diese Unterhaltung verschaffte Colin einen Vorwand, alle Männer in der Bar zu mustern, und er ließ sich die

Gelegenheit nicht entgehen. »Halt die Klappe, du Zynikerin. Da draußen warten irgendwo unsere perfekten Partner auf uns.« Nachdem sein Blick durch die ganze Bar gewandert war, blieb er wehmütig auf mir hängen. Dann seufzte Colin. »Sie sind einfach nur nicht *hier*. Lass uns nach dem Gig irgendwo anders hingehen.«

Sophie stürzte sich auf diesen Vorschlag. »Warum gehen wir nicht jetzt sofort?«

»Das geht nicht«, sagte ich. »Colin kennt die Band, die heute spielt. Er soll mir helfen, den Bassisten davon zu überzeugen, mir bei meinem Song für die Audition zu helfen. Um alle anderen habe ich mich schon gekümmert. Wenn ich es nicht schaffe, ihn zu überreden, muss ich meinen Bruder anflehen. Wer weiß, was er dafür verlangen wird ... wenn er denn überhaupt mal meinen Anruf entgegennimmt.«

»Ich kann nicht fassen, dass sie immer noch nicht mit dir reden«, sagte Jordan.

Sophie verdrehte die Augen. »Typisch Tyler. Chris allein hätte inzwischen nachgegeben, aber Tyler ist der sturste Idiot des Planeten.«

»Wow. Du hältst dich mit deiner Meinung ja auch nicht zurück.«

Sophie verschränkte trotzig die Arme und zuckte mit den Schultern. »Meiner Meinung nach ist es kein großer Verlust.«

»Aber es sind doch seine Brüder.« Die Missbilligung in Jordans Stimme überraschte mich. Es war fast so, als wäre sie in meinem Namen gekränkt.

»Nur weil sie seine Brüder sind, bedeutet das nicht, dass sie beste Freunde sein müssen.«

»Nein. Aber sie sind seine Familie.«

Sophie runzelte die Stirn. »Es ist leicht, sie in Schutz zu nehmen, wenn du sie nicht kennst.«

Jordan kniff nun beinahe wütend die Augen zusammen. »Nein, aber es ist leicht, sie in Schutz zu nehmen, wenn ich höre, wie Nate von ihnen redet. Dein Freund hasst seine Brüder nicht, und ob es dir gefällt oder nicht, geht ihm der Streit nahe. Du solltest wirklich versuchen, ein bisschen sensibler gegenüber *seinen* Gefühlen zu sein, anstatt zu versuchen, ihm deine aufzuzwingen.«

Ich konnte mir nur vorstellen, was Sophie für ein Gesicht machte, denn ich konnte mich nicht zu ihr umdrehen. Mein Blick war vor Verblüffung an Jordan hängengeblieben.

»Okay, wer will was zu trinken? *Jordan?*« Colin sprang auf und zerrte Jordan mit sich zur Bar, bevor sie überhaupt reagieren konnte. Ich sah ihnen schockiert hinterher.

Sophie starrte Jordan wütend an, während diese mit Colin an der Bar diskutierte. »Ist das zu fassen? Was bildet sie sich ein?«

Ich zuckte mit den Schultern. »Vielleicht hätte sie nicht so direkt sein sollen, aber irgendwo hat sie recht.«

Sophie fielen fast die Augen aus dem Kopf. »Wie bitte?«

Es fiel mir gerade wirklich schwer, Verständnis für Sophies Gefühle aufzubringen. »Was willst du von mir hören? Sie hat recht. Ich hasse Tyler und Chris nicht. Ich bin froh, dass ich ausgezogen bin, aber sie sind trotzdem meine zwei besten Freunde, und das *weißt* du.«

»Willst du damit etwa sagen, dass ich deinen Gefühlen gegenüber unsensibel bin?«

Ja. Ständig. »Damit will ich nur sagen, dass mir die Feindseligkeit zwischen euch auf die Nerven geht.«

Sophie lehnte sich empört zurück, und ich trank einen Schluck von meiner Cola. Ich brauchte einen Moment, um mich wieder abzuregen. Angespannte Stille breitete sich zwischen uns aus, die erst gebrochen wurde, als die Band zu spielen begann.

Jordan und Colin kamen zurück.

»Sie sind gut, oder?«, rief Colin über die Musik hinweg.

Ich beobachtete die Band. Sie waren ein bisschen zu laut für meinen Geschmack, aber sie wussten, was sie taten, also nickte ich. »Die sind echt talentiert.«

»Welcher ist der Bassist?«

Mir mussten bei Jordans Frage die Gesichtszüge dermaßen entgleist sein, dass sie die Augen verdrehte. »Was denn?«, fragte sie. »Der Bass und die E-Gitarre sehen gleich aus. Woher soll ich den Unterschied kennen?«

Ich schüttelte den Kopf. »Du hast echt noch sehr viel zu lernen.« Da ich über die laute Musik hinweg nicht so viel erklären wollte, deutete ich nur auf den Kerl an der linken Seite der Bühne. »Das ist er.«

»Blaze«, sagte Colin.

Jordan, Sophie und ich starrten ihn an. »Blaze?«

»Spitzname.« Colin grinste. »Was erwartet ihr von einem Musiker?«

»Vielen Dank auch.«

Colin zwinkerte mir zu.

Jordan musterte den Typen interessiert. »Blaze ... zumindest er ist heiß.«

Sophie legte den Kopf schief und zog die Nase kraus. »Er ist okay.«

»Okay?«, erwiderte Jordan. »Er ist total sexy.« Sie grinste mich an. »Ist genehmigt.«

Ich lachte. Als ob das Aussehen des Bassisten der entscheidende Faktor wäre. Vielleicht in einem Film. Ich betrachtete ihn näher und versuchte, seinen Reiz zu verstehen. Er war der typische Emo-Rocker – enge schwarze Lederhose, Stiefel, Ketten und ein schwarzes T-Shirt mit dem Logo einer alten Punkband. Er hatte schulterlange, schwarz gefärbte Haare, die ihm beim Spielen in die Augen fielen. Seine dunklen Augen waren mit jeder Menge Kajal umrandet, so wie es mein Bruder Chris vor Auftritten immer tat.

Ich kam hinter sein Geheimnis, als der Gig vorbei war und Colin uns einander vorstellte. Es war sein ganzes Auftreten, das ihn bei Frauen so gut ankommen ließ. Er hatte ein arrogantes Lächeln, das vermuten ließ, dass er sich für die wichtigste Person im Raum hielt, und sah Frauen an, als wäre ihr Verlangen nach ihm eine Selbstverständlichkeit und sie könnten sich glücklich schätzen, seine Aufmerksamkeit zu bekommen.

Ich kannte diese Art Mensch. Er war eine echte Diva. Und ich hasste Diven. Wenn ich nicht verzweifelt auf der Suche nach einem Bassisten gewesen wäre, hätte ich ihn niemals um Hilfe gebeten. Aber da mir bis zu meiner Audition nur noch eine Woche blieb, hatte ich keine andere Wahl. »Hey, gute Show«, sagte ich, als wir uns die Hand gaben.

Auf mein Kompliment hin grinste er nur. Es kostete mich all meine Geduld, nicht mit den Augen zu rollen. Als sein gelangweilter Blick von mir zu Sophie wanderte und er sie von Kopf bis Fuß musterte, musste ich plötzlich dem Drang widerstehen, ihm eine reinzuhauen. Ich zog Sophie eng an meine Seite und stellte sie vor. »Das ist meine Freundin Sophie.«

Er warf mir einen spöttischen Blick zu. Dann gab er Sophie einen Handkuss. »Wie schade.«

»Von wegen«, murmelte Sophie. *Gut gemacht.* Sie zog ihre Hand zurück, warf ihm einen ihrer patentierten arroganten Blicke zu und zahlte es ihm dadurch mit gleicher Münze heim.

Es überraschte mich nicht, dass Sophie nicht weiter beeindruckt war. Jordans Reaktion schockierte mich jedoch. Ich hätte es nie für möglich gehalten, dass sie auf so einen Kerl hereinfiel. Doch sie flirtete so offensichtlich mit ihm, dass ich sie plötzlich kaum wiedererkannte. Als ob sie wirklich hoffte, ihn damit auf sich aufmerksam zu machen. Gerade berührte sie leicht seinen Arm und kicherte schamlos. »Hey, ich bin Jordan. Du warst eben echt toll.«

Er musterte sie von Kopf bis Fuß und verzog dann seinen Mund, als ob er sie für irgendein unwichtiges Groupie halten würde. Jordan bemerkte seine Herablassung nicht, doch ich wurde so wütend, dass ich fast etwas gesagt hätte, wenn mir Jordan nicht mit etwas so Schockierendem zuvorgekommen wäre, dass ich alles andere vergaß. »Ernsthaft. Du warst so was von Sid Vicious da oben.«

Ich konnte es nicht glauben. Sie hatte *Sid Vicious* erwähnt. Als der Name ihren Mund verließ, und das auch noch in einem korrekten Zusammenhang, klappte mir vor Überraschung die Kinnlade herunter. Ich war völlig überwältigt. Und sehr, sehr beeindruckt.

Der ausdruckslose Blick von Blaze war fast ebenso schockierend wie die Tatsache, dass Jordan tatsächlich wusste, wer Sid Vicious war. Jordan fand es ebenfalls seltsam. Sie deutete auf sein T-Shirt. »Du weißt nicht, wer Sid Vicious ist?«

»Woher kennst *du* denn Sid Vicious?«, fragte ich, bevor Blaze antworten konnte.

Jordan sah mich trotzig an. »Was? Ich bin nicht völlig ahnungslos, was Musik angeht.«

Doch darauf fiel ich nicht herein. »Letztens hast du mich gefragt, wer Maroon 5 ist.«

»Oh, Jordan«, seufzte Colin kopfschüttelnd.

Sie verschränkte die Arme, doch ich konnte sehen, wie ihre Mundwinkel amüsiert zuckten. »Meinetwegen. Ich bin aufgeflogen. Ich hab da diesen Film gesehen. *Sid und Nancy.* 1986. Gary Oldman und Chloe Webb. Hat einige Filmpreise gewonnen. Er war nicht schlecht, aber er ist schon eine von diesen typischen Filmbiografien.« Grinsend richtete sie einen Finger auf Blaze. »Du warst vorhin so *Sid und Nancy*. Aber natürlich am Anfang des Films. Während seines Aufstiegs zum Ruhm. Nicht, du weißt schon, am Ende.«

Ich musste grinsen, als Mr Zu-cool-für-diese-Welt genauso in Jordans Falle tappte, wie ich es immer tat. »Klär mich auf, Süße«, sagte er in einem aalglatten Tonfall, der Jordan erröten ließ. »Wer war denn Sid Vicious, und wenn ich wie er bin, willst du dann meine Nancy sein?«

Ich lachte auf. Ich konnte einfach nicht anders. Der Typ war nicht nur eine Diva, sondern auch ein echter Macho. Und er hatte Jordan gerade gefragt, ob er sie erstechen sollte. Sid Vicious war nämlich der Bassist der Sex Pistols gewesen, ein Drogensüchtiger, der später seine Freundin ermordete und schließlich an einer Überdosis starb. Wenn sogar Jordan wusste, wer Sid Vicious war – wenn auch nur, weil sie den Film gesehen hatte –, dann sollte der Typ, der das gleiche Instrument spielte und sogar das entsprechende Band-T-Shirt trug, es auf jeden Fall wissen.

Als ich gerade zu einer Erklärung ansetzen wollte, stoppte mich Jordan, bevor ich den Kerl damit demütigen konnte. »Weißt du, es würde mehr Spaß machen, es dir zu zeigen. Wenn du morgen Abend noch nichts vorhast, könnten wir uns was zu essen bestellen und den Film zusammen anschauen.«

Bat sie den Idioten wirklich um ein Date? Als ihr Mitbewohner musste ich verhindern, dass sie einen solchen Fehler machte. »Äh, bist du dir sicher, dass du das willst, *Nancy?*«

Jordan verstand meinen subtilen Hinweis, dass dieser Typ sie wahrscheinlich schlecht behandeln würde, als Witz. Sie verdrehte die Augen und boxte meinen Arm. »Ha ha.« Dann grinste sie Blaze an. »Also, was denkst du?«

Die Art, wie er sie ansah, ließ sie erröten. Mich hingegen machte sie wütend. »Hey, jetzt hör mal auf, mit Blaze zu flirten«, sagte ich zu Jordan. »Wir sind wegen mir hier, weißt du noch?«

Blaze' arrogantes Grinsen kehrte zurück. »Hey Mann, ich fühle mich geschmeichelt, aber ich steh nicht auf Jungs.«

»Wirklich schade«, murmelte Colin.

Ich lachte. »Darauf bin ich gar nicht aus. Ich suche einen guten Bassisten.«

Blaze schnaubte. »Keine Ahnung, was du da für eine kleine, nette Band zusammenstellen willst, aber diese Sache hier läuft gerade echt gut. Wir bekommen jedes Wochenende Gigs und stellen gerade ein Demotape zusammen.«

»Hey, das ist doch toll, Mann«, sagte ich, um ihm ein bisschen Honig ums Maul zu schmieren. »Ich will dich deiner Band auch nicht wegstehlen. Ich studiere Musik am Steinhardt und wurde zur Audition für die Semester-Talentshow eingeladen. Für das Stück, mit dem ich auftreten will, brauche ich jemanden, der Bass spielt. Es wäre nur ein Song. Die Audition ist nächsten Freitag, und wenn wir es reinschaffen, wäre die Talentshow im Dezember.«

Überrascht starrte mich Blaze an, als würde er mich zum ersten Mal sehen. »Du meinst dieses Riesending, das die NYU zweimal im Jahr abhält und zu dem all die großen Labels gehen?«

Jetzt musste ich ein arrogantes Lächeln unterdrücken, das sich in meinem Gesicht ausbreiten wollte. »Ja. Ziemlich große Sache. Tolle Publicity.«

Er gab sich immer noch überlegen, konnte sein Interesse jedoch nicht verbergen. »Hast du es denn drauf?«

Jetzt musste ich grinsen. »Offenbar genug, um der erste Studienanfänger seit drei Jahren zu sein, der zu einer Audition eingeladen wurde. Will Treager persönlich hat mich darum gebeten.«

Blaze riss die Augen auf. »*Der* Will Treager? Kennst du ihn etwa?«

Ich zuckte mit den Schultern. »Er ist mein Dozent.«

Er warf einen Blick zu seinen Bandkameraden, dann wieder zu mir. »Ja, okay. Ich hör mir mal an, was du hast. Wenn es nicht total scheiße ist, spiele ich für dich.«

Ich unterdrückte ein Augenrollen und schüttelte seine

Hand. »Großartig. Wir haben uns für morgen früh einen Übungsraum reserviert. Um zehn in der Lobby des Steinhardt?«

»Klar.«

Colin jubelte. »Super! Und jetzt wieder zurück zum lustigen Teil. Lass uns einen Club mit Tanzfläche und vielen Hotties finden.«

13

Almost Famous – Fast berühmt

Ich war schon hunderte Male aufgetreten. Ich liebte es und hatte nie Lampenfieber. Eine Audition war jedoch etwas anderes. Bis zum Freitag war mein Song zwar fertig, aber ich war es ebenfalls. Es war gleichermaßen furchteinflößend wie aufregend, meinen ersten selbstgeschriebenen Song auf die Bühne zu bringen. Ich wusste, dass er gut war – und ich war stolz darauf –, aber es hing so viel davon ab, dass ich vor Nervosität kaum denken konnte.

»Jordan!«, rief ich von der Haustür aus. Wir mussten aufbrechen, doch sie brauchte ewig, um sich fertig zu machen. »Wir müssen jetzt los!«

»Zwei Sekunden noch!«, rief sie zurück. »Ich muss nur noch kurz andere Schuhe anziehen!«

»Es ist nur eine Audition. Wir werden nur ein Lied spielen. Du musst dich nicht zurechtmachen. Zieh deine Flipflops an und los.«

»Nate, das ist dein großes Debüt. So ein Anlass erfordert doch ein bisschen Glamour. Und nach dem ganzen Spott, den ich letzte Woche ertragen musste, werde ich bestimmt nicht noch mal in Jeans und Pferdeschwanz rausgehen. Colin würde mich umbringen.«

Als sie das Wohnzimmer betrat, steckte sie sich gerade noch einen großen baumelnden Ohrring an. Ich blinzelte überrascht. Sie sah absolut umwerfend aus, aber ganz anders als sonst. Als sie bemerkte, wie ich sie anstarrte, drehte sie sich grinsend. »Was denkst du?«

Nicht, dass ich irgendwas gegen hohe Stiefel, kurze Röcke und körperbetonte Oberteile gehabt hätte – es stand Jordan überraschend gut –, aber es war nicht unbedingt mein Lieblingsoutfit. Doch sie schien sich wohlzufühlen, und die Tatsache, dass sie sich aus ihrer eher legeren Komfortzone bewegt hatte, um mich zu unterstützen, bedeutete mir viel. »Du siehst toll aus. Geht's auf eine Kostümparty?«, scherzte ich.

»Halt die Klappe!« Sie versuchte, nicht besonders überzeugend, gekränkt zu wirken. »Colin hat das Outfit gestern für mich zusammengestellt. Er sagt, es steht mir.«

»Du siehst aus wie ein Band-Aid.«

»Ein was?«

Sie versuchte anhand meines Gesichtsausdrucks herauszufinden, ob das gut oder schlecht war. Ich lachte. »Ach komm schon, du Filmfreak. Ich spiele hier *dein* Spiel.«

»Ach ja?« Sie horchte interessiert auf. »Na, das ist doch mal interessant. Ich würde zu gern wissen, auf welchen Film der Kerl anspielt, der keine Filme schaut.«

Ich verdrehte die Augen. Sie dachte nach und runzelte schließlich die Stirn. »Keine Ahnung. Das ist wohl kein besonders einprägsamer Film gewesen. Kein Wunder, dass du keinen Favoriten hast.«

»Es ist ein guter Film.« Ich lachte. »Kate Hudson spielt mit. Die magst du doch.«

Sie stemmte die Hände in die Hüften und stampfte mit dem Fuß auf. »Okay, welcher Film ist es?«

Ich legte in gespielter Entrüstung die Hand auf die Brust. »Kann es sein? Ist es wirklich möglich, dass es einen Film auf dieser Welt gibt, den *ich* gesehen habe und *du* nicht?«

Jordan verdrehte die Augen. »Sag es mir einfach.«

Ich war ziemlich stolz, sie besiegt zu haben. »*Almost Famous*. Kate hat einen von den Band-Aids gespielt.«

»Hmm.« Jordan nickte nachdenklich. »Cameron Crowe. Du hast recht. Der ist wahrscheinlich wirklich gut, aber ich habe ihn noch nicht gesehen. Klingt logisch, dass du dir gerade den ausgesucht hast. Schließlich geht es um Musik.«

»Genau. Und ich schätze, ich hätte wissen sollen, dass du ihn nicht kennst, schließlich hast du nicht mal ein Lieblingslied und weißt nicht, wer Maroon 5 sind.«

»Hey! Sei nett zu mir, oder ich begleite dich nicht zu deiner Audition.«

Sie meinte es nicht ernst, trotzdem murmelte ich eine Entschuldigung, als ich die Tür öffnete. »Schon gut. Sorry. Ich höre jetzt auf. Du weißt doch, dass ich meinen ersten eigenen Song nicht spielen kann, wenn du mich nicht anfeuerst.«

Sie verschränkte die Arme und sah mich trotzig an. »Da hast du verdammt noch mal recht.«

Ich hängte mir meine Gitarre über die Schulter und

hielt die Tür für sie auf. »Los jetzt. Die Jungs warten bestimmt schon auf mich, da du eine Million Jahre gebraucht hast, um dich fertig zu machen.«

»Es ging leider nicht anders«, sagte sie, während wir auf den Flur traten. »Es braucht seine Zeit, um so gut auszusehen. Außerdem hab ich es für dich gemacht, und du hast mir immer noch nicht gesagt, wie du es findest.«

»Doch, hab ich«, entgegnete ich, während ich die Tür abschloss.

»Du hast gesagt, ich sehe aus wie ein Band-Aid.«

»Das tust du auch«, scherzte ich, denn das hier machte mir einfach zu viel Spaß.

»Was soll das überhaupt sein? Ist Kate in dem Film in einer Band?« Jordans Stirnrunzeln wurde zu einem begeisterten Grinsen. »Willst du mir damit sagen, dass ich aussehe wie ein Rockstar?«

Wenn sie nur wüsste. Ich drückte den Rufknopf des Aufzugs und sagte so herablassend, wie ich konnte: »Vielleicht solltest du dir einfach den Film anschauen und es selbst herausfinden.«

»Vielleicht tue ich das«, sagte sie ebenso sarkastisch.

»Gut. Vielleicht schaue ich dann mit.«

»Gut. Vielleicht solltest du dann für das Popcorn sorgen.«

»Und du für Eiscreme.«

»Vielleicht tue ich das.«

Wir starrten einander einen Moment lang an, dann öffnete sich der Aufzug. Jordan trat hinein und sah über ihre Schulter zu mir. »Schnell. Sonst kommst du noch zu spät zu deiner Audition.«

»Sehr witzig.«

Sie zwinkerte mir zu. Wir verließen das Gebäude. Sie marschierte in ihrem kurzen Rock und den hohen Stiefeln durch die Straßen von New York, als würde ihr die Stadt gehören. Sobald ich sie eingeholt hatte, knickte ich ein und gab ihr, was sie wollte. »Du siehst sehr gut aus, Jordan.«

Sie schenkte mir ein so bezauberndes Lächeln, dass ich gar nicht anders konnte, als ihr meinen Arm anzubieten. Überrascht hakte sie sich unter.

*

Jordan und ich waren die Letzten unserer Gruppe, die im Auditorium ankamen. Die Jungs, die ich gebeten hatte, mit mir zu spielen, bauten bereits ihr Equipment auf, und Colin plauderte angeregt mit dem Keyboarder. Nachdem ich mich bei den Jurymitgliedern angemeldet hatte, hüpfte ich auf die Bühne. »Tut mir leid, dass ich nicht früher da war«, sagte ich und holte meine Gitarre aus ihrer Hülle. »Jordan ist schuld. Sie hat fünfhundert Jahre gebraucht, um sich fertig zu machen, und ich konnte sie auch nicht einfach allein nachkommen lassen, so wie sie aussieht.«

»Das hab ich gehört!«, rief Jordan aus der ersten Reihe.

»Ich hab ja auch nicht geflüstert, oder?«, rief ich zurück.

Blaze stieß einen anerkennenden Pfiff aus. »Ich hätte gar nicht gedacht, dass deine Mitbewohnerin so scharf aussehen kann.«

Ich beobachtete, wie Colin von der Bühne heruntersprang und Jordans Hände in seine nahm. »Genau so hab ich mir das vorgestellt.« Mit einem breiten Grinsen im Gesicht musterte er sie.

Lachend stöpselte ich meine Gitarre in den Verstärker und ließ sie weiterplaudern. Blaze stimmte seinen Bass. »Sie ist Single, oder?«

Ich biss die Zähne zusammen. Blaze hatte Jordan nach ihrer ersten Begegnung mehr oder weniger ignoriert. Aber jetzt, wo sie einen Minirock trug, war sie plötzlich wieder interessant? »Sie ist viel zu brav für dich.«

Sein Blick lag immer noch auf Jordan. »Sie sieht gar nicht so brav aus.«

Mit Mühe konnte ich mich davon abbringen, meinem Bassisten kurz vor der Audition eine reinzuhauen. »Tja, glaub mir einfach, das ist sie. Bereit?«

Blaze kniff bei meinem missmutigen Tonfall seine Augen zusammen, doch er sagte nichts dazu. »Bereit.«

Ich verdrängte meine Verärgerung und stimmte mich mit den anderen Musikern ab. Nachdem ich von allen das Okay bekommen hatte, machte ich einen Mikrofoncheck. Dann gab ich der Jury Bescheid, dass ich bereit war. Sie bestand aus insgesamt sechs Leuten, vier Männern und zwei Frauen. Mr Treager war das einzige Mitglied, das ich kannte. Die anderen leiteten Kurse, die ich als Studienanfänger noch nicht belegen konnte.

Mr Treager lächelte mir ermutigend zu. »Okay, Nate. Wann immer du so weit bist.«

Plötzlich hatte ich ein nervöses Flattern im Bauch. Ich atmete tief durch und versuchte mich zu beruhigen. »Du schaffst das, Nate!«, rief Jordan. »Mach ihnen die Julia Stiles!«

Der begeisterte Ausbruch meiner Mitbewohnerin brachte mich zum Lachen. Jordan hatte mich zur Vorbereitung für die Audition die ganze Woche lang passende

Filme schauen lassen. Endlich hatte ich *Step Up* gesehen, gefolgt von *Sister Act* 1 und 2, *Center Stage*, allen *Pitch Perfect*-Teilen und gestern Abend schließlich *Save the Last Dance*. In Letzterem versucht Julia Stiles, an der Julliard angenommen zu werden. Natürlich schafft sie es, und sie kann ihren Traum verwirklichen. Jordan hatte mich den ganzen Tag schon *Julia* genannt.

Die Ablenkung war genau das, was ich brauchte, um mich wieder auf das Wesentliche zu fokussieren. Ich vergaß meine Nervosität und tat, was ich am besten konnte. Sofort ging ich in meinen Bühnenmodus und kanalisierte meine überschüssige Energie in den Song. So funktionierte es immer bei mir. Wenn der Zuschauerraum dunkel wurde, dachte ich an nichts anderes mehr. Die Musik übernahm einfach.

Ich gab alles, und am Ende des Songs war ich mir ziemlich sicher, dass ich es hinbekommen hatte. Colin und Jordan applaudierten, johlten und pfiffen so enthusiastisch, dass die Jury lachen musste.

»Gut gemacht, Nate. Ihr könnt schon mal einpacken, während wir uns beratschlagen«, sagte Mr Treager. Mit einem Mal war ich wieder furchtbar nervös.

Ich seufzte und dankte meinem Dozenten. Da bemerkte ich, dass meine Brüder hinten im Saal standen. Ich erstarrte. Warum waren sie hier? Woher wussten sie überhaupt, wann meine Audition war?

Schuld überkam mich, als ich in ihre schockierten, wütenden Gesichter blickte. Sie sahen aus, als hätte ich ihnen ein Messer in den Rücken gerammt. Dabei hatte ich nichts falsch gemacht – schließlich waren *sie* es gewesen, die mich nicht zurückgerufen hatten –, aber zu sehen, wie gekränkt sie waren, fühlte sich nicht gut an. Und es würde nicht gerade dabei helfen, unsere Beziehung zu kitten.

Nachdem wir uns einen Moment angestarrt hatten, warf mir Tyler einen vernichtenden Blick zu und marschierte aus dem Auditorium. Chris hingegen bewegte sich nicht. Ich hatte das Gefühl, er wollte mit mir reden. Da ich meine Brüder unbedingt zurückhaben wollte, sprang ich von der Bühne. Doch bevor ich zu ihm gehen konnte, schlang Jordan ihre Arme um mich und warf mich fast zu Boden. Es dauerte nur einen Moment, bis sie bemerkte, dass etwas nicht stimmte. Sie folgte meinem Blick und keuchte überrascht auf. »Du solltest mit ihm reden.«

Sie hatte recht. Ich musste mit beiden reden. Tyler würde niemals nachgeben. Chris vielleicht, aber er war genauso stur wie ich. Das ist das Einzige, was ich mit Sicherheit über uns Anderson-Brüder sagen konnte. Wir waren alle drei größere Dickköpfe, als uns guttat. Ich hatte das ungute Gefühl, wenn ich sie nicht zwang, mit mir zu reden, würde es noch mindestens so lang andauern, bis wir über Weihnachten nach Hause fuhren.

Als ich schließlich nickte, gab mir Jordan einen Kuss auf die Wange. »Viel Glück.«

Die Ermutigung brachte mich zum Lachen. »Danke.«

Ich stiefelte in Chris' Richtung, doch bevor ich ihn erreichte, rief mich Mr Treager zu sich. Mit einem entschuldigenden Lächeln in seine Richtung ging ich zu meinem Dozenten und der restlichen Jury. Mir war vor Aufregung plötzlich wieder ganz schlecht.

Ich konnte ihre Mienen nicht deuten. Einige lächelten, andere runzelten die Stirn. Und das machte mir am meisten Angst. Nach einem Moment des Schweigens verschränkte ein stämmiger, vielleicht fünfzigjähriger Mann die Finger vor dem Mund und sah mich mit zusammengekniffenen Augen an. Er gehörte zu der stirnrunzelnden Fraktion. »Nathan Anderson.«

Ich schluckte. »Ja, Sir.«

Schließlich streckte er mir seine Hand entgegen. »Schön, Sie kennenzulernen. Ich bin Joss Hendricks, der Leiter sämtlicher Musikprogramme der Steinhardt.«

Als ich das hörte, riss ich die Augen auf und musste all meine Energie darauf verwenden, nicht zu zittern, während ich ihm die Hand gab. »Ebenfalls schön, Sie kennenzulernen, Sir.«

Es folgte ein weiterer Moment des Schweigens. Wenn der Mann mich durch die Spannung umbringen wollte, war er auf einem guten Weg. Schließlich lehnte er sich zurück und entspannte sich gerade genug, dass ich wieder Luft holen konnte. Meine Lunge begrüßte den Sauerstoff. »Wie es scheint, haben wir hier ein Unentschieden«, sagte er. »Sie haben eine wirklich unglaubliche Stimme.«

Das Kompliment war ein Schock, besonders da sich sein Stirnrunzeln dabei vertiefte. »Vielen Dank, Sir.« Es klang wie eine Frage.

»Der Song war auch nicht schlecht.«

»Es war ein guter Song«, sagte eines der beiden weiblichen Jurymitglieder.

»Und seine Performance war äußerst professionell«, sagte ein anderer Dozent.

»Niemand stellt die Qualität der Darbietung in Frage«, entgegnete die andere Frau. »Aber es reicht noch nicht für die Talentshow.«

Dort zu stehen und zuzuhören, wie sie über meinen

Song diskutierten, war eine surreale Erfahrung. Ich war geschmeichelt, aber gleichzeitig ein nervöses Wrack. Zumindest hatte bis jetzt niemand gesagt, dass ich schlecht gewesen wäre. Das reichte mir schon, doch gleichzeitig fiel es mir schwer, nicht auch ein wenig enttäuscht zu sein.

Mr Hendricks nickte, als ob er der Einschätzung zustimmen würde, dass mein Auftritt nicht gut genug für die Talentshow war. »Der Song war nicht schlecht«, sagte er. »Aber ziemlich generisch.«

Mir drehte sich der Magen um. Ich wusste, dass Kritik ein großer Teil meiner Studienerfahrung sein würde. Ich hatte versucht, mich darauf vorzubereiten. Aber es zum ersten Mal zu hören, und dann auch noch vom Leiter des Musik-Instituts, war ein bisschen vernichtend. Ich nickte langsam und bemühte mich, das Feedback mit Würde anzunehmen.

»Man könnte den Song nehmen, ihn in jedem Club in New York spielen, und er wäre in Ordnung.« Okay, das klang schon ein wenig besser. »Aber *in Ordnung* ist nicht genug für die Talentshow des Steinhardt. Es gibt tausende Bands in dieser Stadt, und sie alle haben eine Setlist voller Songs wie Ihrem. Was unterscheidet Sie von ihnen? Was macht Sie zu etwas Besonderem?«

»Eine ziemlich harte Kritik«, sagte einer der Dozierenden, den ich nicht kannte. »Wir sprechen hier doch nicht davon, ihn bei einem Label unter Vertrag zu nehmen. Seine Performance war gut genug, um ihn bei der Talentshow auftreten zu lassen.«

Ein anderer Mann schüttelte den Kopf. »Er ist Studienanfänger. Ihm werden sich noch viele weitere Gelegenheiten bieten. Er wird eine weitere Chance bekommen, wenn er ein bisschen mehr gelernt hat.«

»Sein Studierendenstatus sollte in dieser Entscheidung keine Rolle spielen«, argumentierte Mr Treager. »Die Tatsache, dass er Studienanfänger ist, scheint der einzige Grund zu sein, warum einige von Ihnen zögern. Wenn er im Abschlussjahr wäre, würde keiner von Ihnen auch nur mit der Wimper zucken.«

Mr Hendricks schien über Mr Treagers Einwand nachzudenken. »Das mag stimmen«, gab er zu. »Dennoch hat der Song nicht ganz das Kaliber einiger der anderen Darbietungen, die wir diese Woche gesehen haben. Ich will einem so jungen Studenten nicht erlauben, mit einem mittelmäßigen Stück teilzunehmen, und ihm damit einen Grund für Selbstgefälligkeit zu geben. Er ist sehr vielversprechend, aber ich habe das Gefühl, dass er noch stärker angetrieben werden muss.«

Mr Treager lehnte sich schnaubend zurück. »Das ist ihm gegenüber unfair.«

Die Frau, die die ganze Zeit die Stirn gerunzelt hatte, lehnte sich vor. »Jetzt komm, Will, du weißt doch, wie die Sache läuft. *Nicht* mehr von diesem jungen Mann zu erwarten, *das* wäre unfair, und das weißt du auch.«

Mr Hendricks musste meine Verwirrung bemerkt haben, denn er bedeutete seinen Kollegen, still zu sein, und sah mich an. »Der Mehrheit unserer Studierenden fehlt, was es braucht, um in dieser Industrie erfolgreich zu sein. Dennoch versuchen wir, sie so gut wie möglich vorzubereiten. Aber jedes Jahr gibt es eine Handvoll, die wahres Potential zeigen. Diese Studierenden sind der Grund für das, was wir tun.«

Mr Treager lächelte stolz. »Du bist einer dieser Studierenden, Nate. Wir alle können dein Potential sehen.«

»Was bedeutet«, sagte die Frau, »dass du während deiner Zeit hier mit einem anderen Maß gemessen wirst als die meisten deiner Kommilitonen. Das mag unfair erscheinen, ist aber nur zu deinem Besten.«

»Betrachte es als Kompliment«, sagte Mr Hendricks. »Wir respektieren dich alle genug, um mehr von dir zu erwarten.«

Sie schienen auf eine Antwort zu warten. Ich musste mich räuspern, bevor ich meine Stimme fand. »Ich verstehe.« Ich versuchte zu lächeln, war aber nicht sicher, ob es mir gelang. Meine Gefühle waren ein einziges Chaos. »Vielen Dank für Ihr Feedback. Und für diese Gelegenheit. Ihr Glaube an mein Potential bedeutet mir sehr viel.«

Auch wenn es mir nicht gelang, meine Überwältigung zu verbergen, war meine Dankbarkeit aufrichtig. Ich verstand, was sie sagten, und sie hatten recht – es *war* ein großes Kompliment. Das milderte ein wenig den Schmerz, es nicht in die Talentshow geschafft zu haben, doch es machte mir auch Angst. Wenn ich meine Dozierenden schon vorher für einschüchternd gehalten hatte, waren sie jetzt regelrecht furchteinflößend. Ich würde noch vor meinem Abschluss ein Magengeschwür bekommen. Irgendwie musste ich wohl das Richtige gesagt haben, denn alle drei entspannten sich und lächelten beeindruckt. »Es ist nicht nur Glaube, Nathan«, sagte die Frau, die die ganze Zeit mit der Stirn gerunzelt hatte. Sie schenkte mir ein breites Lächeln, und in ihren Augen lag Stolz. »Sondern die Wahrheit. Du wirst dich hier sehr gut einfügen. Ich freue mich schon darauf, dich in meinen Kursen zu unterrichten.«

Als die anderen Jurymitglieder ähnliche Dinge sagten, erklang hinter mir Jordans Stimme. »Wenn Sie sich alle so sicher sind, geben Sie ihm doch die Chance, sich zu beweisen.«

Die Stille, die folgte, ließ mein Herz einen Schlag aussetzen. Was tat sie denn da? War Jordan verrückt geworden? Diese Leute würden früher oder später meine Dozierenden sein. Sie waren die Torwächter meiner Zukunft, und sie forderte ihre Entscheidung heraus, als ob sie es besser wissen würde. Ich bewunderte ihren Mut und dass sie mich verteidigen wollte, aber gleichzeitig hätte ich sie in diesem Moment am liebsten erwürgt.

Die Jury sah ebenso schockiert aus wie ich, doch überraschenderweise wirkte keiner von ihnen wütend. Wenn überhaupt, sahen sie neugierig aus. Mr Hendricks lächelte ihr sogar zu. »Und was schlagen Sie vor?«

Jordan zuckte mit den Schultern. »Sie haben gesagt, der Song wäre gut, aber nicht ganz so gut wie die anderen. Die anderen Teilnehmer haben wahrscheinlich den ganzen Sommer an ihren Songs für die Audition gearbeitet. Nate hingegen wurde gerade erst eingeladen. Er hatte nur *zwei Wochen* Zeit, um einen ganzen Song zu schreiben und diese Band zusammenzustellen – und das neben seinen ganzen Kursen. Die Talentshow ist doch erst in zwei Monaten. Wenn Sie wirklich so davon überzeugt sind, dass er das Zeug dazu hat, halten Sie ihm einen Platz frei und geben Sie ihm die nächsten acht Wochen, um sich etwas Besseres auszudenken. Ich weiß, dass er das kann. Mr

Treager weiß es ebenfalls, sonst hätte er ihn gar nicht erst zur Audition eingeladen.«

Ich wusste nicht, was ich von den überraschten und faszinierten Gesichtsausdrücken der Jurymitglieder halten sollte, und hielt den Atem an, als sie die Idee nicht sofort von der Hand wiesen.

»Stimmt das?«, sagte der Mann, der gegen mich gestimmt hatte. »Hast du diesen Song und die Performance in nur zwei Wochen zusammengestellt?«

Ich spürte, wie meine Wangen heiß wurden. »Ja, das stimmt.«

»Und würdest du deiner Freundin recht geben?« Mr Hendricks nickte in Jordans Richtung. »Glaubst du, du könntest dir etwas Besseres ausdenken, wenn du bis zum Semesterende Zeit hättest? Etwas Besonderes?«

Ob ich das nun glaubte oder nicht, war nicht relevant. Jetzt gab es kein Zurück mehr. Ich hob trotzig mein Kinn und sah ihm unverwandt in die Augen. »Das weiß ich.« Die Worte kamen so überzeugend aus meinem Mund, dass es unmöglich war, sie nicht zu glauben. »Sir, ich verspreche Ihnen, wenn Sie mir diese Chance geben, werde ich Sie nicht enttäuschen.«

Es folgte ein weiterer Moment der Stille, während mich Mr Hendricks nur anstarrte. Ich hielt seinem Blick stand. »Also gut«, sagte er schließlich. »Du hast deinen Platz in der Talentshow.«

Mir klappte die Kinnlade herunter. »Ich bin *drin?*«

Mr Hendricks lächelte. »Du bist drin«, sagte er. »Und jetzt zeig uns, dass du es auch verdient hast.«

»Das … das werde ich. Versprochen. Vielen Dank.«

Strahlend drehte ich mich zu meinen Freunden um.

»Ich bin drin!« Dann grinste ich den Jungs zu, die für mich gespielt hatten. »Wir sind drin!«

Nach einer kurzen Stille begannen alle zu jubeln. Jordan und Colin umarmten mich gleichzeitig. »Du hast es geschafft!«, quietschte Jordan.

Eigentlich hatte *sie* es geschafft, denn ohne ihren Einwurf hätte ich den Platz in der Talentshow nicht bekommen. Doch bevor ich ihr dafür danken konnte, sagte sie »Ich wusste es« und gab mir einen Kuss auf die Wange.

»Hey! Wenn sie das tut, darf ich das auch!« Colin drückte mir einen feuchten Schmatzer auf die andere Wange, und alle lachten.

Mr Treager unterbrach den Moment: »Glückwunsch, Nate. Wir freuen uns schon darauf, was du dir einfallen lassen wirst.«

»Noch mal danke, Mr Treager. Und Ihnen auch, Mr Hendricks, für diese Gelegenheit. Ich werde Sie nicht enttäuschen.«

Er erhob sich mit einem breiten Lächeln und schüttelte mir die Hand. »Da bin ich mir sicher.« Dann sah er zu Jordan. »Und studieren Sie auch bei uns?«

Ich schnaubte bei der Vorstellung, was mir einen Ellbogen in die Rippen einbrachte. »Jordan Kramer, Sir.« Sie gab Mr Hendricks die Hand. »Ich bin an der Tisch. Film, mit Schwerpunkt auf Regie.«

Mr Hendricks' Lächeln wurde noch breiter, und er nickte, als wäre das nur logisch. Er sah wieder zu mir. »Da haben Sie eine Gewinnerin, Nate. Sie sollten sie sich warmhalten. Von ihr können Sie viel lernen.« Das Kompliment ließ Jordan strahlen, und Mr Hendricks zwinkerte ihr zu, bevor er sich weiter erklärte. »Wir sind in einem harten Geschäft. Sie müssen Selbstvertrauen haben, aber manchmal muss man auch ein bisschen forsch sein. Machen Sie den Mund auf, wenn Sie wissen, dass Sie etwas können. Kämpfen Sie für das, was Sie wollen.«

Ich nickte. »Das werde ich. Danke für den Rat.«

»Jederzeit.« Dann sah er wieder zu Jordan. »Und jetzt gehen Sie mit Ihrer Freundin aus. Sie schulden ihr ein schönes Essen.«

Wir lachten beide. »Wir sind kein Paar, nur Mitbewohner. Aber ich lade sie auf jeden Fall zum Essen ein.«

»Klasse. Dann bestellen wir uns Pizza. Lasst uns alle zusammen zu uns gehen und *Almost Famous* schauen. Ich will unbedingt wissen, was ein Band-Aid ist.«

14

Männerzirkus

Als wir das Auditorium verließen, hakte sich Jordan bei mir unter. »Apropos Freundin, wo steckt Sophie eigentlich?«

»Sie ist zu Hause und ertrinkt in Hausarbeiten.«

Colin erschien stirnrunzelnd auf meiner anderen Seite. »Sie konnte nicht mal eine halbe Stunde für deine Audition erübrigen?«

Ich seufzte. Sie hatte zwar gesagt, dass sie es versuchen würde, doch ich hatte das *Nein* mitschwingen gehört. »Sie wollte es wirklich, aber da ist dieser eine Kurs, der sie umbringt. Sie ist deswegen schon das ganze Semester gestresst.«

»Trotzdem.« Jordan rümpfte die Nase. »Das war deine große Chance. Ich hab dafür meinen Kurs ausfallen lassen.«

»Und ich hab Arbeitsschichten getauscht«, fügte Colin hinzu.

Ich lächelte und legte meine Arme um seine und Jordans Schultern. »Ihr seid echt toll. Danke, dass ihr gekommen seid.«

Jordan legte ihren Arm um meinen Rücken und drückte mich. »Das hätte ich um nichts in der Welt verpassen wollen.«

Ich hatte die beste Mitbewohnerin aller Zeiten.

Als wir das Gebäude verlassen hatten, drehte ich mich zu meinen Bandkollegen um. »Wer von euch hat Lust auf Pizza und einen Film, bei Jordan und mir in der WG?«

Jordan grinste. »Eis gibt es auch. Schließlich haben wir was zu feiern.«

Alle stimmten zu, und so machten wir uns gemeinsam auf den Weg. Während ich mit dem Pianisten Austin plauderte, legte Blaze seinen Arm um Jordans Taille. »Du siehst heute echt gut aus«, sagte er zu ihr. »Mir gefällt der Rock.«

Ich war nicht der Einzige, dem auffiel, wie seine Hand immer tiefer sank. Colin kniff ebenfalls die Augen zusammen.

Blaze lehnte sich nah an Jordans Ohr. »Sollen wir den Film nicht auslassen und irgendwo feiern gehen? Nur wir beide, meine ich. Ich schulde dir noch ein Date.«

»Stimmt«, kicherte Jordan. »Aber wir können Nate heute nicht sitzenlassen. Wie wäre es mit morgen?«

»Wenn du versprichst, genauso sexy auszusehen wie heute.«

Plötzlich sah ich rot. Ohne es zu merken, hatte ich die Hände zu Fäusten geballt. Ich wollte ihm sagen, dass Jordan zu gut für ihn war, doch Colin zog mich zurück. »Nicht«, warnte er.

Ich war überrascht, dass er mich aufhielt. Schließlich war er Jordans bester Freund. »Machst du Witze?«, zischte ich leise. »Der Kerl ist ein Widerling.«

»Ich weiß. Leider ist er damit genau Jordans Typ.«

»Und du versuchst nie, ihr das auszureden?«

»Dauernd. Wir führen diese Diskussion, seit wir uns kennen. Sie hört nie auf mich und wird einfach nur sauer, wenn ich es anspreche. Vertrau mir, wenn du jetzt etwas sagst, machst du es nur schlimmer.« Colin beobachtete, wie Jordan mit Blaze flirtete und schüttelte den Kopf. »Einige Leute müssen es eben auf die harte Tour lernen.«

»Du willst also wirklich nichts sagen? Du wirst sie einfach mit diesem Typen ausgehen lassen? Du weißt genauso gut wie ich, dass er nur das Eine von ihr will, und sobald er es bekommen hat, wird er abhauen. So ein Mädchen ist Jordan nicht. Er wird ihr wehtun.«

»Ich weiß.« Colin zog mich beiseite, bis wir ein bisschen Abstand zum Rest der Gruppe hatten. Sobald wir außer Hörweite waren, ging er weiter und sagte: »Kennst du den Film *Männerzirkus*?«

Ich schüttelte den Kopf.

Colin seufzte. »Hugh Jackman ist einfach verführerisch, oder?«

Ich lachte. »Verführerisch würde ich nicht sagen, aber er ist ein toller Wolverine. Wie kommst du jetzt darauf?«

»Schau dir *Männerzirkus* mal an, wenn du die Gelegenheit hast. Jordan hat die DVD.«

»Okay …?«

»Jordan ist wie Ashley Judd in diesem Film. Ganz genau so.«

»Ah.« Wieder diese Filmreferenzen. Ich war also nicht der Einzige, auf den Jordan abgefärbt hatte. »Okay, du hast gewonnen. Ich bin neugierig.«

Colin grinste. »Auf die sexuelle Art?«

»*Was?* Nein!« Ich lachte erneut. »Sorry.«

»Schade.«

»Jordan ist also wie Ashley Judd in *Männerzirkus*. Gibst du mir einen Hinweis, weil ich ihn nicht gesehen habe?«

Colin wurde wieder ernst. »Sie ist vollkommen neben der Spur.«

Das überraschte mich. So hätte ich Jordan nie beschrieben. »Wie kommst du darauf?«

Colin zuckte mit den Schultern. »Sie wurde in der Vergangenheit verletzt. Ihr Ex hat sie betrogen und sie damit völlig überrumpelt. Und das hat sie schlimmer verkorkst, als sie zugeben würde.«

Ich sah zu ihr, und es fiel mir wirklich schwer, das zu glauben. Seit ich sie kannte, war sie der personifizierte Sonnenschein. Als könne Colin meine Gedanken lesen, schüttelte er den Kopf. »Glaub mir. Sie leidet. Sie will nur nicht, dass du es siehst.« Er sah in ihre Richtung und dachte nach. »Jordan ist eine tolle Frau«, sagte er schließlich. »Die beste. Aber es ist nicht immer leicht, mit ihr befreundet zu sein. Eigentlich braucht sie viel Fürsorge, ist jedoch zu unabhängig und stolz, um das zuzulassen. Ihre Eltern haben sie ziemlich verkorkst, und die Geschichte mit Greg hat es nur noch schlimmer gemacht.«

Als ich beobachtete, wie Jordan Blaze' Aufmerksamkeit regelrecht aufsog, begriff ich, was Colin meinte. Jordan hatte in der Tat eine verletzliche Seite, die ich auch schon ein paarmal erhaschen konnte, seit ich mit ihr zusammenlebte. Sie war einsam und hatte nicht viel Selbstbewusstsein, egal wie taff sie auf den ersten Blick wirkte. Genau wie ich war sie nach New York gekommen, um eine verzweifelte Leere in ihrem Leben zu füllen. Der Unterschied zwischen uns bestand nur darin, dass ich wusste, was ich wollte und wie ich es bekommen konnte.

Jordan hingegen begriff nicht, was in ihrem Leben fehlte und hatte keinen Schimmer, wie sie es in Ordnung bringen konnte. Sie war mit mehr Geld aufgewachsen, als irgendjemand haben sollte, und man hatte sie gelehrt, dass einen materialistische Dinge glücklich machten. Sie hatte erkannt, dass ihr Leben aus Oberflächlichkeiten bestand, und wusste, dass sie das ändern wollte. Ihre Traumkarriere zu verfolgen und sich einen Job zu besorgen, den sie nicht nötig hatte, um Erfahrungen zu sammeln, war ein guter Anfang, doch sie hatte noch einen weiten Weg vor sich.

Jordan war verzweifelt auf der Suche nach etwas Bedeutungsvollem, besonders was Beziehungen anging. Ihr Bedürfnis nach Akzeptanz und Liebe, kombiniert mit ihrer Großzügigkeit, Selbstlosigkeit, ihrem großen Herzen und ihrer unbeschwerten Persönlichkeit, war eine tödliche Kombination. Es war nur eine Frage der Zeit, wann ihr jemand das nächste Mal ihr Herz brechen würde.

Colin riss mich aus meinen Gedanken. »Jordan braucht einen Hugh Jackman, und das, mein sexy Freund, musst du sein.«

Ich musste unbedingt diesen Film schauen. »Und wer genau ist er?«

Colin zuckte mit den Schultern. »Der Mitbewohner

und Freund, der die Scherben wieder zusammensetzt. Der Mann, der immer für sie da ist und weiß, was sie braucht, selbst wenn sie das nicht tut.«

Wieder wanderte mein Blick zu Jordan. Als ich sah, wie sie über etwas lachte, das Blaze gesagt hatte, erfüllte mich Entschlossenheit. Colin hatte recht. Sie war meine Mitbewohnerin. Mehr als das, denn wir waren im Handumdrehen wirklich gute Freunde geworden. Es war leicht, sich für sie verantwortlich zu fühlen. Sie brauchte jemanden, der für sie da war, dem sie sich anvertrauen konnte. Ich könnte diese Person sein. Bis sie mit sich klarkam und einen Mann fand, der ihrer würdig war, musste ich sie beschützen.

Als ich wieder zu Colin sah, überraschte er mich mit einem Lächeln. »Du hast, was dazu nötig ist, Nate. Was bedeutet, dass ich dich mit einem anderen Maß messe als ihre anderen Freunde«, imitierte er Mr Hendricks. »Betrachte es als Kompliment. Ich respektiere dich genug, um mehr von dir zu erwarten.«

Wir lachten, doch die gute Laune hielt nicht lange an. Es war ein lustiger Scherz, doch die Situation war ernst. Jordan lag uns beiden am Herzen, und sie brauchte unsere Hilfe. »Was schlägst du vor, sollen wir tun?«

Colin zuckte hilflos mit den Schultern. »Bei Jordan muss man ein bisschen raffiniert vorgehen. Wir müssen eine indirekte Möglichkeit finden, um das gewünschte Ergebnis zu bekommen. Fürs Erste wäre wohl eine Ablenkung am besten, um sie von ihm fernzuhalten, bis wir einen anständigen Mann für sie gefunden haben.«

Ich fuhr mir durch die Haare und nickte. »Das denke

ich auch. Kennst du denn irgendwelche anständigen Typen, die sie mögen könnte?«

Colin blieb stehen und starrte mich mit erhobener Augenbraue an. Es dauerte einen Moment, bis ich begriff. »*Ich?*«

Colin stemmte die Hände in die Hüften. »Pearl hat sich nicht in dir geirrt, Nate. Du wärst wirklich perfekt für sie.«

In gewisser Hinsicht wusste ich, dass er recht hatte. Zwischen Jordan und mir hatte es von Anfang an gepasst. Aber gleichzeitig irrte er sich. »Colin, Jordan ist toll, aber wir sind nur Freunde. Da ist nichts zwischen uns.«

»Aber das könnte es.«

Ich starrte ihn an. »Okay, selbst wenn es Sophie nicht gäbe – aber es gibt sie –, ist Jordan nicht auf diese Weise an mir interessiert, und das weißt du.«

Colin schnaubte verächtlich. »Ja, aber Jordan weiß nicht, was gut für sie ist.« Er betrachtete mich skeptisch. »Und so langsam denke ich, dass du auch nicht weißt, was gut für dich ist.«

Ich verdrehte die Augen. So langsam klang er wie meine Brüder. »Können wir das jetzt vielleicht einfach lassen? Jordan und ich werden kein Paar. Ich bin mit Sophie glücklich.«

»Wenn du meinst«, murmelte er. »Aber Jordan wäre eine viel bessere Freundin.«

Als ich ihm einen scharfen Blick zuwarf, zuckte er mit den Schultern. »Ich meine ja nur. Sie war heute für dich da und Sophie nicht.«

Ich hasste es, dass er recht hatte, fast so sehr wie ich es hasste, so enttäuscht über Sophies Abwesenheit zu sein.

Seit ich Jordan und Colin kannte, wusste ich, wie sich aufrichtige Unterstützung anfühlte. Und es gefiel mir. Mehr als das, sie ließ mich regelrecht aufblühen. Je mehr Zeit ich mit Menschen verbrachte, die an mich glaubten, desto mehr spürte ich Sophies Gleichgültigkeit. Es ging nicht darum, dass sie mir Honig ums Maul schmieren sollte. Es wäre nur einfach nett gewesen, wenn sie sich trotz ihrer Hausarbeiten zwanzig Minuten Zeit für etwas genommen hätte, das mir wichtig war.

Colin legte mir einen Arm um die Schultern. »Komm jetzt, Rockstar, retten wir unsere Frau vor dem sexy Bassisten.«

*

Colins Worte blieben mir den ganzen restlichen Abend im Kopf. Es vermieste mir sogar den Moment, in dem Jordan erfuhr, dass ein Band-Aid kein Rockstar, sondern ein besessener Groupie war. Den ganzen Abend wartete ich darauf, dass mich Sophie anrief, um zu fragen, wie die Audition gelaufen war. Ich hätte sie jederzeit anrufen können, und das hätte ich normalerweise auch. Aber ich wollte sehen, ob sie bei *mir* nachfragen würde. Doch sie rief nicht an. Gegen dreiundzwanzig Uhr bekam ich eine Nachricht von ihr.

> Die Arbeit ist endlich fertig. Jetzt brummt mir der Schädel. Ich geh ins Bett. Liebe dich.

> Ok. Gute Nacht und gute Besserung.

> Wie lief deine Audition?

Es überraschte mich, dass sie überhaupt fragte. Es war eindeutig, dass es ihr erst jetzt eingefallen und wohl nicht wichtig genug war, um mich deshalb anzurufen. Plötzlich war ich froh, dass wir nur schrieben, sodass sie nicht hören konnte, wie enttäuscht ich war.

> Gut. Ich hab es in die Talentshow geschafft, muss aber einen neuen Song schreiben.

> Du hast es geschafft?! Glückwunsch. Wir sollten morgen ausgehen und feiern.

> Klar. Wenn du willst. Bis dann.

> Gute Nacht. Ich liebe dich.

Ich antwortete nicht mehr. Dazu war ich zu wütend. Am nächsten Morgen fühlte ich mich auch nicht besser, also entschied ich, ein bisschen Dampf abzulassen, und ich kannte das perfekte Ventil für meinen Frust.

»Hey, Schlafmütze«, sagte Jordan gutgelaunt, als ich schließlich aus meinem Zimmer kam. »Du bist ja ganz schön spät auf heute Morgen.«

»Ich bin schon eine Weile wach, hatte nur keine Lust, aufzustehen. Ich hab nicht so gut geschlafen.«

»Oh, das kenne ich. Tut mir leid«, sagte sie, als ich zur

Kaffeemaschine ging und feststellte, dass die Kanne leer war. »Kaffee ist aus. Ich hab den letzten Rest vor einer Stunde getrunken.«

Als ich aufstöhnte, lachte sie. »Tut mir leid. Wer zu spät kommt, den bestraft das Leben.«

»Ist das die Rache dafür, dass ich dich gestern bei *Rock Band* geschlagen habe?«

»Vielleicht«, sagte Jordan augenzwinkernd. »Wenn du mich zur Arbeit begleitest, mache ich dir einen Pumpkin Spice Latte.«

Ich kniff die Augen zusammen, musste jedoch lachen, als sie mich unschuldig angrinste. »Okay. Ich muss eh in die Richtung.«

Jordan schaffte es einfach immer, mich aufzuheitern. Ich hoffte, dass ich mich niemals mit ihr streiten würde. Es wäre mir einfach nicht möglich, lange auf sie sauer zu sein. Ich war den ganzen Morgen lang griesgrämig gewesen, doch nach zwei Minuten mit Jordan lächelte ich und freute mich auf den Tag. Vielleicht ging ich deshalb auch ans Handy, als mich Sophie kurz darauf anrief. Sie hatte mir heute bereits drei Nachrichten geschrieben, die ich alle ignoriert hatte. Ich war bisher nicht in der Stimmung gewesen, mit ihr zu reden.

»Da bist du ja!«, trällerte sie, als ich dranging. »Ich hab mich schon gefragt, wo du steckst.«

So wie ich gestern Abend? »Ja, sorry. Ich hab verschlafen. Gestern waren so viele Leute da, dass die Zeit wie im Flug vergangen ist. Es ist ziemlich spät geworden.«

»Oh.« Einen Moment Stille. »Du hattest Leute da? Eine Party?«

»Nichts Großes. Wir haben nur ein bisschen Dampf abgelassen nach der Audition.«

»Ach ja«, sagte Sophie, als wäre es ihr gerade wieder eingefallen. »Noch mal herzlichen Glückwunsch übrigens. Ich freue mich sehr für dich.«

»Danke.« Ich ging zur Wohnungstür, wo Jordan bereits auf mich wartete, und zog meine Jacke an. »Uns war nach feiern, also sind die anderen Musiker mit zu uns gekommen. Es gab Pizza und Eis. Wir haben uns einen Film angesehen und dann bis in die Nacht *Rock Band* gespielt.«

»Das war irre«, sagte Jordan laut genug, dass Sophie es übers Telefon hören konnte, während sie mir spielerisch den Schal umlegte. »Dein Mann spielt *Rock Band* wie ein *Boss*.«

Ich schnaubte und hielt die Tür für sie auf. »Verglichen mit dir spielt jeder wie ein Boss.«

»Ich kannte das vorher nicht, Mann. Nächstes Mal spielen wir *FIFA 16*, und ich werde euch alle zerstören.«

Als sie an mir vorbei in den Flur ging, streckte sie mir die Zunge raus. Ich lachte und schloss hinter uns ab. Dann wandte ich meine Aufmerksamkeit wieder auf Sophie. »Jedenfalls hatten wir Spaß. Mit Ausnahme von diesem Blaze sind die Jungs richtig cool.«

»So schlimm ist Blaze auch wieder nicht«, sagte Jordan.

Ich verdrehte die Augen. Es überraschte mich nicht weiter, dass sie ihn verteidigte.

»Ihr hattet also eine Party, und du sagst mir nicht Bescheid?«, fragte Sophie übers Telefon. Ihr gekränkter Tonfall machte mich wütend.

»Du hast mir den ganzen Tag gesagt, dass du beschäftigt bist. Du konntest dir doch nicht mal eine halbe Stunde freinehmen, um zu meiner Audition zu kommen. Da dachte ich nicht, dass du Zeit für Filme und Videospiele hast.«

»Aber Jordan war bei deiner kleinen Spontanparty dabei?«

Ich biss die Zähne zusammen. Das Letzte, worauf ich gerade Lust hatte, war ein Streit. »Warum sollte sie nicht? Sie war schließlich auch mit dabei.«

Eine Pause, dann: »Jordan war bei deiner Audition?«

Ich verstand ihre Überraschung nicht. »Ja klar, Colin und sie waren da. Es war wirklich keine große Sache, wir haben lediglich beisammengesessen und meine Teilnahme an der Talentshow gefeiert. Es war keine Riesenparty, zu der ich dich nicht eingeladen habe.«

Sie seufzte. »Du hast recht. Tut mir leid. Ich bin einfach gerade wahnsinnig gestresst und ein bisschen neidisch auf deinen entspannten Zeitplan.«

Entspannt? Ich wollte lachen. Mein Zeitplan war alles andere als entspannt. Aber das war es nicht wert, sich darüber zu streiten, also sagte ich nichts. Der Aufzug kam, was mir den perfekten Vorwand gab, um aufzulegen. »Hör mal, ich muss Schluss machen. Ich ruf dich später an.«

»Okay.« Wieder zögerte Sophie. »Nate, ist alles okay? Du benimmst dich seltsam und gestern Abend, als ich dir geschrieben habe, hast du mich ziemlich schnell abgewürgt.«

»Es ist alles in Ordnung. Ich hatte gestern nur Besuch und keine Zeit, um lang zu schreiben. Und jetzt muss ich auch los. Ich rufe dich heute Abend an, ja?«

Sie nahm es mir nicht ab, wollte aber auch nicht streiten. »Okay.«

Ich trat in den Aufzug, den Jordan für mich aufhielt, und legte auf, bevor ich mein Handy einsteckte. Jordan sah mich neugierig an. »Alles in Ordnung?«

Ich nickte nur, denn ich hatte keine Lust, darüber zu reden. Ich war mir nicht mal genau sicher, warum mich die Sache so ärgerte. »Ich brauche nur ganz dringend Kaffee.«

Jordan grinste. »Dann ist es ja gut, dass wir schon auf dem Weg sind, um dir welchen zu besorgen. Ich werde dir den besten Pumpkin Spice Latte machen, den du je probiert hast. Ich verspreche dir, dass er dich sofort aufheitern wird.« Jordan heiterte mich jetzt schon auf. »Du bist wirklich die beste Mitbewohnerin der Welt. Hab ich das schon mal erwähnt?«

Sie lachte. »Vielleicht das eine oder andere Mal, aber es kann nie schaden, es noch mal zu hören.«

Der Aufzug öffnete sich, und Jordan zog mich zielstrebig aus dem Gebäude. »Schnell, Nate. Dein Kaffee wartet!«

15

X-Men

»Und was hast du heute so vor?«, fragte Jordan, sobald wir auf dem Weg zum Café waren. Sie ging ziemlich zügig, was wohl mehr mit den kalten Außentemperaturen zu tun hatte als mit der Absicht, pünktlich zur Arbeit zu kommen.

»Ich treffe mich mit meinen Brüdern.« Ich bemerkte, dass sie ein wenig zitterte, also nahm ich meinen Schal ab und wickelte ihn ihr um den Hals. »Weißt du, ein Hoodie ist keine richtige Jacke. Wenn du weiter so tust, als sei das hier L.A., wirst du dir noch den Tod holen.«

»Okay, *Mom.*« Jordan verdrehte zwar die Augen, kuschelte sich aber in den Schal, als ob die zusätzliche Wärme das Beste wäre, was sie jemals gefühlt hatte. »Noch schneit es nicht. Die Jacke kommt erst aus dem Schrank, wenn das böse weiße Zeug erscheint. Du triffst dich also mit deinen Brüdern, ja? Haben sie endlich auf deine Anrufe reagiert?«

»Nein.« Nachdem sie bei meiner Audition aufgetaucht waren, hatte ich ein paarmal versucht, sie zu erreichen, war aber jedes Mal direkt auf der Mailbox gelandet. »Darum gehe ich jetzt einfach direkt hin. Ich nehme an, dass es bei ihnen gestern auch spät war und sie ausschlafen. Ich glaube, jetzt ist es früh genug, dass sie noch im Bett liegen, aber spät genug, dass sie mich nicht umbringen, wenn ich sie wecke.«

»Guter Plan. Aber vielleicht mache ich dir dann besser direkt drei Kaffee.«

Wir erreichten das Café, und ich hielt Jordan die Tür auf. »Sehr gut. Nichts sagt ›Bitte bringt mich nicht um‹ wie ein Pumpkin Spice Latte.«

»Hat bei dir vorhin auch ganz gut gewirkt, oder?« Sie grinste durchtrieben und wickelte den Schal wieder um meinen Hals. »Such dir einfach einen Platz. Ich bringe sie dir gleich.«

Bevor ich etwas erwidern konnte, verschwand sie hinter dem Tresen. Ich grinste immer noch vor mich hin, als ich mich an einen der kleinen Tische ans Fenster setzte. Keine Sekunde später schob sich auch schon jemand auf den Platz mir gegenüber. Ich sah die Frau an, die sich mir ohne Einladung angeschlossen hatte. »Hallo, Pearl.«

Ihr zufriedenes Lächeln verbarg sich hinter einer großen Tasse Tee, aus der sie gerade trank, doch ihre Augen funkelten amüsiert. »Guten Morgen, Nathan. Schön, dich lächeln zu sehen. Ich nehme an, die neue Wohnsituation funktioniert?«

Eigentlich hatte ich vorgehabt, ihr wegen ihrer Täuschung die Meinung zu geigen, doch die Freude in ihrer Stimme machte das unmöglich. Es mochte hinterlistig gewesen sein, Sophie und mir Jordans Geschlecht vorzuenthalten, doch wahrscheinlich war es der einzige Weg gewesen, um mich dazu zu bringen, die Wohnung überhaupt erst anzusehen und schließlich zu nehmen. Also schuldete ich dieser Frau letztendlich nichts als Dankbarkeit.

Ich konnte nicht länger ein ernstes Gesicht machen. »Sie hatten recht. Die Wohnung ist fantastisch, und Jordan ist die perfekte Mitbewohnerin.«

Pearl zog leicht die Augenbrauen hoch. »*Mitbewohnerin?*«

Seltsam. »Natürlich«, sagte ich. Ihre Überraschung verwirrte mich. »Was sollte sie sonst sein?«

Pearl lehnte sich zurück, trank einen großen Schluck Tee und beobachtete mich mit einer vertrauten, berechnenden Intensität. Es war genau wie bei unserer ersten Begegnung. Die Rädchen in ihrem Kopf drehten sich. Ich sah sie misstrauisch an. »Pearl …? Warum schauen Sie mich so an? Das letzte Mal, als Sie mich so angesehen haben, wurde mein ganzes Leben auf den Kopf gestellt.«

Sie schnaubte, als hätte ich sie gekränkt. »Oder vielleicht stand es bereits auf dem Kopf, und ich habe es nur wieder richtig gedreht. Das Lächeln in deinem Gesicht, als du gerade hereingekommen bist, lässt auf jeden Fall darauf schließen.«

Sie hatte einen Punkt. Dennoch … »Sie sind ganz schön durchtrieben, Pearl.«

Sie starrte mich herausfordernd an. »Ich erziele Ergebnisse.«

Wieder ein guter Punkt. Und es stimmte, dass ich an

den Veränderungen, die sie in mein Leben gebracht hatte, nichts auszusetzen hatte. »Okay, ich gebe zu, dass ich Ihnen etwas schulde. Danke, dass Sie mir Jordans E Mail-Adresse gegeben haben. Sie wissen gar nicht, wie sehr mir das geholfen hat.«

»Tatsächlich habe ich eher das Gefühl, dass *du* es bist, der noch nicht weiß, was ich alles für dich getan habe.« Wieder funkelte dieser verspielte, wissende Blick in Pearls Augen, und sie lächelte. »Aber das wirst du schon noch.«

»Was soll das jetzt wieder bedeuten?«

Natürlich würde sie mir keine klare Antwort geben. Um ihre Augen erschienen Lachfältchen, während sie noch einen Schluck Tee trank. »Du musst mir nicht danken. Es war mir ein Vergnügen. Versprich mir nur, gut auf Jordan achtzugeben.«

»Natürlich.«

Ihr Gesicht wurde ernst. »Ich meine es ernst, Nathan. Es war ziemlich schwierig, jemanden für Jordan zu finden, und ich habe zu viel Zeit investiert, als dass du es jetzt versaust. Sie braucht dich.«

Sollte ich mich beleidigt oder geschmeichelt fühlen? Es war eine Mischung aus beidem. »Hören Sie, ich musste mir gerade erst eine Predigt von Colin anhören. Keine Sorge, ich verstehe schon. Ich werde auf sie aufpassen. Nennen Sie mich einfach Hugh Jackman.«

»Hugh Jackman, ja?« Jordan kam mit drei Pumpkin Spice Lattes an den Tisch, die in einem Getränkehalter aus Pappe steckten. »Dann willst du deine Brüder nach der *X-Men*-Methode fertigmachen? Keine schlechte Idee. Ruf mich an, wenn du Verstärkung brauchst. Ich bin gern die Jean Grey zu deinem Wolverine.«

Lachend reichte ich ihr einen Zwanziger für den Kaffee. »Eigentlich habe ich von einem Film gesprochen, den mir Colin empfohlen hat.«

»Oh, welchen? Wir können heute Abend eine Filmsession einlegen.«

»*Männerzirkus?* Colin meinte, ich wäre wie Hugh Jackman und du wie Ashley Judd.«

Jordan schnaubte. »Also bitte. Ja, die beiden wohnen zusammen, aber sie ist emotional total gebrochen und er ein notorischer Schürzenjäger. Definitiv nicht wie wir. Ich glaube, wir sollten bei den *X-Men* bleiben. Wolverine und Jean Grey sind die besten.«

»Was auch immer Sie sagen, Boss.«

Jordan grinste, doch ihr Lächeln verschwand, als Pearl »interessant« murmelte.

Jordan sah sie misstrauisch an. »Diesen Tonfall kenne ich. Lassen Sie es, Pearl.«

Ich hätte nicht gefragt, doch als Jordan versuchte, mich aus dem Café zu kicken, wurde ich neugierig. »Was ist interessant?«

Jordan schob mich zur Tür und schüttelte den Kopf. »Ermutige sie nicht noch.«

»Berichtigt mich, wenn ich falschliege«, sagte Pearl mit einer Unschuld, die niemanden hinters Licht lockte. »Aber sind Wolverine und Jean Grey nicht Liebende?«

Ich weiß nicht, was verstörender war: dass die alte Dame das Wort *Liebende* benutzte, oder dass sie sich mit Comicverfilmungen auskannte.

»*Pearl!*« Jordan stampfte mit dem Fuß auf. Wahrscheinlich weil sie zu nett war, eine alte Dame zu treten. Oder vielleicht war sie auch nur in der Vergangenheit schon mal gewarnt worden, keine Kunden zu treten. »Ich hab gesagt, Sie sollen es lassen.« Mit feuerroten Wangen sah sie zu mir. »Ich meinte nicht ihre Beziehung. Jean Grey ist nur meine Lieblingsfigur bei den X-Men, und du hast ja vorhin Wolverine erwähnt.«

»Genau genommen hat er das nicht«, sagte Pearl. »Das warst du. Und seit wann fühlst du dich nicht mit den Filmfiguren verbunden?«

»O mein Gott. Das tue ich nicht. Wenn überhaupt, haben wir eher so was wie eine Wolverine/Rogue-Beziehung, aber Rogues Kräfte sind doof, also finde ich Jean Grey besser.«

Ich wusste, was sie mit der Wolverine/Rogue-Sache meinte, und fand auch, dass sie besser auf uns passte. Die Beziehung war eher freundschaftlich. Und irgendwie war ich auch mehr wie Wolverine, als Jordan wahrscheinlich klar war. Logan fühlte sich für Rogue verantwortlich und passte auf sie auf.

Ich war geneigt, zu erwähnen, dass die beiden zwar nur Freunde waren, Rogue aber zumindest im Film ein bisschen für Wolverine schwärmte. Aber Jordan wirkte schon verlegen genug. Wenn ich gewusst hätte, dass Pearl sie ohnehin weiter aufziehen würde, hätte ich mich nicht zurückgehalten.

Pearl grinste und zwinkerte mir zu. »Die Dame, wie mich dünkt, gelobt zu viel, denkst du nicht auch?«

Jordans Rot intensivierte sich, doch das konnte auch vor Wut sein, so wie sie die alte Frau anstarrte. Ich lachte, was genau das Falsche war, denn nun richtete Jordan ihren Ärger auf mich. »Sorry.« Schnell hob ich beschwichtigend meine freie Hand, doch es gelang mir nicht, das Grinsen zu unterdrücken. »Ich glaube, ich gehe jetzt besser, bevor ich noch einen Tritt gegen mein Schienbein bekomme. Danke für die Lattes, Jean Grey.« Ich nickte Pearl zu. »Es war nett, Sie wiederzusehen.«

»Viel Glück mit deinen Brüdern«, rief mir Jordan hinterher. Der Ärger in ihrer Stimme ließ mich den ganzen Weg zu meinem alten Wohnheim über schmunzeln.

*

Es war inzwischen fast elf, doch meine Brüder waren immer noch genau dort, wo ich sie vermutet hatte – im Bett. »Aufstehen, ihr Idioten. Ihr habt noch eine halbe Stunde euch fertig zu machen.«

Ich ignorierte das Stöhnen und die gemurmelten Flüche, schaltete das Licht an und zog die Jalousien hoch. Dann ließ ich mich auf meinen alten Bürostuhl sinken und trank einen Schluck Kaffee, während sie langsam ins Reich der Lebenden zurückkehrten. »Kleiner, bist du das?«, stöhnte Chris.

Tyler gelang es, mir einen bösen Blick zuzuwerfen, doch ich konnte sehen, dass ihm davon der Schädel brummte. »Du wohnst hier nicht mehr.«

Ich nippte an meinem Latte. Er war überraschend gut. »Worauf willst du hinaus?«

»Dass du verschwinden sollst.«

»Abgelehnt. Steht auf, und zieht euch an. Sonst werde ich zu Patrick Swayze in *Ghost*.«

»Wovon redest du da?«

»Vom Film *Ghost*. Patrick Swayze ist ein Geist, und er braucht Whoopie Goldbergs Hilfe, weil sie die Einzige ist, die ihn hören kann. Sie hat aber keine Lust, ihm zu helfen, bis er ihr die ganze Nacht lang was vorsingt, so lange, bis sie nachgibt.«

»Was laberst du da, du Freak?« Tyler fasste sich an den Kopf und drehte mir den Rücken zu. »Wann bist du so ein Psycho geworden?«

»Seit ich mit einer Filmstudentin zusammenwohne. Und jetzt steh auf, bevor ich zu singen anfange.«

»Wenn ich auch nur einen Ton höre, bringe ich dich um.«

»Dafür müsstest du erst mal aufstehen.«

Chris stöhnte. »Müsst ihr so laut sein?« Mühsam setzte er sich auf und rieb sich den Schlaf aus den Augen. »Was riecht denn hier so gut?«

Ich hielt einen Kaffee in seine Richtung, und er begann wie ein Zombie, der die Witterung frischer Gehirne aufgenommen hat, auf mich zuzuschlurfen. Sobald der Becher in seiner Hand war, hielt er ihn an seine Nase und atmete tief ein. »Ist das Kaffee?«

Ich nickte. »Pumpkin Spice Latte.«

Er hob den Becher an die Lippen, doch dann zuckte er zurück und starrte ihn an, als ob das Getränk darin ihn vielleicht beißen würde.

Tyler setzte sich stirnrunzelnd auf. »Hast du gerade gesagt, du trinkst einen Pumpkin Spice Latte?«

Ich schlürfte erneut etwas von meinem Kaffee und hob den dritten Becher hoch. »Für dich hab ich auch einen. Die sind gut.«

Tyler schnaubte verächtlich. »Du Mädchen.«

Ich lachte. »Nein, ich wohne nur mit einem zusammen. Die hier sind von Jordan.«

Chris roch erneut an seinem Becher, und schließlich gewann das Verlangen nach Koffein die Oberhand. Als seine Augenbrauen erfreut nach oben sprangen und er angenehm überrascht nickte, verdrehte Tyler die Augen und nahm ebenfalls einen Schluck. Er würde nie zugeben, dass es ihm schmeckte. »Was machst du hier?«, fragte er, nachdem er wohl akzeptiert hatte, dass er nicht so schnell ins Bett zurückkehren würde.

»Tja, einer von uns muss hier ja mal Größe beweisen, und ...«

Chris unterbrach mich. »Träum weiter, Kleiner. Das mit der Größe kannst du vergessen.«

»Stimmt nicht ganz«, sagte Tyler. »Er wird immer die größte Nervensäge sein.«

»Würdet ihr beiden mal für zwei Sekunden aufhören, solche Ärsche zu sein? Ich schlage eine Waffenruhe vor.«

Tyler schnaubte. »Dafür braucht es mehr als so eine süße Mädchenpampe. Du hast uns im Stich gelassen.«

Ich verdrehte die Augen. »Und ich bereue es nicht. Mein Zimmer, das ich ganz für mich habe, ist größer als das hier, und dazu habe ich noch ein eigenes Badezimmer und einen begehbaren Kleiderschrank. Ihr regt euch völlig unnötig auf. Wir haben doch eh kein Zimmer mehr geteilt, seit wir klein waren, und ich wohne nur zehn Minuten entfernt. Hört auf, so unreife Arschgesichter zu sein, und kommt heute mit mir in den Zoo.«

Ich verdiente wohl die Blicke, die sie mir dafür zuwarfen, aber ich lenkte auch nicht ein.

»In den Zoo?«, fragte Tyler, während Chris lachte und sagte: »Hast du uns gerade unreif genannt und im gleichen Satz das Wort *Arschgesichter* benutzt?«

Ich zuckte mit den Schultern. »Es passt eben. Und ja, in den Zoo. Der im Central Park geht nächste Woche in Winterpause. Wir waren seit Jahren nicht mehr da. Ich will hin, also hört auf rumzuheulen, und zieht euch an – etwas Warmes.«

Nachdem beide geduscht hatten, versorgte ich sie mit Aspirin für ihren Kater, und wir gingen schweigend zum Central Park. Sobald wir im Zoo angekommen waren, sahen mich beide an. Tyler runzelte die Stirn. »Okay, Kleiner, das hier war *deine* brillante Idee. Wohin zuerst?«

Bevor ich antworten konnte, stieß Chris Tyler in die Seite. »Wir werden dich an die Bären verfüttern.«

»Was? Mich? Warum nicht den Kleinen? Er ist derjenige, der es verdient hat.«

Chris lachte. »Weil er nur ein Appetithappen wäre und du allein nicht gegen mich ankommst.«

Tyler verdrehte die Augen, sagte aber nichts mehr. Ohne Widerworte machte er sich auf den Weg zu den Bären. Genau wie Chris. Ich lächelte. Ich hatte gewusst, dass es funktionieren würde. Als wir jünger waren, war Dad mindestens einmal im Jahr mit uns hergekommen. Inzwischen war es einige Zeit her, doch wenn meine Brüder die Trennungsangst genauso spürten wie ich – wovon ich ausging – war ein bisschen Nostalgie wahrscheinlich genau das, was wir brauchten.

»Oh, hey, schaut mal!« Tyler schlug mir mit dem Handrücken in den Bauch. Normalerweise hätte ich ihn zurückgeschlagen, doch er grinste und deutete auf die Tiere wie ein Fünfjähriger. »Gleich werden die Robben gefüttert. Kommt mit.«

Als wir im Zuschauerraum Platz nahmen, setzten sich

meine Brüder rechts und links von mir. Das hatten sie immer schon getan, seit wir klein gewesen waren. Ich hatte keine Ahnung, warum, da sie immer schon mehr miteinander geredet hatten als mit mir. Vielleicht war es symbolisch, weil ich der Mittlere war. Wahrscheinlicher war jedoch, dass sie mich problemlos und ohne sich strecken zu müssen, schlagen wollten. Als ob Chris meine Gedanken lesen konnte, stieß er mir seinen Ellbogen zwischen die Rippen. »Hast du diesen Song, den du bei deiner Audition gesungen hast, eigentlich selbst geschrieben? Alle Strophen und so?«

Es überraschte mich, dass er das Thema ansprach. Ich dachte, weil Tyler und er im Auditorium so wütend und gekränkt ausgesehen hatten, würden die beiden nicht davon anfangen. »Ja.«

Er steckte zwei Finger in den Mund und stieß einen anerkennenden Pfiff aus, als eine der Robben aus dem Wasser sprang und mit ihrer Nase einen Pfosten berührte. Ich glaube, er jubelte mehr für die attraktive Trainerin im Neoprenanzug als für die Robbe. Das Pfeifen wurde von Klatschen abgelöst, dann stieß er mich erneut mit dem Ellbogen an. »Das war ziemlich cool.«

Chris hatte wohl nicht die gleichen Standards wie meine Dozierenden. Aber wenn er der Meinung war, dass mein Song cool war, würde ich ihm nicht widersprechen.

»Ja, das war echt ziemlich cool«, sagte Tyler nun und boxte meinen Arm. »Ich kann nicht fassen, dass du ohne uns gespielt hast.«

»Autsch!« Das würde einen blauen Fleck geben. Ich sah ihn böse an und rieb meinen Arm. »An mir lag es nicht. Nach der Einladung zur Audition habe ich euch drei Tage lang versucht anzurufen. Ich hatte nur zwei Wochen, um alles zusammenzustellen, und konnte nicht darauf warten, dass ihr euch abregt und endlich ans Handy geht.«

Tyler warf mir einen düsteren Blick zu, doch ihm fiel keine Erwiderung ein, also drehte er sich zu den Tieren um. Chris griff über mich und boxte Ty gegen sein Bein. Tyler fluchte so laut, dass sich ein paar Lehrer, die mit ihren Grundschülern hier waren, tadelnd zu uns umdrehten. Ich grinste, als er rot wurde. »Sorry«, murmelte er und starrte dann zu Chris. »Wofür war das denn?«

»Ich hab dir gesagt, wir sollten einfach mit ihm reden.« Er sah mich stirnrunzelnd an. »Der Song war klasse, aber dein Drummer ist scheiße. Was soll das?«

Ich seufzte. »Das ist Mark. Er war der Einzige, den ich so kurzfristig finden konnte. Mein Kumpel Austin, der Keyboarder, kennt ihn aus einem seiner Kurse. Der Kerl studiert klassische Musik und spielt normalerweise die Pauken im Orchester. Aber in seiner Freizeit lernt er Schlagzeug.«

Chris nickte. »Kluger Schachzug, wenn er jemals eine Freundin abbekommen will. Du solltest den Kerl abschießen und mich für dich spielen lassen.«

»Das würde ich gern, aber das geht leider nicht. Die Talentshow ist ein Riesending für alle Studierenden im Fach Musik. Ich kann ihm diese Gelegenheit nicht wieder wegnehmen, nachdem ich ihn gebeten habe, mir zu helfen.« Chris nickte, als würde er es verstehen, doch seine Miene verriet mir, dass ich es irgendwie wiedergutmachen musste. »Ich kann euch Jungs den Song immer noch beibringen. Vielleicht haben wir über Weihnachten ein bisschen Zeit, dann können wir anfangen, unser eigenes Zeug für Triple Threat zu schreiben.«

Chris warf mir einen Seitenblick zu, also hielt ich ihm meine Faust hin und wartete darauf, dass er mit seiner dagegenstieß – unser Symbol der Zustimmung. Er starrte auf meine Faust, dann wieder zu mir. Ich starrte zurück, bis er nachgab und die Geste erwiderte. Dann hielt ich Tyler meine andere Faust hin. »Komm schon, Alter«, sagte ich, als er die Stirn runzelte.

Tyler knickte ein und stieß seine Faust gegen meine. »Eine Nervensäge bist du trotzdem.«

Ich grinste. »Sagt gerade der Richtige.«

Nach der Robbenshow gingen wir schließlich zu den Bären. So verlockend es war, verfütterten wir Tyler nicht. »Was jetzt?«

Ich grinste Chris an. »Wie wäre es mit dem Streichelzoo, dann kann Ty mit den Ziegen schmusen.«

»Alter!«, heulte Chris. »Brillante Idee, Kleiner.«

Tyler stemmte sich gegen uns. »O nein! *Auf keinen Fall!*«

Chris und ich lachten gehässig. Tyler hatte eine irrationale Angst vor Ziegen. Das würde niemals aufhören, lustig zu sein. Ich hielt Tyler an der Schulter fest. »Reiß dich zusammen, kleiner Bruder. Es ist an der Zeit, dich deinen Ängsten zu stellen.«

Tyler stieß mich weg. »Wenn du das auch nur versuchst, schenke ich dir zu Weihnachten eine Tarantel.«

Ich schnaubte. »Zumindest ist es normal, sich vor Spinnen zu fürchten.« Chris und ich begannen ihn durch den Zoo zu schleifen. »Aber Ziegen? Das ist erbärmlich.«

»Willst du mich verarschen?«, erwiderte Tyler. »Hast

du mal einen von diesen hässlichen kleinen Freaks schreien hören? Das ist total unheimlich.«

Chris lachte und schnappte sich einen seiner Arme, ich den anderen. Es kostete mich alle Kraft, ihn festzuhalten, als er sich richtig zu wehren begann, aber ich war fest entschlossen. Wenn er mich festhalten konnte, damit mich ein Mädchen abknutschen konnte, würde ich ihn eben den Ziegen zum Fraß vorwerfen.

»Kommt schon, Leute. Das ist so was von nicht lustig.«

»Doch, ist es.«

»Im Ernst, Kleiner. Was habe ich dir angetan?«

»Abgesehen davon, dass du meinen Laptop zerstört, dich wochenlang wie ein beleidigtes Baby aufgeführt und mich nicht zurückgerufen hast?«

»Hey, das war ich nicht allein. Chris hat das auch gemacht.«

»Ja, aber er ist nur deinem Beispiel gefolgt, oder? Und er ist nicht derjenige, der all mein Zeug in den Flur geworfen hat, wo es jemand hätte klauen können.«

Chris hatte kein Problem damit, Tyler ans Messer zu liefern. »Stimmt. Das war er allein. Außerdem war ich es, der ihn zur Audition geschleift hat. Er wollte gar nicht erst hin.«

»Du *Verräter!*«

Chris grinste. »Und stolz drauf, Ziegenjunge. Und jetzt hör auf, dich zu wehren, sonst filmen wir, wie du wie ein Baby zu heulen anfängst, wenn wir dich zu den Ziegen werfen.«

Ich lachte. »*Bitte.* Du weißt, dass wir das so oder so machen werden.«

16

Mitten ins Herz – Ein Song für dich

Da ich am Wochenende nicht viel für die Uni zu tun hatte, begann ich mit der Arbeit an dem neuen Song für die Talentshow. Ich hatte fast acht Wochen, um mir etwas Umwerfendes und Einzigartiges einfallen zu lassen, das mich aus der Menge der anderen Teilnehmenden hervorheben würde.

Was auch immer das bedeuten würde.

Nachdem ich mich den ganzen Morgen in meinem Zimmer eingesperrt hatte, um meiner Kreativität freien Lauf zu lassen, brauchte ich eine Pause und etwas, das mich weiter inspirieren könnte. Da es bereits Mittag war, entschied ich, besagte Inspiration im Kühlschrank zu suchen. Ich starrte immer noch hinein, als Jordan nach Hause kam. »Nate? Du bist zu Hause?«

»Ich bin in der Küche.«

»Und lieferst dir einen Starrwettbewerb mit dem Kühlschrank, wie ich sehe.« Jordan grinste. »Nichts, was dich anspricht?«

Seufzend schloss ich die Kühlschranktür. »Ich brauchte nur eine Pause. Den ganzen Morgen lang hab ich versucht, mir einen neuen Song einfallen zu lassen.«

Jordan sah mich mitfühlend an. »Ohne Erfolg?«

»Nicht ganz. Ich hab ein paar Ideen für den Text, aber die nützen mir nichts, solange ich noch keine Melodie habe. Es muss etwas Besonderes und Einzigartiges sein. Ich weiß nur noch nicht genau, was das sein soll.«

»Hmm.« Jordan runzelte nachdenklich die Stirn, während sie ihren Hoodie auszog und ihn an die Garderobe hängte. »Weißt du, was du brauchst?«

Ich wusste, was sie sagen würde, bevor sie es aussprach. »Lass mich raten. Ich muss einen Film schauen. Und du hast ganz zufällig genau den richtigen, über einen Typen, der einen Song schreiben muss und dem nichts einfällt.«

Jordan schob trotzig die Unterlippe vor. »Du kennst ihn schon?«

»Hör auf«, lachte ich. »Das sollte ein Witz sein. Du hast keinen Film über einen Typen, der einen Song schreiben muss und dem nichts einfällt.«

Jordan ging zum DVD-Regal im Wohnzimmer und zog nach kurzer Suche eine Hülle heraus. Mit einem selbstgefälligen Grinsen reichte sie mir den Film. »Na, wer sagt's denn? BOOM! Ich bin die Filmmeisterin.«

Der Streifen hieß *Mitten ins Herz – Ein Song für dich*. Drew Barrymore und Hugh Grant spielten die Hauptrollen. Ich hatte noch nie davon gehört, aber nachdem ich die Zusammenfassung auf der Rückseite gelesen hatte, stellte ich fest, dass es tatsächlich um einen Kerl ging, der einen Song schreiben musste und dem nichts einfiel.

»Er hat sogar eine Deadline«, sagte Jordan. »Eine noch viel schlimmere als du. Ihm bleibt nur eine Woche.«

Ich sah meine Mitbewohnerin an, und ihr Grinsen wurde immer breiter. Sie hatte mich definitiv geschlagen, also blieb mir nur noch, mir meine Niederlage einzugestehen. »Also gut, Spielberg, du hast gewonnen. Alles kam schon mal in einem Film vor, und heute bin ich Hugh Grant.«

»Eigentlich bist du beide, Hugh und Drew, weil du sexy *und* süß bist, und weil du dir Melodie *und* Text ausdenken musst.«

Die Erinnerung ließ mich aufstöhnen. Ich kehrte in die Küche zurück. Der Kühlschrank bot mir keine Antworten, aber vielleicht hatte ich im Vorratsschrank mehr Glück. »Und was haben sie gemacht, als ihnen nichts einfiel? Ich kann jede Hilfe gebrauchen, die ich kriegen kann.«

Jordan setzte sich auf einen der Barhocker am Tresen und sah mir beim Herumwühlen zu. »Sie haben Pausen gemacht. Sind spazieren gegangen, haben gegessen und einfach eine Weile aufgehört, darüber nachzudenken. Oh, und es gab jede Menge Kaffee, und einmal haben sie alle Möbel umgestellt.«

»Sie haben die Möbel umgestellt?«

»Ein Perspektivenwechsel ist immer gut.« Jordan zuckte mit den Schultern. »Aber schließlich haben sie sich ineinander verliebt, und es war ihre Liebe, die sie inspiriert hat. Liebe ist einfach immer die perfekte Muse.« Sie seufzte verträumt, dann runzelte sie die Stirn, als ihr ein Gedanke kam. »Hass natürlich auch. Eigentlich jede Art von Emotionen. Je stärker das Gefühl, desto mächtiger die Geschichte, sei es ein Film, ein Gemälde oder ein Song. Also brauchst du vielleicht einfach nur ein bisschen Sophie-Therapie, um deine kreativen Säfte zum Fließen zu bringen.«

Ich seufzte. Meine Freundin hatte viele gute Eigenschaften, doch eine Muse war sie mir nie gewesen.

»Oh, oh. Ärger im Paradies?«

Ich war überrascht, als mir klar wurde, dass sich ihr *oh, oh* an mich gerichtet hatte. »Was? Nein.«

Sie warf mir einen skeptischen Blick zu. Wieder seufzte ich und ließ mich aufs Sofa fallen. »Es ist keine große Sache. Wir sind einfach nur … keine Ahnung. Es gibt viel Spannung zwischen uns. Seitdem das Semester angefangen hat, ist es einfach irgendwie anders.«

»Bist du sicher, dass ihr wirklich füreinander bestimmt seid?«, fragte Jordan, als sie sich zu mir aufs Sofa gesellte.

Ich warf ihr einen Seitenblick zu. »Jetzt klingst du schon wie meine Brüder. Und wie Pearl.«

»Ich klinge wie *Pearl*?« Jordan verzog das Gesicht. »Okay, tut mir leid. Hau mir eine runter. Ernsthaft. Ich brauche das. Ich will nicht so klingen wie Pearl.«

Ich lachte, doch dann verfielen wir in ein Schweigen. Es dauerte nicht lang, bis Jordan es brach. »Ich verspreche, mich nicht einzumischen, aber ich will, dass du weißt, dass ich für dich da bin, egal was zwischen Sophie und dir passiert.«

Sie tätschelte mein Bein und ich ihren Kopf. »Danke. Und ich bin auch für dich da.« Meine Stimme wurde neckend. »Heute ist das große Date, oder?«

»Großes Date?«, wiederholte Jordan verwirrt.

Ich wackelte mit meinen Augenbrauen. »Das Fußballspiel mit Junior?«

Da wir nebeneinandersaßen, konnte mich Jordan nicht gegen das Schienbein treten, also begnügte sie sich damit, meinen Arm zu schlagen. »Halt die Klappe. Das ist kein Date.«

»Für ihn schon.« Ich stieß sie mit dem Ellbogen an. »Du solltest ihm eine Chance geben.« Seit ich bei Jordan eingezogen war, hatte ich Junior ein bisschen besser kennengelernt. Er war nicht so, wie sie ihn am ersten Abend beschrieben hatte. Er war kein notorischer Frauenheld. »Ja, er ist ein bisschen speziell, aber er ist ein netter Kerl. Er hat ein gutes Herz, und er ist verrückt nach dir.«

Und das war die Wahrheit. Junior war unsterblich in Jordan verliebt. Mir gefiel die Vorstellung zwar nicht besonders, dass Jordan überhaupt mit jemandem ausging – ein seltsamer Nebeneffekt meines Entschlusses, auf sie aufzupassen, den ich nicht erwartet hatte –, aber von allen Jungs, die ich kannte, war Junior der Einzige, der gut genug für sie war. Doch leider würde nichts daraus werden. Sie empfand einfach nicht das Gleiche für ihn.

»Ich hab eine Weile mit dem Gedanken gespielt, bevor ich Greg traf«, gab sie zu. »Aber das würde nicht funktionieren. Er ist ein guter Kerl und ein toller Kumpel, aber das war es dann auch schon.«

Ich wusste nicht, ob ich mit ihr diskutieren sollte. Schließlich konnte man niemandem Gefühle aufzwingen. Und ich war seltsam erleichtert, als sie die Idee von der Hand wies. »Tja, dann sei einfach vorsichtig heute. Denn ich meine das ernst, Junior ist wahnsinnig in dich verschossen. Führe ihn nicht an der Nase herum.«

Jordan seufzte und lehnte ihren Kopf an meine Schulter. Einen Moment lang genossen wir die Stille und Gesellschaft, dann schlug mir Jordan auf den Oberschenkel. »Das ist nicht hilfreich.« Sie sprang auf. »Wir wollten dich doch inspirieren, nicht deprimieren. Bis zum Spiel sind es noch ein paar Stunden. Sollen wir uns was zu Mittag bestellen und *Mitten ins Herz* schauen? Der ist echt gut, versprochen. Und vielleicht verschafft er dir ja die Inspiration, die du suchst.«

»Ich hab eine bessere Idee.« Ich nahm ihr die DVD aus der Hand und stellte sie ins Regal zurück. Mich hatte gerade eine ganz andere Inspiration überkommen. »Wir können uns gern was zu essen bestellen, aber statt einen Film zu schauen, ist es an der Zeit, dein Lieblingslied zu finden. Ich hole meinen Laptop, und wir stellen beim Essen eine Playlist für dich zusammen.«

Jordan dachte kurz über den Plan nach, dann nickte sie. »Meinetwegen. Aber irgendwann schauen wir diesen Film. Das *müssen* wir einfach. Dafür passt er zu perfekt auf dich.«

»Abgemacht. Ich hole schnell meinen Laptop. Ich kann ihn direkt ans Soundsystem des Fernsehers anschließen. Die Klangqualität wird ausgezeichnet sein.«

Jordan grinste. »Genau, wie ich es mag. Such du doch schon mal was zu essen aus, denn ich muss mich erst noch duschen. Die Morgenschicht im Café war grausam. Und dann machen wir uns an die Arbeit. Das wird grausamer, als du ahnst.«

Lachend stand ich auf. »Ich verspreche dir, meine Erwartungen niedrig zu halten, Jordan.« Sie verdrehte die Augen. »Wie klingt Thailändisch?«

»Du weißt doch, dass ich zu etwas Scharfem nie Nein sage.«

»Solange du es danach mit Eis ablöschen kannst.«

Jordan grinste. »Wie gut du mich kennst«, sagte sie und verschwand in ihrem Zimmer.

Als sie geduscht und angezogen zurückkam, trug sie ihr Lieblingstrikot. Ein Shirt mit dem Namen *Rob Loxley* darauf, ihres Fußballtrainers in der Highschool. Er war mal Spieler gewesen, der nach einer Knieverletzung seine Profikarriere hatte aufgeben müssen. Ich hatte in der Zwischenzeit meinen Laptop angeschlossen und das Essen vom Lieferdienst auf dem Tisch ausgebreitet.

»Okay, jetzt haben wir noch etwa anderthalb Stunden, bis Junior auftaucht.« Sie ließ sich neben mir auf den Boden sinken und begann damit, sich das Essen reinzuschaufeln. »Also, wie fangen wir an?«

Ich nahm den Laptop auf meinen Schoß. »Was ist dein Lieblingsgenre?«

»Keine Ahnung.« Sie zuckte mit den Schultern und steckte sich eine Gabel voll Nudeln in den Mund.

Ich versuchte, sie nicht anzustarren. Zwar hatte ich musikalische Ignoranz erwartet, aber sie hatte recht. Das würde grausamer werden, als ich mir vorgestellt hatte. »Du weißt wirklich nicht, welche Genres du magst? Rock, Pop, Alternative, Techno, Dance, R&B, Rap, New Age, Instrumental …?«

»Ich bin nicht mal sicher, was es alles für Genres gibt. Ich kenne einen Haufen Filmkomponisten, aber das war es auch schon.«

»Was ist mit Songs? Gab es mal einen Song, den du gehört und gemocht hast?«

»Eigentlich nicht ... oh! Warte! Da war doch dieses Lied in dem Film *V is for Virgin*. Das hat mir gefallen.«

Ich lachte. »War ja klar, dass der einzige Song, den du kennst, aus einem Film stammt.«

»Was denn? Das ist ein guter Film.«

»Ich weiß. Den kenne ich zur Abwechslung mal. Tralse war meine Lieblingsband, bevor sie sich aufgelöst haben, und Kyle Hamiltons Solozeug ist echt gut. Meine Brüder und ich covern viel von ihren Songs.«

Jordan lehnte sich zurück und trank einen großen Schluck Root Beer. Ich glaube, sie war die einzige Person, die ich kannte, die lieber Root Beer als Coke oder Pepsi trank. Andererseits kippte sie genug Kaffee herunter, dass sie nicht unbedingt noch zusätzliches Koffein brauchte, und es konnte ihr gar nicht süß genug sein.

»Ich hab sie übrigens mal getroffen, weißt du? Kyle und Val, meine ich.«

»Du hast Kyle Hamilton getroffen?«

»Mein alter Coach«, sie deutete auf das Trikot, das sie trug, »... ist mit Brian Olivers Frau Ella befreundet. In meinem Abschlussjahr hat sie Kyle und Val dazu gebracht, mit ihr und Brian eine Benefizveranstaltung für unser Team zu machen. Kyle hat gesungen, und Brian und ich haben uns über Ferraris unterhalten. Das war richtig cool.«

Ich schüttelte den Kopf. »Das ist irre.«

Sie zuckte mit den Schultern, als sei das keine große Sache. »Ich hab dir doch gesagt, dass man in L.A. irgendwelchen Berühmtheiten einfach über den Weg läuft. Darum ist es dort ja auch so cool. Du solltest es dir eines Tages wirklich mal ansehen. Ich kann dir alles zeigen.«

Das war keine schlechte Idee, aber sie lenkte vom Thema ab. »Klar. Lass uns die Reise planen, sobald wir dein Lieblingslied gefunden haben.«

Sie stieß mir gegen die Schulter. »Ich hab doch gesagt, dass ich diesen Song aus dem Film mochte. Der kann doch mein Lieblingslied sein.«

Ich schnaubte. »Du weißt doch nicht mal, wie er heißt.«

»Na und?«

»Es kann nicht dein Lieblingslied sein, wenn du nicht mal den Namen weißt.«

»Aber er gefällt mir.«

Sie würde diese Diskussion nicht gewinnen. »Tja, und mir gefiel *Transformers*.«

Sie setzte sich entsetzt auf. »Nicht ernsthaft! Sag mir, dass du Witze machst.«

Ich hatte Glück, dass sie gerade kein Root Beer im Mund gehabt hatte, sonst hätte sie mich damit vermutlich besprenkelt. Ich schob mir etwas Hühnchen in den Mund und amüsierte mich über die Abscheu, die Jordan zum Ausdruck brachte. Sobald ich heruntergeschluckt hatte, konnte ich nicht anders, als sie noch ein bisschen mehr zu ärgern. »Explosionen *und* Megan Fox? Was gibt es daran nicht zu mögen?«

»Ugh! Nate! Nein!«

»Was denn?«

»Einfach nein! Dieser Song ist nicht das Äquivalent zu *Transformers*, und das weißt du ganz genau.«

»Aber er gefällt mir. Also warum kann ich nicht sagen, dass das mein Lieblingsfilm ist? Es ist auf jeden Fall leichter, als meinen wirklichen Lieblingsfilm zu finden.«

»Meinetwegen.« Sie warf mir einen vernichtenden

Blick zu. »Ich hab's kapiert. Ich muss *mein* Lied finden. Ich kann es nicht einfach aussuchen.«

Ich grinste. »Ganz genau. Aber wenn du Tralse magst, gibt mir das zumindest mal einen Anhaltspunkt.«

Die nächste Stunde verbrachten wir damit, verschiedene Musikstile durchzuprobieren. Es stellte sich heraus, dass Jordan, die sonst alles hasste, was klischeehaft war, Mainstream-Bubblegum-Pop zu bevorzugen schien. Und damit meinte ich Boybands und Divas.

Es war ein bisschen enttäuschend, aber irgendwie passte es zu Jordan. Als sie schließlich entschied, dass Maroon 5 und Taylor Swift ihre bisherigen Favoriten waren, stöhnte ich auf. »Dir ist schon klar, dass das tatsächlich das Musikäquivalent zu *Transformers* ist, oder?«

Jordan schnaubte. »Auf keinen Fall. Das verdient doch zumindest *The Avengers*.«

Ich schüttelte den Kopf. »*The Avengers* wäre wie Ed Sheeran.«

»Okay, meinetwegen. Wer ist Ed Sheeran?«

»*Wer ist Ed Sheeran?*« Nicht zum ersten Mal heute seufzte ich. »Abgesehen davon, dass er einer der bekanntesten Sänger der Welt ist«, sagte ich, während ich auf ein Lied klickte, »und das meistverkaufte Album des letzten Jahres hatte, ist Ed zufällig auch noch unglaublich talentiert.«

Als die ersten Takte von ›Lego House‹ erklangen, begann ich dazu Luftgitarre zu spielen. »Wie *The Avengers* vereint Ed Beliebtheit *und* Qualität. Wenn du dir schon unbedingt jemanden aus den Charts aussuchen musst, gebe ich dir die Erlaubnis, ihn zu mögen.«

Jordan lachte. »Du *gibst mir die Erlaubnis?* Hör auf, so ein Musiksnob zu sein.«

Ich schüttelte den Kopf. »Ich höre auf, ein Musiksnob zu sein, wenn du damit aufhörst, ein Filmsnob zu sein.«

»Ich bin kein Filmsnob.« Es reichte, sie mit hochgezogener Augenbraue anzusehen, und sie begann zu kichern. »Stimmt schon. Ich *bin* ein Filmsnob. Aber du bist ein Musiksnob.«

Ich grinste. »Ich habe einfach guten Geschmack.«

Wir lachten immer noch, als das Telefon klingelte. Jordan ging dran und sagte: »Schicken Sie sie hoch.« Sie legte auf, öffnete die Wohnungstür einen Spalt und begann den Tisch abzuräumen. »Sophie ist hier.«

Das setzte unserer Musiksession ein Ende. Ich stand auf und brachte die Essensreste in den Kühlschrank. Es fiel mir schwer, nicht enttäuscht zu sein, während ich darauf wartete, dass Sophie hereinkam. Es dauerte nicht lang. Sie klopfte zaghaft. »Nate?«

»Hey, Sophie.«

Es dauerte keine zwei Sekunden, bis die Tirade begann. »Wo hast du gesteckt? Du hast weder auf meine Anrufe noch auf meine Nachrichten reagiert.«

Das lag daran, dass ich sie ignoriert hatte. Doch das würde ich natürlich nicht zugeben. »Sorry. Ich hab vergessen, dass ich mein Handy gestern ausgeschaltet habe.«

Sie drehte mir den Rücken zu und hing ihre Jacke so langsam an die Garderobe, dass es so wirkte, als ob sie eine Atempause brauchte, um mich nicht anzubrüllen. »Du hast gesagt, dass du mich anrufen würdest. Ich hab den ganzen Abend gewartet und mir Sorgen gemacht.«

»Tja, alles in Ordnung, okay?« Normalerweise war ich

nicht so schnell gereizt, aber in diesem Moment konnte ich einfach nicht anders. Vielleicht fühlte ich mich schlecht, weil sie meinetwegen beunruhigt gewesen war, oder vielleicht weil ich wusste, dass ihr nicht gefallen würde, was ich ihr zu sagen hatte. »Ich war den ganzen Tag unterwegs, bin erst spät nach Hause gekommen und direkt schlafen gegangen.«

Ihr Geduldsfaden wurde immer dünner und dünner. Ihre Augen funkelten wütend, und sie verschränkte trotzig die Arme. »Wo hast du denn den ganzen Tag gesteckt? Was hast du gemacht? Mit wem? Mit deiner neuen besten Freundin Jordan?«

»Wie bitte?«

»Du hast mich genau gehört.«

»Ja, das hab ich. Ich kann nur nicht glauben, was du da von dir gibst. Ich war gestern mit meinen Brüdern unterwegs. Wir haben uns wieder zusammengerauft. Wir waren im Zoo, bei einem Knicks-Game und dann noch bei der Verbindungsparty eines Kumpels von ihnen.«

»Deine Brüder.« Sie warf frustriert die Hände in die Höhe. »Natürlich. Ich dachte, wir wären fertig mit ihnen. Ich dachte, der ganze Sinn deines Umzugs hätte darin bestanden, von ihnen wegzukommen.«

Vielleicht befanden wir uns in einem Rennen, wer als Erstes die Geduld verlieren würde. Wenn sie so weitermachte, würde ich es wahrscheinlich sein. »Ich bin hier eingezogen, damit ich nicht mehr mit ihnen zusammenwohnen muss, nicht, um sie niemals wiederzusehen. Sie sind *meine Brüder*, Sophie. Und meine besten Freunde. Das wird sich niemals ändern. Wenn du das nicht akzeptieren kannst, kannst du mich vielleicht auch nicht akzeptieren. Sie gehören zu mir. Genau wie meine Musik. Die du ja offensichtlich auch nicht akzeptierst.« An diesem Punkt war meine Verbitterung unkontrollierbar, und meine nächsten Worte kamen mir über die Lippen, bevor ich über sie nachgedacht hatte. »Vielleicht sollten wir uns besser trennen.«

Sophie keuchte entsetzt, und in der Küche fiel etwas lautstark zu Boden. Sophie und ich wirbelten herum und sahen Jordan mit der Kaffeekanne hantieren, die ihr aus der Hand gefallen war. Sie lächelte verlegen und stellte die Kanne in die Spüle. »Wisst ihr, ich glaube, ich hole Junior einfach an seiner Wohnung ab.«

Ich fühlte mich schlecht. »Du musst nicht gehen.«

»Nein, schon gut.« Sie zog bereits ihren Lieblingshoodie über. »Ihr braucht etwas Privatsphäre, und ich muss ohnehin so langsam los.«

Sie schien nicht zu bemerken, dass sie sich statt ihrem geliebten Fußballschal meinen um den Hals wickelte, aber ich sagte nichts. Ihr war die Situation offensichtlich unangenehm, und sie wollte so schnell wie möglich hier raus. »Okay. Dann viel Spaß bei deinem Date.«

Es war ein halbherziger Scherz, genau wie ihre Antwort. »Es ist kein Date.«

Die Tür schloss sich hinter ihr, und ich war allein mit der Frau, mit der ich wohl gerade Schluss gemacht hatte. Sophies Gesicht war kreidebleich, und in ihren Augen standen Tränen. »Nate«, flüsterte sie. »Baby, was ist los? Wo kommt das denn plötzlich her?«

Als ich nicht sofort antwortete, kullerten ihr die Tränen über die Wangen. Ich hasste es, sie weinen zu sehen. Seufzend ergriff ich ihre Hand und zog sie zum Sofa. Sie verschränkte unsere Finger ineinander, als ob ihr Leben davon abhing. Dann sah sie tränenerfüllt zu mir auf und flehte stumm um eine Erklärung. Wo sollte ich nur anfangen? »Vielleicht passen wir einfach nicht zueinander.«

Mit dem Handrücken wischte sie sich die Tränen von den Wangen und schüttelte den Kopf. »Natürlich tun wir das. Wir waren doch zwei Jahre lang so glücklich. Ich liebe dich.«

»Ich liebe dich auch, aber ich bin es einfach leid, mich dir gegenüber immer wieder rechtfertigen zu müssen. Ich werde den Kontakt zu meinen Brüdern nicht abbrechen. Ich werde sie weniger sehen, ja, aber ich werde den Kontakt nicht komplett abbrechen. Sie sind meine Familie. Ich will mich nicht dafür schuldig fühlen müssen, dass ich sie liebe. Und ich werde auch nicht mein Studienfach wechseln, nur weil du es für Zeitverschwendung hältst. Das hier bin ich. Das kannst du entweder akzeptieren oder eben nicht.«

Sophie nahm meine Hände und drückte sie fest. »Das kann ich, Nate. Versprochen. Es tut mir leid, dass ich so gegen deine Brüder war, aber sie treiben mich in den Wahnsinn. Und dich auch. Ich hasse es, wie sie dich behandeln. Ich habe nur deshalb darauf bestanden, weil ich dachte, dass es das ist, was du auch willst, und dass du nur zu nett wärst, um mit ihnen zu brechen. Was sie angeht, muss irgendjemand der Böse sein, und ich weiß, dass du es nicht sein kannst. Ich dachte, ich helfe dir.«

Ich spürte, wie meine Wut verrauchte, und gab ihr einen Kuss. Sie war erleichtert, doch als ich mich von ihr zurückzog, sah sie mich verwirrt an. »Ich kann nicht auf dich sauer sein, wenn du dachtest, du handelst nur in meinem Interesse.«

»Das habe ich«, versprach sie. »Das tue ich immer.«

»Ich weiß. Und ich zweifle auch nicht daran, dass du mich liebst. Du verstehst mich nur nicht.«

Unfähig zu sprechen, schüttelte sie nur den Kopf.

Ich seufzte. »Vielleicht ist es meine eigene Schuld. Ich war nie gut darin, mich anderen gegenüber zu öffnen.«

»Dann erkläre es mir. Sag mir, was du brauchst.« Sie schloss die Augen und schniefte. »Verlass mich nicht, Nate. Ich werde mich bessern. Ich höre auf, mich über deine Brüder zu beschweren. Ich werde alles tun, worum du mich bittest. Gib mir nur noch eine Chance. *Bitte.* Wir schaffen das.«

Sie war so verzweifelt, dass meine Entschlossenheit ins Wanken geriet. Wie konnte ich mich von ihr trennen, wenn sie mich doch so sehr liebte? Wenn sie wirklich bereit war, es zu versuchen, würde es vielleicht funktionieren.

In dem Schweigen, das sich zwischen uns ausbreitete, öffnete Sophie ihre Augen und sah mich so ernsthaft an, wie sie es noch nie zuvor getan hatte. »Was brauchst du von mir?«

»Ich brauche einfach nur dich«, sagte ich aufrichtig. »Ich brauche deine Unterstützung, nicht jemanden, der mir sagt, was ich tun oder wie ich mein Leben leben soll. Ich brauche keinen Babysitter. Ich brauche meine Freundin.«

»Du hast mich. Du hast mich immer gehabt.«

Sie presste ihren Mund auf meinen. Es war ein Kuss, der Bände sprach. Voller Verzweiflung. Eine Verbindung, die mir bewusst machte, wie sehr ich diese Intimität brauchte. Und ich konnte spüren, dass es Sophie genauso ging. Es war regelrecht berauschend, wie wir beide unsere Zurückhaltung fallen ließen und uns in diesem Kuss verloren. Innerhalb von Sekunden war all meine Wut und Frustration verschwunden, und ich wusste wieder, warum wir überhaupt schon so lange zusammen waren.

17

Clueless

Die nächsten Wochen vergingen wie im Flug. Meine Tage folgten immer dem gleichen Muster. Uni, Hausarbeiten, Songwriting, und das Ganze wieder von vorn. Sophie begann, ihre Aufgaben für die Uni bei mir zu erledigen, und wir machten gemeinsam fürs Abendessen Pause. Manchmal, wenn Sophie früher ging, ließ ich den Tag damit ausklingen, mit Jordan einen Film zu schauen. Es lief toll, auch wenn ich ziemlich angespannt war.

An diesem Samstag war Halloween. Sophie und ich wollten den Abend mit einem selbst gekochten Essen und einem Horrorfilm verbringen.

Gerade trat Sophie mit zwei großen Tüten vom Supermarkt durch die Tür. Sie grinste, als ich ihr den Einkauf abnahm. »Der Freund meiner Mitbewohnerin ist einundzwanzig, also habe ich ihn gebeten, uns eine schöne Flasche Rotwein zu kaufen.«

»Cool.« Die Tüten waren schwerer, als ich erwartet hatte. »Brauchen wir das wirklich alles für eine einzige Mahlzeit?«, fragte ich, während ich sie auf dem Küchentresen abstellte.

Sie hängte ihre Jacke auf und gesellte sich zu mir in die Küche. »Nein. Aber ich bin so oft hier, dass ich ein paar Dinge eingekauft habe, die ich in deinem Kühlschrank deponieren wollte. Ich hoffe, das ist okay.«

»Natürlich.« Ich zog sie in meine Arme und gab ihr einen flüchtigen Kuss. »Dank Jordan ist da ja eh schon jede Menge Mädchenkram drin. Da macht ein bisschen mehr auch nichts aus.«

»Mädchenkram?«

»Ja, du weißt schon ... Joghurt, Hüttenkäse, Spinat, fettarme Milch – so was eben.«

Sophie verdrehte die Augen und begann in den Schränken nach einer Pfanne zu suchen. Ich packte die Einkäufe aus. »Für jemanden, der so viel Eis vertilgt wie sie, sollte man meinen, sie würde ein bisschen weniger gesund essen.«

Jordans amüsierte Stimme erklang aus ihrem Zimmer. »Eben genau *weil* ich so viel Eis esse, passe ich ansonsten ein bisschen auf, was ich esse.«

Fast ließ ich die Flasche Wein fallen, als sie in einem unglaublich attraktiven Krankenschwesterkostüm in die Küche kam. Sie grinste Sophie an, also bemerkte sie nicht, wie mein Blick ihren Körper entlangwanderte. »Männer«, stöhnte sie. »Das kapieren sie einfach nicht, weil sie alle einen deutlich aktiveren Stoffwechsel haben. Sie wollen eine Freundin, die so isst wie ein Kerl, aber gleichzeitig soll sie schön schlank bleiben.« Sie nahm mir die Weinflasche ab und studierte das Etikett, als hätte sie Ahnung davon. In Anbetracht dessen, wie reich ihre Familie war, stimmte das wahrscheinlich auch. »Man kann nur selten beides haben. Wenn man eine so scharfe Freundin wie Sophie haben will, hat man eben gesundes Zeug im Kühlschrank.«

Ich nahm ihr den Wein wieder ab. »Hab ich mich etwa beschwert?« Ich sah zu Sophie, die stirnrunzelnd Jordans Kostüm musterte. Doch sie sah in ihrem Strickkleid, der Leggings und den Stiefeln, die sie trug, mindestens genauso attraktiv aus. »Denn das hab ich nicht. Es war nur eine Feststellung.«

»Dann gehst du heute Abend also auf eine Kostümparty?«, fragte Sophie.

Jordan warf einen Blick auf ihr Outfit. »Ja. Was denkt ihr?«

»Ich denke, dieser Feiertag sollte verboten werden«, murmelte ich und bemühte mich verzweifelt, nicht auf ihren Hintern zu starren, während sie sich drehte.

Jordan begann zu strahlen. »Das nehme ich als Kompliment.« Sie strich das Kostüm glatt. »Normalerweise bevorzuge ich ja eher lustige Kostüme. Das hier war Blaze' Idee. Er geht als Arzt, und ich bin seine Krankenschwester.«

»*Blaze?*«

Sophie und Jordan starrten beide erstaunt in meine Richtung. Ich konnte es ihnen nicht verübeln, denn die Feindseligkeit in meiner Stimme war kaum zu überhören gewesen. »Ich dachte, du gehst heute Abend mit Colin aus?«

»Nein«, sagte sie langsam und sah mich neugierig an. »Colin geht auf eine Party in einem Schwulenclub. So lustig das auch klingt, konnte ich Blaze' Angebot nicht ausschlagen, als er mich gestern gefragt hat, ob ich ihn auf eine Party begleiten will.«

»Du gehst heute ernsthaft mit Blaze aus?«

Jordan sah mich mit zusammengekniffenen Augen an. »Ein *Schwulenclub?* Colin?«, rief Sophie erstaunt.

Ich hatte vergessen, dass sie das ja nicht wusste. Jordan war besser im Improvisieren. »Verrückt, oder? Ich schätze, jetzt wissen wir, warum es mit uns beiden nicht geklappt hat. Aber er wirkt glücklich. Und irgendwie macht es auch Sinn, wenn man darüber nachdenkt.«

Sophie schien genau das zu tun. Nach einem Moment nickte sie. »Ja, irgendwie schon.« Sie sah kurz zu mir, bevor sie sich wieder an Jordan wandte. »Jetzt, wo du es erwähnst, glaube ich, dass er sich zu Nate hingezogen fühlt. Das würde auf jeden Fall viel erklären.«

Ich bemühte mich, nicht rot zu werden, während Jordan zu lachen begann. »Oh, ich glaube auch, dass er für unseren kleinen Rockstar schwärmt. Genau so hab ich es übrigens auch herausgefunden. Ich war es, die ihm vorgeschlagen hat, es doch vielleicht mal mit ein paar anderen Optionen zu probieren. Er schien erleichtert zu sein, meinen Segen zu haben.«

Sophie wirkte aufrichtig erstaunt. »Ganz schön erwachsen von dir. Ich hätte das nicht so leicht akzeptieren können, wenn sich mein Ex als schwul herausstellt.«

Jordan zuckte mit den Schultern. »Warum denn? Das hat doch nichts mit mir zu tun. Ich habe Colin sehr lieb. Ich bin froh, dass er so sein kann, wie er ist. Schließlich will ich, dass er glücklich ist. Sollten jedoch meine nächsten zwei, drei Freunde ebenfalls entscheiden, dass sie

Männer lieber mögen, nachdem sie mit mir zusammen waren, könnte ich Komplexe entwickeln.«

»Tja, bei Blaze musst du dir da keine Sorgen machen«, brummte ich.

Jordan runzelte die Stirn. »Warum bist du denn heute so mürrisch?«

Ich lehnte mich gegen den Küchentresen und runzelte ebenfalls die Stirn, obwohl mir klar war, wie kindisch ich mich aufführte. »Ich bin nicht mürrisch. Ich mag den Kerl nur einfach nicht. Junior hat angerufen und uns zu seiner Party eingeladen. Warum gehst du nicht stattdessen dorthin?«

Jordan schnaubte. »Juniors Partys bestehen aus ihm und seinen Nerdfreunden, die den ganzen Abend lang irgendwelche Rollenspiele machen.«

»Na und?« Ich grinste. »Er wäre sicher überglücklich, wenn du in diesem Outfit bei ihm auftauchen würdest und vor all seinen Gamerfreunden sein Date sein würdest. Sei nur bereit, ihn wiederzubeleben, wenn ihm bei deinem Anblick das Herz stehen bleibt.«

»Sehr witzig.« Sie streckte mir die Zunge raus. »Warst du es nicht, der mir gesagt hat, ich solle ihn nicht an der Nase herumführen?«

Ugh. Sie hatte recht. »Okay, meinetwegen, dann eben nicht Junior. Aber es muss doch jemand anderen geben.«

Sophie setzte einen Topf mit Wasser auf den Herd, während sich Jordan auf einen der Barhocker setzte. »Kannst du schon mal den Tisch decken?«, fragte Sophie, während Jordan gleichzeitig sagte: »Was stimmt denn nicht mit Blaze?«

»Hast du zufällig Tischsets?«, fragte ich Jordan.

Sie deutete auf das Fach über dem Kühlschrank. »Da drin müsste auch ein hübscher Kerzenleuchter sein.«

Während ich das Zeug aus dem Schrank holte, sah ich über meine Schulter zu Jordan. »Blaze ist ein arroganter Schürzenjäger. Du bist viel zu gut für ihn.«

Jordan hüpfte vom Barhocker herunter. »Tja, ich finde ihn sexy und lustig. Außerdem ist es ja nur ein Date.« Sie schnappte sich ihre Jacke – eine echte diesmal, keinen Hoodie – und trug eine frische Schicht Lipgloss auf. Sie presste die Lippen zusammen und warf mir ein Lächeln zu. »Viel Spaß bei eurem romantischen Abend.«

Ich seufzte. Colin hatte recht: Jordan war felsenfest entschlossen, sich immer den Falschen auszusuchen. »Sei einfach vorsichtig. Ich traue Blaze nicht über den Weg.«

Jordan verdrehte die Augen. »Klar, *Dad*.« Sie zwinkerte mir zu. »Warte nicht auf mich.«

Eine Minute, nachdem sie gegangen war, wurde mir bewusst, dass ich immer noch auf die Tür starrte, als Sophie von hinten an mich herantrat. Sie legte mir die Arme um die Taille und umarmte mich fest. »Was ist denn los?«

»Ich mache mir nur Sorgen um sie. Blaze ist ein Mistkerl.«

»Sie ist ein großes Mädchen, Nate. Sie wird schon klarkommen.« Sie hauchte einen sanften Kuss auf meinen Hals. »Aber ich vielleicht nicht, wenn du den ganzen Abend damit verbringst, dir Sorgen um sie zu machen.«

Ich riss mich aus meiner Erstarrung. »Du hast recht. Sorry. Heute Abend gibt es nur dich und mich.« Ich drehte mich um und zog sie in meine Arme. »Wie kann ich noch helfen?«

Sophie musterte mich einen Moment, als ob sie meine

Aufrichtigkeit überprüfen wollte. Ich bestand den Test wohl, denn sie gab mir einen weiteren Kuss auf die Wange und kehrte in die Küche zurück. »Wenn du den Tisch gedeckt hast, kannst du die Kerzen anzünden und schöne Musik auflegen.«

»Dann wird das also ein ganz romantischer Abend? Hätte ich dann vielleicht besser nicht *The Ring* und *Texas Chainsaw Massacre* ausgeliehen?«

Sophie warf mir einen entsetzten Blick zu. »Bitte sag mir, dass das ein Witz war.«

Ich grinste. Sophie konnte Splatter ebenso wenig vertragen wie ich Spinnen. »Hab ich nicht. Aber weil Halloween ist, hab ich *The Sixth Sense* und *Der verbotene Schlüssel* ausgeliehen. Die sind eher Spannung als Horror.«

Als sie mich weiter skeptisch ansah, grinste ich, und sie gab nach. »Meinetwegen. Aber du darfst nicht lachen, wenn ich die Hälfte des Films mein Gesicht an deiner Schulter vergrabe.«

Mein Grinsen wurde noch breiter. »Abgemacht.«

*

Nach ihrem zweiten Glas Wein war Sophie entspannt genug, um den Film ertragen zu können. Allerdings fiel es uns beiden schwer, uns zu konzentrieren. Na ja, jedenfalls auf den Film. Schließlich hatten wir die ganze Wohnung für uns. Wir wurden aus unserer Blase geworfen, als Jordan plötzlich hereinplatzte. »Na großartig!«, rief sie mit einem Blick auf uns. »Genau das hab ich jetzt gebraucht, um mich noch schlechter zu fühlen!« Heiße Tränen liefen ihr über die Wangen.

Erschrocken lösten Sophie und ich uns voneinander. »Jordan? Hey, was ist los?«

Sie war bereits auf dem Weg in ihr Zimmer. Eine Sekunde später knallte ihre Tür zu. Hilflos und besorgt sah ich zu Sophie. »Ich sollte nachsehen, ob sie okay ist.«

Ich wollte aufstehen, doch Sophie ergriff mein Handgelenk und schüttelte den Kopf. »Sie kommt schon klar.«

»Sie hat geweint, Sophie. Sie war ziemlich aufgebracht.«

»Und sie will bestimmt nicht, dass du dich jetzt in ihre Angelegenheiten einmischst. Vertrau mir. Lass sie sich einfach ein bisschen ausheulen.«

Sophie lehnte sich vor, als würde sie einfach dort weitermachen wollen, wo wir aufgehört hatten, aber der Moment war vorbei. »Bist du sicher? Ich glaube wirklich, ich sollte besser mit ihr reden.«

In Sophies Augen funkelte Verärgerung auf. »Meinst du das etwa ernst? Wir waren doch gerade ein wenig beschäftigt.«

»Aber du hast sie doch gesehen.«

»Ja und?« Sophie zuckte mit den Schultern. »Du hast sie gewarnt. Sie wollte nicht hören, und jetzt muss sie eben mit den Konsequenzen klarkommen. Ich sage das jetzt nur ungern, aber vielleicht denkt sie das nächste Mal besser darüber nach, ob sie mit so einem Typen ausgeht.«

Ich war schockiert. Zum ersten Mal überhaupt konnte ich erkennen, woher die Abneigung meiner Brüder gegen Sophie kam. Ich stand auf, und als sie wieder nach meiner Hand griff, zog ich sie weg. Ich war so irritiert von ihrer Einstellung, dass ich es nicht ertrug, mich von ihr berühren zu lassen. »Bist du wirklich so kaltherzig? Wie kannst du nur so gefühllos sein?«

Sophie blinzelte mich an. Es schien sie zu überraschen, dass ich nicht ihrer Meinung war. Trotzig verteidigte sie sich. »Warum denn? Ich kann Mädchen nicht ausstehen, die dauernd mit Idioten ausgehen und dann überrascht und gekränkt sind, wenn sie von diesen Typen schlecht behandelt werden. Sie wusste vorher, wie dieser Kerl drauf ist und ist trotzdem mit ihm ausgegangen. Sie verdient deinen Trost nicht.«

Ich konnte es einfach nicht fassen. Es war, als würde eine Fremde vor mir stehen. »Wir sind ihre Freunde, Sophie. Es spielt keine Rolle, ob sie einen Fehler gemacht hat. Wir sollten für sie da sein.«

Sophies Gesicht wurde rot, und sie ballte ihre Hände zu Fäusten. »*Ich* bin nicht ihre Freundin. Sie ist die Person, die den romantischen Abend mit meinem Freund ruiniert, weil sie ihm offenbar wichtiger ist als ich.«

»Meinst du das etwa ernst?« Ich rieb mir übers Gesicht und zählte bis fünf, bis ich wieder sprach. »Sie ist mir wichtiger als du, weil ich sichergehen will, dass sie okay ist? Was zum Teufel soll das, Sophie?«

»Vielleicht sollte ich dich das fragen. Mir kommt es so vor, als wäre sie dir ziemlich wichtig.«

»Das ist sie auch. Wir sind Freunde.«

Sophie verschränkte die Arme. »Und du findest das nicht ein bisschen unangebracht? So gut mit einer Frau befreundet zu sein, *mit der du zusammenlebst*, während du gleichzeitig eine Freundin hast? Mir gefällt dieses Arrangement nicht, Nate. Es gefiel mir von Anfang an nicht, aber jetzt stört es mich richtig. Ich will, dass du auszieht und diese Freundschaft mit Jordan beendest.«

Dieses Ultimatum ließ mich erstarren. »Ich soll mich zwischen dir und Jordan entscheiden?«

»Das sollte keine große Entscheidung sein!«

Sie hatte recht. Wenn unsere Beziehung in Ordnung wäre, würde ich mich nicht zwischen meiner Partnerin und meiner besten Freundin entscheiden müssen. Doch jedes Mal, wenn ich es aussprechen wollte, fehlten mir die Worte.

Mein Schweigen drückte alles aus, was ich nicht sagen konnte. Je länger sich die Stille zog, desto mehr wurde Sophies Zorn durch Kummer ersetzt.

Ich konnte nicht glauben, was gerade passierte. Ich wollte ihr nicht noch mehr wehtun, aber es schien keine andere Möglichkeit mehr zu geben. »Es tut mir so leid, Sophie.«

Sie schloss die Augen und atmete scharf ein. Weitere Tränen sammelten sich in ihren Wimpern und kullerten ihr schließlich über die Wangen. »Du entscheidest dich also wirklich für sie statt für mich. Liebst du sie?«

Zumindest in diesem Punkt konnte ich sie beruhigen. »Nein«, versprach ich. »Sie ist mir wichtig, aber so ist es nicht zwischen uns. Ich entscheide mich nicht für sie speziell, sondern für alles – meine Brüder, meine neue Wohnung, meine Musik, Jordan und Colin. Ich entscheide mich für dieses neue Leben, das ich mir aufgebaut habe und das du nicht besonders zu schätzen scheinst. Es geht hier nicht um Jordan, sondern um uns. Du willst etwas anderes als ich. Wir bewegen uns einfach in unterschiedliche Richtungen. Meine Musik ist keine Phase, sondern wer ich bin. Du wartest immer darauf, dass ich sie aufgebe, aber das werde ich nicht. Ich will, dass du glücklich bist, Soph, aber ich bin mir nicht sicher, ob ich derjenige bin, der das für dich tun kann. Ich *weiß*, dass ich es nicht bin. Wir hatten eine schöne Zeit, doch ich glaube, der Moment ist gekommen, uns unser Ende einzugestehen. Und ich bin mir sicher, dass du jemanden finden wirst, der dich glücklich macht, ohne dass du ihn erst ändern musst.«

Sie starrte mich eine lange Zeit einfach nur an. »Es tut mir leid«, flüsterte ich und wünschte, dass es einen leichten Weg gab, um das hier hinter uns zu bringen. Wenn es einen Film gab, der einem zeigte, wie man mit jemandem Schluss machte, ohne ihm wehzutun, hatte Jordan ihn mir jedenfalls noch nicht gezeigt. Ich war auf mich allein gestellt.

Sophie schniefte. Ihre Unterlippe zitterte, und sie musste schlucken, doch dann fand sie ihre innere Stärke. »Mir tut es auch leid«, zischte sie und stürmte zur Wohnungstür. Wütend zog sie ihre Jacke an und warf mir einen vernichtenden Blick zu, während sie die Tür aufriss. »Ich habe dich geliebt«, fauchte sie.

Ich zuckte zusammen, als sie die Tür hinter sich zuknallte, doch dann atmete ich tief aus. Ich war traurig und fühlte mich schuldig, doch gleichzeitig verspürte ich diese unglaubliche Erleichterung. Es war vorbei. Und wenn ich ehrlich zu mir war, würde ich sagen, dass es schon längere Zeit zwischen uns gekriselt hatte. Warum sonst hätte ich mich an einem anderen College als ihrem angemeldet, ohne es ihr zu sagen?

Sophie war in einer furchteinflößenden neuen Welt etwas Vertrautes gewesen. Sie hatte mir bei meinen neuen

Abenteuern das Händchen gehalten. Genau aus dem gleichen Grund hatte ich mich auch von meinen Brüdern überreden lassen, zusammenzuziehen. Doch in Wirklichkeit war es an der Zeit, dass ich endlich auf eigenen Beinen stand. Sophie hatte recht gehabt: Ich musste erwachsen werden. Doch das beinhaltete für mich nicht, mit ihr zusammenzuziehen oder uns zu verloben. Damit würde ich ihr nur gestatten, weiter mein Leben zu bestimmen, weil es leichter und weniger dramatisch war, als mit ihr zu streiten.

Erwachsen zu werden, bedeutete für mich, nicht nur aus dem Schatten meiner Brüder zu treten, sondern auch aus Sophies. Es bedeutete, Verantwortung für mein Leben zu übernehmen und das zu verfolgen, was *ich* wollte. Und ich wusste, was das war. Ich brauchte nur den Mut dazu. Nachdem ich meinen Brüdern die Stirn geboten hatte, war Sophie die Letzte gewesen, die mich zurückgehalten hatte. Dank Jordans Freundschaft und Unterstützung war ich endlich bereit, es zu wagen. Doch als Erstes musste ich mich bei Jordan bedanken, und jetzt war ich es, der für sie da sein musste. Glücklicherweise war sie eine ziemlich unkomplizierte Person, und ich wusste genau, was sie aufheitern würde.

Nachdem ich eine Packung Eis und zwei Löffel geholt hatte, klopfte ich leise an ihrer Tür. »Jordan?«

»Geh weg, Nate.«

Sie sagte zwar, ich sollte gehen, aber ich war durch ihren Tonfall ziemlich sicher, dass sie es nicht so meinte, also öffnete ich stattdessen die Tür. »Aber ich habe Double Fudge Chunk.«

Ich wartete, und nach einem Moment bewegte sich der

Hügel unter der Bettdecke, bis Jordan ihren Kopf herausstreckte. »Meinetwegen. Du darfst bleiben.«

Ich hatte gewusst, dass es funktionieren würde. Grinsend pflanzte ich mich neben sie aufs Bett und stützte mich auf meinen Ellbogen. Mit meiner freien Hand öffnete ich die Packung und hielt ihr die Löffel hin. Als sie einen nahm, tauchte ich den anderen ins Eis. Der Hauch eines Lächelns umspielte ihre Lippen, als ihr klar wurde, dass ich mit ihr teilen wollte.

»Alles okay?«, fragte ich, nachdem sie ein paar Löffel voll im System hatte.

Sie schnaubte. »Wenn du es *okay* nennst, immer wieder Cher zu sein?«

»Cher?« Ich wusste, dass sie nicht von der Sängerin sprach.

Ihr Löffel erstarrte im Eis zwischen uns, und sie warf mir diesen entsetzten Blick zu, den sie mir immer schenkte, wenn sie meine filmische Ignoranz nicht fassen konnte. »Alicia Silverstone? *Clueless?*«

Ich verzog mein Gesicht. »Sorry.«

Sie stöhnte, schob sich einen weiteren Löffel voll Eis in den Mund und stöhnte erneut. »Nate, *Clueless* ist ein *Klassiker*. Wie kannst du den nicht kennen?«

»Dir ist schon klar, dass ich in einem Haus voller Jungs aufgewachsen bin, oder?« Ich lachte. »Wenn keine Explosionen, Autoverfolgungsjagden, Kampfszenen oder dumme Witze vorkommen, hab ich es nicht gesehen.«

Sie seufzte, als wäre ich hoffnungslos verloren.

»Dann erzähl mir von Cher. Warum bist du wie sie?«

»Sagt der Titel nicht schon genug? Sie ist vollkommen ahnungslos. Besonders, wenn es um Jungs geht. Ich bin

Cher. Blaze ist der Loser Elton, und du bist der weise große Bruder Josh, der gekommen ist, um mir ›Ich hab's dir doch gesagt‹ unter die Nase zu reiben.«

»Hey, das ist nicht fair. Darum bin ich nicht hier.« Ich aß noch einen Löffel Eis, denn mit einem Mal brauchte ich die Schokoladentherapie genauso sehr wie Jordan.

»Tja, verdient hätte ich es«, murmelte Jordan.

»Genau wie ich.« Als Jordan mich fragend ansah, zuckte ich mit den Schultern. »Ich hab gerade mit Sophie Schluss gemacht.«

Jordan verschluckte sich an ihrem Eis, und ein Tropfen lief ihr Kinn herunter. Sie setzte sich auf und wischte ihn weg. »Was? Im Ernst? So richtig?«

»Ja. So richtig.« Ich steckte meinen Löffel in die nun fast leere Packung und starrte an die Decke. »Wir passen einfach nicht zusammen. Pearl wusste es schon, nachdem sie uns nur fünf Minuten miteinander erlebt hat. Meine Brüder sagen es mir seit Jahren.« Ich sah zu Jordan, die mich immer noch schockiert anstarrte. »Also wenn du Cher bist, bin ich es auch. Wir sind beide völlig ahnungslos.«

Jordan aß den letzten Rest aus der Packung und nickte. »Tja.« Sie atmete tief ein und wischte sich die salzigen Tränen von den Wangen. »Tut mir echt leid, dass ihr euch getrennt habt, aber irgendwie bin ich auch froh, dass ich heute Abend in meinem Elend nicht allein bin.«

Ich lächelte. »Sollen wir uns zusammen im Selbstmitleid suhlen?«

Sie sah mich ein bisschen verlegen an. »Willst du *Clueless* schauen?«

Ich lachte. »Habe ich eine andere Wahl?«

Das entlockte ihr endlich ein richtiges Lächeln. »Nein.«

18

Selbst ist die Braut

Nach der Trennung von Sophie fühlte es sich so an, als wäre in meinem Leben endlich wieder Ruhe und Zufriedenheit eingekehrt. Sie hatte mich zwar nicht unglücklich gemacht, doch ich war ihr zuliebe mehr Kompromisse eingegangen, als mir klar gewesen war. Ohne sie in meinen Plänen und Entscheidungen berücksichtigen oder darüber nachdenken zu müssen, was sie denken oder wie sie sich fühlen würde, war alles so viel einfacher. Inzwischen war der November angebrochen und die Mitte des Semesters erreicht, und ich startete endlich wieder mit dem Songwriting durch. Obwohl ich noch sechs Wochen hatte, begann ich den Druck der Deadline für die Talentshow zu spüren. An Songs zu arbeiten war praktisch alles, was ich neben meinen Kursen und den Hausarbeiten tat.

Am Mittwochnachmittag war ich bereits seit einer Stunde in meine Texte vertieft, als mir der Kopfhörer von den Ohren gezogen wurde und mich Jordans Stimme zusammenzucken ließ. »Wie läuft's?«

Fast wäre ich vor Schreck vom Stuhl gefallen. Jordan lachte. »Sorry. Die Tür stand einen Spaltbreit auf. Ich habe geklopft, aber du hast mich wohl nicht gehört?«

Ich nahm den Kopfhörer ganz ab und streckte mich. Es war höchste Zeit für eine Pause. »Schon gut, du hast mich nur erschreckt. Müssen wir schon los?«

»Noch nicht.« Jordan zog eine Augenbraue hoch. »Deine Brüder sind auf dem Weg nach oben.«

Nun verstand ich ihren Gesichtsausdruck und war ebenso überrascht. »Sie sind hier? *Jetzt?*«

Jordan nickte. »Der Portier hat angerufen. Ich wusste nicht genau, was ich tun sollte, also hab ich ihm gesagt, er soll sie raufschicken. Ich hoffe, das war in Ordnung.«

»Klar«, versicherte ich ihr, während ich widerwillig auf die Beine kam. »Ich bin nur überrascht, weil ich ihnen nie gesagt habe, wo ich wohne. Mein Dad muss ihnen die Adresse gegeben haben, dieser Verräter.«

»Versteckst du dich etwa vor ihnen?«, fragte Jordan neugierig.

»Nein. Na ja, vielleicht ein bisschen.« Auf dem Weg ins Wohnzimmer versuchte ich, es ihr zu erklären. »Ich bin froh, dass wir wieder miteinander reden, und ich hänge auch gern mit ihnen ab. Ich hatte nur gehofft, sie von diesem Ort fernhalten zu können. Ich mag meine Privatsphäre, aber jetzt, wo sie mal hier waren, werden wir sie nie wieder loswerden.« Ich blieb stehen und sah Jordan ernst an. »Ich hoffe, du weißt, wie man Nein sagt, denn sie werden hier dauernd Party machen wollen, und sie können ziemlich unnachgiebig sein.«

Jordan schüttelte den Kopf und lachte leise. »Ich weiß. Ich hab sie schon in Aktion gesehen, weißt du noch?«

»Leider.«

Ich atmete tief durch und wappnete mich für das Chaos, als sie an die Tür hämmerten. Jordan klopfte mir auf die Schulter. »Wir beide zusammen können sie bestimmt in Schach halten.« Sicher. Das sagte sie jetzt.

Innerlich stöhnte ich, zwang mich jedoch zu einem Lächeln und öffnete die Tür. »Hey, Leute. Was gibt's?«

»Nett von dir, uns in deine neue Bleibe einzuladen, Kleiner.« Chris schob mich grinsend beiseite und trat ein.

Tyler folgte ihm und boxte mir zur Begrüßung gegen die Schulter. »Ja, was sollte das eigen... *Alter!*« Er sah sich mit weit aufgerissenen Augen um. Als er den Fernseher sah, drehte er sich zu mir herum. »*Im Ernst jetzt?*«

Ich zuckte mit den Schultern, also sah er zu Jordan. »Ist der 4K?«

Jordan grinste. »Natürlich. Mit kabellosem 7.1-Surroundsound und einem 400-Watt-Subwoofer.«

Ich glaube, Tyler begann tatsächlich zu sabbern.

»ESPN?«, fragte Chris.

Jordan nickte. »Alle Sportkanäle. Die brauche ich, um meine Fußballspiele schauen zu können. Natürlich sind die unterschiedlichen Ligen auf allen möglichen Sendern verteilt, also habe ich einfach ein ganzes Paket abonniert.«

Chris konnte es nicht fassen. »Du schaust gern Sport?«

Jordan grinste. »Nur den guten.«

Tyler schubste Chris aus dem Weg und ergriff mit einem breiten Grinsen Jordans Hand. »Ich glaube, wir wurden uns noch gar nicht offiziell vorgestellt.«

»O nein.« Ich zog Jordan von Tyler weg und warf ihm

einen strengen Blick zu. »Auf keinen Fall. Jordan ist tabu für euch. Denkt nicht mal dran.«

Chris runzelte die Stirn, während Tyler schmollte. »Warum? Du hast doch schon eine Freundin.«

Bevor ich darauf antworten konnte, lachte Jordan und sagte: »Eigentlich hat er letzte Woche ...«

»Jordan, warte ...«

»... mit Sophie Schluss gemacht.«

Meine Warnung war zu spät gekommen. Die Katze war aus dem Sack, und ich konnte Jordans Worte nicht mehr zurücknehmen. Es gab nicht viele Augenblicke, in denen meine Brüder sprachlos waren. Dies war einer davon. Ich ignorierte ihre weit aufgerissenen Augen und Münder, sondern starrte auf den Boden und wartete darauf, dass sie loslegten. *Und drei, zwei, eins ...*

»Du hast Sophie abgeschossen?«, fragte Chris, als könne er es immer noch nicht glauben.

»Du bist wieder Single?« Tyler begann übers ganze Gesicht zu strahlen. »*Alter!* Das sind die besten Neuigkeiten aller Zeiten! Das müssen wir feiern. Lass uns heute Abend einen draufmachen.«

Ich schüttelte den Kopf. »Ich kann nicht.«

»Auf keinen Fall, Kleiner«, sagte Chris. »Aus der Nummer kommst du nicht raus. Oh! Alter! Ich weiß, was wir machen können.«

Chris grinste mich an und zog Tyler in eine Ecke, wo sie zu flüstern begannen. Ich würde auf keinen Fall mit den beiden um die Häuser ziehen. Ich musste schnell handeln, sonst würde mein morgiger Tag dem Film *Hangover* gleichen.

»Tut mir leid«, flüsterte Jordan. »Ich hätte wissen sollen, dass du ihnen das aus gutem Grund nicht erzählt hast. Was machen wir jetzt?«

Es war dieses *Wir*, durch das mir eine Idee kam. »Wie hieß noch mal dieser Film, den wir letztens geschaut haben?«

»Welcher?«

»Der, wo Ryan Reynolds und Sandra Bullock so tun, als wären sie verlobt, um Sandra aus einer Zwickmühle zu befreien.«

»Das war *Selbst ist die Braut*«, erwiderte Jordan automatisch. Dann grinste sie. »Aber Nate.« Ihre Stimme senkte sich zu einem Flüstern. »Bittest du mich etwa, zu deiner Fake-Verlobten zu werden, damit du nicht mit deinen Brüdern ausgehen musst?«

»Ich dachte eher an Fake-Freundin, nicht Verlobte«, entgegnete ich flüsternd. »Wir müssen ja nicht gleich heiraten.«

Jordan schnaubte.

»Warum nicht?« Ich zuckte mit den Schultern. »Hat doch bei Colin und Sophie auch funktioniert.«

»Das war ja so romantisch.« Sie seufzte und schüttelte den Kopf. »Ich muss mir wirklich mal neue Freunde suchen. Ihr beiden wisst auf jeden Fall, wie man es anstellt, damit sich ein Mädchen wie etwas ganz Besonderes fühlt.« Sie verschränkte die Arme und grinste durchtrieben. »Frag mich.«

»Was?«

»Du erinnerst dich doch an den Film, *Sandra*. Wenn du eine Fake-Freundin haben willst, geh auf die Knie und frag mich.«

Dieses Spiel konnten wir beide spielen. Wenn sie wollte, dass ich sie fragte, würde ich es tun.« »Aber ich kann nicht auf die Knie gehen. Wenn meine Brüder das sehen, wissen sie, dass wir etwas vorhaben. Aber du hast recht. Das war nicht sehr romantisch von mir. Ich kann es besser.«

Ich steckte meine Zeigefinger in ihre Hosentaschen und zog sie an mich. Sie atmete schockiert ein, als ich meine Hände um ihre Taille legte. »Jordan?«

Sie schluckte nervös.

Ich brachte meine Lippen an ihr Ohr und flüsterte: »Würdest du bitte so tun, als wärst du meine Freundin, damit mich meine Brüder nicht foltern?«

So nah war ich ihr noch nie gewesen, und ich weiß nicht, was plötzlich über mich gekommen war. Und ich bemerkte, wie unglaublich sie duftete. Es gab nichts, was ich mehr liebte als eine gut riechende Frau. Ich hätte nicht gedacht, dass Jordan Parfüm benutzte, doch ich lag eindeutig falsch. Und was immer sie trug, musste irgendetwas in mir auslösen. Ohne nachzudenken, atmete ich tief ein und brachte meine Lippen sanft auf die Stelle direkt hinter ihrem Ohr. In die Realität kehrte ich erst wieder zurück, als Jordan erschauerte und »Wow« sagte. Ihre Stimme klang rau. »Das mit der Romantik hast du auf jeden Fall drauf.«

Glücklicherweise schien es ihr nichts auszumachen, dass ich die Grenze unserer Freundschaft versehentlich überschritten hatte, dennoch hatte ich das Bedürfnis, mich zu erklären. Ohne sie loszulassen, lehnte ich meine Stirn an ihre und flüsterte: »Sorry. Chris und Tyler sind viel misstrauischer als Sophie. Wir müssen überzeugend sein, sonst kaufen sie es uns nicht ab.«

Sie nahm den Kopf zurück und sah mich einen Moment lang mit einem Ausdruck in den Augen an, den ich nicht deuten konnte. Er wirkte fast enttäuscht, aber das ergab keinen Sinn. »In diesem Fall ...« Sie schlang ihre Arme um meinen Hals und wackelte verspielt mit den Augenbrauen. Dann hob sie ihre Stimme, damit sie zu meinen Brüdern und ihrem Pläneschmieden durchdrang. »Also, *Schatz*, wie willst du es ihnen beibringen?«

Wir beide sahen zu Chris, als sich dieser räusperte. »Ich glaube, wir haben es schon kapiert«, sagte er trocken.

Tyler stöhnte. »Ernsthaft, Kleiner? Du kannst nicht mal lange genug Single bleiben, um einen Abend lang mit uns feiern zu gehen?«

»Tut mir leid, Leute.« Lachend ließ ich Jordan los und präsentierte sie meinen Brüdern. »Ihr wurdet meiner neuen Freundin noch nicht richtig vorgestellt. Jordan, das sind meine Brüder, Dumm und Dümmer. Chris, Tyler? Das ist meine neue Mitbewohnerin und Freundin Jordan.«

Seufzend gaben sie ihr die Hand. Ihre Zurückhaltung war richtiggehend komisch.

»Was verschafft mir denn jetzt die Ehre?«

Sofort waren beide abgelenkt. »Alter«, sagte Ty. »Bret Petersons Eltern fahren über Thanksgiving weg, also schmeißt er eine Riesenparty und hat uns gefragt, ob wir auftreten wollen. Du musst uns diesen Song beibringen, den du bei deiner Audition gespielt hast, damit wir damit die Party rocken können.«

Bevor ich etwas sagen konnte, ergriff Jordan das Wort. »Hey, das ist ja perfekt.« Meine Brüder wirkten überrascht über ihre Freundlichkeit. Regelrecht schockiert waren sie, als Jordan sie einlud, uns zu meiner Probe zu begleiten.

»Nate hat ein paar neue Songs, an denen er für diese Talentshow arbeitet. Warum kommt ihr nicht mit und schaut, ob einer davon etwas für eure Band ist?«

Chris klappte die Kinnlade herunter, und Tyler blinzelte, als ob er nicht fassen konnte, was sie gerade gesagt hatte. Beide standen da und starrten sie nur an, während sich Jordan ihre Jacke schnappte.

Grinsend sah ich zu, wie sie sich einen weißblaugoldenen Beanie der LA Galaxy aufsetzte. Es war diese Woche richtig kalt geworden, also war sie schließlich eingeknickt und hatte den Hoodie und die Flipflops gegen richtige Winterkleidung eingetauscht, obwohl es noch nicht geschneit hatte. Sie sah mit dem dazu passenden Fußballschal, den Handschuhen und der Mütze einfach bezaubernd aus.

Sie bemerkte nicht, wie meine Brüder sie anstarrten, bis sie bereit war, die Wohnung zu verlassen. Dann sah sie verwirrt zu mir. »Was ist denn mit denen los?«

»Sie sind nur überrascht«, sagte ich lachend, während ich meine eigene Jacke anzog. »Sophie hätte sie nie gefragt, ob sie mit uns abhängen wollen.«

»Das ist eine Untertreibung«, sagte Chris.

Jordan grinste. »Tja, da hat Sophie wohl was verpasst.« Sie stellte sich zwischen meine überraschten Brüder und hakte sich bei ihnen unter. »Kommt schon, Jungs. Ihr könnt mir auf dem Weg alle peinlichen Geschichten über Nate erzählen.«

Chris und Tyler grinsten mich über Jordans Kopf hinweg diabolisch an, während sie die beiden aus der Tür verfrachtete. Ich verdrehte die Augen. »Nur zu. Für jede Geschichte über mich habe ich hunderte über euch.«

Meine Drohung schüchterte sie nicht im Geringsten ein, und sie begannen sofort mit der ersten peinlichen Anekdote. An der Uni angekommen, hatten wir Jordan so sehr zum Lachen gebracht, dass ihr der Bauch wehtat. »Euer armer Vater!«, sagte sie, während wir zum Übungsraum gingen. »Wie hat er euch drei nur überlebt?«

»Als wir sechzehn waren, hat er einfach damit aufgehört, zu versuchen, uns zu disziplinieren«, sagte Tyler.

»Und mit dreiundfünfzig war er schon völlig grau«, ergänzte Chris.

Wieder musste Jordan lachen. Nachdem ich meine Brüder und die Band einander vorgestellt hatte, zog Jordan sie in eine Ecke und ließ mich mein Ding machen. Ich bemerkte erst, dass ein Bandmitglied fehlte, als ich meinen Laptop aufstellte, um den anderen vorzuspielen, woran ich gerade arbeitete. »Wo ist Blaze?«

Niemand wusste es. Wir gaben ihm zehn Minuten, dann begannen wir ohne ihn, da wir den Raum nur für zwei Stunden gemietet hatten. Eine halbe Stunde später beehrte er uns endlich mit seiner Anwesenheit.

»Schaut mal, wer da eine *Dreiviertelstunde* zu spät kommt«, brummte Jordan. »Das ist wohl dein Ding, was?«

Ich hatte Jordan gar nicht nach den Einzelheiten ihres Dates mit Blaze gefragt, da es mir so vorgekommen war, als würde sie nicht darüber reden wollen. Aber es war wohl anzunehmen, dass es nicht pünktlich begonnen hatte.

Er bemerkte, dass Jordan zwischen Chris und Tyler saß, und verzog abfällig sein Gesicht. »Ich komme nur dann pünktlich, wenn es mir wichtig genug erscheint.«

Ich war zwar nicht besonders konfrontativ, aber ich war noch nie wütender gewesen als in diesem Augenblick. Und in Anbetracht meiner Brüder hieß das schon etwas. Ich sah von jetzt auf gleich rot und packte Blaze am Kragen seiner Jacke. Dann zog ich ihn näher an mich heran. »Beleidige sie nicht noch mal«, warnte ich.

Blaze blinzelte überrascht, bevor er ein falsches Lachen ausstieß. »Entspann dich. Das war nur ein Witz.«

»Ich fand es aber nicht lustig.«

Blaze riss sich los und warf mir einen bösen Blick zu. »Sorry. Was auch immer. Lasst uns einfach arbeiten. Einige von uns haben heute noch was Wichtiges vor.«

Am liebsten hätte ich ihm eine verpasst. Aber das hätte die Dinge nur schlimmer gemacht, und wir hatten nicht mehr viel Zeit, also verkniff ich mir meine Antwort und spielte ihm meine Songs vor.

Als sie vorbei waren, warteten wir alle auf seine Reaktion. Er schnaubte verächtlich. Noch bevor er auch nur ein Wort gesagt hatte, sprangen mir die anderen zur Seite.

»Was ist dein Problem?«, fragte Austin, mein Keyboarder.

Blaze schüttelte den Kopf. »Das ist doch Zeitverschwendung. Keiner dieser Songs hat das Zeug, die Talentshow zu gewinnen oder Eindruck auf die Produzenten im Publikum zu machen. Die sind genauso mittelmäßig wie das, was wir bei der Audition gespielt haben.«

»Das stimmt nicht«, sagte Jordan. »Sie sind gut. Du bist einfach nur ein Idiot, der es nicht ausstehen kann, dass jemand anderes talentierter ist als du.«

»Und du bist nichts als eine verzweifelte aufmerksamkeitsgeile Tussi.« Er sah zu meinen Brüdern. »Ihr verschwendet eure Zeit mit ihr. Sie zieht sich zwar wie eine Schlampe an, liefert dann aber nicht.«

Jordan keuchte überrascht auf, wobei ich mir nicht sicher war, ob es an Blaze' grausamen Worten lag oder daran, dass ich ihm meine Faust so fest ins Gesicht schlug, dass er rückwärts in ein paar Plastikstühle krachte. Einen Moment lang folgte Stille, dann fluchten Blaze und ich beide. Meine Hand pulsierte wie verrückt, und ich konnte mir nur vorstellen, wie sich sein Gesicht anfühlen musste.

»Gut gemacht, Kleiner!«, rief Chris.

Tyler war so überrascht, dass ihm die Worte fehlten. Ich konnte es ihm nicht verübeln. Ich verlor nur selten die Geduld und hatte noch nie jemanden geschlagen ... von harmlosen Prügeleien mit meinen Brüdern mal abgesehen. Aber noch nie hatte ich jemandem ernsthaft einen Schlag ins Gesicht verpasst.

Blaze kam wieder auf die Beine und spuckte Blut aus. Er kochte vor Wut, aber ich war mit Sicherheit wütender und jederzeit bereit, ihm noch eine zu verpassen. »Ich hab dir gesagt, du sollst sie nicht noch mal beleidigen. Verschwinde von hier. Du bist raus.«

Blaze lachte ungläubig. »Ich bin *raus*? Du schmeißt mich aus deinem erbärmlichen kleinen Schulprojekt?«

Er schnaubte verächtlich, als wäre es keine große Sache, doch das war die Talentshow, und er wusste es genau. Er brauchte sie genauso sehr wie wir anderen. »Du kannst mich nicht rauswerfen. Du brauchst mich. Ganz egal, was du für einen beschissenen Song schreibst, du wirst einen Bassisten brauchen.«

Gut, dass ich bereits einen hatte. »Ty?«

»Ich dachte schon, du fragst nie, Bro.«

Schließlich runzelte Blaze irritiert die Stirn, als sich Tyler meinen Bass umschnallte. »Er spielt?«

»Sehr viel besser als du«, sagte Chris, während Tyler die ersten Takte ›Californication‹ der Red Hot Chili Peppers anspielte.

Ty war so gut, dass Blaze überrascht die Augen aufriss. Chris und ich grinsten einander an. Wir konnten einfach nicht anders. Die Songs dieser Band coverten wir am liebsten. Blaze musste wirklich mal ein Dämpfer versetzt werden. Triple Threat war so viel besser als seine lahme Band, die ich in dieser schäbigen Kneipe hatte spielen sehen. Ich griff nach meiner Gitarre, und Chris bat Mark um seine Drumsticks. Wir waren beide bereit, als Tys Solo zum Song ›All Around the World‹ wurde.

Als wir fertig waren, jubelte Jordan wie ein geborener Groupie. Blaze wusste, dass er sich geschlagen geben musste. »Was auch immer«, zischte er und marschierte davon. Innerlich wiederholte ich sein *Was auch immer*. Wir würden ihn nicht vermissen.

»Du hast den Job«, sagte Austin zu Tyler.

Chris wollte Mark die Drumsticks wiedergeben, doch dieser wollte sie nicht annehmen. »Ich finde, du solltest übernehmen. Du bist viel besser als ich.«

Chris schüttelte den Kopf, obwohl ich genau wusste, wie sehr er sich das wünschte. »Nein, schon gut. Ich bin ja kein Musikstudent oder so was. Ich weiß, wie wichtig das für euch Jungs ist.«

»Nein, wirklich«, sagte Mark. »Eigentlich spiele ich die Pauke. Um ehrlich zu sein, wird es mir überhaupt nicht helfen, für Nate bei dieser Talentshow Schlagzeug zu spielen. Die Klassikabteilung hat ihre eigenen Semestervorführungen, zu denen Orchesterscouts kommen. Das hier ist

Nates Projekt. Ich hab gern ausgeholfen, aber er verdient die besten Begleitmusiker, und das seid nun mal ihr.«

Das überzeugte Chris schließlich, die Drumsticks anzunehmen. »Echt stark, Mann. Danke.« Dann sah er zu mir, als würde er mich um Erlaubnis bitten. »Ist das cool?«

Es war mehr als cool. Ich freute mich wahnsinnig, dass mich meine Brüder in der Talentshow unterstützen würden. Wir machten das schon so lange, dass wir eine gut geölte Maschine waren, ein Team, das mit verbundenen Augen und geknebelt zusammenarbeiten konnte. Es machte mich viel selbstbewusster, sie an meiner Seite zu wissen.

Mir tat es zwar leid, dass Mark aufhörte, aber er hatte recht. Er hätte ohnehin nicht von dem Auftritt profitiert, und es stand nur mein Ruf auf dem Spiel, wenn wir scheiße waren. »Ja, ist cool.« Ich streckte Mark meine Hand entgegen. »Aber nur, wenn du dir wirklich sicher bist. Du musst nicht aufhören.«

»Bin ich. Und hör nicht auf Blaze. Deine Songs sind toll. Du wirst dich super schlagen.«

»Danke. Und apropos nicht auf Blaze hören ...« Ich ging mit Jordan in eine Ecke und umarmte sie. »Alles okay?«

Sie ließ sich einen Moment in die Umarmung sinken, dann grinste sie mich an. »Du hast ihm eine reingehauen.«

Ich zuckte mit den Schultern und versuchte es abzutun, doch insgeheim fühlte ich mich ziemlich gut. »Das musste ich. Er hat mein Mädchen beleidigt.«

»Wow. Du nimmst diese Sache mit der Fake-Beziehung echt ernst, oder?«

Ich konnte nicht in ihr Lachen mit einsteigen, da ich

plötzlich ein Brennen in der Brust verspürte. »Du bist nicht nur meine Fake-Beziehung, Jordan. Du bist meine Mitbewohnerin und meine Freundin. Meine beste Freundin. Ich kann mit niemandem so gut reden wie mit dir.«

Jordans Lächeln wurde sanft, und sie legte ihren Kopf unter mein Kinn. »Du bist auch mein bester Freund.«

Wieder brannte es in meiner Brust. Ich drückte sie fester und lachte. »Wenn Colin das gehört hätte, würde es ihm das Herz brechen.«

»Dann sagen wir es ihm einfach nicht«, erwiderte sie. »Es ist unser Geheimnis.«

»Hey, ihr Turteltauben«, rief Chris. »Schluss damit. Wir haben viel Arbeit vor uns.«

Jordan löste sich von mir. Ihre geröteten Wangen überraschten mich fast so sehr wie die Tatsache, dass es unglaublich schwer für mich war, sie loszulassen. Es gefiel mir, dass alle dachten, wir wären ein Paar. Vielleicht hatte Jordan recht. Vielleicht nahm ich diese Fake-Beziehung zu ernst. Andererseits hatte vielleicht auch *Pearl* recht. Vielleicht war das, was da zwischen Jordan und mir passierte, gar nicht fake, und wir waren nur zu ahnungslos, um es zu realisieren.

19

Familienfest und andere Schwierigkeiten

Die Wochen vergingen wie im Flug, und plötzlich war Thanksgiving. Das Timing hätte nicht besser sein können, denn ich brauchte wirklich eine Pause. Als mein letzter Kurs vorbei war, ging ich zum Café, um mich von Jordan und Colin vor dem langen Wochenende zu verabschieden. Beide würden über die Feiertage für ihre Kollegen einspringen, die um Urlaub gebeten hatten.

Als ich eintrat, begrüßten mich beide mit einem breiten Lächeln. Jordan hatte mich schon erwartet und hielt mir einen Pumpkin Spice Latte hin. »Er ist fertig!«, rief sie fröhlich. »Happy Thanksgiving!«

Ich schlug weder das Koffein noch den Kuss auf die Wange aus. Colin folgte Jordans Beispiel. Seltsamerweise hatte ich mich daran gewöhnt, so von ihm begrüßt zu werden. Überraschender war die Umarmung von Pearl, die als Nächstes kam. Die alte Dame hatte sich einfach aus dem

Nichts angeschlichen. »Nathan! Wie schön, dich zu sehen.«

»Hi, Pearl. Happy Thanksgiving.«

»Dir auch. Fährst du über die Feiertage nach Hause?«

Ich seufzte. »Ja. In einer Stunde treffe ich mich mit meinen Brüdern am Bahnhof.«

Pearl runzelte die Stirn. »Du freust dich nicht, nach Hause zu kommen?«

Ich zuckte mit den Schultern. »Es wird nett sein, meinen Vater zu sehen, aber meine anderen Verwandten sind alle irre. Dazu noch meine Brüder, und ich bin mir nicht sicher, ob ich die vier Tage überlebe.«

»Aw«, scherzte Jordan. »Du bist gerade so *Familienfest und andere Schwierigkeiten.*« Ich brauchte gar nicht erst zu fragen. »1995. Regie Jodie Foster. Ein Film darüber, wie schrecklich es ist, über Thanksgiving zur völlig durchgeknallten Familie zurückzukehren. Jede Menge Drama und Streit, doch letztendlich sind sie doch eine Familie und lieben sich. Größtenteils.«

Ich lachte. »Ja, das fasst es ziemlich gut zusammen. Die letzten Jahre hatte ich Sophie, um die anderen fernzuhalten, doch dieses Jahr bin ich auf mich allein gestellt.«

Pearls Stirnrunzeln vertiefte sich. Aus dem Augenwinkel sah ich, wie Colin Pearl bedeutete, mich in Ruhe zu lassen. Entweder verstand sie sein Signal nicht, oder es war ihr egal. Wahrscheinlich Letzteres. »Nathan, ist was zwischen Sophie und dir vorgefallen?«

Ihre Stimme klang besorgt, doch sie konnte nicht verbergen, wie erfreut sie wirkte. »Wir haben uns vor einer Weile getrennt«, sagte ich ausdruckslos.

Ihre Mundwinkel zuckten, während sie gegen ein Lächeln ankämpfte. »Tut mir leid, das zu hören.«

Jordan, Colin und ich lachten. »Na klar«, sagte Jordan. Colin schüttelte den Kopf. »Sie haben es faustdick hinter den Ohren, Pearl.«

Sie lächelte. »Es ist doch nichts falsch daran, sich zu freuen, dass Nathan nicht mehr an Sophie gebunden ist. Ich will, dass er glücklich ist, und sie hat ihn nicht glücklich gemacht.«

Sie zwinkerte erst mir zu, dann Jordan, die stöhnte. »Denken Sie nicht mal dran, Pearl.«

Pearl versuchte erfolglos, gekränkt zu wirken. »An was denn? Ich habe an gar nichts gedacht. Ich wollte nur vorschlagen, dass du Nathan über die Feiertage begleitest, da er Sophie ja nicht mitnimmt. Es klingt so, als bräuchte er jemanden, der ihm hilft, bei Verstand zu bleiben.«

Mein Herz begann bei der Vorstellung freudig zu klopfen, doch Jordan wirkte alles andere als erfreut. »Pearl!«, rief sie. »Sie können doch nicht einfach eine Fremde zu jemandem einladen? Das ist unhöflich und übergriffig und …«

»Und *brillant*«, sagte ich. Jordan sah mich erstaunt an. Ich grinste. Seit Pearl es erwähnt hatte, war mir klar, dass es die beste Idee aller Zeiten war. »Sie hat recht. Du solltest mitkommen.«

Jordans Überraschung wurde zu Skepsis. »Meinst du das etwa ernst?«

Ich meinte es völlig ernst. Ich konnte meine Begeisterung über die Aussicht, sie mit nach Hause zu nehmen, kaum zügeln. »Machst du Witze? Ich bin verzweifelt. Du musst mitkommen. Ich *brauche* dich. Jemand muss mich vor meiner irren Tante Carol und meinen Brüdern retten.«

»Ich …« Ihre Wangen wurden rot, und sie schüttelte den Kopf. »Ich wünschte, ich könnte, aber ich muss dieses Wochenende arbeiten.«

»Sag deinem Chef, dass du nicht kannst.«

Colin schnaubte. »Das würde nicht besonders gut ankommen.«

Jordan seufzte. »Unser Chef hat mich angefleht, über die Feiertage zu arbeiten, weil schon zu viele Leute um Urlaub gebeten haben, und er wusste, dass ich nicht nach Hause fliege. Er war ziemlich verzweifelt. Wenn ich jetzt einen Rückzieher mache, schmeißt er mich raus.«

Pearl zuckte mit den Schultern. »Dann feuert er dich eben. Du hast Nathan gehört. Er braucht dich. Und du brauchst ihn. Ich würde meinen, das ist wichtiger als dieser Job, oder?«

Colin lachte, und ich bekam ganz heiße Wangen.

Jordan wurde knallrot und knurrte Pearl fast an. »Hören Sie auf, Pearl. Ich hab gesagt, ich kann nicht.«

»Ich auch nicht. Danke fürs Fragen«, warf Colin ein, um die angespannte Atmosphäre zu lockern.

Keine drei Sekunden später eilte eine Frau ins Café. »Jordan!« Sie atmete erleichtert auf. »Ich bin so froh, dass ich dich erwische. Arbeitest du am Wochenende?«

Der Zufall ließ Jordan zu mir schauen. »Ja?«, antwortete sie ihrer Freundin misstrauisch.

»Wäre es zufällig möglich, ein paar deiner Schichten zu übernehmen? Oder vielleicht sogar alle?«

Colin schnappte nach Luft, Jordan erbleichte, und mir blieb kurz das Herz stehen. Es gab Zufälle, und dann gab es noch so etwas wie das hier, das überhaupt nicht real sein konnte. »Was?«, riefen wir drei gleichzeitig.

Die Frau verzog das Gesicht. »Sorry. Ich frage wirklich ungern, aber ich weiß, dass du das Geld nicht unbedingt brauchst, und ich bin am Verzweifeln. Darren hat sich den Fuß verstaucht und kann die nächsten paar Wochen nicht arbeiten. Ohne seine Stunden können wir am Ersten nicht die Miete zahlen, außer ich schiebe ein paar Extraschichten. Bitte?«

Jordan schmolz vor Mitgefühl dahin. »Oh Jenny, das mit Darren tut mir wirklich leid. Natürlich kannst du meine Schichten haben. Das ganze Wochenende, wenn du willst, und gern auch, was immer du danach brauchst.«

Die Augen der Frau füllten sich mit Tränen, und sie umarmte Jordan. »Danke. Kann ich sofort anfangen?«

»Klar. Sag nur Rick Bescheid. Ich bin sicher, es macht ihm nichts aus. Er ist hinten.«

»Du bist eine Lebensretterin, Jordan. Ich schulde dir was.«

Die Frau eilte ins Hinterzimmer, und wir blieben erstaunt zurück. Schließlich räusperte sich Pearl. Als wir alle zu ihr sahen, lächelte sie unschuldig. »Tja, Jordan, offenbar hast du dieses Wochenende nun doch frei.«

Jordan suchte nach Worten, dann sah sie Pearl mit zusammengekniffenen Augen an. »Wie haben Sie das gemacht?«

»*Wie bitte?*«

Vielleicht lag es an mir, aber für mich klang es, als versuchte Pearl, nicht zu lachen.

»Auf keinen Fall«, fuhr Jordan fort. »Das kaufe ich Ihnen nicht ab. Das war viel zu einfach.«

Ich war froh, dass ich nicht der Einzige war, der so dachte. Es war verrückt, sich einzureden, dass Pearl etwas damit zu tun hatte, aber ich kam auf den gleichen Schluss. Es war einfach zu seltsam. So seltsam wie Pearl selbst.

»Willst du andeuten, ich hätte diesem armen Mann ein Bein gestellt und damit dieses nette Paar in die Bredouille gebracht, nur damit du Nathan nach Hause begleitest?«

»Ich … na ja, nein, natürlich nicht, aber … aber …«

»Ich würde es Ihnen zutrauen«, sagte Colin.

Ich dachte zwar nicht, dass Pearl so weit gehen würde, jemanden zu verletzen. Dennoch war das Timing … verrückt.

Pearl lachte. »Ihr jungen Leute.« Seufzend griff sie nach meiner Hand und legte sie in Jordans. »So funktioniert das eben mit dem Schicksal. Wenn es dir ein Geschenk gibt, sollte man es nicht hinterfragen, sondern es einfach akzeptieren.«

Ich schluckte nervös, als ich einen Blick auf Jordans Hand in meiner warf. »Ähm …« Ich musste mich räuspern, ließ Jordans Hand los und rieb mir verlegen den Nacken. »Ja, ich hab immer noch keine Ahnung vom Schicksal, aber du hast ja jetzt wirklich das Wochenende frei. Willst du mich nach Syracuse begleiten?«

Jordan kaute auf ihrer Unterlippe herum und dachte über mein Angebot nach.

»Geh ruhig, Jordan«, sagte Colin. »Wenn du es nicht tust, mach ich es.« Als wir ihn beide ansahen, seufzte er verträumt. »Ein ganzes Wochenende im gleichen Haus wie die umwerfenden Anderson-Drillinge? Das wäre himmlisch.«

Pearl und ich mussten lachen, Jordan hingen lächelte

zwar, runzelte aber immer noch die Stirn. »Aber es ist Thanksgiving. Das ist doch Familiensache. Ich will mich nicht aufdrängen.«

Ich schüttelte den Kopf. »Meinem Dad ist es egal. Versprochen. Er ist total pflegeleicht. Noch pflegeleichter als ich. Bitte komm mit.«

Jetzt, wo ich die Idee erst mal im Kopf hatte, konnte ich den Gedanken nicht ertragen, ohne sie nach Hause zu fahren. Und sie wollte mitkommen. Das konnte ich ihr ansehen. »Bitte?«, sagte ich erneut.

»Bist du sicher?«

»Ich flehe dich an.«

Sie zögerte noch einen Moment länger, dann nickte sie langsam. »Okay.«

Die Unsicherheit in ihrer Stimme verwirrte mich. Noch nie hatte ich sie so verlegen gesehen. »Alles okay?«

Die Frage ließ sie zusammenzucken. »Ja klar.« Sie versuchte, ihre Überraschung mit einem breiten Lächeln zu überspielen. »Es ist einfach nur sehr nett, dass du mich einlädst.«

Wo kam diese plötzliche Unsicherheit her? Das war echt ungewöhnlich für sie. Normalerweise verhielt sie sich so nur Jungs gegenüber, von denen sie etwas wollte. Bei mir war das bisher nie der Fall gewesen. »Bist du ganz sicher, dass alles okay ist? Du benimmst dich seltsam. Wenn du nicht mitkommen willst, musst du das auch nicht.«

»Oh doch, das muss sie.« Colin legte seinen Arm um Jordans Schultern. »Sie kommt mit.«

Ich wartete auf Jordans Antwort. »Ich will mitkommen. Ehrlich. Ich freue mich sogar darauf, zu sehen, wie sich eine normale Familie über die Feiertage benimmt. Das wird eine völlig neue Erfahrung für mich.«

Vielleicht war es das. Vielleicht war sie nur eingeschüchtert von der Vorstellung, meine ganze Familie kennenzulernen. Sie sprach oft von meiner Beziehung zu meinen Brüdern. So sehr Sophie meine Brüder und die Tatsache, dass wir uns nahestanden, gehasst hatte, so sehr schien Jordan es zu lieben. Sie ähnelte mir sehr. Sie wusste sie in kleinen Dosen zu schätzen, genoss aber auch Zeit für sich allein. Obwohl sie seit meiner Trennung von Sophie ihre Zeit meistens mit mir verbrachte.

»Tja, wenn du dir sicher bist, lass uns schnell nach Hause gehen und deine Sachen packen. Du brauchst warme Kleidung, denn es ist kälter in Syracuse. Und mindestens ein Party-Outfit.« Sie verzog ihr Gesicht. »Hey. Wenn ich zu dieser Party am Freitag gehen muss, dann musst du auch.«

»Meinetwegen. Aber wenn mich ein großer dunkler Fremder anbaggert, werde ich dich für ihn sofort fake-abservieren.«

»Abgemacht.« Ich lachte. »Dann stempel mal aus. Wir müssen einen Zug bekommen.«

Jordan grinste. »Oder ... wir könnten fahren.«

Ich riss die Augen auf. »Mit dem Ferrari?« Als sie nickte, musste ich so breit grinsen, dass es wehtat. »Dieses Wochenende wird immer besser.«

Jordan ging nach hinten, um sich abzumelden. Als sie wiederkam, strahlte sie übers ganze Gesicht. Ich wusste, wie sie sich fühlte. Mir hatte vor diesem Wochenende gegraut, doch jetzt konnte ich es kaum erwarten, dass es anfing. Wieder einmal schuldete ich Pearl ein dickes Dankeschön.

Ich drehte mich zu ihr um. Sie zwinkerte mir zu und schien zu wissen, was ich dachte. »Habt ein schönes Wochenende.«

»Das werden wir«, versprach ich.

*

Wie erwartet, waren Chris und Tyler begeistert, dass Jordan uns begleitete, und Dad war ebenfalls einverstanden. Er war nicht mal überrascht. Meine Brüder waren allerdings sauer, als sie erfuhren, dass ich die Zugfahrt mit ihnen geschwänzt hatte, um in Jordans Ferrari nach Hause zu fahren. Doch alles war vergeben, als sie beide auf eine Spritztour mitnahm.

Als sie meinen Vater kennenlernte, zeigte sie erst wieder ihre Schüchternheit, doch am nächsten Morgen war sie wieder ganz sie selbst. Sie war sogar als Erste auf und hatte ganz allein die Kaffeebohnen gefunden, was mich nicht weiter überraschte.

Ich hatte Jordan mein Zimmer gegeben und auf dem Sofa geschlafen, also erwachte ich zum Geruch von frischem Kaffee. »Wie ich sehe, hattest du keine Probleme, das Koffein zu finden«, scherzte ich, als ich in die Küche kam.

»Ich habe einen sechsten Sinn dafür.«

Da würde ich nicht widersprechen.

Jordan sah zu, wie ich die Schränke durchwühlte, als wäre das ungemein faszinierend. »Tut mir leid, wir haben kein Eis im Gefrierfach.«

»Ich weiß. Hab schon nachgesehen.«

Ich lachte. »Aber wie es aussieht, haben wir Eier, gefrorene Waffeln und Count Chocula.«

Ich schüttete ihr bereits eine Schüssel mit Frühstücksflocken ein, noch bevor sie sagte: »Her mit der Schokolade.«

»Du hast Glück. Ist genau noch eine Portion drin.«

Nachdem ich ihr die Schüssel hingestellt hatte und zum Kühlschrank ging, um die Milch zu holen, schlurfte Chris im Halbschlaf in die Küche und schnappte ihr die Flocken mit einem breiten Grinsen im Gesicht weg. »Danke. Count Chocula esse ich am liebsten.«

Jordan sah zu, wie er mir die Milch aus der Hand nahm, etwas auf seine Flocken schüttete und sich ihr gegenüber an den Tisch setzte. Er grinste, als hätte er gewonnen, doch ich wusste es besser. Ich hatte zu viel Zeit mit Jordan und Colin verbracht. Sie wartete, bis er einen Löffel in die Schale gesteckt hatte, dann trat sie ihm fest gegen das Schienbein und zog die Schüssel wieder an sich, bevor er davon essen konnte.

»*Autsch!*«

Jordan grinste den Idioten an. »Danke, dass du mir schon Milch eingegossen hast«, sagte sie und schaufelte die Frühstücksflocken so selbstgefällig wie möglich in sich hinein.

Inzwischen waren auch mein Dad und Tyler in die Küche gekommen und amüsierten sich ebenso wie ich. Dad lächelte Jordan stolz an. »Schön, dass du dich so schnell eingewöhnt hast.«

Jordan erwiderte sein Lächeln. »Nichts für ungut, Mr

Anderson, aber mit Ihren Söhnen heißt es, nur der Stärkste überlebt.«

»Wem sagst du das.« Dad holte sich schmunzelnd einen Becher aus dem Schrank. »Fast hätte ich sie nicht überlebt. Aber bitte nenn mich doch Doug.«

»Alles klar, Doug. Was ist denn für heute geplant? Nate hat von einem chaotischen Familientreffen gesprochen?« Sie lachte, als wir alle stöhnten. »So schlimm kann es doch nicht sein.«

»Angeheiratete Verwandtschaft ist schlimm«, murmelte Dad.

»Welche angeheiratete Verwandtschaft?«, fragte Jordan. Plötzlich wurde sie rot und verzog das Gesicht. »Sorry. Ich meinte nicht ... ich dachte ...«

Ich kam zu ihrer Rettung. »Meine Mom hatte fünf Schwestern. Nach ihrem Tod waren sie der Meinung, dass Dad keine Ahnung hat, wie man uns aufzieht, und entschieden, dass es ihre Aufgabe war, sich um uns zu kümmern. Dad streitet sich schon seit Jahren mit ihnen herum.«

»Ein Haufen aufdringlicher Ladys. Meine Maddie war die einzig Normale aus dem Haufen.«

»Stimmt«, sagte Tyler. »Die sind alle irre.«

Chris erschauerte. »Besonders Tante Carol.«

Ich warf Jordan einen Blick zu, der *Hab ich dir doch gesagt* bedeutete.

Dad schüttete sich einen Schuss Rum in den Kaffee. Nach einem Schluck sagte er: »Es ist nicht fair. Wenn man seine Frau verliert, sollte man auch seine Schwiegereltern verlieren.« Er zwinkerte Jordan zu, um sie wissen zu lassen, dass er nur Spaß machte. Größtenteils. »Es ist lange her«, erklärte Dad, nachdem er Jordans entsetztes Gesicht gesehen hatte. »Es ist okay, über sie zu sprechen. Witze machen hilft. Besonders wenn es auf Kosten ihrer Schwestern geht.«

Chris legte Dad einen Arm um die Schultern. »Wenn du dir endlich eine anständige Frau suchst, lassen sie dich vielleicht in Ruhe.«

Dad verschluckte sich an seinem Kaffee mit Schuss. Als er zu husten begann, nahm Chris ihm den Becher aus der Hand und trank ihn selbst aus. Sobald der Husten nachließ, riss er ihn wieder an sich und verpasste ihm eine Kopfnuss. Dann räusperte er sich. »Tja ... apropos ...«

Wir begriffen alle drei gleichzeitig, was er damit andeuten wollte. »Hör auf!«, rief Tyler. »Dad, du Schuft. Du hast eine Freundin?«

»Ähm, ja.« Er wurde knallrot und rieb sich verlegen den Nacken. »Es ist, äh, Patricia Klonski.«

Jordan sagte der Name natürlich nichts, doch Tyler, Chris und ich rasteten aus. »MRS KLONSKI?«, riefen wir gleichzeitig.

Ich sank auf den Platz neben Jordan. »Wer ist Mrs Klonski?«

»Sie war unsere Lehrerin in der sechsten Klasse.«

Wir alle sahen zu Dad und warteten auf weitere Erklärungen. Sein Gesicht war noch immer knallrot. »Sie heißt jetzt Patricia Newman. Hatte vor ein paar Jahren eine Scheidung. Ich hab sie vor einem Monat zufällig im Supermarkt getroffen, und sie hat gefragt, was ihr Jungs so treibt. Wir kamen ins Gespräch und, keine Ahnung ...« Er zuckte hilflos mit den Schultern.

»Ich weiß«, sagte Tyler. »Sie ist total scharf. Gut gemacht, Dad.«

»Alter, das ist voll krank«, erwiderte Chris. »Sie ist deine Lehrerin.«

»Sie *war* meine scharfe Lehrerin. Selbst damals hab ich es schon gesehen. Was denkst du, warum ich in dem Jahr so oft nachsitzen musste?«

Jordan kicherte hinter ihrer Kaffeetasse.

Tyler sah Dad an. »Kommt sie heute zum Essen vorbei?«

Dads Seufzen ließ Tyler triumphierend die Faust in die Luft strecken. »Geil.«

Chris war angewidert. »Du Perversling. Was, wenn sie heiraten? Dann würdest du jetzt über deine zukünftige Stiefmutter sabbern.«

Dad verschluckte sich erneut, obwohl er diesmal gar nichts trank.

Tyler zuckte mit den Schultern. »Sie ist trotzdem scharf.«

Chris verdrehte die Augen. »Du hast schon genug Probleme. Du solltest dich nicht an Dads Freundin aufgeilen. Schlimm genug, dass du auf die Freundin vom Kleinen scharf bist.«

Diesmal war es Jordan, die zu husten begann, und Tyler, der knallrot wurde. Er starrte Chris wütend an und schlug ihn so fest er konnte gegen den Arm. »Arsch«, murmelte er und marschierte aus der Küche.

Ich hätte nicht lachen sollen. Ich versuchte es zu unterdrücken. Doch schließlich konnte ich nicht anders. Wir alle brachen in Gelächter aus, und irgendwo im Haus wurde eine Tür zugeknallt. »Der arme Kerl«, sagte Jordan.

Ha. Das war kaum das Schlimmste, was wir Brüder einander über die Jahre angetan hatten. »Er kommt drüber weg. Dad ist es, der mir leidtut. Wenn er mit Begleitung beim Thanksgiving-Essen auftaucht, wird die Hölle los sein.«

»Das glaube ich nicht. Ich habe sie bereits wegen Patricia vorgewarnt.« Dad deutete kopfschüttelnd auf Jordan. »Ihr beide werdet es sein, die im Zentrum der Aufmerksamkeit stehen, wenn ihnen klar wird, dass sie nicht Sophie ist.«

Mein Magen rebellierte. Er hatte recht. Das würde ein Albtraum werden. Ich sah zu Jordan. »Es ist noch nicht zu spät abzuhauen.«

Jordan tätschelte mein Bein. »Auf keinen Fall. Ich habe zugesagt, über die Feiertage mit dir nach Hause zu fahren. Ich will ein *Familienfest und andere Schwierigkeiten* sein.«

Sie wirkte begeistert, doch das lag nur daran, weil sie noch keine Ahnung hatte, worauf sie sich da einließ. Sie würde es noch früh genug herausfinden. »Meinetwegen.« Ich lehnte meine Stirn auf die kühle Tischoberfläche. Der Gedanke an den vor uns liegenden Tag machte mir Kopfschmerzen. »Denk nur immer daran, dass *du* es wolltest.«

20

10 Dinge, die ich an dir hasse

Wie jedes Jahr glich unser Thanksgiving dem Film *Familienfest und andere Schwierigkeiten* ziemlich genau. Jordan genoss das Chaos mehr als Tante Rachels preisgekrönten Pecan Pie, von dem sie zwei Stücke aß. Es war faszinierend mitanzusehen. Jordan blühte regelrecht auf. Sie half in der Küche, spielte Fußball mit den Kindern, redete mit Onkel Richard über den Aktienmarkt und schaute sich mit Gramps einen alten Film mit Cary Grant an. Tante Carol weinte Tränen der Freude.

Insgesamt war der Tag wie immer ziemlich anstrengend gewesen, aber zum ersten Mal, seit ich mich erinnern konnte, hatte es auch Spaß gemacht. Jordan hatte ihn in ein Abenteuer verwandelt. Mein Familientreffen war zur Handlung eines unterhaltsamen Films geworden. Es war eine Komödie mit Herz, nicht der Horrorfilm, für den ich Thanksgiving immer gehalten hatte.

Dank Jordan konnte ich einen Schritt zurücktreten und alles aus einer neuen Perspektive sehen. So schien sie es immer zu machen. Durch sie veränderte sich mein Leben. Ich veränderte mich. Das Leben wie Jordan als Film zu betrachten, machte mich gespannt darauf, was als Nächstes passieren würde. Als ich am Freitagmorgen erwachte, war mein erster Gedanke: Welcher Film mag es heute sein? Die Antwort sollte jedoch erst später kommen, als wir abends auf Brets große Party gingen.

Jordan hatte klugerweise entschieden, den Ferrari zu Hause zu lassen – nicht, weil sie sich betrinken wollte, sondern um zu vermeiden, in der Nähe des Hauses parken zu müssen, wo ihn angetrunkene Partygäste beim Ausparken beschädigen könnten. Also hatte sie sich bereitwillig mit meinen Brüdern und mir in Dads Explorer gesetzt.

Als wir bei Brets Haus ankamen und die lange Einfahrt entlanggingen, war die Party bereits im vollen Gange. Lauter Bass und Gelächter dröhnte aus dem Haus, und überall waren Leute. Mein erster Gedanke war *Ich glaub, mich tritt ein Pferd* und *Old School*, doch Jordan war anderer Meinung. Sobald wir drinnen waren, pfiff sie anerkennend. »Glückwunsch, Jungs, wir sind offiziell bei Bogey Lowenstein angekommen.«

»Wer ist Bogey Lowenstein?«, fragte Tyler.

»Aus dem Film *10 Dinge, die ich an dir hasse*. Epische Partyszene. Bogey ist dieser Nerd, dessen Haus von jedem Teenager der Stadt heimgesucht wird. Er hat auch so ein großes Anwesen wie das hier, und die Party gerät völlig außer Kontrolle.«

»Oh, hey, ja, den Film kennen wir.« Chris stieß mich an, als ob ich es wissen sollte. »Das war der mit Heath

Ledger und dieser superscharfen Tante, die den Schulpsycho spielt.«

Tyler lachte. »Oh, ja, ja, ja. Danach haben wir angefangen, Sophie die Widerspenstige zu nennen ... oh.« Er verzog das Gesicht in meine Richtung. »Sorry, Alter.«

»Ganz toll«, murmelte Chris, dann blieb er stehen und streckte den Zeigefinger aus. »Apropos ...«

Mein Blick folgte seinem Finger und da, auf den Stufen, umgeben von ihren alten Schulfreunden, war Sophie. Seit unserer Trennung hatte ich nicht mehr mit ihr gesprochen und war überrascht, wie traurig ich plötzlich war, sie zu sehen. Ich bereute es nicht, dass wir Schluss gemacht hatten, aber sie war so lange ein wichtiger Teil meines Lebens gewesen. Ich hatte sie geliebt. Ja, ich hatte sie gehen lassen, aber es tat immer noch weh. Und ich hasste es, dass ich *ihr* so wehgetan hatte.

Jordans Hand glitt in meine. »Ist scheiße, oder?« Sie lächelte mich mitfühlend an und nickte in Sophies Richtung. »Als ich mit meinem Ex-Ex Schluss gemacht habe, dachte ich, es würde einfacher werden, ihn zu sehen, aber das wurde es nie.«

Ich wusste nicht, ob ich mich dadurch besser oder schlechter fühlen sollte, war jedoch erleichtert, Jordans Hand in meiner zu spüren. Ich drückte sie fest und war froh, dass sie verstand, wie ich mich fühlte. »Ich hatte nur nicht erwartet, sie hier zu sehen. Sie hasst Partys.«

Chris legte seinen Arm um meine Schulter und schüttelte den Kopf, als wäre er enttäuscht von mir. Ich kannte diesen Blick. Er würde mir jetzt wieder einen seiner Fünf-Minuten-älterer-Bruder-Ratschläge erteilen. »Sie ist wegen dir hier, Alter. Sie wusste, dass du kommen würdest.

Und ihrem sexy Kleid nach zu urteilen, will sie dich entweder zurückgewinnen oder dir zeigen, was du verpasst.«

Ich verdrehte die Augen. »Woher willst du das wissen?«

»Sie will ihn zurückgewinnen«, sagte Jordan. Wir sahen sie neugierig an. Sie klang genauso überzeugt wie Chris. Als ob sie es einfach wusste. »Sie ist mit ihren Freundinnen da. Wenn sie ihn eifersüchtig machen wollte, wäre sie mit einem Typen gekommen oder würde mit einem flirten. Schau sie dir außerdem doch mal an. Natürlich wirkt sie auf den ersten Blick entschlossen, aber nur aus Verzweiflung. Da ist keine Wut in ihren Augen. Sie ist hoffnungsvoll, nicht verbittert.«

»Noch nicht«, sagte Tyler. »Sie weiß noch nichts von euch beiden. Sobald ihr klar wird, dass ihr beide zusammen seid, wird die Tante aus *10 Dinge* neben ihr harmlos wirken.«

Als könnte Sophie spüren, dass wir über sie sprachen, sah sie in unsere Richtung. Als sich unsere Blicke trafen, blitzte eine Reihe von Gefühlen in ihrem Gesicht auf, so einfach zu lesen, als würde sie mit ihnen eine Geschichte erzählen – Freude, Hoffnung, Traurigkeit, Sehnsucht und Entschlossenheit. Dann wanderte ihr Blick an meine Seite und Schock und Schmerz wurden der Liste hinzugefügt. Dann schließlich tauchte die Verbitterung auf, die Jordan erwähnt hatte.

Sie begann in unsere Richtung zu gehen und Chris boxte mich. »Keine Sorge. Wir halten dir den Rücken frei, Bro.«

»Auf jeden Fall«, sagte Tyler.

Wieder war ich mir nicht sicher, ob es das besser oder schlechter machte. Bevor ich überhaupt Zeit hatte, meine

Gedanken zu sortieren, stand Sophie auch schon mit schimmernden Augen vor mir. Einer von uns musste etwas sagen, weil das Schweigen langsam erdrückend wurde.
»Hey, Soph. Wie ist es dir ergangen?«
»Was denkst du denn?«, erwiderte sie mit zitternder Stimme. »*Zwei Jahre*, Nate. Ich habe dir zwei Jahre meines Lebens geschenkt. Ich hab dir meine Zukunft angeboten, mein ganzes Herz, und du hast mich weggeworfen, als würde das alles nichts bedeuten.«
»Das stimmt nicht.«
Schniefend ignorierte sie mich und starrte Jordan an. »Und das alles für eine flatterhafte männerstehlende Flipflop-Trägerin.«
Ich seufzte. »Sophie, sie hat mich dir nicht gestohlen.«
Ich zog sie beiseite, um in Ruhe mit ihr zu reden. Als Sophie mich wieder ansah, liefen ihr Tränen über die Wangen. »Ich verstehe nicht, was du in ihr siehst. Sie ist nicht hübscher als ich. Nicht klüger. Herrgott, sie will Regisseurin werden. Sie hat keine Zukunft. Und du auch nicht, wenn du bei ihr bleibst.«
Ich wollte Jordan verteidigen, unterdrückte das Verlangen jedoch, weil es nichts nützen würde. Sophie schlug um sich, weil sie verletzt war, und sie brauchte einen Sündenbock. Jordan war ein leichtes Ziel.
»Du hast gesagt, es würde nicht um sie gehen!«, schluchzte sie.
Schuldgefühle stiegen in mir auf und machten es mir schwer, zu atmen, doch zumindest konnte ich ehrlich sein. »Es ging nicht um sie.«
»Natürlich nicht«, schnaubte sie verächtlich. »Du bist nur fünf Sekunden nachdem du mich abgeschossen hast,

mit ihr zusammengekommen. Sei ehrlich. Hast du mich mit ihr betrogen?«

»Nein, Sophie. Ich schwöre, ich war dir nie untreu. *Niemals.* Wir haben uns getrennt, weil wir uns auseinandergelebt hatten. Aus keinem anderen Grund.«

»Und wie kannst du dann so schnell mit jemand anderem zusammenkommen?«

Es tat weh, sie so hysterisch zu sehen. Ich musste etwas dagegen tun. »Bin ich ja gar nicht.«

Sophie atmete scharf ein und sah mich mit Hoffnung in den Augen an. »Was?«

Ich konnte die Tränen auf ihren Wangen nicht länger ertragen, also wischte ich sie weg und strich ihr die Haare hinters Ohr. »Jordan und ich sind nicht zusammen. Ich war seit unserer Trennung mit niemandem zusammen.«

»Aber alle sagen, du hast eine neue Freundin, und sie ist mit dir hier.« Wieder begann sie zu weinen. »Du hast sie mitgebracht, um sie deiner Familie vorzustellen.«

»Sie wäre über die Feiertage allein gewesen, also habe ich sie eingeladen. Wir haben nur Chris und Tyler gegenüber behauptet, dass wir zusammen sind, damit sie mich in Ruhe lassen. Du weißt doch, wie sie sind. Die Aussicht, dass ich Single bin, hat sie völlig ausrasten lassen. Ich wollte nicht mit jeder Frau in New York verkuppelt werden.«

Nach und nach bekam sie ihr Schluchzen unter Kontrolle. »Wirklich?«

»Wirklich. Du kannst Jordan fragen, wenn du willst. Sie und ich sind nur Freunde. Ich war nie untreu. Das würde ich dir nicht antun.«

Sie sah über meine Schulter. »Stimmt das?«

»Es stimmt«, sagte Jordan leise.

Mir rutschte das Herz in die Hose. Ich hatte nicht gewusst, dass Jordan uns gefolgt war. Als ich hinter mich sah, verbarg sie schnell ihren Gesichtsausdruck und zwang sich zu einem Lächeln. »Wir sind nur Freunde.«

Das falsche Lächeln verwirrte mich, doch mit der heulenden Sophie und meinen Brüdern, die hinter Jordan standen, konnte ich sie nicht fragen, was los war. Tyler lachte diabolisch auf. »Alter, du bist so was von aufgeflogen.«

Mir wurde klar, dass ich bei dem Versuch, Sophie zu beruhigen, meinen Brüdern verraten hatte, dass ich Single war. »Was auch immer. Das ist jetzt nicht der richtige Zeitpunkt.«

Nach einem langen Blick zu Sophie grinste er nur. »Meinetwegen. Aber die Abrechnung kommt noch. Das verspreche ich dir.« Er legte einen Arm um Jordans Schulter. »Ihr beiden steckt so richtig in Schwierigkeiten.«

»Und wie«, sagte Chris. »Wir bauen jetzt auf. Komm und hilf uns, wenn du hier fertig bist.«

Tyler und er wandten sich zum Gehen und zogen Jordan mit, als sie zurückbleiben wollte. »Komm schon, kleine Komplizin. Wir müssen uns mal ernsthaft über deine Loyalitäten unterhalten.«

»Ja, und außerdem ist da noch die Tatsache, dass du solo bist, was perfekt ist, weil ich ebenfalls solo bin.«

Er warf einen Blick zu mir und formte lautlos mit den Lippen *Sie gehört mir.*

Er machte natürlich nur Witze, dennoch hätte ich ihn am liebsten dafür verprügelt. Zumindest hoffte ich, dass es nur ein Witz war. Denn sollte er wirklich versuchen, Jordan anzumachen, würde ich ...

»Nate?« Sophies Hand auf meinem Arm brachte meine Aufmerksamkeit zu ihr zurück und besänftigte meine Wut. »Können wir irgendwohin gehen und reden? Bitte? Ich vermisse dich so sehr, Baby.«

Wieder wurde mir ganz flau im Magen. Genau das hatte ich vermeiden wollen. Ich hasste es, ihr wehzutun, doch die Trennung war das einzig Richtige gewesen. Ich liebte sie nicht mehr.

Ich legte meine Hand auf ihre und hoffte inständig, dass die Berührung den kommenden Schlag abmildern würde. »Was gibt es denn da noch zu reden, Sophie? Willst du wirklich, dass ich es noch mal sage? Wir passen nicht zueinander. Unsere Beziehung wäre ohnehin in die Brüche gegangen.«

Verzweifelt schüttelte sie den Kopf. »Das wäre sie nicht. Ohne die Ablenkung durch Jordan hättest du mich nicht verlassen.«

Vielleicht wäre es nicht zu diesem Zeitpunkt zu Ende gegangen, früher oder später aber schon.

»Wir waren glücklich, Nate. Wir haben uns geliebt.«

Doch das stimmte nicht. Nach der Trennung war mir klar geworden, dass ich sie schon seit einer Weile nicht mehr geliebt hatte. Pearl hatte an diesem Abend im Café recht gehabt. Ich hatte Sophie nichts von New York und dem Musikstudium erzählt, weil ich unbewusst nach einem Ausweg gesucht hatte. Ich war genauso sehr vor ihr davongelaufen, wie ich versucht hatte, vor meinen Brüdern zu fliehen. Jordan war nicht der Grund dafür gewesen, Sophie zu verlassen. Sie hatte mir nur dabei geholfen, zu erkennen, dass ich emotional längst woanders war.

Ich mochte Sophie noch immer, und ich fühlte mich

schuldig, ihr das Herz gebrochen zu haben, doch ich liebte sie nicht. Ich wollte sie nicht. Es kam mir so vor, als würde ich sie überhaupt nicht mehr kennen. »Es tut mir leid, Sophie, aber ich kann nicht. Es ist vorbei.«

Sie schloss die Augen, doch das hielt die frischen Tränen auch nicht auf. »Nein.«

Ich konnte nicht mehr hier stehen und mit ihr darüber streiten. Es brach uns beiden das Herz. »Es tut mir leid.« Ich gab ihr einen letzten sanften Kuss auf die Wange. »Ich muss gehen. Chris und Tyler warten auf mich.«

Ich ging davon, ohne zurückzublicken, aber es war schwer. Besonders, da ich sie wieder schluchzen hören konnte. Wie aus dem Nichts tauchten meine Brüder auf und nahmen mich in ihre Mitte, während wir durch das Haus zu unserer Bandausrüstung gingen. »Frauen, Mann«, sagte Chris. »Darum sollte man sich nicht festlegen. Die werden alle zu Psychos.«

Tyler schüttelte den Kopf. »Ich wusste immer, dass sie eine Megaklette ist.«

»Halt die Klappe, Tyler. Meine Güte. Könnt ihr nicht ein einziges Mal in eurem Leben etwas Mitgefühl zeigen?«

»Aber ...«

»Lass es einfach, okay? Ich bin nicht in der Stimmung.«

»Sorry. Du hast recht. Das ist bestimmt scheiße. Aber keine Sorge, du wirst dich besser fühlen, sobald du deine Gitarre in der Hand hast und vor einem Mikro stehst.«

Da konnte ich nicht widersprechen. Ich musste schnell etwas Dampf ablassen, sonst würde ich spätestens dann ausrasten, wenn einer meiner Brüder versuchte, mir irgendein Mädchen aufzuzwingen. Und das würden sie bei der erstbesten Gelegenheit versuchen. »Wo ist Jordan?«

»Sie holt sich was zu trinken, aber sie hat versprochen, bei der Show in der ersten Reihe zu stehen. Bereit?«
»Bereit.«

*

Es fühlte sich unglaublich an, wieder mit meinen Brüdern zu spielen und zu einigen unserer Lieblingssongs abzurocken, wie wir es früher fast jeden Tag getan hatten. Wenn Brets Party vorher noch nicht episch gewesen war, war sie das definitiv, als Triple Threat zu spielen begannen. Die Energie im Raum war hoch. Zumindest war sie das, bis wir die vier Songs spielten, die ich selbst geschrieben hatte. Natürlich lauschten die Leute neugierig und tanzten mit. Aber eben nicht so, wie sie es taten, wenn wir Fall Out Boy oder Tralse coverten.

Die Erkenntnis, dass Blaze recht gehabt hatte, was die Mittelmäßigkeit meiner Songs anging, war schwerer zu verkraften als das Drama mit Sophie. Doch die Wahrheit war nicht zu verleugnen. Meinen Songs fehlte etwas. Sie vor einem echten Publikum zu spielen, zusammen mit Liedern, die aus gutem Grund beliebt waren, ließ mich endlich verstehen, was Mr Hendricks damit gemeint hatte, dass meinem Sound etwas fehlte.

Ich hatte keine Ahnung, *was* mein Sound war, aber jetzt konnte ich hören, das etwas fehlte. Keiner der vier Songs, die ich bis jetzt geschrieben hatte, war gut genug. Nicht fürs Radio und auch nicht für die Talentshow. Sie waren nicht schlecht, aber auch nichts Aufregendes. Sie waren genau so, wie Mr Hendricks gesagt hatte: *generisch*. Und das war keine falsche Bescheidenheit, sondern die

Wahrheit. Es war eine ziemlich bittere Erkenntnis nach dem, was vorhin mit Sophie abgelaufen war, und als wir fertig waren, dröhnte mir der Schädel, und ich wollte einfach nur nach Hause. Doch so viel Glück sollte ich natürlich nicht haben. Ich hatte meine Gitarre noch nicht weggepackt, als Chris mit einem roten Plastikbecher vor mir stand. »Die Show ist vorbei. Zeit zum Feiern.«

»Ich nehme an, es besteht keine Chance darauf, dass wir jetzt schon fahren?«

»Nein. Du alter Lügner bekommst heute Abend keinen Freifahrtschein.« Als ich mit den Augen rollte, versuchte er mir den Plastikbecher in die Hand zu geben. »Komm schon. Häng mit mir ab. Ty hat mich stehenlassen, und ich langweile mich.«

»Meinetwegen. Aber zuerst müssen wir Jordan finden.«

Chris lachte. »Was denkst du denn, für wen mich Ty hat stehenlassen?«

»Sie ist bei Tyler?«

Chris nickte langsam und kniff die Augen zusammen. »Ist das ein Problem?«

»Komm schon. Als ob ich *Tyler* mit ihr trauen würde.«

Ich begann nach meinem Bruder und meiner Mitbewohnerin zu suchen. So weit würde ich es auf keinen Fall kommen lassen. Chris folgte mir und trank einen Schluck von dem Bier, das ich nicht angenommen hatte. »Sie ist ein großes Mädchen, Kleiner. Und sie sind beide Single«, sagte er, als wir in den nächsten Raum gingen. »Wenn sie sich betrinken und rummachen wollen, ist das doch ihre Entscheidung.«

Fast hätte ich ihm eine verpasst. Meinem eigenen Bruder, weil er andeutete, dass Jordan und Tyler etwas miteinander anfangen würden. Es war eine instinktive Reaktion. Chris zog die Augenbrauen hoch und grinste. »Oder wir gehen sie suchen.«

»Danke.« Ich ließ meinen Nacken knacken. Mein ganzer Körper war so angespannt, dass ich ihn bewusst lockern musste, bevor ich weitergehen konnte. Dann begann ich das Haus zu durchsuchen.

Ich würde Tyler umbringen, wenn er Hand an Jordan legte. Normalerweise war ich nicht so besitzergreifend, aber ich hatte Colin versprochen, auf sie aufzupassen. Leider war Tyler genau Jordans Typ, und sie vertraute ihm vermutlich, weil er mein Bruder war. Doch Tyler hielt einfach nichts von Beziehungen.

»Ganz ruhig, Kleiner. Da drüben sind sie.«

Ich folgte seinem Blick und atmete erleichtert auf. Sie waren nicht nach oben in eines der Zimmer gegangen. Sie tanzten nur, und so wie es aussah, hatte Jordan Spaß, ging aber nicht auf Tylers Flirtversuche ein. Als sie Chris und mich entdeckten, ließ Tylers Lächeln ein bisschen nach, doch Jordan begann zu strahlen. »Nate, rette mich! Er zwingt mich zum Tanzen.«

»Ich bringe dir bei, wie man tanzt«, korrigierte Tyler.

Er wirbelte Jordan herum, und sie kam ins Stolpern. Ich fing sie gerade noch rechtzeitig auf, und sie landete in meinen Armen. Ich lachte sie an. »Sieht aus, als wäre er ein beschissener Lehrer. Du tanzt furchtbar.«

Sie ließ sich von mir wieder auf die Beine stellen. »Was denkst du denn, warum ich es nie tue? Können wir jetzt gehen? Mir ist nach Ruhe und Frieden.«

Tyler und Chris stöhnten beide auf. »Im Ernst jetzt?«,

fragte Tyler. »Du bist ja genauso schlimm wie er. Du hattest erst ein Bier, und es ist noch nicht mal Mitternacht.«

Jordan kicherte. »Sorry. Ich bin keine große Partygängerin. Ich wollte euch Jungs nur spielen sehen. Aber ihr könnt ja noch bleiben. Gebt uns einfach den Autoschlüssel. Und wenn ihr dann irgendwann gehen wollt, überredet ihr einfach irgendwelche armen, nichtsahnenden Mädchen, euch mit nach Hause zu nehmen.«

Chris stieß Tyler an. »Ich glaube, er hat gehofft, dass *du* heute Abend sein armes, nichtsahnendes Mädchen sein würdest.«

Ich knirschte mit den Zähnen, doch Jordan lachte nur. »Ich bin weder arm noch nichtsahnend«, sagte sie und legte mir ihren Arm um die Taille, als wäre ich ihr Schutz vor dem großen bösen Wolf. Dieser Rolle entsprach ich nur allzu gern und legte meinen Arm um sie. »Nate hat mich von Anfang an vor euch beiden gewarnt. Und da ihr beide besser aussieht, als gut für euch ist, neige ich dazu, ihm zu glauben, dass ihr Schwerenöter seid. Und davon hatte ich genug. Ich bin bereit für sicher und beständig.«

Chris und Tyler waren völlig unbeeindruckt von Jordans Rede. Chris gähnte übertrieben und Tyler brummte: »Spielverderber.«

Seufzend reichte uns Chris den Autoschlüssel. »Was auch immer. Ihr zwei verdient einander.«

Konnte es wirklich so leicht sein? Würden sie uns das wirklich tun lassen? Das musste Jordans Werk sein, denn ohne sie würden sie mich die Party niemals so früh verlassen lassen. Triumphierend grinsend nahm Jordan Chris den Autoschlüssel ab und gab ihm einen Kuss auf die

Wange. »Danke. Ich mache es wieder gut. Wie wäre es, wenn ich dich morgen meinen Wagen fahren lasse?«

Chris' Schmollen wurde zu einem Grinsen. »Abgemacht.«

»Ja, du auch«, sagte Jordan zu Tyler, bevor dieser sich beschweren konnte. »Trinkt nur nicht zu viel heute Abend. Ich lasse euch nicht ans Steuer, wenn ihr einen Kater habt.«

Sie salutierten und verschwanden in der Menge. Ich starrte ihnen immer noch nach, als Jordan mich drückte. »Sollen wir?«

»Ich glaube, sie mögen dich lieber als mich.«

Jordan lachte. »Nimm es nicht persönlich. Ich habe einen Ferrari.«

»Das ist wahr.«

Unser Moment wurde von einer sehr betrunkenen Sophie unterbrochen, die auf den Wohnzimmertisch kletterte und laut lallte: »Na-than An-der-son!« Der Raum wurde still, und die Gäste blickten sie interessiert an, um das bevorstehende Spektakel zu verfolgen. Als sie uns entdeckte, seufzte sie. »Ich wollte dich heiraten.«

Sie schwankte, als würde sie das Gleichgewicht verlieren. Ich eilte durch den Raum, weil ich befürchtete, sie würde fallen. Dann versuchte ich sie herunterzuziehen, doch sie stieß mich weg. »Nein! Du darfst nicht so tun, als würdest du dich auch nur einen Deut um mich scheren! Du hast *Schluss* gemacht!«

Einige Leute lachten, andere hoben ihr Handy, um die Szene zu filmen. Ich musste sie von hier wegschaffen. Sophie trank nie. Verlor nie die Fassung. Sie war immer beherrscht und verantwortungsvoll. Diese Sache hier würde ihr morgen früh so peinlich sein. »Sophie, komm jetzt.« Ich streckte ihr meine Hand entgegen. »Komm runter. Ich glaube, du hattest genug zu trinken.«

Sie lachte freudlos. »Hatte ich nicht. Ich hab noch nicht annähernd genug getrunken, denn es tut immer noch weh.« Sie blinzelte mich an. »Es tut immer noch weh, Nate.«

»Soph ...« Mir fehlten die Worte, also zuckte ich mit den Schultern. »Tut mir leid.«

Ich sah mich nach Jordan um. Sie war zuerst stehen geblieben, doch als sie die Panik in meinen Augen sah, kam sie zu uns. »Trennungen sollten mit einer Bedienungsanweisung kommen«, murmelte ich. »Was soll ich tun?«

Jordan zuckte mit den Schultern. »Sieh nicht mich an. Ich habe Greg einen Fußball ins Gesicht geworfen.« Leiser fügte sie hinzu: »Hätte ihm besser in die Eier getreten.«

»Oh, schaut mal«, rief Sophie. »Es ist die Männerdiebin!«

»Sophie, nicht.«

»Oh, schau mal«, flüsterte mir Jordan zu. »Das anständige Mädchen hat sich auf einer Party betrunken und macht eine Szene. Das hier ist wohl wirklich *10 Dinge, die ich an dir hasse.*«

Ich sah sie an. »Und was passiert dann im Film? Denn ich habe gerade keine Ahnung, was ich machen soll.«

Jordan sah zu Sophie auf und obwohl ich ihren Widerwillen sehen konnte, seufzte sie. »Er schafft sie runter und bringt sie sicher nach Hause – nachdem sie sich vollgekotzt hat.«

Klang logisch. Leider hatte ich keine Lust darauf, Sophie nach Hause zu fahren und mich ihren Eltern zu stellen. Aber so konnte ich sie auch nicht lassen. »Okay, versuchen wir es.«

Ich zog Sophie herunter und ignorierte ihre Proteste. Sie beruhigte sich und schmiegte sich an mich, als ihr klar wurde, dass sie in meinen Armen war. Jordan hielt die Haustür für uns auf, und wir ließen die Party hinter uns. »Wir gehören zusammen, Nate. Das tun wir«, lallte Sophie immer wieder. »Das ist nur eine Phase. Du bist jetzt im College und denkst, du musst all diese verschiedenen Sachen ausprobieren, aber du wirst schon sehen. Sobald der Reiz des Neuen verflogen ist, kommst du wieder zu mir zurückgekrochen.«

Ich sagte nichts dazu, während ich sie auf den Rücksitz des Explorers verfrachtete, denn jetzt lallte sie nur noch unzusammenhängend vor sich hin. Sie wartete, bis ich auch eingestiegen und angeschnallt war, bevor sie weitersprach. »Ich vergebe dir, Baby. Wenn dir klar wird, dass du einen Fehler gemacht hast, werde ich dir vergeben, weil ich dich liebe, und ich weiß, dass du mich auch liebst. Du liebst mich ... das ist nur eine Phase ...«

Ihre Stimme verlor sich und wurde schnell von gleichmäßigem tiefem Atmen ersetzt, zu dem man nur fähig war, wenn man schlief. Jordan und ich warfen einen erleichterten Blick auf die Rückbank, dann sahen wir uns an. Jordan versuchte zu lächeln, doch es erinnerte mich an eine Grimasse. »Wenigstens hat sie nicht gekotzt.«

Ich brachte auch kein Lächeln zustande. Stattdessen legte ich die Hände aufs Steuer, starrte durch die Windschutzscheibe und seufzte. Jordan gab mir einen Moment, um runterzukommen, dann fragte sie leise: »Alles okay?«

Ich riss mich zusammen und steckte endlich den

Schlüssel ins Schloss. »Ja. Ich fühle mich nur ziemlich schlecht.«

»Kann ich mir vorstellen. Von dieser Seite habe ich eine Trennung noch nie erlebt. Die Leute machen immer Witze über Ex-Partner, die nicht loslassen können, aber das ist überhaupt nicht witzig, oder?«

»Nein.« Ich seufzte erneut. »Überhaupt nicht.«

»Okay, liefern wir sie zu Hause ab und besorgen wir uns noch was zu essen. Wir können uns vorm Schlafengehen eine Packung Double Fudge Chunk teilen.«

Das brachte mich ein wenig zum Lächeln. »Hey, ich bin es, der hier in Selbstmitleid badet«, sagte ich und fuhr los. »Ich darf die Sorte aussuchen.«

21

Kill Bill

Ich konnte nicht gut schlafen. Meine Gedanken überschlugen sich, und ich wälzte mich die ganze Nacht im Bett herum. Irgendwann grübelte ich nicht mehr über Sophie nach, sondern über die Talentshow. Bis dahin waren nur noch vier Wochen, und ich brauchte etwas Neues. Nicht nur einen neuen Song, sondern auch einen neuen Sound. Aber wie in aller Welt sollte ich meinen Sound finden?

Am nächsten Morgen saß ich auf dem zum Bett umfunktionierten Sofa und verarbeitete die Ereignisse des Tages, als Jordan schlaftrunken aus meinem Zimmer schlurfte. Sie war geduscht und angezogen, wirkte aber wie ein Zombie, so ganz ohne Kaffee in ihrem Kreislauf.

Als sie mich sah, begann sie zu lächeln, doch dann legte sie ernst den Kopf zur Seite. »Oh, oh. Dieses Gesicht kenne ich. Das ist dein ›Ich stehe wieder am Anfang und habe nur noch einen Monat‹-Gesicht.«

Ich runzelte unglücklich die Stirn. »Du hast gestern Abend den Unterschied gehört, oder?«

Jordan lächelte traurig. »Tut mir leid.«

Sie gesellte sich zu mir auf die Couch und legte ihren Kopf auf meinen Schoß. Nachdem sie die Decke über sich gezogen hatte, kuschelte sie sich ein. Es war zwar Morgen, aber sie wollte noch nicht aufstehen. Ich war zufrieden.

Noch nie hatte ich mich so wohlig gefühlt wie in diesem Augenblick, in dem Jordan und ich einfach nur schweigend die Gesellschaft des anderen genossen. Wir hatten solche Momente inzwischen öfter, und ich konnte mir nichts Schöneres vorstellen. Ich hätte ewig so mit ihr sitzen bleiben können, und gerade brauchte ich diese Stille und ihre Gesellschaft besonders dringend.

Jordan hatte meinen Stimmungswechsel sofort bemerkt. Ich musste mich ihr nicht erst erklären, und sie versuchte nicht, mich mit nichtssagenden Komplimenten zu beschwichtigen. Da sie selbst Künstlerin war, kannte sie sich mit Kritik und Versagen aus. Sie verstand, dass dies Teil des Prozesses war, und wusste, wie viel Ehrlichkeit wert war.

»Keine Sorge«, sagte sie leise, als wolle sie die Atmosphäre nicht zerstören. »Dir fällt schon was ein. Ich glaube an dich.«

»Danke.« Ihr Mitgefühl und Verständnis bedeuteten mir mehr, als jedes Lob es jemals würde. Ich seufzte. »Es ist schon okay. Es tut ein bisschen weh, aber es ist besser, ich merke es jetzt als während der Talentshow, wenn es viel zu spät ist.«

Sie öffnete die Augen und lächelte mich an. »Weißt du eigentlich, wie unglaublich du bist, Nate Anderson? Dass du deine Enttäuschung so objektiv betrachten kannst und es als Antrieb nimmst, statt zu verzweifeln ... Das ist der Grund, warum du eines Tages die Musikwelt im Sturm erobern wirst.«

Ich wusste, was sie meinte, und dass eine gewisse Wahrheit darin lag – niemand brachte es im Musikgeschäft zu etwas, ohne ein gewisses Maß an Beharrlichkeit –, dennoch war ihr Kompliment überwältigend. Ich schluckte nervös, lächelte und begann, mit Jordans Haaren zu spielen. Das tat ich gern, aber ich wusste auch, wie sehr sie das liebte. Sie schlief dabei immer fast ein. Sie sagte, es sei entspannend. Sie schloss die Augen, und ihr wohliges Seufzen brachte mich zum Lächeln.

Wir verfielen in ein angenehmes Schweigen und waren beide in unseren eigenen Gedanken verloren. »Du brauchst einfach etwas, das ein klein wenig *anders* ist«, sagte Jordan plötzlich, gerade als ich kurz davor war, wieder einzudösen. »Etwas, das ein bisschen unkonventionell ist, aber auf eine gute Weise. Ich hab dir mal gesagt, du wärst eine seltsame Mischung aus niedlich und sexy. Also brauchst du einen Song, der genau *das* ist. So was wie ein Liebeslied, das gleichzeitig ernst und verspielt ist.«

Ich war erstaunt. Was sie sagte, ergab total Sinn. Doch bevor ich ihr zustimmen konnte, tat sie etwas, das ich niemals erwartet hätte. Sie zitierte ein Lied. »Weißt du«, sagte sie, »wie dieser eine Song.« Dann sang sie: »*She's my cherry pie.*«

Meine Hand auf ihren Haaren erstarrte. Ich war so geschockt, dass ich mich nicht bewegen konnte. Ich konnte nur ehrfürchtig weiter zuhören. »Dieser Song hat alles. Er ist gleichzeitig sexy und albern. So was brauchst du. Nur, dass du ein Liebeslied über Eis schreiben solltest. Kirschkuchen ist ja gut und schön, aber nichts geht über Double Fudge Chunk. Weißt du, was ich meine?«

Sie hörte auf zu reden und bemerkte endlich, wie ich sie anstarrte. »Was?«

»Hast du gerade ein Lied *zitiert?*«, keuchte ich. »Ein richtiges Lied? Etwas, das im *Radio* gespielt wird und nicht in einem Film?«

Vielleicht hätte ich keine so große Sache daraus machen sollen, aber ich konnte einfach nicht anders. Ich hätte nie gedacht, dass ich das mal erleben würde, und war auf einen so historischen Moment nicht vorbereitet. Sie setzte sich auf, zuckte mit den Schultern und wurde rot, als hätte ich sie bei einem Regelverstoß erwischt. »Ich habe Colin gesagt, dass du mir etwas über Musik beibringst, und er hat versucht, mir bei der Suche nach meinem Lieblingslied zu helfen. Er sieht sich wie du als Musikexperte, und du weißt ja, wie er ist.«

»Übereifrig?«

Sie nickte. »Er hat mir Playlists über Dinge gemacht, die ich liebe. Eine davon war über Desserts.«

Ich musste lachen.

Sie boxte mich spielerisch gegen den Arm, lachte aber mit. »Mein einzig wahres Lieblingslied habe ich noch nicht gefunden, aber es waren schon ein paar gute dabei. Bis jetzt mag ich ›You Belong With Me‹ von Taylor Swift am meisten, und es tut mir leid, aber ich finde Maroon 5 wirklich klasse.«

Ich seufzte, als hätte sie mich mit diesem letzten Geständnis enttäuscht, aber in Wirklichkeit war es wohl einer der stolzesten Momente meines Lebens. Mein kleiner Filmnerd hörte sich Musik an, ohne dass ich sie dazu zwang. Sie mochte eine Band, weil sie ihr gefiel, nicht weil ich es ihr gesagt hatte. Es war zwar Maroon 5, aber trotzdem. Es war ein Fortschritt.

»Also gut, ich schätze, dann werde ich wohl ein Liebeslied über Eis schreiben. Aber nur, um Maroon 5 und Taylor Swift vom Thron zu stoßen.«

»Musiksnob«, scherzte Jordan und gab mir einen Kuss auf die Wange.

»Filmsnob.«

Sie streckte mir die Zunge raus und ich war versucht, die Geste zu erwidern. Glücklicherweise kam in diesem Moment mein Vater herein, bevor ich ebenso kindisch wurde wie sie. »Guten Morgen. Was habt ihr heute denn Schönes vor?«

Ich gähnte. »Genau das, was du gerade siehst.«

Dad schmunzelte. »Klingt gut. Aber seid ihr sicher, dass ihr nicht lieber mit mir einkaufen gehen wollt? Habt Mitleid mit einem alten Junggesellen und helft mir. Ich habe keine Ahnung, wie man einen schicken Anzug findet oder was man einer Frau schenkt, aber nächste Woche ist Patricias Geburtstag, und ich wollte sie in ein richtig schickes Restaurant ausführen. Und ich will ihr etwas Schönes schenken und dachte, ich finde vielleicht ein Black-Friday-Angebot.«

Ugh. Das klang so spaßig, wie Büroklammern zu schlucken. Ich suchte noch nach einer Ausrede, als Jordan sagte: »Ich komme mit.«

Dad sah sie an wie ein junger Hund, dem man einen Tennisball zeigte. »Wirklich?«

Jordan lachte. »Klar. Die beste Art, für eine Frau einzukaufen, besteht darin, eine mitzunehmen, und ich habe einen ausgezeichneten Geschmack, was Abendkleidung angeht.«

Ich schnaubte. »Eilmeldung, California Girl. Hier an der Ostküste gelten Flipflops nicht als formelle Kleidung.«

Jordan verdrehte die Augen. »Nur weil ich mich nicht gern schick anziehe, bedeutet das nicht, dass ich das nicht kann. Ich bin ein Rich Kid, weißt du noch? Ich habe die Hälfte meines Lebens auf formellen Events verbracht. Ich hatte sogar meinen eigenen verdammten Debütantinnenball. Ich kenne mich mit Mode aus.«

Jordan, die in einem Rüschenkleid in die Gesellschaft eingeführt wurde? Das konnte ich mir einfach nicht vorstellen. Ich musste gegrinst haben, denn sie boxte mich.

»Hör nicht auf ihn, Doug. Ich bin eine ausgezeichnete Shoppingpartnerin. Wir werden das perfekte Geschenk für Patricia finden, und du wirst so gut aussehen, dass sie dir auf keinen Fall widerstehen kann.«

Dads Wangen wurden rot, als ihm Jordan zuzwinkerte, doch er war verzweifelt genug, um ihre Hilfe anzunehmen. »Du bist eine Lebensretterin. Danke.«

Er war so erleichtert, dass ich ihm auf keinen Fall sagen konnte, wie sehr ich die Vorstellung hasste, den ganzen Vormittag in einem überfüllten Einkaufszentrum herumzuwandern. So viel zu meinem Plan, den ganzen Tag im Pyjama zu bleiben. Mir war gar nicht klar, dass ich geseufzt hatte, bis Jordan lachte. »Du musst ja nicht mitkommen.«

»Schon gut. Ich werde es überleben.«

»Nein, im Ernst. Bleib hier. Genieße für ein paar Stunden die Stille und arbeite an deinem Song. Du weißt, dass du das willst. Und mir macht es wirklich nichts aus. Ich könnte ein bisschen Dad-Zeit gebrauchen, auch wenn es nur ein geborgter Dad ist.«

Ich wollte eigentlich weiterdiskutieren, doch so, wie Jordan am Donnerstag beim Thanksgiving-Essen mit meiner Familie verschmolzen war, glaubte ich ihr. Wahrscheinlich konnte sie wirklich etwas Dad-Zeit gebrauchen. Es war ein trauriger Gedanke, dass ihre Familie ihr nie so einen Rückhalt gegeben hatte, aber wenn sie wollte, lieh ich ihr meine gern. Eigentlich war meine Familie ja schon toll, mit all ihren Fehlern. »Okay. Dann bleibe ich lieber zu Hause, wenn es euch nichts ausmacht.«

Jordan sah meinen Dad fragend an. Er wirkte überrascht, aber ich glaube, auch er erkannte die Sehnsucht in Jordans Augen, denn er schenkte ihr sein bestes väterliches Lächeln. »Warum nicht? Vielleicht kann ich dann auch gleich meine Weihnachtseinkäufe für euch erledigen.«

Jordan begann zu strahlen. »Oh, perfekt. Dann bekomme ich vielleicht auch gleich ein paar Ideen.«

Dad sah sie hoffnungsvoll an. »Können wir deinen Wagen nehmen?«

Jordan lachte. »Na klar. Wenn du willst, kannst du ihn auch fahren.«

Dad fielen fast die Augen aus dem Kopf. Die Vorstellung, sich ans Steuer von Jordans Ferrari setzen zu dürfen, ließ ihn regelrecht sabbern. »Viel Spaß, Kinder«, sagte ich scherzhaft. »Bleibt nicht zu lange weg.«

»Ich bringe ihn zu einer angemessenen Zeit wieder

nach Hause. Schreib mir ein gutes Eislied, während ich weg bin.«

*

Nachdem sie das Haus verlassen hatte, setzte ich mich tatsächlich hin und begann einen Song über Eis zu schreiben. Zuerst alberte ich nur herum, weil ich wusste, dass es sie zum Lachen bringen würde, doch je länger ich daran arbeitete, desto mehr begann er Gestalt anzunehmen. Ich nannte ihn »31 Flavors of You«, und er gefiel mir besser als alles, was ich vorher geschrieben hatte. Der Song war einzigartig. Originell und lustig – wie Jordan.

Als der Text fertig war, war es wie ein Schlag in den Magen. Jordan war meine beste Freundin, aber als ich mir den Song noch mal durchlas, wurde mir klar, dass sie noch so viel mehr war. In diesen Strophen lag so viel Verlangen, eine Sehnsucht, der ich mir bis zu diesem Zeitpunkt überhaupt nicht bewusst gewesen war.

Erschrocken klappte ich das Notizbuch zu, als ob das die Offenbarung, die ich gerade gehabt hatte, auslöschen würde. Das waren Gedanken, die ich über Jordan nicht haben sollte. Wir wohnten zusammen. Wir waren *Freunde*. Sie war verletzlich, was Männer anging, und sie vertraute darauf, dass ich auf sie achtgab. Das konnte ich nicht riskieren, indem ich unsere Beziehung durch romantische Gefühle verkomplizierte. Oder doch? Ich war überfordert und versuchte, Jordan für den Moment aus meinem Kopf zu verbannen. Ich tauschte Notizbuch gegen Laptop und arbeitete an dem Lied, das ich eigentlich schreiben sollte.

Meine Brüder, die, nicht weiter überraschend, bei Bret übernachtet hatten, kamen gegen vier nach Hause. »Wo ist Jordan?«

»Mit Dad einkaufen.« Ich zuckte nur mit den Schultern, als beide die Stirn runzelten. »Besser sie als ich.«

Sie dachten kurz darüber nach und kamen zu dem Ergebnis, dass ich recht hatte. »Ruf sie an und sag ihr, dass sie bald nach Hause kommen soll«, sagte Chris. »Wir treffen uns heute Abend mit einem Haufen Leute zum Bowlen.«

Bowlen mit meinen Brüdern klang lustig. Aber bowlen mit einem Haufen anderer Leute – höchstwahrscheinlich Mädchen auf der Suche nach jemandem zum Abschleppen –, während mir Chris den ganzen Abend die Hölle heißmachte, weil ich behauptet hatte, Jordan und ich wären ein Paar, und Tyler Jordan anbaggerte, klang furchtbar. Ich konnte keine zwei Abende voller Drama hintereinander ertragen, darum wartete ich, bis die beiden unter der Dusche verschwanden und versteckte mich mit Laptop, Kopfhörer und Notizbuch in dem alten Baumhaus in unserem Garten. Darin hatten wir früher als Kinder gespielt, aber es war Jahre her, seit Ty oder Chris hier oben gewesen waren, also dachte ich, es wäre sicher. Während der Highschool hatte ich mich ständig hier versteckt, und sie hatten mich nie gefunden.

Ich war noch nicht lange dort, als ich jemanden die Leiter hinaufklettern hörte. Ich war sauer, dass mein Lieblingsversteck aufgeflogen war, bis ich Jordans Stimme hörte. »Brauchst du ein bisschen Gesellschaft?«

Ich öffnete die Luke und nahm ihr dankbar die dampfenden Becher Kakao aus den Händen, sodass sie raufklettern konnte. »Das Mädchen aus Südkalifornien trotzt dem kalten Wetter, was?«

Sie kuschelte sich an mich, um ein bisschen zusätzliche Wärme zu stehlen. »Glaub mir, es war nicht meine erste Wahl, aber als ich deinen Dad fragte, wo du bist, sagte er mir, dass du dich wahrscheinlich hier oben vor deinen Brüdern versteckst, damit du nicht mit ihnen zur nächsten Party musst. Und das klang für mich nach einer guten Idee.«

Ich lachte. »Hat er das wirklich gesagt?«

Jordan grinste. »Er kennt dich ziemlich gut.«

»Stimmt. Ich hoffe nur, dass mir Chris und Tyler niemals auf die Schliche kommen. Ich sterbe, wenn sie mein Versteck je finden.«

»Ich hab deinen Dad gebeten, ihnen zu sagen, dass wir unterwegs sind und sie schon mal ohne uns fahren sollen. Also vielleicht suchen sie gar nicht nach uns.«

Und darum liebte ich Jordan so. Sie verstand mich besser als jede andere Person.

Aus irgendeinem verrückten Grund fühlte sich die Atmosphäre plötzlich ein wenig angespannt an, also dankte ich ihr für den Kakao und trank so langsam, wie ich konnte. Doch als sie mein Notizbuch fand und es aufklappte, verschüttete ich ihn fast. »Und hast du mit dem Schreiben schon Glück gehabt?« Sie schnappte überrascht nach Luft. »31 Flavors of ... du hast mir wirklich ein Liebeslied über Eis geschrieben.«

»Warte, das ist nicht ...«

Mit Herzklopfen sah ich zu, wie sie meinen Songtext zu lesen begann. Am liebsten hätte ich ihr die Seiten aus der Hand gerissen, tat es aber aus irgendeinem Grund nicht. Stattdessen hielt ich den Atem an und beobachtete sie neugierig. Ihre anfängliche alberne Freude wurde allmählich von Überraschung abgelöst. Sie sah quälend langsam zu mir auf. »Nate ...«, flüsterte sie.

Ich konnte nicht atmen. Was ging in ihrem Kopf vor? Vor Aufregung wurde mir ganz schlecht. »Ich ...« Was sollte ich jetzt sagen? Ich hatte ihr ein Liebeslied geschrieben. Vordergründig ging es zwar um Eissorten, aber dennoch war es ein *Liebeslied*. Und es war speziell für *sie* geschrieben. »Das ist nicht ...«

»Nate ...«

»Ich hab nur etwas herumgespielt, nachdem du gesagt hast ...«

»Nate, es ist ...«

Sie hörte auf zu sprechen, als die Gartentür aufging. Wir lauschten, wie jemand zum Schuppen ging und kurz darauf war Chris zu hören, der mich rief. »Kleiner? Bist du hier draußen?«

Tyler antwortete ihm aus dem Schuppen. »Chris! Hast du meine alte Gitarre gesehen? Cory hat gesagt, er könnte sie reparieren, wenn ich sie ihm heute Abend mitbringe.«

Chris ging zum Schuppen. »Die schwarze, bei der eine Saite fehlt? Die sollte irgendwo da drin sein. Wo ist der Kleine?«

»Keine Ahnung. Macht wahrscheinlich irgendwo mit Jordan rum.«

Typisch meine Brüder. Ich war daran gewöhnt, doch Jordan verschluckte sich an ihrem Kakao.

»Schwachsinn. So cool ist er nicht.« Chris ging lachend in den Schuppen und sagte zwei Sekunden später: »Hier ist sie doch, du Trottel.«

Ich nahm an, dass sie jetzt wieder reingehen würden, doch Tyler musste sich hingesetzt haben, als Chris ihm die Gitarre gegeben hatte, denn er begann sie zu spielen. Oder versuchte es zumindest.

»Das Ding ist kaputt, Mann«, sagte Chris.

»Darum soll Cory sie ja auch reparieren, Idiot.«

»Was auch immer. Komm und hilf mir, den Kleinen zu finden.«

»Ich hab's doch schon gesagt, Mann. Schau einfach in alle Schränke.«

Chris lachte. »Ja klar. Das würde der sich doch nie trauen. Dafür ist er viel zu anständig. Sie ist seine Mitbewohnerin, und es ist zu früh nach der Sache mit Sophie.«

»Wenn ich an seiner Stelle wäre, würde ich es tun. Jordan ist echt superscharf.«

»Findest du? Sie ist ganz süß, aber nicht mein Geschmack.«

»Spinnst du, Alter? Die ist Sportlerin. Hab mir letztens mal so ein Fußballspiel angeschaut, weil ich wissen wollte, was sie daran findet, und das war überraschend brutal. Viel aggressiver, als ich dachte. Ich wette, Jordan mag es gern hart.«

Okay, sie würden nicht aufhören. Ich legte mir die Hand vors Gesicht und schämte mich für meine Brüder. »Sollen wir runtergehen?«, flüsterte ich.

Überraschenderweise schüttelte Jordan den Kopf und grinste so breit, als würde sie sich köstlich amüsieren.

»Vielleicht«, sagte Chris. »Gestern hat sie mir voll gegen das Schienbein getreten.«

»Sag ich ja. Ich würde sie nicht von der Bettkante stoßen.«

Chris lachte. »Viel Erfolg. Kann's kaum erwarten, zu sehen, wie der Kleine dich verprügelt.«

»Das würde sich dieses Weichei niemals trauen.«

»Wenn du dich an Jordan ranmachst, schon. Nur Freunde? Von wegen. Was sie angeht, macht er sich total was vor. Sophie hatte recht, weißt du? Er mag sie nicht mit Jordan betrogen haben, aber sie ist auf jeden Fall der Grund, warum er mit Sophie Schluss gemacht hat.«

Die Erwähnung meiner Exfreundin ließ Tyler stöhnen. »Shannon hat mir gesagt, dass Sophie heute Abend auch kommen will.«

Ich konnte vor Kälte meine Finger kaum noch spüren, aber dies war der denkbar schlechteste Zeitpunkt, um unser Versteck zu verlassen.

»Ich weiß. Ich hoffe ja auf einen kleinen Showdown zwischen Jordan und Sophie. Hab gehört, da sei gestern was abgegangen. So ein Mist, dass ich es verpasst habe.«

Meine Brüder konnten solche Idioten sein. Ich schnaubte versehentlich fast laut genug, um uns auffliegen zu lassen. Jordan machte eine Handbewegung, um mich zum Schweigen zu bringen. Sie schien wirklich fasziniert von dieser Unterhaltung.

Tyler versuchte einen weiteren Song auf der Gitarre, doch ohne die fehlende Saite funktionierte es einfach nicht. Er seufzte. »Ich setze auf Jordan.«

Chris schnaubte. »Machst du Witze? Hast du Sophie gestern Abend gesehen? Sie war wie Uma Thurman in *Kill Bill*. Total wütend und durchgedreht. Sie würde Jordan in einem Kampf den Kopf abreißen. Jordan wäre eher wie Vivica A. Fox, die ihr Kind beschützt oder so was. Sie würde einen interessanten Kampf liefern, aber welche

Chance hätte sie gegen eine verbitterte, wütende Psychopathin?«

Tyler lachte. »Ihr Kind beschützen? Auf keinen Fall. Stimmt schon, Jordan und Nate wirken wie ein Ehepaar, das nur noch nicht weiß, dass es verheiratet ist. Aber wenn du mich fragst, wartet sie nur darauf, dass Nate endlich Eier wachsen und er etwas unternimmt.«

Konnte das stimmen? Ich hätte gutes Geld bezahlt, um in diesem Moment einen Blick auf Jordans Gesicht zu werfen und zu sehen, wie sie auf diese Behauptung reagierte, doch stattdessen starrte ich in meinen halb leeren Becher Kakao.

»Sie will ihn«, sagte Ty. »Vertrau mir. Und da sie diejenige mit der echten Chance ist, hat sie auch mehr Motivation.«

»Keine Ahnung, Alter. Rache ist ziemlich motivierend.«

»Zwanzig Mäuse.«

»Abgemacht. Und jetzt lass uns diese beiden Verlierer suchen, bevor sie uns entkommen.«

Sobald sie weg waren, seufzte ich und zuckte mit den Schultern, weil mir einfach die Worte fehlten. Jordan hingegen wusste genau, was sie sagen sollte. »Ich glaube, du wurdest adoptiert.«

Wir begannen beide zu lachen.

22

Moulin Rouge

Jordan und ich blieben im alten Baumhaus, bis wir hörten, wie Chris und Tyler wegfuhren, und es sicher war, wieder reinzugehen. »Was sind das für Manieren, Nathan?«, fragte Dad, als ich meinen Laptop auf den Tisch stellte und versuchte, ein wenig Gefühl zurück in meine Hände zu rubbeln. »Du hast deinen Gast in einen Eiszapfen verwandelt.«

»Ich hab sie da draußen nicht als Geisel gehalten.«

Jordan nahm ihre Handschuhe ab und pustete in ihre Hände. »Stimmt. Sich in der Kälte mit ihm zu verstecken, war die sicherere Option.« Als ihr Dad einen neugierigen Blick zuwarf, lachte sie. »Was das angeht, bin ich Nate sehr ähnlich. Ich mag meine Aufregung in kleinen Dosen. Zwei Party-Abende hintereinander sind einfach zu viel für mich.«

Dad schmunzelte. »Dann versucht es doch nächstes

Mal besser in der Waschküche. Da ist es viel wärmer, und ich glaube nicht, dass die beiden auch nur wissen, dass dieser Raum existiert.«

Jordan lachte, fröstelte aber sichtlich. Ich reichte ihr die Decke von der Couch. »Du bist immer noch am Zittern. Setz dich, ich mach dir einen Kaffee.«

»Ich glaube, ich nehme lieber eine schöne heiße Dusche, um wieder aufzutauen. Aber Kaffee klingt hervorragend.«

»Okay.« Und ich dachte definitiv nicht darüber nach, diese schöne heiße Dusche mit ihr zusammen zu nehmen. Stattdessen ging ich in die Küche und holte die Kaffeebohnen aus dem Schrank. »Es ist zwar kein Pumpkin Spice Latte, aber zumindest ist er warm. Ich versuche dir was übrig zu lassen.«

»Und ich kann den Kamin anmachen«, bot Dad an.

Jordan erstarrte auf ihrem Weg zu meinem Zimmer. Sie warf einen Blick auf den leeren Kamin und begann zu strahlen. »Ein echtes Feuer? Eines, das knackt und gut riecht und tatsächlich Wärme produziert?«

Dad warf mir einen fragenden Blick zu, doch ich wusste auch nicht, wovon sie da redete. »Im Gegensatz zu …?«, fragte Dad.

»Zu einem Kaminfeuer im Fernsehen oder einem Gaskamin, den man mit einer Fernbedienung einschaltet. Ich hab noch nie ein echtes Kaminfeuer gesehen. Nur Lagerfeuer am Strand und so weiter.«

Kopfschüttelnd füllte ich Wasser in die Kaffeemaschine und stellte sie an. »Tja, wenn dich das so begeistert, lassen wir es einfach brennen, und du kannst heute Nacht auf dem Sofa schlafen.«

Es sollte ein Scherz sein, aber sie liebte die Idee und sagte mir, dass ich toll wäre, bevor sie in Richtung Dusche verschwand. Lachend stapelte Dad Holzscheite im Kamin auf. »Ich mag sie.«

»Ja, Jordan ist ein Original, so viel ist sicher. Und sie würde das als Kompliment nehmen.«

Lächelnd setzte ich mich an den Küchentisch und klappte meinen Laptop auf. Dad war zu Sophie immer höflich gewesen, aber er hatte nie gesagt, dass er sie *mochte*. Es war nett, dass meine Familie meine Freundin zur Abwechslung mal wirklich zu akzeptieren schien. Nicht dass Jordan meine *Freundin*-Freundin war, aber sie hatte auf jeden Fall Sophies Platz in meinem Leben eingenommen.

Wir verfielen in Schweigen. Ich startete meine Musiksoftware, und Dad zündete den Kamin an. Sobald das Feuer brannte und all die Dinge tat, die offenbar nur echte Feuer taten – knacken, gut riechen und Wärme produzieren –, schenkte Dad uns Kaffee ein, bevor er sich zu mir an den Tisch setzte. »Wie läuft denn dein Studium?«

Ich trank einen Schluck und zuckte mit den Schultern. »Ich bin gerade ein bisschen gestresst, aber ich liebe es.«

»Das merkt man. Du kommst mir vor wie ein neuer Mensch. Du wirst erwachsen.« Dad lächelte gedankenverloren. »Deine Mom wäre so stolz auf dich, weißt du?«

Seine Sentimentalität überraschte mich. Das war nicht wirklich Dads Art, aber vielleicht war er durch seine neue Beziehung emotionaler geworden. Es war ein bisschen peinlich, aber auch irgendwie nett. Ich nickte. »Das wäre sie bestimmt.«

Dad seufzte. »Sie hat Musik geliebt. Da hast du all dein

Talent her. Ich habe ihr so gern zugehört, wenn sie Gitarre gespielt und dazu gesungen hat, als wäre sie ein Engel.«

Plötzlich hatte ich einen Klumpen im Hals. Meine lebhafteste Erinnerung an meine Mom war, wie sie für uns sang und Gitarre spielte. »Sie war wirklich ein Engel«, sagte ich. »Darum hat sie uns der Himmel bestimmt auch so früh genommen. Wahrscheinlich hatte Gott die ganzen Harfen satt und wollte zur Abwechslung mal ein bisschen Dolly Parton hören.«

Es funktionierte. Der Witz riss Dad aus seiner plötzlichen Melancholie. Er lachte und sah mich stolz an. »Es macht mir Sorgen, dass du in eine so gnadenlose Industrie gehen willst … schließlich bin ich dein Dad. Aber gleichzeitig freut es mich. Du liebst die Musik so sehr, wie sie es getan hat. Und ich bin froh, dass du ihr Vermächtnis weiterträgst. Ich bin sehr stolz auf dich.«

Wieder schnürte sich mir die Kehle zusammen. Mir war nicht klar gewesen, dass ihm meine Studienwahl gefiel. »Danke.«

Dads Lächeln wurde verschmitzt. Er lehnte sich näher heran und senkte seine Stimme, obwohl wir allein waren. »Sag es nicht deinen Brüdern, aber ich sorge mich viel weniger um dich als um sie.«

Ich schnaubte. »Überraschung.«

Dad lachte. »Ja, du warst immer ein gutes Kind. Hattest viel weniger Flausen im Kopf. Und jetzt mit Jordan …« Er nickte beeindruckt. »Diesmal hast du die Richtige erwischt.«

Ich verschluckte mich vor Überraschung und rieb mir verlegen den Nacken. Was ging denn hier vor? Hatte Pearl angerufen und ihn in die Verschwörung eingeweiht?

»Ich meine es ernst«, sagte Dad. »Sophie ist ein gutes Mädchen, aber ich habe euch beide nie verstanden. Ich konnte keine Zukunft für euch sehen. Bei Jordan ist es anders. Ihr geht so natürlich miteinander um. Es macht mich stolz, und gleichzeitig macht es mir Angst.«

»Dad.« Ich spürte, wie meine Wangen bis zu meinen Ohren zu brennen begannen. »Jordan und ich sind nicht ... ich meine, sie ist nur ... wir sind Freunde. Sie ist meine beste Freundin, aber wir sind nicht ...«

»Deine Mom war auch meine beste Freundin.« Dad schenkte mir ein wissendes Lächeln und stand auf. »Ich gehe jetzt ein Weilchen zu Patricia. Benehmt euch, während ich weg bin. Röstet am Kamin Marshmallows oder so was. Das wird ihr gefallen.«

*

Nachdem Dad gegangen war, ließ ich mich von meiner Musik gefangen nehmen und bemerkte gar nicht, als Jordan ins Wohnzimmer zurückkam, bis plötzlich die ersten Takte von ›Under Pressure‹ ertönten, die Kollaboration von Queen und David Bowie. »Sehr witzig«, sagte ich, streckte mich und rieb mir die Augen.

Jordan setzte sich in ihrem Pyjama neben mich an den Tisch, in der Hand ein dampfender Becher Kaffee. Ihr Lächeln war so ansteckend, dass niemand dagegen immun war. »Ich hab mir überlegt, dass du recht hast mit der Musik«, erklärte sie. »Das Leben *ist* ein Film, aber Filme sind so viel besser mit Soundtracks.«

»Und mein Soundtrack gerade ist ›Under Pressure‹?«

Jordans Grinsen wurde breiter. »Du wirkst gestresst.«

Ich sah wieder auf meinen Computer und seufzte erschöpft. Sie stand auf und streckte mir ihre Hand entgegen. »Komm, mach eine Pause und setz dich mit mir ans Feuer.«

Ich ließ mich von ihr auf die Beine ziehen und nahm neben ihr auf dem Teppich vor dem Kamin Platz. »Ist es so, wie du es dir vorgestellt hast?«, fragte ich, nachdem wir ein paar Minuten in die Flammen gestarrt hatten.

»Mmm.« Sie schloss die Augen und atmete tief ein. »Ich liebe es. Vielleicht muss ich mich über Weihnachten wieder einladen, damit ich ein Kaminfeuer, einen Weihnachtsbaum und Schnee vor meinem vereisten Fenster habe.«

Mein Herz begann bei dem Bild, das sie so lebhaft beschrieben hatte, wild zu klopfen. Als hätte ich, ohne es zu wissen, mein ganzes Leben auf dieses Weihnachten mit ihr gewartet. Was war nur mit mir los? Seit ich diesen Song geschrieben hatte, konnte ich nicht mehr aufhören, an sie zu denken. An *uns*. An das, was sein *könnte*.

»Also, dieser Song, den du da geschrieben hast ...«

Ich zuckte zusammen. »Da hab ich nur ein bisschen herumgealbert«, sagte ich schnell. »Er ist bescheuert.«

»Er ist unglaublich.«

Plötzlich fühlte sich mein Mund ganz trocken an, und mein Herz hämmerte mir in der Brust. Zum ersten Mal überhaupt hatte ich keine Ahnung, was ich ihr sagen sollte. »Du bist voreingenommen.«

Sie schüttelte lächelnd den Kopf. »Nein. Er ist echt gut. Es ist, als hättest du aufgehört, an die Talentshow und die Erwartungen der Leute zu denken, und einfach ein Lied geschrieben. Es ist genau die Art von Song, die ich von dir erwarten würde. Er kommt direkt aus deinem Herzen. Das bist *du*, Nate.«

Sie konnte nicht ahnen, wie recht sie damit hatte. Beim Schreiben dieses Songs hatte ich nur an sie gedacht. Wie komisch sie es finden würde, wenn ich sie mit verschiedenen Eissorten verglich. Ich hatte mir um nichts anderes Gedanken gemacht, als ich ihn geschrieben hatte, denn nichts anderes spielte eine Rolle. Ich hatte einfach nur Spaß gehabt. Dieses Lied kam tatsächlich direkt aus meinem Herzen. Es war alles, was ich in mir hatte. Alles, was ich fühlte, wollte, bis jetzt nicht begriffen hatte und nicht sagen konnte. Das war ich. Darum hatte es mich auch so erschüttert.

»Du musst ihn bei der Talentshow spielen.«

Ich riss den Kopf hoch und starrte Jordan an. »Ernsthaft?«

»Darüber würde ich keine Witze machen. Spiel ihn. Er ist brillant.«

»Es ist doch noch nicht mal ein Song. Nur der Text. Ich habe eine vage Melodie im Kopf, doch jedes Mal, wenn ich versuche, den Song im Kopf zu hören, fehlt etwas. Es geht um verschiedene Eissorten, aber alles was ich höre, ist Vanille, genau wie bei meinen anderen Songs.« Eine seltsame Panik erfasste mich, und ich schüttelte den Kopf. »Ein Song, der ›31 Flavors of You‹ heißt, kann nicht nur Vanille sein.«

Es wäre ein Verbrechen. Jordan war keine Vanille. Sie verdiente einunddreißig Sorten und mehr.

»Okay, ich weiß, was du tun kannst.« Sie tätschelte mein Bein, dann nahm sie meine Hand. Ich verschränkte unsere Finger ineinander, als würde mich ihre Hand vor meinen Ängsten und Unsicherheiten beschützen. »Wenn ich nicht mehr weiterweiß, wende ich mich zur Unterstützung an meine Favoriten.« Sie stand auf und zog mich mit, weil ich ihre Hand nicht losließ. »Da ist etwas, das du dir ansehen solltest.«

Wir gingen zum Sofa, und als ich ihr die Fernbedienung gab, durchsuchte Jordan das Streaming-Angebot.

»*Moulin Rouge!?*«, fragte ich leicht besorgt über das Bild, das sie anklickte.

»Vielleicht ist es ein bisschen zu extravagant für dich. Keine Autoverfolgungsjagden, keine Explosionen oder Schießereien. Aber ich denke, es könnte dir weiterhelfen.«

Als sie mich fragend ansah, nickte ich. »Du hast mich noch nie enttäuscht, Miss Spielberg. Ich vertraue dir.«

Das Lob brachte sie zum Strahlen. »Ich verspreche, dass er gut ist. Ist neben *Die Braut des Prinzen* einer meiner Lieblingsfilme, und du weißt, wie toll ich den finde.«

Zuerst hatte ich ein wenig Angst, weil der Film ziemlich verrückt war, aber schnell war ich gefesselt. Verrücktheit und Brillanz liegen dicht beieinander. *Moulin Rouge* gelang es spielerisch, auf diesem schmalen Grat zu wandern. Es war ein bonbonbuntes Musical über einen Dichter, der sich in eine Kurtisane verliebte. Ich konnte mich sehr gut mit der Hauptfigur Christian identifizieren, weil er dieses Stück schreiben muss, und alle um ihn herum warten darauf, dass er damit fertig wird.

Aber Jordan hatte nicht gewollt, dass ich mich mit den Figuren verbunden fühle, sondern mit der Musik. So etwas hatte ich noch nicht gehört. Sie hatten moderne Pop- und Rocksongs genommen und sie zu Broadway-Medleys zusammengestellt. Nirvana, Elton John, U2, Madonna, Paul

McCartney, sogar Fatboy Slim, wie man sie noch nie gehört hatte. »Das ist unglaublich«, murmelte ich, völlig verzaubert davon, was sie aus der Musik gemacht hatten. »Sie haben ›Smells Like Teen Spirit‹ mit Cancan-Tänzen gemischt.«

»Und es ist umwerfend, oder?«

Ich nickte. »Wie ist denen so was nur eingefallen?«

Jordan deutete auf den Bildschirm. »So was könntest du auch machen.«

Ich schüttelte den Kopf. »Ich finde dein Vertrauen in mich wirklich toll, aber so genial bin ich nicht.«

»Nein, ich meine, du könntest Stile auf diese Weise mischen.« Sie sah mich stirnrunzelnd an. »Und du *bist* so genial.«

In dieser Hinsicht mussten wir uns wohl darauf einigen, uns uneinig zu sein.

Jordan stellte den Film auf Pause und machte es sich im Schneidersitz bequem. »Okay, denk doch mal darüber nach. Du bist selbst eine Mischung aus unterschiedlichen Geschmäckern – ja, wir bleiben bei der Eissorten-Metapher. Du bist niedlich und sexy, wie wir ja bereits festgehalten haben. Außerdem hast du was von einem Hipster, kannst aber abrocken wie Kyle Hamilton. Dann lächelst du, und Großmütter überall auf der Welt wollen dir in die Wange kneifen und dir Milch und Kekse geben.«

Ich verdrehte die Augen. Sie ignorierte mich und sprach weiter. Dabei wurde sie immer aufgeregter. »Dann ist da noch dein Musikgeschmack. Der ist sehr erlesen. Du bist ein Singer-Songwriter. Aber du liebst auch Rock und bist von Dolly Parton besessen. Nicht zu vergessen, dass der Chorknabe in dir klassische Musik zu schätzen weiß.

Du bist eine Eismischung epischen Ausmaßes. Dein Song sollte das widerspiegeln. Du solltest deine liebsten Musikstile zusammenmischen. Nimm die Melodie, die du in deinem Kopf hörst, und fang an, Geschmack dazuzugeben.«

Heilige Scheiße. Das war es! Die einfache Melodie, die ich hörte, würde großartig klingen mit einer E-Violine, vielleicht einem Cello oder einer Gitarre mit Verzerrer. Und vielleicht konnte ich noch einen elektronischen Beat dazunehmen. Dubstep trifft auf Rock trifft auf Orchester ... trifft auf Eiscreme. Sofort begann mein Gehirn, vor Möglichkeiten zu rotieren.

Jordans Lachen riss mich aus meinen Gedanken. »Geh schon«, sagte sie. »Ich kann den Film auch allein fertig schauen.«

Das musste sie mir nicht zweimal sagen. »Ich bin hier nicht das Genie.« Ich gab ihr einen dicken Schmatzer auf die Stirn. »Danke.«

»Gern geschehen.«

*

Ich merkte weder, dass der Film endete, noch dass Jordan eingeschlafen war. Wenn mein Vater oder meine Brüder nach Hause gekommen waren, hatte ich sie ebenfalls nicht gehört, und sie hatten mich in Ruhe gelassen. Mein Körper spürte die späte Uhrzeit, aber mein Hirn arbeitete weiter auf Hochtouren. Ich hatte in den letzten Wochen so sehr versucht, meinen Sound zu finden, und endlich hatte ich ihn. Aber es war gar kein Sound. Es war ein Geschmack. Ich weiß, es klingt verrückt, aber so war es.

Irgendwann wurde mir der Kopfhörer abgenommen, und eine sanfte Stimme sagte: »Hey du, es ist drei Uhr nachts ...«

Jordan hatte mich fast zu Tode erschreckt, aber ich stand immer noch so unter Strom, dass ich mich schnell erholte, vom Stuhl aufsprang und sie in meine Arme nahm. »Du wunderschönes Genie!«, verkündete ich und wirbelte sie herum. »Ich liebe dich gerade so sehr, ich könnte ...«

Mein Blick fiel auf ihre Lippen, und ich hörte auf, uns zu drehen. Ich schluckte und suchte nach den Worten, die ich hatte sagen wollen, an die ich mich nun aber nicht mehr erinnerte. Jordan lieferte sie mir. »Mich küssen?«

Sie hatte so leise gesprochen und wirkte so versteinert, dass ich nicht wusste, ob es eine Bitte war oder sie nur meinen Satz beendet hatte. So oder so lautete die Antwort Ja. Ich befeuchtete meine Lippen, atmete tief ein und senkte mein Gesicht langsam an ihres. Ich gab ihr Zeit, zurückzuweichen, ihren Kopf wegzudrehen, Nein zu sagen – egal was. Doch sie tat es nicht.

Unsere Lippen trafen sich in einem zögerlichen Kuss, als ob keiner von uns beiden verstand oder glauben konnte, was gerade passierte. Der Kontakt entzündete etwas in mir. Er stillte ein Verlangen und weckte ein noch viel größeres. Der Kuss war kurz – nur das Flüstern eines Versprechens, das uns beide nach mehr dürsten ließ, als wir uns wieder voneinander lösten.

Sie starrte mich schockiert an, ich betrachtete sie ehrfürchtig. Sie kaute nervös auf ihrer Unterlippe. »Das sollten wir nicht«, flüsterte sie, den Blick fest auf meine Lippen gerichtet. »Du bist mein Mitbewohner.«

»Es ist eine schlechte Idee«, stimmte ich zu. Gleichzeitig näherte sich mein Gesicht wieder dem ihren. »Wenn es nicht klappt, wird es die Dinge zwischen uns unangenehm machen. Es könnte unsere Freundschaft zerstören.«

Sie nickte und legte ihre Arme um meinen Hals. »Es war auch für Christian und Satine eine schlechte Idee.«

»Ich hab nicht weitergeschaut.«

»Sie haben es trotzdem versucht.«

»Klingt nach einem guten Plan.«

Erneut berührten meine Lippen die ihren, und dieses Mal stießen unsere Münder schon beinahe verzweifelt aufeinander. Als uns der Sauerstoffmangel erneut auseinanderzwang, versuchte ich, einen klaren Kopf zu bekommen. »Es ist wirklich spät.«

»Du hast recht.« Sie lehnte sich vor und gab mir einen quälerisch langsamen, sanften Kuss. »Gute Nacht, Nate.«

»Schlaf schön.« Ich küsste sie ein letztes Mal, dann zwang ich mich, sie gehen zu lassen. Es kostete mich all meine Willenskraft.

23

Weiße Weihnachten & Stirb langsam

Es war nie eine gute Idee, im Anderson-Haushalt lange zu schlafen, besonders wenn man auf dem Sofa im Wohnzimmer übernachtete und keine abschließbare Zimmertür hatte. Ich erwachte mit einem Schrei, nachdem mir Tyler eiskalten Matsch unter mein Shirt gesteckt hatte. »Schau mal, Kleiner, es hat geschneit!«

Chris und Tyler lachten sich halbtot, als ich aufsprang, mir das Shirt vom Leib riss und schwor, sie umzubringen. »Wo ist denn dein Sinn für Humor geblieben, Kleiner?«, fragte Chris.

»Geschieht dir recht. Du hast uns gestern Abend versetzt«, sagte Tyler.

»Jordan hat euch auch versetzt! Sie weckt ihr schließlich auch nicht mit Schnee.«

Das war wahrscheinlich unklug von mir gewesen. Meine Brüder warfen sich ein teuflisches Grinsen zu und stürmten aus der Haustür. Fluchend lief ich in mein Zimmer und schloss die Tür. Jordan lag noch im Bett – glücklicherweise schneefrei. Sie setzte sich verwirrt auf. »Nate?«

»Psst!«

Ich stieg zu ihr aufs Bett, öffnete das Fenster und stieß die Fensterläden auf. Der Schnee lag nur ein paar Zentimeter hoch und begann bereits zu schmelzen, aber es war immer noch genug. Das Material auf dem Fensterbrett reichte für ein paar matschige Schneebälle. Ich reichte Jordan zwei, nahm die anderen beiden und machte das Fenster wieder zu.

»Was tust du da?«

»Vertrau mir. Leg dich wieder hin und tu so, als würdest du noch schlafen.«

Sie runzelte zwar die Stirn, folgte jedoch meinem Beispiel und sprach mit gesenkter Stimme. »Mit Schnee in meinen Händen? Der ist eiskalt und schmilzt.«

»Tu es einfach.«

Ich versteckte mich im Schrank, gerade als sich die Zimmertür einen Spaltbreit öffnete. Schnell zog Jordan die Decke über sich und wartete, während sich Chris und Tyler wie kichernde Fünfjährige hineinschlichen. Jordan ließ keinen von beiden nah genug kommen. Als sie am Fußende des Betts waren, sprang sie auf und schleuderte ihnen die matschigen Schneebälle mitten ins Gesicht.

Während sie abgelenkt waren, sprang ich aus dem Schrank und steckte ihnen das, was von meinen Schneebällen noch übrig war, unter ihre Shirts. Leider machte mich das zum Ziel des Schnees, der für Jordan gedacht gewesen war. Schnell fand ich mich am Boden unter meinen Brüdern wieder. Und da ich schon kein Shirt mehr trug, dafür aber eine Pyjamahose, entschieden sie sich, extra grausam zu sein, und steckten mir den Schneematsch genau dorthin.

Als ich zu brüllen begann, ließen mich die beiden aufstehen. Sie schüttelten sich vor Lachen. Der Schnee klebte an mir, also zog ich meine Hose aus, um mich von dem eiskalten Zeug zu befreien. »Heilige Scheiße, ist das kalt!«

Chris und Tyler lachten noch mehr. Erst als ich Jordan auch lachen hörte – die Verräterin –, fiel mir ein, dass sie ja auch da war und dass ich jetzt frierend in meiner Boxershorts vor ihr stand.

»Netter Versuch, Kleiner«, sagte Chris, während er den Raum verließ. Er hatte so sehr gelacht, dass er Tränen in den Augen hatte.

Tyler schlug mir mit der flachen Hand auf den nackten Bauch. »Vielleicht nächstes Mal, kleiner Bruder. Beeil dich und zieh dich an. Wir haben Arbeit vor uns.«

»Ich bin älter als du«, rief ich ihm nach.

Er steckte seinen Kopf durch die Tür. »Ich meinte klein, was die Größe angeht.« Er zwinkerte Jordan zu und schloss die Tür hinter sich.

Als ich mich wieder umdrehte, saß Jordan immer noch im Bett und gab sich alle Mühe, mich nicht auszulachen. Ich riss die Decke vom Bett und wickelte mich darin ein. Dann setzte ich mich seufzend. »Irgendwie habe ich mir das anders vorgestellt.«

Jordan begann nun doch hysterisch zu lachen. »Na ja, das waren zwei gegen einen. Nicht wirklich fair.«

»Eigentlich sollte es zwei gegen zwei sein. Warum bist du mir nicht zu Hilfe gekommen?«

Sie grinste. »Weil ich keine Hose anhabe und anders als

du keine Lust hatte, vor deinen Brüdern in meiner Unterwäsche herumzutanzen. Die Show habe ich allerdings genossen.«

»Sehr witzig.«

»Und ich weiß die Rettung zu schätzen. Wenn du mich nicht gerettet hättest, wäre ich in einem Schneehinterhalt aufgewacht.«

Ich verschwieg wohl besser, dass es versehentlich meine Idee gewesen war, sie in ihren morgendlichen Angriff mit aufzunehmen. »Stimmt. Dafür schuldest du mir was.«

»Stimmt.« Sie sah zur Decke und tippte einen Finger an ihr Kinn. »Aber wie soll ich das nur wiedergutmachen?«

Mein Herz begann wild zu klopfen. Dachte sie auch an unseren spontanen nächtlichen Kuss? Ich hatte es nicht als Erstes ansprechen wollen, da ich es auch gewesen war, der sie zuerst geküsst hatte, und nun war ich in ihr Zimmer gestürmt und hatte mich bis auf die Boxershorts ausgezogen. Das hatte zwar nichts miteinander zu tun, aber insgesamt konnte es so wirken, als wäre ich in der Hoffnung auf eine zweite Runde gekommen. Ich hätte nichts dagegen, dort weiterzumachen, wo wir aufgehört hatten, aber ich wollte sie auch nicht unter Druck setzen. Ich war mir nicht mal sicher, was sie für mich empfand. *Ob* sie etwas für mich empfand. Was, wenn sie es bereute, mich geküsst zu haben? Es war ziemlich spät gewesen. Vielleicht betrachtete sie es als Fehler.

»Wie wäre es damit, wenn ich dich zuerst duschen lasse und dafür sorge, dass frischer Kaffee bereitsteht, wenn du fertig bist?«

Es war vielleicht kein Kuss, aber definitiv kein schlechter Deal. Ich stand auf und grinste, trotz der Tatsache, dass ich keine Ahnung hatte, was nach gestern in ihr vorging. Und das machte mich verrückt. »Das klingt echt super. Danke.«

Sie schenkte mir ein wunderschönes Lächeln. »Gern geschehen.«

Ich konnte ihren Blick auf mir spüren, während ich langsam zur Tür ging, immer noch eingehüllt in die Decke, die ich vom Bett gestohlen hatte. »Nate?«, sagte sie, als ich die Tür öffnete. Ich blickte zurück, und sie lächelte erneut. Vielleicht würde sie jetzt etwas sagen. »Guten Morgen.«

Diese einfache Begrüßung nach allem, was in den letzten fünf Minuten passiert war, brachte mich zum Lächeln. »Guten Morgen, Jordan.«

*

Als Jordan geduscht hatte und bereit war, in den Tag zu starten, hatten mein Vater, meine Brüder und ich die Weihnachtsdekoration aus dem Schuppen geholt und überprüften die Lichterketten, um zu sehen, welche noch funktionierten.

»Was ist das denn alles?«, fragte Jordan mit Blick auf die Plastikkisten, die überall im Wohnzimmer verteilt lagen.

»Weihnachtsdeko«, brummte Tyler, der mit einer bunten Lichterkette kämpfte, die nur halb leuchtete. »Wonach sieht es denn sonst aus?«

»Ja, das sehe ich schon. Es ist nur ziemlich viel Zeug. Ich hätte euch wohl eher als Minimalisten eingeschätzt, was Deko angeht.«

Chris zuckte mit den Schultern. »Das ist Tradition. Mom war verrückt nach Weihnachten.«

Das war eine Untertreibung.

Dad zog einen aufblasbaren Weihnachtsmann aus einer Kiste und stöpselte ihn ein, um zu sehen, ob er noch funktionierte. Als er sich aufzuplustern begann, zog er den Stecker wieder heraus und griff nach dem aufblasbaren Weihnachtsbaum. »Sie wollte immer schon vor Halloween Weihnachtsmusik hören. Hat uns damit fast in den Wahnsinn getrieben. Also haben wir sie einen Vertrag unterschreiben lassen, dass sie wenigstens bis nach Thanksgiving wartet, bevor sie das Haus in ein Winterwunderland verwandelt. Im Gegenzug würden wir ihr dabei helfen, alles zu schmücken, und im Januar wieder alles einzusammeln.«

Er deutete auf einen großen Bilderrahmen auf dem Tisch, in dem sich der Vertrag befand, den wir alle unterschrieben hatten, als wir Jungs acht gewesen waren. Jordan überflog den Text. »Echt unglaublich, dass ihr den noch habt.«

Dad stellte sich neben Jordan und blickte wehmütig auf den Vertrag. »Sie bekam ihre Diagnose im Oktober, und wir wussten, dass sie es wahrscheinlich nicht mehr bis Weihnachten schaffen würde. Thanksgiving verbrachten wir mit ihr im Krankenhaus, und sie nahm uns das Versprechen ab, unseren Teil der Abmachung einzuhalten, auch wenn sie nicht mehr da war, um es zu sehen, also gingen wir an diesem Wochenende nach Hause und dekorierten das ganze Haus. Ich glaube, das war der einzige Grund, aus dem ich dieses erste Weihnachten ohne sie durchgestanden habe. Ich denke, sie hat mir dieses Versprechen abgenommen, weil sie wusste, dass es ein hartes Jahr für uns werden würde und wir die Aufmunterung gebrauchen könnten.«

Dad räusperte sich und räumte weiter die Kisten aus.

Jordan stellte den Vertrag wieder auf den Tisch und wischte sich unauffällig eine Träne aus den Augen. Sie wegen meiner Mutter so emotional zu sehen, löste etwas in mir aus. Ich stand auf und legte meinen Arm um sie. Es war schön, dass ich – wahrscheinlich zusammen mit meinem Vater und meinen Brüdern – ihr so sehr am Herzen lag, dass sie diese Geschichte zu Tränen rührte, obwohl sie meine Mom gar nicht gekannt hatte. Sie drückte mich fest. »Ein Jahr darauf«, sagte ich, »haben wir nach Thanksgiving einfach ohne Absprache das Haus geschmückt und auch danach nie ein Jahr ausgelassen.«

Jordan vergrub ihr Gesicht an meinem Hals und schniefte. Ich drückte sie fester, und als sie ihren Kopf hob, wischte ich ihr sanft die Tränen von den Wangen. »Alles okay?«

»Ja, tut mir leid.« Sie lachte verlegen. »Es ist nur … selbst ohne deine Mom seid ihr eine bessere Familie, als meine es je war. Danke, dass ich mitkommen und ein paar Tage lang ein Teil davon sein durfte. Das war das beste Thanksgiving meines Lebens.«

Ihr Geständnis brach mir das Herz. Ich drückte sie enger an mich, Chris und Tyler stürzten dazu, und schließlich vervollständigte noch mein Dad die Gruppenumarmung. Wir hüllten Jordan vollständig in die Anderson-Familienliebe ein. Als sie erstickt auflachte, steckte es uns alle an.

Dad, Ty und Chris machten sich wieder an die Arbeit,

doch mir fiel es schwerer, sie loszulassen. Meine Arme glitten von ihren Schultern zu ihrer Taille herab. Statt sie zu umarmen, hielt ich sie nur noch an mich. Es fühlte sich gut an. Als ob sie in meine Arme gehören würde.

Sie sah mit roten Wangen und einem schüchternen Lächeln zu mir auf. Ich wollte sie so gern küssen, dass mein Mund ganz trocken wurde. Doch Jordan war nicht die einzige Person im Raum, die mich ansah – Dads wissender Blick brannte ein Loch in meinen Körper –, also konnte ich meinem Impuls nicht nachgeben. Ich räusperte mich und ließ sie widerwillig los. »Ich bin froh, dass du mitgekommen bist.«

»Wir auch«, sagte Dad. »Du bist hier jederzeit willkommen.«

Chris schnappte sich einen großen Kranz und hängte ihn an die Tür. »Besonders um Neujahr, damit du uns helfen kannst, dieses ganze verdammte Zeug wieder wegzupacken.«

Dad verpasste ihm eine Kopfnuss. »Hör auf zu fluchen.«

»Warum denn?«

»Weil sich das nicht gehört.«

»Warum nicht? Du fluchst doch dauernd. Als du vorhin einen elektrischen Schlag bekommen hast, hast du gesagt ...«

»Völlig egal, was ich gesagt habe. *Du* sollst nicht fluchen.«

Ihr Wortgefecht ließ Jordan ihre Verlegenheit überwinden. Sie rieb sich energiegeladen die Hände. »Also gut, was kann ich tun? Gebt mir eine Aufgabe.«

Dad reichte ihr eine Kiste. »Wie gut kannst du Weihnachtsbäume schmücken?«

Sie zuckte mit den Schultern. »Keine Ahnung. Aber wie schwer kann das schon sein?«

Wir alle hielten mit dem inne, was wir gerade taten, um sie anzustarren.

Tyler sah sie mit offenem Mund an. »Du hast noch nie einen Weihnachtsbaum geschmückt? Du gehörst doch nicht zu den Zeugen Jehovas, oder?«

Jordan lachte. »Nein, meine Familie ist nur so reich, dass wir jedes Jahr ein halbes Dutzend Weihnachtsbäume hatten. Meine Eltern haben immer jemanden dafür bezahlt, sie zu schmücken.«

Chris schüttelte den Kopf. »Im Ernst?«

Tyler schnaubte. »Ist ja irre.«

»Eine Schande ist das.« Dad schüttelte seine Erstarrung ab und reichte mir eine Lichterkette. »Bring ihr bei, wie man einen Weihnachtsbaum schmückt, Nate.«

Dad und meine Brüder gingen draußen vors Haus, um dort zu dekorieren. Jordan nahm ein zufälliges Teil aus der Kiste und wollte es an den Baum hängen.

»Oh warte, das geht nicht als Erstes. Es gibt eine bestimmte Reihenfolge.«

Jordan warf mir einen skeptischen Blick zu, als ich ihr die Kiste mit dem Weihnachtsschmuck abnahm und sie aufs Sofa stellte.

»Dann also zuerst die Lichter?«

Ich verzog das Gesicht. »Komm schon, Jordan, du kennst mich doch inzwischen gut genug.«

»Stimmt. Musik. Was habe ich mir nur gedacht?« Sie

verdrehte die Augen. »Man kann doch keinen Baum ohne Musik schmücken.«

»Und es darf nicht irgendwelche Musik sein.«

»Lass mich raten. Weihnachtsmusik?«

Bevor sie die Frage auch nur ausgesprochen hatte, ertönten die ersten Takte von ›Jingle Bells‹. Sie lauschte dem Lied einen Moment lang. Ich konnte ihr ansehen, dass sie sich dagegen sträubte, aber es gab nicht viele Menschen, die gegenüber Weihnachtsmusik immun waren. Als sie die Augen wieder öffnete, leuchteten sie auf eine Art und Weise, wie sie es zuvor nicht getan hatten. »Du hast recht. So ist es besser.«

Sie streckte ihre Hand nach meiner aus. Statt sie zu ergreifen, verschränkte sie ganz sacht unsere Fingerspitzen. Die Zartheit dieser Geste ließ mich Schmetterlinge im Bauch spüren. Als sie mir in die Augen sah, raubte es mir plötzlich den Atem. In der nächsten Sekunde wurde die Garagentür zugeschlagen und zerstörte den Moment zwischen uns. Ich riss mich aus ihrem Bann und hob die Lichterkette. »Bereit?« Jordan befeuchtete ihre Lippen, bevor sie sich zu einem breiten Lächeln zwang. »Jederzeit.«

Ich reichte ihr die Lichterkette und nahm mir eine zweite. »Was Lichter am Baum angeht, gilt die Devise *Mehr ist mehr.*«

»Okay, Chevy Chase.«

Ich grinste, denn ich war immer stolz, wenn ich ihre Filmreferenzen erkannte, ohne nachfragen zu müssen. *Schöne Bescherung* war in diesem Haus ein Weihnachtsklassiker. Und verglichen mit unserer Dekoration auch gar nicht so weit hergeholt.

Wir verfielen in ein angenehmes Schweigen und wickelten die Lichterketten um den Baum. Als wir mit dem Weihnachtsschmuck begannen, klaute sie sich eine der Zuckerstangen und lutschte daran, während sie weiterarbeitete. Ich lachte, und Jordan streckte mir die Zunge raus. Dann grinste sie so zufrieden wie eine Achtjährige.

Wir arbeiteten gerade am Lametta, als die ersten Töne von ›White Christmas‹ erklangen. Wir standen auf verschiedenen Seiten des Baums, der so breit war, dass wir einander nicht sehen konnten. »Hey, das sind ja total wir heute«, rief Jordan mir hinter den dicken Zweigen zu.

»Ach ja?«

Jordan steckte den Kopf um den Baum und sah mich entsetzt an. »Hast du etwa nie *Weiße Weihnachten* gesehen?«

Ich zuckte mit den Schultern. »Klar doch. Ist aber schon ewig her. Das Lied finde ich toll, aber an Weihnachten schauen wir lieber so was wie *Stirb langsam*. Terroristen, Schießereien, Explosionen und Blut ... *das* ist ein Weihnachtsfilm für mich.«

Jordan schnaubte und machte sich wieder ans Dekorieren. Einen Moment später gewann meine Neugier. »Wieso sind wir wie *Weiße Weihnachten*?«

»Abgesehen vom Schnee da draußen und der Tatsache, dass du immer wieder zu singen beginnst, gibt es da noch diese Szene am Ende des Films, in der Bing Crosby und Rosemary Clooney einen Weihnachtsbaum schmücken. Er ist genauso groß wie dieser hier.«

»Na und?« Ich konnte ihr anhören, dass noch mehr dahintersteckte, aber sie erzählte nicht weiter.

Wieder spähte Jordan um den Baum herum und warf

mir einen schelmischen Blick zu. »Und dann treffen sie sich hinter dem Baum, wo sie niemand sehen kann.«

Sie verschwand erneut und wartete darauf, dass ich ihr folgte. Fasziniert und sehr glücklich mit der Richtung, die diese Situation eingeschlagen hatte, ging ich um den Baum herum zu ihr. Wir küssten uns, jedoch nicht so stürmisch wie letzte Nacht. Diesmal nahmen wir uns Zeit, um diese neue Verbindung zu erforschen, und genossen es einfach.

Sie duftete nach Kokosshampoo und schmeckte nach der Pfefferminz-Zuckerstange, die sie vorhin gegessen hatte. Sie fühlte sich in meinen Armen absolut perfekt an. Ich unterbrach den Kuss und lächelte sie an. »Wird ja auch langsam mal Zeit. Ich dachte schon, ich hätte mir das letzte Nacht nur eingebildet.«

Jordan errötete. »Ich wusste nicht, was ich davon halten sollte. Es war wirklich spät, und du hattest gerade ein kreatives High.«

Ihre Formulierung ließ mich schmunzeln. Sie sah weg und kaute auf ihrer Unterlippe herum. »Ich weiß, wie sich das anfühlt«, sagte sie. »Es ist leicht, sich im Moment zu verlieren.«

»Jordan.« Ich streichelte ihre Wange und hob ihr Gesicht so, dass ich ihr in die Augen blicken konnte. »Das letzte Nacht war vielleicht impulsiv, weil ich fantastische Laune hatte, aber ich bin froh, dass ich es getan habe.«

Jordan wirkte überrascht, aber ein Funken Hoffnung erschien in ihren Augen. »Wirklich?«, fragte sie leise.

Ich wünschte, sie wäre nicht so verunsichert. Auch wenn sie immer so mit Männern umging, an denen sie interessiert war. Irgendwann hatte sie aufgehört, mich wie Colin zu behandeln. Und ich musste mir ehrlicherweise eingestehen, dass auch ich inzwischen anders für sie empfand als früher. »Ich bereue nichts«, versprach ich. »Tatsächlich …«, ich streifte ihre Lippen mit meinen, »… könnte ich mich daran gewöhnen.«

Ich küsste sie erneut. Es war ein langsamer Kuss, und sie schmolz in meinen Armen dahin. Dann stieß sie einen leisen Seufzer aus, der mich zum Schmunzeln brachte. »Weißt du, *Stirb langsam* endet auch mit so einem Kuss, nur mit mehr Blut.«

Jordan lachte. »Wie romantisch.«

»Er rettet seine Frau vor *Terroristen*. Das ist total romantisch.«

Sie verdrehte die Augen. »Ich bleibe lieber bei meinem geheimen Kuss hinterm Weihnachtsbaum.«

»Dann bleibe ich wohl auch dabei, dich heimlich hinterm Weihnachtsbaum zu küssen.«

Ihre Lippen verzogen sich zu einem schiefen Lächeln, das ich einfach küssen musste. Ich hatte keine Ahnung, wie viel Zeit vergangen war, als uns Tylers mürrische Stimme aus unserer Zweisamkeit und zurück in die Realität holte. »Kleiner, deine Psycho-Ex ist … *ach du scheiße.*«

»Ha!«, rief Chris. »Hab ich doch gesagt.«

Sofort widersprach Tyler. »Hast du nicht. *Ich* hab das gesagt.«

»Schwachsinn. Ich sage das schon seit Monaten.«

»Was auch immer. Kleiner, hör auf, deine Mitbewohnerin abzuknutschen und sorge dafür, dass …«

Sophie unterbrach ihn. »Es ging also nicht um sie, was?«, sagte sie mit erstickter und gleichzeitig schriller Stimme.

Seufzend ließ ich Jordan los und kam schließlich vollständig hinter dem Weihnachtsbaum hervor. Ich nahm Jordans Hand und weigerte mich, sie loszulassen, obwohl es Sophie die Tränen in die Augen schießen ließ. »Das ist gerade erst passiert. Wir haben es nicht geplant, und ich werde mich dafür nicht bei dir entschuldigen.«

Ich drückte Jordans Hand und war erleichtert, als sie die Geste erwiderte.

Sophie starrte mich mit tränenerfüllten Augen an. »Dann seid ihr jetzt also zusammen?«

»Wir hatten noch keine Zeit, darüber zu reden.« Ich ließ Jordan los, um mit beiden Händen meinen Kopf zu reiben. »Sophie, wir haben vor fast einem Monat Schluss gemacht. Du musst darüber hinwegkommen.«

Meine direkten Worte ließen Sophie komplett ausrasten. »*Ich kann nicht!*«, schrie sie. Sie wühlte in ihrer Handtasche herum und als sie fand, wonach sie gesucht hatte, drückte sie es mir in die Hand.

Als mir klar wurde, was es war, erstarrte ich. Das konnte nicht sein. Es durfte einfach nicht sein. Meine Knie gaben nach, und ich sank aufs Sofa. Mein Kopf hatte vorher schon pulsiert, aber nun schrie er mich panisch an. »Nein«, flüsterte ich und schüttelte immer wieder den Kopf, als ob das die letzten zwanzig Sekunden auslöschen würde. »Wie ... das kann nicht sein.«

»Du könntest ein bisschen weniger entsetzt wirken«, fauchte Sophie.

Ich zuckte zusammen und starrte erneut auf den Test in meinen Händen. Es war einer dieser idiotensicheren. Kein Rätselraten, ob es ein oder zwei Striche waren. Dort stand das ganze Wort – *schwanger*.

Der ganze Raum war verstummt. Jordans Gesicht war

kreidebleich, und meine Brüder sahen aus, als wären sie bei einem Konzert von *Rage Against The Machine*, doch statt ihnen würde plötzlich Justin Bieber auf der Bühne stehen. Mein Vater, der mit den anderen hereingekommen war, hatte sich ebenfalls gesetzt. Er war in seinen Lehnsessel gesunken und hatte sein Gesicht in den Händen vergraben.

»Nate?«, flüsterte Sophie. »Würdest du bitte etwas sagen?«

Was sollte ich darauf schon sagen? Was geschehen war, war geschehen. Ich atmete tief durch und versuchte, ruhig zu klingen. »Wie … du nimmst doch die Pille seit …« Ich warf einen Blick zu meinem Vater und entschied, dass es keine Rolle spielte, wie lange sie schon die Pille nahm. »Wie ist das passiert?«

Sie zuckte hilflos mit den Schultern. »Keine Ahnung. Dieses Semester war so stressig. Vielleicht hab ich sie ein paarmal vergessen.«

»*Du hast sie vielleicht ein paarmal vergessen?* Und es mir nicht *gesagt?*« Erneut atmete ich tief durch. Sie anzuschreien würde überhaupt nichts erreichen.

Sie schloss die Augen, doch die Tränen flossen weiter. »Tut mir leid. Ich bin auch nicht perfekt, Nate.«

Wieder schüttelte ich den Kopf. Ich konnte einfach nicht akzeptieren, was hier geschah. »Aber du bist doch immer so verantwortungsbewusst. Du vergisst *nie etwas.* Du hast einen Plan.«

Sie starrte mich wutentbrannt an. »Es gehörte immer zu meinem Plan, Kinder mit dir zu bekommen«, fauchte sie und warf Jordan einen vernichtenden Blick zu. »Bitte entschuldige, dass ich Angst hatte, deine dämliche Mitbewohnerin würde dich mir wegnehmen.«

»Sophie, tu das nicht ...«

»Whoa, whoa, whoa, warte mal«, unterbrach Tyler und starrte Sophie empört an. »Willst du damit sagen, dass du absichtlich aufgehört hast, die Pille zu nehmen, um Nate an dich zu binden?«

Jordan keuchte entsetzt auf. Chris fluchte, und Dad tadelte ihn nicht mal dafür.

Ich weigerte mich, das zu glauben. Das würde sie doch niemals tun. »Sophie, das hast du nicht.«

Sie begann zu schluchzen und ließ sich neben mich aufs Sofa fallen. »Ich wollte dich nicht verlieren!«, rief sie. »Sie hat dich mir gestohlen!«

Mir wurde ganz schlecht. *Weiße Weihnachten* hatte sich gerade in *Stirb langsam* verwandelt. Ich kam mir vor, als wären hier plötzlich Terroristen eingefallen und überall um mich herum gäbe es Explosionen.

»Nate ...«

Sie griff nach meinen Händen, doch ich riss mich los. »Sophie, das ist völlig *irre*.«

Sie schluchzte noch heftiger. »Es tut mir leid. Ich wollte nicht ... Nate, ich liebe dich, und ich brauche dich. Wir werden ein Baby bekommen und eine Familie sein. Ich weiß, dass du das nicht so geplant hast, aber du liebst mich. Zumindest hast du das mal. Kannst du mir nicht eine zweite Chance geben? Unserem Kind zuliebe? Wir könnten wieder glücklich sein, wenn du es nur versuchen würdest.«

Unser Kind.

»Nate, bitte«, flehte Sophie. »Fahr wenigstens mit mir in die Stadt zurück. Wir müssen darüber reden.«

Sie hatte recht. Wir mussten reden. Wie John McClane hatte ich keine andere Wahl, ob es mir gefiel oder nicht. Die Bombe war hochgegangen, und ich musste reagieren. Das war nichts, was ich ignorieren konnte. Es würde nicht einfach von allein weggehen.

Ganz egal, wie es passiert war – ich würde Vater werden. Sophie würde das Baby niemals weggeben, und ich würde sie auch nie darum bitten. Kinder waren ein Segen. Familie war die wichtigste Sache, die es gab. Meine Familie bedeutete mir alles, selbst wenn ich sie die meiste Zeit am liebsten erwürgen würde. So hatten meine Pläne, eines Tages eine eigene Familie zu gründen, zwar nicht ausgesehen, aber ich würde das Beste daraus machen. Wir würden es durchstehen, so wie wir über die Jahre auch alles andere durchgestanden hatten.

»Okay.« Ich klang, als wäre ich im Laufe dieses Gesprächs um fünfzig Jahre gealtert. Und genauso fühlte ich mich auch. »Du hast recht. Wir müssen darüber reden.« Ich sah zu Jordan. »Aber ich will nicht, dass du allein zurückfahren musst, also bin ich jetzt eine Weile weg und komme in ein, zwei Stunden wieder.«

Jordan schüttelte den Kopf. »Tu das nicht. Fahr mit ihr zurück. Ihr müsst reden. Mach dir um mich keine Sorgen. Ich komme auch allein zurück.«

»Ich kann mit dir fahren«, bot Tyler leise an.

»Oder ich«, fügte Chris hinzu.

Als Jordan den Kopf schüttelte, sagte Dad: »Wenn du willst, kann ich dich auch begleiten.«

Sie sah Dad und meine Brüder mit einem Blick an, der

ausdrückte, wie sehr sie von ihrer Freundlichkeit gerührt war und wie sehr es sie schmerzte, abzulehnen. »Schon gut. Ich glaube, mir wäre es lieber, ein bisschen Zeit für mich zu haben. Ich könnte eine Fahrt allein ganz gut gebrauchen. Ein bisschen Ruhe und Frieden nach diesem verrückten Wochenende wäre nett.«

Sie lächelte, doch es wirkte aufgesetzt. Es war nicht fair. So hatte es nicht laufen sollen. Nicht nach diesem unglaublichen Wochenende. So durfte es nicht enden. Ich hatte versprochen, ihr niemals wehzutun. Am liebsten hätte ich geschrien. Ihr versichert, dass das hier unbedeutend war und sich nichts zwischen uns ändern würde. Aber ich war nicht so dumm, das wirklich zu glauben, und ich konnte sie nicht anlügen. »Es tut mir leid.«

Sie atmete tief ein. »Mir auch.«

24

Shakespeare in Love

Die nächste Woche war eine der längsten meines Lebens. Die Abschlussprüfungen standen bevor, ich hatte mir eine ziemlich ehrgeizige Aufgabe mit dem neuen Song vorgenommen, und mir blieben nur noch drei Wochen, um die richtigen Musiker zu finden und alles zusammenzubringen. Als wäre das nicht genug, nervte Sophie mich wegen diesem, jenem und praktisch allem im Universum. Gerade hatte mein Leben noch der friedlichen Technicolor-Welt von *Weiße Weihnachten* geglichen, doch nun hatte es sich in das düstere Verderben von *Stirb langsam* verwandelt.

Es war Sonntagnachmittag, und Jordan arbeitete. Ich hatte meine Hausaufgaben erledigt, und Sophie wollte, dass ich sie anrief, um über die Möglichkeit zu sprechen, nächstes Semester zusammenzuziehen. Da mir noch nicht eingefallen war, wie ich aus dieser Sache herauskam, ohne dass sie wieder ausrastete, würde ich diesen Anruf nicht machen. Stattdessen nahm ich mir an Jordan ein Beispiel, schnappte mir eine Packung Eis und schaute mir einen Film an.

Ich war halb mit dem Film durch und hatte das Eis mit Schokolade-Erdnussbutter-Geschmack auch schon fast aufgegessen, als Jordan nach Hause kam. Sie brummte etwas über die Kälte, während sie die diversen Schichten, die sie angehabt hatte, ablegte und an die Garderobe hängte. Hier in der Stadt hatte es noch nicht geschneit, aber es war eiskalt. Das machte ihr schlechte Laune.

»Ugh! Dämliche Kälte!« Sie trat gegen das Schuhregal, als sie beim Versuch, ihre UGGs auszuziehen, umknickte. »Ich vermisse euren Kamin, Nate. Wir sollten auch einen einbauen lassen. Mir ist egal, wie viel das kostet oder wie aufwendig der Umbau wird.«

Sie hielt inne, als sie bemerkte, wie ich reglos auf dem Sofa lag. Nachdem sie mich von Kopf bis Fuß gemustert hatte, grinste sie. »Ich sage das nur ungern, aber deine schlechte Laune lässt dich ganz schön sexy wirken.«

Ich schnaubte über den unerwarteten Kommentar.

»Nein, wirklich. Jogginghose und ein einfaches weißes T-Shirt, das ist ein Look, den ich so nicht von dir kenne. Außerdem hast du einen echten Dreitagebart.«

»Acht Tage«, murmelte ich.

Jordan ließ sich lachend aufs Sofa fallen und strich mir übers Kinn. »Tja, einige Männer sind einfach dafür bestimmt, glattrasiert zu sein. Aber es steht dir.«

Ich versteifte mich unter ihrer Berührung. Nicht weil es mir unangenehm gewesen wäre, sondern weil mich ihre Finger in meinem Gesicht regelrecht elektrisierten. Als ich nach Luft schnappte, erstarrte Jordan. Unsere Blicke trafen sich kurz, dann ließ Jordan die Hand sinken und sah zum Fernseher. Es folgte eine verlegene Pause, bis Jordan auflachte. »*Beim ersten Mal?*«

»Kam mir passend vor.« Mein Blick richtete sich wieder auf den Fernseher. »Man weiß ja nie, vielleicht sind darin ja irgendwelche Antworten zu finden.«

»Du suchst nach Antworten in einem Film mit Seth Rogen? Dein armes Kind.« Das Entsetzen in ihrer Stimme klang nicht übertrieben. Wir schwiegen wieder, doch Jordan konnte sich nicht entspannen. »Bringt er dich wenigstens zum Lachen? Ich meine mich zu erinnern, dass ich ihn ganz gut fand.«

Von wegen. »Nein. Er ist momentan spektakulär unlustig. Leider ein Fehlgriff. Mir fehlt wohl einfach dein Talent für Filmanalogien.«

Mit einem tiefen Seufzen lehnte Jordan ihren Kopf an meine Schulter und nahm meine Hand in ihre. »Weißt du schon, was du machen willst?«

Ich hatte gewusst, dass dieses Gespräch kommen würde, und ehrlich gesagt überraschte es mich, dass Jordan eine Woche gewartet hatte, um mich zu fragen. Dennoch war ich nicht darauf vorbereitet. Eine Woche, ein Monat, ein Jahr – ich würde nie wissen, was die richtige Antwort war. »Was kann ich denn schon machen? Es ist mein Kind. Ich trage die Verantwortung. Ich werde keiner dieser abwesenden Väter sein.«

Sie pausierte den Film und schenkte mir ein Lächeln. »Natürlich wirst du das nicht. Selbst wenn Seth Rogen dein Mentor ist.« Als ich schmunzeln musste, sah sie mich schelmisch an. »Ich würde allerdings vorschlagen, deine Brüder nicht unbeaufsichtigt Babysitter spielen zu lassen.«

Wir lachten beide, und sie lehnte sich wieder gegen meine Schulter. »Du wirst ein ausgezeichneter Vater werden – genau wie dein Dad. Ich meinte aber mit Sophie. Weißt du schon, was du mit ihr machen willst?«

Ich sackte in mich zusammen. »Keine Ahnung. Ich weiß gar nichts mehr. Alles ist so kompliziert.«

Es wurde still. Ich hörte sie schlucken. »Du weißt, dass ich für dich da bin«, flüsterte sie. »Oder?«

Ich legte meinen Arm um ihre Schultern, und sie schmiegte sich an meine Seite. Ich drückte sie fest an mich, als ob dies das plötzliche Pochen in meiner Brust besänftigen würde. »Ich weiß.«

Die Atmosphäre änderte sich von angespannt und unbehaglich zu einer Art friedlicher Ehrfurcht, die mir erlaubte, mich zum ersten Mal seit einer Woche wirklich zu entspannen. Wieder war es Jordan, die die Stille mit einem Flüstern brach. »Mir macht ein bisschen Komplikation nichts aus.«

Das Pochen in meiner Brust wurde zu einem erdrückenden Gefühl, das es mir unmöglich machte, zu atmen. Ich sehnte mich so unfassbar nach ihr. Sie hob ihren Kopf von dem bequemen Platz an meiner Schulter und sah mich an, als würde sie eine Antwort erwarten. Die wahre Bedeutung hinter ihren Worten breitete sich schwer zwischen uns aus.

Ich schaute sie an, und während mein Verlangen mit meinem Gewissen kämpfte, versuchte ich die richtigen Worte zu finden. »Das will ich auch. Du hast keine Ahnung, wie sehr ich das will.« Der Schmerz der Ablehnung ließ sie die Augen schließen. Es brach mir das Herz. »Wir reden hier nicht von einer *kleinen* Komplikation, Jordan.

Ich werde ein *Kind* bekommen. Und durch die Mutter dieses Kinds noch eine Menge Drama darüber hinaus. Ich kann dich nicht bitten, das alles über dich ergehen zu lassen. Du hast solch eine Verantwortung und all diesen Stress nicht verdient.«

»Verdienst du es denn?«, fragte Jordan, nun wütend. »Du dachtest, ihr würdet verhüten. Was Sophie getan hat, war manipulativ, grausam und abstoßend. Sie ist total irre, Nate. Das war nicht deine Schuld. *Du* verdienst es auch nicht.«

So durfte ich nicht denken. Das würde meine Verbitterung nur noch stärker und eine schwierige Situation noch schwieriger machen. »Aber ich bin trotzdem verantwortlich. Es ist mein Kind. Ich habe keine andere Wahl, aber du schon.«

Wieder legte sie ihre Hand in meine. »Und wenn das meine Wahl ist? Wenn ich mich für dich entscheide, Kind und Drama hin oder her?«

Mein Schweigen war genug für sie, um meine Antwort zu verstehen. »Ich habe also nicht *wirklich* eine Wahl.« Sie verschränkte die Arme vor der Brust und starrte auf den Fernseher. »Heißt das, du kommst wieder mit ihr zusammen? Nachdem sie dich so angelogen hat? Dich hereingelegt und *verraten* hat?«

Ich konnte nicht gewinnen. Ich massierte meine pochenden Schläfen und bemühte mich, nicht zu schnauben. »Keine Ahnung, okay? Ich bin so wütend über das, was sie getan hat, aber es ist nicht alles schwarz und weiß. Sie hat es nicht aus Bosheit getan. Sie war in Panik, weil sie wusste, dass sie mich verlieren würde. Sie hat aus Verzweiflung gehandelt. Und jetzt hat sie Angst. Sie ist schwanger, mit neunzehn, und ich habe mit ihr Schluss gemacht. Sie ist eine Planerin, weißt du? Das hier passt nicht in ihre Pläne, und sie hat Angst vor der Zukunft.«

Jordan riss überrascht den Mund auf. »Dann hätte sie es nicht tun sollen!« Sie sprang auf und begann im Zimmer auf und ab zu laufen. »Das war kein *Unfall*, Nate. Sie hat sich dafür *entschieden*.«

»Sie hat einen Fehler gemacht! Ist dir das noch nie passiert?« Ich atmete tief ein und zählte bis zehn, bevor ich weitersprach, damit ich reden konnte, ohne zu brüllen. Ich wollte mich nicht streiten. Nicht mit Jordan. Sie war die eine Person, mit der ich nie stritt. »Was geschehen ist, ist geschehen. Wir können es nicht zurücknehmen, also kann ich sie entweder für das, was sie getan hat, hassen, oder ich vergebe ihr. So oder so ist sie die Mutter meines Kindes und wird jetzt für immer zu meinem Leben gehören. Es ist für uns alle besser, besonders für das Baby, wenn ich mich zusammenreiße und die Beziehung mit Sophie wieder in Ordnung bringe, so gut ich kann. Dieses Kind braucht Eltern, die zumindest miteinander reden können. Es braucht eine Familie. Du weißt doch genau, wie es ist, Eltern zu haben, die sich hassen. Ich habe noch nicht entschieden, ob ich wieder mit ihr zusammenkomme oder nicht, aber ich will die Möglichkeit nicht ausschließen, während ich gerade zu wütend bin, um objektiv zu denken.«

»Aber, Nate ...«

»Und ich kann keine neue Beziehung eingehen, wenn ich so gestresst und verwirrt bin. Dann würde ich nur riskieren, dich auch zu verletzen. Und das will ich nicht. Außerdem hat Sophie schon genug durchgemacht. Wenn wir beide ein Paar würden, wäre das für Sophie wie ein Schlag ins Gesicht. Es spielt keine Rolle, ob sie es verdient hat. Es würde sie zerstören, und es geht ihr ohnehin schon nicht gut. So wütend ich auch bin, kann ich ihr das nicht antun.«

Jordan blieb stehen und sah mich stocksauer an. Ich stand auf und ging langsam zu ihr. »Es tut mir leid. Ich weiß einfach nicht, was ich tun soll oder wie das hier alles laufen wird.« Ich nahm ihr Gesicht in meine Hände. »Ich kann momentan keine Versprechungen machen, also wäre es nicht fair von mir, dich welche machen zu lassen. Ergibt das Sinn?«

Sie schloss die Augen und nickte. Ich küsste ihre Stirn und zog sie in meine Arme. Sie schmiegte sich an mich. »Du bist immer so loyal.« Sie seufzte. »Aufmerksam. Verantwortungsbewusst. Versöhnlich. Du bist der unglaublichste Mann auf der ganzen Welt, Nathan Anderson.«

Ich drückte sie so fest ich konnte. »Und du bist die fürsorglichste, liebevollste, unglaublichste beste Freundin, die je existiert hat. Danke, dass du so verständnisvoll bist. Ich weiß wirklich nicht, was ich gerade ohne dich tun sollte.«

»Dich in der Musik verlieren, denke ich.« Jordan sah zu mir auf. Ein wehmütiges Lächeln umspielte ihre Lippen, während sie mir meine wilden Haare nach hinten strich. »Du wirst all deine Gefühle in deine Songs stecken, der berühmteste Singer-Songwriter werden, der je existiert hat, und eine Rekordzahl von Grammys gewinnen.«

Als ich lachte, kehrte das Licht in Jordans Augen zurück. »Da ist es ja«, sagte sie voller Zuneigung.

»Da ist was?«

»Dein Lächeln. Ich habe es die ganze Woche nicht gesehen. Der Dreitagebart ist schon irgendwie sexy, aber nichts verglichen mit deinem Lächeln.«

Ich verdrehte die Augen und ließ sie schließlich los. Sofort fühlte ich mich kalt und hätte sie fast direkt wieder in die Arme genommen. Wenn sie nicht zurückgetreten wäre, hätte ich das wahrscheinlich auch.

Jordan nahm die Eispackung vom Tisch und runzelte die Stirn, als sie feststellte, dass der Rest inzwischen zu flüssig war, um ihn zu essen. »Du hast wahrscheinlich noch einiges zu tun, oder?«

»Zufällig nicht.« Ich faltete die Decke, unter der ich den ganzen Tag geschlafen hatte. »Ich muss jetzt nur noch alles zusammenbekommen.«

»Sehr gut.« Jordan schaute mich aus der Küche, wo sie die Schränke durchwühlte, heraus an. »Bist du nervös wegen der großen Probe morgen?«

»Ich mach mir vor Angst in die Hose«, gab ich zu. »So was hab ich noch nie gemacht, und dieser Song... auf dem Computer sieht es aus, als würde es funktionieren, aber alle halten mich für verrückt. Du hättest mal Marks Gesicht sehen sollen, als ich ihn gebeten habe, für das Projekt zurückzukommen und seine Pauken mitzubringen, zusammen mit einem Geigenspieler und einem Cellisten, die mit Verstärker arbeiten können.«

»Mark?« Jordans Augenbrauen schossen in die Höhe. »Du hast eine Verwendung für *Pauken* gefunden?«

»Wie ich schon sagte.« Ich grinste. »Alle halten mich für irre.«

»Für irre brillant«, scherzte Jordan. »Du wirst die Jury umhauen.«

»Wenn du meinst. Kommst du morgen?«

»Morgen ist mein Nachmittagskurs, aber ich werde es versuchen. Ich sollte es zumindest für die letzten zwanzig Minuten schaffen. Gerade rechtzeitig, um zu hören, was du zusammengestellt hast.«

Ich atmete erleichtert aus. Es war erstaunlich, wie sehr es mich bereits beruhigte, zu wissen, dass sie auch nur für fünf Minuten da sein würde. Selbst wenn mich alle in diesem Raum für verrückt hielten, würde Jordan es lieben. Natürlich war Jordans Musikgeschmack ziemlich fragwürdig, deshalb konnte ich ihrer Meinung nicht unbedingt vertrauen. Aber ihre Unterstützung war unbezahlbar.

Jordan hörte auf, die Schränke zu durchwühlen, und entschied sich für eine Tüte Popcorn. »Also, wenn du nicht arbeiten musst, hast du dann Lust auf einen Film? Mir ist letztens der perfekte Film für dich eingefallen, der zu all deinem Komponieren passt, und er ist gerade auf Netflix.«

Ich stöhnte. »Nicht noch eine Teeniekomödie, in der es ums Tanzen geht, Jordan. Bitte. Noch eine halte ich nicht aus.«

»Sehr witzig.«

»Wer ist denn hier witzig?«

Sie schnappte sich ein paar Limos aus dem Kühlschrank und zerrte mich ins Wohnzimmer. »Kein Tanzen, versprochen. Na ja, vielleicht ein Tanz, aber es ist kein Tanzfilm.«

»Sondern was?«

Sie lachte über das Misstrauen in meiner Stimme und stieß mich aufs Sofa. »Gwyneth Paltrow spielt mit. Die magst du doch.«

Sie reichte mir eine Limo und holte das Popcorn. »Ich

glaube, dieser Film wird dir gefallen. Ich finde wirklich, dass er zu dir passt.«

Natürlich dachte sie das. »So wie du gedacht hast, dass *Magic Mike* zu mir passen würde?«

»Hey! Das war *Colin!*«

»Du hast zugestimmt.«

»Ja, klar. Diese Gelegenheit kann ich mir doch nicht entgehen lassen. Aber nein, ich verspreche dir, dass dieser Film wirklich zu deiner Situation passt.«

Sie setzte sich neben mich, zog die Decke über uns, die ich gerade erst zusammengefaltet hatte, und stellte mir das Popcorn auf den Schoß. Als sie den Film startete, warf ich ihr einen Blick zu, der mir einen Ellbogen einbrachte. »Halt die Klappe. Du wirst ihn mögen.«

»Ich habe gar nichts gesagt.«

»Du hast laut genug gedacht, dass ich es hören konnte.«

»Trägt der Typ da eine *Halskrause?*«

»Das ist Joseph Fiennes. Mit Betonung auf *fein*. Und er spielt William Shakespeare. Er darf eine Halskrause tragen.«

»Shakespeare, ja?« Ich runzelte zwar weiter die Stirn, stellte den Sarkasmus aber ein. Als Songwriter wusste ich Poesie zu schätzen, und ich mochte Shakespeares Werke. »Hör auf, zu grinsen.«

»Ich grinse nicht.«

»Deine Selbstgefälligkeit ist so überwältigend, dass ich daran ersticke.«

»Was auch immer. Du wirst diesen Film lieben. Versprochen.«

*

Auf die Gefahr hin, meine Mitgliedschaft im »Harte Männer«-Verein zu verlieren: Ich liebte den Film wirklich, trotz der Halskrausen und Strumpfhosen. Noch nie in meinem Leben hatte mich ein Film so überwältigt wie *Shakespeare in Love*. Ich gab es nur ungern zu, aber er war absolut unglaublich. Anfangs war ich noch felsenfest davon überzeugt, dass ich ihn hassen würde, doch bevor ich wusste, wie mir geschah, war er vorbei, und ich starrte ehrfürchtig auf den Abspann. Es kam mir vor, als wäre ich vor einen Laster gelaufen, aber auf die gute Weise, und es überraschte mich mehr als alles andere. »Ich kann es nicht glauben.«

»Was denn?«

Ich starrte Jordan sprachlos an. »Du hast es geschafft. Du hast meinen Lieblingsfilm gefunden.«

Jordan deutete auf den Fernseher und fragte nach, nur um sicherzugehen, dass sie mich richtig verstanden hatte. »Der hier? *Shakespeare in Love* ist dein Lieblingsfilm?«

Sie klang skeptisch, doch ich war mir sicher.

»Meinst du das ernst?«

»Magst du ihn etwa nicht?«

»Ich liebe ihn«, erwiderte sie. »Er ist wunderschön und bewegend und sehr gut gemacht. Er hat einen Oscar gewonnen. Der Film ist fantastisch. Ich kapiere es nur nicht. Als ich sagte, du würdest ihn lieben, war ich ein bisschen zu zuversichtlich.«

Jordan lehnte sich verwirrt zurück und wartete auf eine Erklärung. Als ich es in Worte zu fassen versuchte, war ich plötzlich von dieser aufgestauten Leidenschaft erfüllt und musste sie hinauslassen. »Es ist nur ... ich weiß *ganz genau*, wie er sich fühlt. Sein Leben fällt um ihn herum auseinander. Alle, die er kennt, machen ihm Stress wegen irgendwas, und er steckt fest. Alle erwarten etwas Großes von ihm, doch er bekommt kein einziges Wort hin. Dann kommt sie daher, öffnet die Schleusen, und er schreibt sein Meisterwerk. Er hat seine Muse gefunden.«

Der Schatten eines Lächelns erschien auf Jordans Gesicht. »Seine Muse, hm?«

»Jeder Künstler braucht eine.«

Jordan sah mir in die Augen, als würde sie dort nach etwas suchen. Schließlich sagte sie: »Sie war viel mehr für ihn als nur seine Muse.«

»Ja, das war sie.« Plötzlich hatte ich einen Kloß im Hals. Wir redeten nicht mehr über Shakespeare. »So viel mehr.«

Wieder war da diese traurige Anspannung, die uns die ganze Woche verfolgt hatte. Das Schweigen wurde quälend.

»Das Ende macht dir nichts aus?«, fragte Jordan. »Denn das ist der einzige Grund, warum es dieser Film nicht in meine Top drei geschafft hat. Es ist so deprimierend. Ich mag Happy Ends – je kitschiger, desto besser.«

Ich schüttelte den Kopf. »*Shakespeare in Love* war kein kitschiger Film. Ein perfektes Happy End würde den ganzen Film entwerten. Das Ende, das er hatte, ist nicht nur realistischer und entspricht eher der damaligen Zeit. Ihre Geschichte *musste* so enden. Tragisch, wie bei *Romeo und Julia*. So wie du das immer mit deinen Filmreferenzen machst, spiegelte Shakespeares Stück sein Leben wider. Erst dieses Ende hat die Geschichte wirklich bedeutsam gemacht. Es ist erst dieser Schlag in die Magengrube, der dafür sorgt, dass man es spürt.«

»Ein unerwarteter Schlag«, sagte Jordan. »Warum sollte ich mir einen Film über zwei Leute ansehen, die am Schluss nicht zusammenkommen? Das ist doch nicht fair.«

Ich wusste, dass Jordan sehr leidenschaftlich werden konnte, wenn sie über einen Film sprach, doch in diesem Fall war ich mir ziemlich sicher, dass es hier nicht nur um das Ende von *Shakespeare in Love* ging. Sie redete wieder über uns.

»Das ist es nicht, aber das Leben ist leider nicht immer fair.« Meine eigene Frustration begann sich in meine Stimme zu schleichen. »Sie konnten nicht zusammen sein, doch zumindest wussten sie, was sie füreinander empfanden. Zumindest durften sie eine unglaubliche, einmalige Liebe erfahren, selbst wenn es nur kurz angehalten hat. Sie hatten etwas, an dem sie sich festhalten konnten, eine Erinnerung, die sie weitermachen ließ. Shakespeare hat diese Erfahrung genommen und sie benutzt, um seine nächste Geschichte zu erzählen. Er ist durch sie ein besserer Mann und ein besserer Schriftsteller geworden.«

»Und das ist für dich als Ende gut genug?«

Der Abspann des Films war vorüber, und der Raum wurde still. Ich erwiderte Jordans gequälten Blick und wusste nicht genau, wie ich ihre Frage beantworten sollte. »Manchmal braucht man etwas Bittersüßes, um die Happy Ends schätzen zu können, die du so sehr liebst.«

Jordan stellte den Fernseher ab und ließ sich niedergeschlagen aufs Sofa sinken. »Tja, zumindest war es nicht klischeehaft.« Sie warf mir einen Seitenblick zu. »Und es war nicht *Transformers*.«

Lachend zog ich sie an mich. »Ach Jordan, ich weiß doch, dass du in Wirklichkeit Klischees *liebst*.«

Sie schnaubte, versuchte aber auch nicht, es abzustreiten.

25

Gone Girl

Ich hatte die Woche nach Thanksgiving für die längste meines Lebens gehalten, doch die Woche darauf war sogar noch schlimmer. Die Dinge änderten sich zwischen Jordan und mir, nachdem wir uns *Shakespeare in Love* angesehen hatten. Es fühlte sich an, als hätte ich meine beste Freundin verloren. Wir gingen uns aus dem Weg, denn jedes Mal, wenn wir im gleichen Raum waren, war die Atmosphäre angespannt und unangenehm. Sie war verständnisvoll und unterstützend, doch in jedem Blick und Lächeln von ihr konnte ich Traurigkeit und Mitleid sehen.

Es war der Donnerstag vor der letzten Uniwoche vor Weihnachten, und ich hatte eine meiner Abschlussprüfungen schon hinter mir, doch die schlimmsten standen mir morgen, Montag und Dienstag noch bevor. Jordan und Colin hatten am nächsten Tag ebenfalls einen besonders zermürbenden Test vor sich. Den lauten Diskussionen und dem Gestöhne nach zu urteilen, das aus Jordans Zimmer kam, in dem sie zusammen lernten, fühlte sich wohl keiner von beiden besonders gut vorbereitet.

Ich selbst blieb in der Sicherheit meines Zimmers, bis Sophie anrief und sagte, dass sie mit Abendessen auf dem Weg zu mir war. Als sie ankam, hörten Jordan und Colin, dass ich aus meinem Zimmer kam, und entschieden, ebenfalls eine Pause einzulegen. Sie wirkten gut gelaunt, bis sie bemerkten, in wessen Gesellschaft ich war. Sofort verschwand das Lächeln auf ihren Gesichtern. »Oh, du bist es«, sagte Colin naserümpfend.

Sophie verzog ihr Gesicht, wendete sich dann aber an Jordan. »Hallo. Wie geht's? In letzter Zeit wieder irgendwelche Freunde gestohlen?«

Jordan lächelte kühl. »Noch ein paar weitere arme Jungs in lieblosen Beziehungen gefangen, Amy Dunne?«

Ich erkannte die Filmreferenz nicht, doch diesmal würde ich Jordans Köder nicht schlucken. Doch als Colin lachte, konnte Sophie nicht anders. »Wer ist Amy Dunne?«

Jordan grinste. »*Gone Girl* von 2014. Regie David Fincher. Rosamunde Pike spielt Amy Dunne – eine Psychopathin, die ihren Ehemann zwingt, sie nicht zu verlassen, indem sie ohne sein Wissen schwanger wird, weil sie hofft, dass er lieber bei ihr bleibt, als sein Kind aufzugeben.«

»Sie ist die Schurkin der Geschichte«, fügte Colin fröhlich hinzu. »Nur für den Fall, dass das nicht offensichtlich war.«

Jordan unterdrückte ein Lachen, was sinnlos war, weil sie gleichzeitig Colin ein High Five gab. »Leute …« Ich massierte mir meine plötzlich pochenden Schläfen. »Können wir das bitte lassen?«

Sophie hatte ihr Temperament bisher gezügelt, doch nun stand sie kurz vor einer Explosion. »Nate, *Schatz*, vielleicht sollten wir woanders hingehen.«

Am liebsten hätte ich meinen Kopf gegen die Wand gerammt. »Es ist eiskalt draußen, du hast schon was zu essen mitgebracht, und ich hab heute noch eine Menge Lernstoff vor mir. Können wir uns nicht einfach hinsetzen und reden?«

Sophie starrte zu Colin und Jordan. Beide hoben kapitulierend ihre Hände. »Lasst euch nicht stören«, flötete Jordan. »Macht ruhig euer Ding. Wir ziehen uns zurück.«

Colin zog sie in die Küche. »Wir machen uns nur schnell was zu essen und verschwinden wieder in Jordans Zimmer. Ihr werdet nicht mal wissen, dass wir da sind.«

Sophie starrte die beiden noch ein paar Sekunden wütend an, dann setzte sie sich schnaubend an den Esszimmertisch. »Meinetwegen. Dann lass uns essen. Ich hoffe, du magst Griechisch.«

Mit aufgesetzter Fröhlichkeit begann sie, mir Essen zu reichen. »Und wie laufen deine Abschlussprüfungen?«

»Gut.« Sie wollte Smalltalk führen? Wirklich? Tja, das konnte sie vergessen. »Wie geht es dir mit der Schwangerschaft? Ist dir oft schlecht?«

Schwangerschaft war das magische Wort. Sophie begann hungrig zuzulangen. »Bis jetzt ganz gut. Nur ein bisschen Morgenübelkeit.« Strahlend hob sie eine Gabel voller Essen. »Aber ich merke, wie mein Appetit wächst. Ich werde aufpassen müssen, dass ich nicht zunehme.«

Aus der Küche drang Gelächter. Sophie warf Jordan

und Colin einen bösen Blick zu, doch sie ignorierten sie.

»Lass uns einfach Sandwiches machen«, schlug Colin vor. »Du hast noch Roastbeef im Kühlschrank.«

»Ich glaube, ich brauche etwas Gehaltvolleres«, erwiderte Jordan. »Enchiladas klingen doch gut.«

»Von mexikanischem Essen bekomme ich immer Sodbrennen«, jammerte Colin. »Ich kann nicht lernen, wenn meine Speiseröhre brennt.«

Mit all der Spannung zwischen Sophie und meiner Mitbewohnerin hätte ich mich vermutlich raushalten sollen, doch ich konnte nicht widerstehen. »Sodbrennen ist nicht das Einzige, was Colin von mexikanischem Essen bekommt, Jordan. Das solltest du vielleicht besser bedenken, wenn du vorhast, den ganzen Abend mit ihm in einem Raum zu sein.«

Colin warf mir einen bösen Blick zu. »Sehr lustig.«

Ich lachte nur.

Stirnrunzelnd legte Sophie die Gabel ab. »Nate, das ist widerlich.«

»Aber es stimmt.« Jordan hörte auf, die Speisekarten der Lieferdienste zu studieren, und ging zum Kühlschrank. »Also gibt es doch Sandwiches.«

Während Jordan alles herauszuholen begann, was sie dafür brauchten, versuchte ich das Gespräch mit Sophie wieder auf Spur zu bringen. »Also, was müssen wir zuerst machen? Ich schätze, du brauchst einen Arzt, oder?«

»Oh.« Sophie lächelte breit und schüttelte den Kopf. »Nein, ich hab schon einen. Ich werde einfach weiter zu meinem Gynäkologen in Syracuse gehen.«

»So weit weg?« Ich kannte mich mit diesen Dingen nicht aus, doch das kam mir seltsam vor. »Wäre es nicht besser, du hättest deinen Arzt in der Nähe, für den Fall, dass etwas schiefgeht oder so?«

Sophie legte ihre Hand auf meine. Ihr Lächeln wurde gönnerhaft. »Machst du dir Sorgen um mich? Nate, das ist so süß. Aber du kannst dich entspannen. Das Baby wird erst im Sommer kommen, wenn wir schon wieder zu Hause sind. Bis dahin muss ich im nächsten Semester nur ein, zwei Mal für Pränatal-Termine nach Hause.«

Ich maß mir nicht an, ihr Urteil zu hinterfragen. »Okay. Also, sollen wir dann einen Termin für Ende nächster Woche ausmachen, wenn wir für die Weihnachtsferien nach Hause fahren?«

Sie zuckte beiläufig mit den Schultern, den Blick starr aufs Essen gerichtet. »Nein. Ich war schon letztes Wochenende in der Praxis. Jetzt muss ich erst mal eine Weile nicht mehr hin.«

Es überraschte mich nicht, dass sie die Führung übernommen hatte – so war Sophie nun mal –, aber ich war unerwartet enttäuscht und verletzt, dass sie mich übergangen hatte. »Du warst schon da? Ohne mich?«

»Du hattest doch das ganze Wochenende mit deinen Proben zu tun. Ich wollte dich nicht stören.« Sie winkte ab. »Ich dachte, du willst eh nicht dabei sein. Schließlich warst du nicht gerade begeistert von der ganzen Sache.«

Die Verbitterung in ihrer Stimme ließ mich explodieren. Sie hatte kein Recht, wütend auf mich zu sein. »Ich war nicht bereit dafür, Soph!« Ich ließ die Gabel fallen und schob meinen Teller weg. Mein Appetit hatte sich mit einem Mal in Luft aufgelöst. »Das ist eine Entscheidung, die du mir abgenommen hast, also ja, darüber bin ich nicht besonders begeistert. Aber nur weil ich nicht bereit war, schon Kinder zu bekommen, bedeutet das nicht, dass ich es nicht will. Ich habe mir immer Kinder gewünscht. Wag es ja nicht, das zu tun, was du immer tust, und alles an dich zu reißen, weil du davon ausgehst, dass du es besser hinbekommst als ich. Nicht in dieser Sache. Dieses Baby ist genauso sehr von mir wie von dir, und ich will daran teilhaben. Ich will bei allen Arztterminen dabei sein und in alle Entscheidungen mit eingeschlossen werden.«

Sophie war kreidebleich geworden. Auch sie aß nicht mehr weiter. »Tut mir leid«, flüsterte sie. »Ich wollte dich nicht ausschließen. Ich werde es nicht wieder tun. Ich will auch, dass wir das gemeinsam durchstehen. Ich dachte nur, *du* willst das nicht. Wir werden eine Familie sein, Nate.« Wieder ein wenig selbstbewusster, griff sie nach meiner Hand. Ich ließ es zu, denn ich brauchte die Bestätigung so sehr wie sie. »Von jetzt an sind wir gleichberechtigt.«

Ich starrte auf unsere aufeinanderliegenden Hände und wusste, dass das wahrscheinlich etwas Gutes war. Aber noch während ich versuchte, mir einzureden, dass Sophie und ich es irgendwie schaffen würden, wanderte mein Blick in die Küche, wo Jordan sich ein Sandwich machte und mich einfach nur mit einem ausdruckslosen Gesicht beobachtete.

Ich schob die vielen Fragen und Gefühle in mir beiseite und versuchte, mich auf die praktischen Dinge zu fokussieren. Es würde ohnehin länger dauern, den Rest herauszufinden. »Okay, die Sache mit dem Arzt ist also erledigt, was müssen wir jetzt noch entscheiden? Ich meine, so früh brauchen wir uns noch nicht um Babyausstattung zu kümmern, also gibt es gerade wohl noch nicht viel, das organisiert werden muss, oder?«

»Machst du Witze? Wir müssen Finanzpläne aufstellen, uns um Versicherungen kümmern und die lange Liste der Babyausstattung abarbeiten. Außerdem müssen wir natürlich nach einer Wohnung suchen, denn es wird eine Weile dauern, bis wir etwas für uns drei gefunden haben, das wir uns leisten können.«

»Was?«

»WAS?«, wiederholte Colin.

Sophie und ich drehten uns beide zur Küche um. Colin starrte uns mit einem Streichmesser in der Hand entsetzt an. »Nate, du ziehst aus?«

Sophies Bemerkung hatte mich so aus der Bahn geworfen, dass ich kaum einen Satz zusammenbekam. »Hatte ich eigentlich nicht vor.«

»Aber das musst du, Nate«, sagte Sophie. »Es ergibt nur Sinn. Wir müssen anfangen zu sparen, und das geht am leichtesten, wenn wir zusammenziehen und nur einmal Miete bezahlen müssen. Ich habe mit meiner Studienberaterin gesprochen, und sie hat gesagt, dass ich aus meinem derzeitigen Zimmer herauskomme, wenn wir im nächsten Semester in eine der Familieneinheiten in einem anderen Gebäude wechseln.«

Das Zimmer begann sich zu drehen. Dieses Gespräch war mir so schnell entglitten, dass es sich anfühlte, als wäre ich von einer Dampfwalze überrollt worden. »Sophie, denkst du nicht, dass du es mit mir besprechen solltest, bevor du mit dem Planen loslegst?«

Empört stand Sophie vom Tisch auf und marschierte ins Wohnzimmer. Dort warf sie sich dramatisch aufs Sofa. »Aber das ist doch nur logisch, Nate. Wenn du mir wirklich zur Seite stehen willst, können wir am einfachsten

Geld sparen, wenn wir zusammenwohnen. Familienunterkünfte sind im Wintersemester viel einfacher zu bekommen. Wenn wir uns jetzt direkt nach Weihnachten eine schnappen, müssen wir uns im Herbst nicht darum prügeln. Im Sommer dürfen wir umsonst in der Gästewohnung über der Garage meiner Eltern wohnen, und so sparen wir noch mehr Geld.«

»Warte mal.« Ich blieb stehen. »Eigentlich hatte ich vor, im Sommer hierzubleiben.«

Sophie rollte herablassend mit den Augen und seufzte. »Aber wir könnten so viel Geld sparen, wenn wir im Sommer nach Hause gehen.«

Ich unterdrückte ein wütendes Knurren und warf Jordan einen Blick zu. »Was hat der Kerl aus dem Film gemacht?«

Jordan zog neugierig eine Augenbraue hoch. »Du meinst, in *Gone Girl*?«

»Ja, der Film, wo die Frau schwanger wird, damit er sie nicht verlässt. Was hat er getan?«

»Er ist geblieben«, sagte sie ausdruckslos.

Und hat bestimmt ein langes, erbärmliches Leben an der Seite dieser Frau geführt. Ich wollte nicht *Gone Girl* sein, konnte Sophie aber auch nicht im Stich lassen. Es musste einen Kompromiss geben. Irgendwas, das nicht *Gone Girl* war, aber auch nicht »Bye Bye Baby«.

»Ich kann im Sommer nicht nach Hause, wenn ich hoffentlich einen Praktikumsplatz bekomme.«

Zwischen zusammengebissenen Zähnen fragte Sophie: »Reden wir hier von einem bezahlten Praktikum?«

Ich verzog das Gesicht und begann auf und ab zu laufen. »Wahrscheinlich nicht«, gab ich zu. »Aber sobald die

Kurse vorbei sind, könnte ich mir auch einen Teilzeitjob suchen. Mehr bräuchte ich nicht, um meine Lebenshaltungskosten hier zu decken.«

»Aber so würdest du kein Geld sparen«, stöhnte Sophie ungeduldig. »Du musst an die Zukunft denken, Nate.«

Verzweifelt fuhr ich mir durchs Haar. »Aber ich denke doch an die Zukunft. Ein Praktikum wäre ein großer Vorteil.«

»In irgendeiner Plattenfirma das Mädchen für alles zu spielen und nicht mal dafür bezahlt zu werden, soll dir irgendwie *helfen*? Werd erwachsen, Nate! Du wirst Vater. Du musst aufhören, einem albernen Traum hinterherzujagen, jetzt, wo du eine Familie zu ernähren hast.«

Ihre Worte machten mich rasend. Nicht, weil sie beleidigend waren, sondern weil sie recht hatte. In meinem Traumberuf gab es keine Garantien. Ich könnte die Uni mit einem hervorragenden Abschluss verlassen und würde vielleicht trotzdem keinen Job finden. Vorher war ich bereit gewesen, dieses Risiko einzugehen, doch war das nun, wo ich Vater werden würde, immer noch so? Den Sommer über Miete zu zahlen und einen Job zu machen, für den ich höchstwahrscheinlich nicht bezahlt werden würde, wenn ich auch nach Hause zurückgehen und bei meinem Dad aushelfen konnte, war definitiv nicht besonders verantwortungsvoll. Und wenn Sophie das Baby in Syracuse bekommen wollte – was ebenfalls Sinn ergab, da dort ihre Familie war –, musste ich ebenfalls dort sein.

Frustriert schlug ich mit den Fäusten gegen die nächste Wand. »Verdammt!«

»Nate?«

Ich wirbelte herum, lehnte mich gegen die Wand,

durch die ich fast ein Loch geschlagen hatte, und sank zu Boden. Ich vergrub mein Gesicht in den Händen. All meine Träume lösten sich gerade in Luft auf, und es gab nichts, was ich dagegen tun konnte. Mir wurde kotzübel.

»Nate?« Sophies Stimme war jetzt leise und mitfühlend. Sie setzte sich neben mich auf den Boden, sodass sich unsere Schultern berührten. »Nate, sprich mit mir.«

»Meinetwegen«, murmelte ich. »Dann gehe ich eben im Sommer mit dir nach Hause. Ich frage meinen Dad, ob ich für ihn arbeiten kann. So bin ich da, wenn das Baby kommt.«

Sophie atmete scharf ein. »Danke«, flüsterte sie. Die Erleichterung in ihrer Stimme bestätigte mir, dass ich die richtige Entscheidung getroffen hatte. Egal, was sonst zwischen uns passiert war, Sophie hatte Angst und brauchte meine Unterstützung.

Erschöpft und niedergeschlagen atmete ich tief aus und drückte Sophies Hand. »Keine Sorge. Wir schaffen das schon. Wir sollten nur keine voreiligen Entscheidungen fällen. Ich kann nächstes Semester nicht mit dir zusammenziehen.«

»Aber ...«

»Fürs Erste ziehe ich wieder zu meinen Brüdern zurück, okay?«

Das doppelte enttäuschte Keuchen aus der Küche brach mir das Herz. »Natürlich helfe ich dir zuerst dabei, einen neuen Mitbewohner zu finden«, sagte ich zu Jordan, auch wenn ich wusste, dass das kein großer Trost war. »Du weißt, dass ich bleiben will, aber Sophie hat recht. Das Zimmer mit meinen Brüdern ist bereits bezahlt. Ich könnte viel Geld sparen, wenn ich wieder bei ihnen einziehe, und ich werde jeden Penny brauchen. Aber ich bleibe, bis wir einen Ersatz für mich gefunden haben. Und er oder sie wird sogar noch besser sein als ich.«

Jordan nickte und sah dabei so verloren aus, dass Colin seinen Arm um sie legte. »Ich verstehe«, flüsterte sie.

Das tat sie. Aber sie war am Boden zerstört.

Und sie war nicht die Einzige.

Da mir nichts anderes blieb, als dieses zutiefst unangenehme Gespräch mit Sophie weiterzuführen, drehte ich mich zu ihr um. »Ich werde wieder zu meinen Brüdern ziehen, sobald ich kann. Und ich suche mir nächstes Semester einen Teilzeitjob. Ich werde auch nicht durch eine Talentshow okkupiert, also habe ich mehr Zeit. Ich werde so viel sparen, wie ich kann. Und vielleicht können wir dann zusammen diese Schwangerschaftsvorbereitungskurse machen.«

»Wirklich?«

Sophies Augen füllten sich mit Hoffnung. Ihr verletzlicher Gesichtsausdruck machte mir das volle Gewicht meiner Verantwortung bewusst. Sie war wegen mir in dieser Lage … na ja, zumindest hatte ich dazu beigetragen. Und jetzt musste ich mich genauso sehr um sie kümmern wie um das Kind.

»Ja.« Plötzlich schien keine Luft mehr im Raum zu sein. Dieses eine Wort war ein Vakuum, das mein Schicksal besiegelte. Ich drängte die aufsteigende Panik zurück. »Ich bin noch nicht bereit, wieder mit dir eine Beziehung einzugehen, aber ich werde mein Bestes geben, dass wir zumindest wieder Freunde sein können. Wenn uns das gelingt, sehen wir weiter. Schließlich werden wir gemeinsam Eltern. Kannst du dich damit erst mal begnügen?«

Meine Frage hing einen Moment in der Luft, während Sophie mit ihren Gefühlen rang. Sie schloss die Augen, und ein paar Tränen kullerten ihre Wangen herunter. Schließlich nickte sie. Ich knickte ein und nahm sie in meine Arme. »Komm her.«

Sie war über die Umarmung so erleichtert, dass sie die Arme um mich schlang und zu schluchzen begann. »Shh«, flüsterte ich und strich ihr über die Haare. »Baby, shh, es kommt alles wieder in Ordnung. Wir schaffen das schon.«

Sie klammerte sich so fest an mich, als würde ihr Leben davon abhängen. Währenddessen durchnässten ihre Tränen mein Shirt. »Ich hab dich so vermisst, Nate.«

»Ich bin hier, Sophie. Du musst das nicht allein durchstehen. Das verspreche ich.«

Vage bemerkte ich, dass Colin und Jordan gegangen waren, als die Haustür zufiel. Ich spürte es bis ins Mark. Die Tatsache, dass sie gegangen war, ohne sich zu verabschieden, sprach Bände darüber, wie es in Zukunft zwischen uns sein würde. Diese Situation ruinierte nicht nur unsere Aussicht auf eine Beziehung miteinander, sondern würde wahrscheinlich auch alles andere zerstören. Ohne es zu wollen, war ich schließlich doch zu *Gone Girl* geworden.

26

Eine verhängnisvolle Affäre

Am Tag der Talentshow hätte ich voller Vorfreude sein müssen. Meine Prüfungen lagen hinter mir, und in weniger als einer Stunde würde ich der erste Studienanfänger in drei Jahren sein, der in der Semester-Talentshow der Steinhardt auftrat. Und ich war bereit. Mein Song war noch besser geworden, als ich zu hoffen gewagt hatte, und ich war zuversichtlich, dass ich die Jury diesmal beeindrucken würde. Heute hätte *mein* Tag sein sollen, doch ich konnte meine Niedergeschlagenheit nicht abschütteln.

Jordan war meine beste Freundin, doch nach meinem Gespräch mit Sophie waren die Dinge zwischen uns hoffnungslos zerbrochen. Auch wenn Sophie und ich nicht wieder ein Paar waren, war es klar, dass ich nicht mit beiden Frauen in meinem Leben Zeit verbringen konnte. Ich wollte bei Jordan sein, doch wegen des Babys würde Sophie gewinnen. Ich wusste es. Sophie wusste es. Und Jordan wusste es auch. Was konnte man da schon tun? Jordan behauptete, dass sie es verstand, dennoch war sie mir die ganze Woche so gut wie möglich aus dem Weg gegangen, und nun würde gleich die Talentshow beginnen, und sie war immer noch nicht hier.

Wieder warf ich einen Blick auf meine Uhr, rang mit den Händen und musste dem Drang widerstehen, auf und ab zu laufen. Die anderen Teilnehmer sollten nicht merken, wie nervös ich war. Sie beäugten mich alle mit der gleichen Mischung aus Neugier und Feindseligkeit, weil ich Studienanfänger war. Mir war sogar zu Ohren gekommen, dass es eine laufende Wette gab, wie scheiße ich sein würde. Ich wollte nicht, dass sie merkten, wie sehr mir meine Nerven zu schaffen machten, selbst wenn der Grund dafür eher Jordan als mein Auftritt war.

Jemand legte mir eine Hand auf die Schulter. »Sie wird schon kommen, Nate.«

Ich sah zu Chris, der gesprochen hatte, dann zu Tyler. Er nickte. »Sie würde das hier auf keinen Fall verpassen.«

Ich schob mich an den ersten Teilnehmern des Abends vorbei und warf einen Blick durch den Vorhang. In der ersten Reihe saß Colin mit einem leeren Platz neben sich. Als er mich bemerkte, deutete ich auf die rechte Seite der Bühne. »Wo bleibt sie?«, fragte ich, als wir uns hinter der Bühne trafen.

»Keine Ahnung, aber sie wird da sein. Sie würde das auf keinen Fall verpassen.«

»Hast du sie angerufen? Ihr geschrieben?«

Er schüttelte den Kopf. »Nur die Mailbox. Und du?«

»Das Gleiche.«

Colin legte mir seine Hände auf die Schultern. »Sie wird kommen, Nate.«

»Hey! Ich bin hier!«

Chris stöhnte auf und Ty rief: »Hey, wer hat die böse Königin der Dunkelheit hereingelassen? Flieht, solange ihr noch könnt, bevor sie eure Seelen stiehlt... oder euer Sperma!«

Ich drehte mich gerade rechtzeitig um, um den hasserfüllten Blick zu sehen, den Sophie meinem Bruder zuwarf, genau wie sein süffisantes Grinsen, das folgte.

»Sehr geschmackvoll, Tyler.«

»So geschmackvoll, wie sich schwängern zu lassen, um meinen Bruder in einer Beziehung festzuhalten?«

Wenn mich vorher noch nicht jeder Anwesende hier angestarrt hatte, dann tat er es jetzt. »Leute. Nicht hier. Bitte.«

Sie verdrehten die Augen, und Sophie gab mir zur Begrüßung einen Kuss auf die Wange. »Tut mir leid, dass ich so spät dran bin.«

»Schon gut.« Ich hatte nicht mal gewusst, dass sie kommen würde. Denn sie war nicht die Frau, die ich heute Abend brauchte. »Danke fürs Kommen. Du solltest dir jetzt besser einen Platz suchen. Es fängt gleich an.«

»Mach ich. Ich wollte dir nur vorher Glück wünschen. Oh, und ich hab tolle Neuigkeiten.«

Es fiel mir schwer, mich auf Sophie zu konzentrieren. Immer wieder suchte ich den gesamten Backstage-Bereich nach Jordan ab. »Was für Neuigkeiten?«, fragte ich, komplett abgelenkt.

Sie begann zu strahlen, dennoch hob sie die Hände und sah mich ängstlich an, als würde sie erwarten, dass ich

Einwände haben würde. »Okay, ich weiß, dass du gesagt hast, du wärst noch nicht bereit, mit mir zusammenzuziehen, aber ich habe mit meinen Eltern gesprochen, und sie haben gesagt, dass wir das Gästehaus über der Garage bis zu unserem Abschluss mietfrei haben können.«

»Das kannst du vergessen!«, rief Chris, der plötzlich mit Ty und Colin an meiner Seite aufgetaucht war. Seine Wut galt Sophie, dennoch starrte er mich an. »Du wirst *nicht* mit ihr zusammenziehen.«

Sophie warf ihm einen vernichtenden Blick zu. »Das geht dich überhaupt nichts an!«

»Du kommst jetzt ernsthaft mit so einem Scheiß an?«, fragte Tyler. »Er wird gleich den wichtigsten Auftritt seines bisherigen Lebens hinlegen. Warum bringst du ihn so durcheinander, wenn er in ein paar Minuten auf die Bühne muss?«

»Ich bringe ihn doch nicht durcheinander!«

Unglaublich. War das hier jetzt also in Zukunft mein Leben? Schiedsrichter zwischen meinen Brüdern und der Mutter meines Kindes zu spielen? Würde Sophie die Beziehung zu meiner Familie zerstören, ob wir wieder ein Paar wurden oder nicht, so wie sie die Dinge zwischen Jordan und mir zerstört hatte?

»Hört sofort auf. Alle miteinander.« Ich begann meine plötzlich schmerzenden Schläfen zu massieren und atmete tief durch. »Ich schwöre, ihr werdet mich noch umbringen. Hier zieht niemand zusammen.« Nach einem beruhigenden Blick zu meinen Brüdern wandte ich mich an Sophie. »Das hab ich dir doch schon mehrfach gesagt.«

»Ich weiß, aber ich wollte, dass du weißt, dass es eine

Option ist. Ich meine, keine Miete bis zu unserem Abschluss. Weißt du, wie sehr uns das helfen würde?«

»Es würde euch überhaupt nicht helfen«, sagte Chris, bevor ich es konnte. »Ihr könnt dort nicht während des Semesters wohnen, und im Sommer hat Nate schon einen Platz, an dem er keine Miete zahlen muss. Dad wird ihn und das Baby gern für immer bei sich wohnen lassen.«

Sophie presste die Lippen zusammen, als würde sie sich eine abfällige Bemerkung verkneifen. Dann sah sie mich an und kaute auf ihrer Unterlippe herum, als ob sie wegen etwas nervös wäre. »Na ja ... ich hab nachgedacht, Nate. Die NYU ist so teuer. Die Stadt ist so teuer. Und es ist auch kein idealer Ort, um ein Kind aufzuziehen. Warum wechseln wir nicht einfach an ein College in Syracuse?«

Mir fiel der Mund auf, doch es kam kein Wort heraus. Ich war vollkommen sprachlos. Meine Brüder schnaubten abfällig, Colin keuchte erschüttert, und die anderen Teilnehmer um uns herum verstummten. Sie schienen über den lächerlichen Vorschlag genauso entsetzt zu sein wie ich.

Sophie sah sich all die erschrockenen Gesichter um sie herum an, machte jedoch unbeirrt weiter. Sie legte mir eine Hand auf den Unterarm und begann mich anzuflehen. »Wir könnten am Community College studieren und zu Hause wohnen. Wir würden so viel sparen ...«

»Ich habe *zwei* Stipendien«, unterbrach ich sie. »Meine Studiengebühren, Unterkunft und Krankenversicherung werden längst bezahlt. Mein Studium ist kostenlos.«

»Meines aber nicht.«

»Du willst, dass er die *Steinhardt* aufgibt?«, fragte Colin. »Eines der besten Musikprogramme des Landes, für das er ein *Vollstipendium* bekommen hat, um stattdessen zu einem Community College zu gehen und über der Garage deiner Eltern zu wohnen? Bist du völlig *irre?*«

Colins Direktheit ließ Sophie zusammenzucken. Vielleicht war er ein bisschen zu direkt, doch ich fand keine Worte, um Sophie zu verteidigen. Worum sie mich bat, war wirklich komplett daneben. Völlig abgesehen von meinen Träumen wollte sie, dass ich eine kostenlose Ausbildung an der NYU aufgab.

»Ich glaube, wir haben bereits etabliert, dass sie unzurechnungsfähig ist«, murmelte Chris.

»Genau wie Alex Forrest«, stimmte Colin zu.

»Wer ist Alex Forrest?«, fragte Tyler.

»Die Figur, die Glenn Close in *Eine verhängnisvolle Affäre* spielt«, erklärte einer der anderen Teilnehmer, der das Drama schamlos verfolgte.

Alle Umstehenden nickten und lachten, weil jeder wusste, dass *Eine verhängnisvolle Affäre* von einer psychotischen, besessenen Frau handelt, die einen Mann und seine Familie verfolgt, bis es schließlich zu einem Kampf auf Leben und Tod kommt. Aber es war ein noch viel passenderer Vergleich, und ich war mir sicher, dass sich Colin dessen bewusst war. Alex Forrest ist eine Frau, die nach einer Affäre nicht akzeptieren kann, dass ihr Liebhaber mit ihr Schluss macht. Sie weigert sich, die Beziehung gehen zu lassen. Sie ist sogar schwanger und versucht, das Baby als Druckmittel einzusetzen, damit Michael Douglas seine Frau verlässt, um mit ihr zusammen zu sein.

Sophies Unterlippe begann zu zittern. Sie sah mich an, und in ihren Augen schimmerten Tränen. »Ich hasse diese

Stadt, Nate. Ich wollte hier sowieso nie studieren. Ich will nach Hause.«

»Dann geh doch«, sagte Ty. »Niemand zwingt dich, zu bleiben. Nate hat dich nicht mal darum gebeten, ihm hierher zu folgen.«

»*Halt die Klappe, Tyler!*« Sie wischte sich die Tränen weg und begann mich regelrecht anzuflehen. »Bitte, Nate. Komm mit mir nach Hause. Wir könnten dort studieren, und du könntest für deinen Dad arbeiten. Vielleicht kannst du ja sogar eines Tages sein Geschäft übernehmen. Wir könnten unser Kind in der Nähe unserer Eltern großziehen. Ich weiß, dass es nicht ganz das ist, was du willst, aber wir hätten ein großartiges Leben.«

Sie hatte wirklich alles bis ins kleinste Detail geplant. Unsere komplette gemeinsame Zukunft. Ich zweifelte nicht daran, dass sie sich bereits vorstellte, wie unsere zukünftigen Kinder im Garten hinter einem weißen Zaun mit einem Welpen spielten. Wahrscheinlich hatte sie auch schon ein ganz bestimmtes Haus im Sinn. Es war der Traum, den sie immer gewollt, ich jedoch nie mit ihr geteilt hatte.

Sophie war wirklich Glenn Close, und ich war Michael Douglas. In unserer Geschichte fehlte zwar die Untreue, und obwohl ich nicht mit Jordan zusammen war, wussten wir alle, dass ich sie Sophie immer vorziehen würde. Und genau dafür hasste Sophie sie. Ich befürchtete nicht, dass Sophie damit anfangen würde, Kaninchen zu kochen und Jordan oder mich mit einem Messer angreifen würde. Doch ihr Klammern und ihre Unfähigkeit zu akzeptieren, dass wir nicht heiraten und glücklich bis an unser Lebensende sein würden, machten mir langsam Angst.

»*Nicht ganz* das, was ich will?«, wiederholte ich fassungslos. »Sophie, das ist *überhaupt nicht* das, was ich will. Das weißt du genau.«

»Vorhang!«, rief jemand mit einem Headset und warf einen nachdrücklichen Blick in meine Richtung.

Alle verschwanden in verschiedene Richtungen. Die erste Gruppe ging auf ihren Platz, und ich zerrte Sophie hinaus in die Halle. »Du verlangst von mir, *alles* aufzugeben«, zischte ich wütend.

Sie hob trotzig ihr Kinn. »Für unser Baby, Nate. Für unsere kleine Familie. New York ist unrealistisch. Wir können es uns nicht leisten. Und was ist mit Kinderbetreuung? Hast du überhaupt schon mal daran gedacht, wie teuer die hier ist? Was sollen wir mit dem Baby machen, während wir studieren und arbeiten – was wir beide unbedingt machen müssen, um hier finanziell zurechtzukommen? Wir werden unser Kind nie zu sehen bekommen. Zu Hause hätten wir mehr Zeit, und wenn wir mal wohin müssen, würde meine Mom umsonst auf das Baby aufpassen.«

Mein Magen rebellierte. »Nein …« Ich schüttelte den Kopf, doch es war mehr ein Akt des Entsetzens als echter Widerstand. »Das kann nicht sein … es muss einen anderen Weg geben.«

Sophie lächelte traurig. »Ich wünschte, den gäbe es, aber ich hab alles durchgerechnet, und es haut einfach nicht hin. Denk darüber nach, Nate. Es ist unsere einzige Option.«

Plötzlich konnte ich nicht mehr atmen. Sophie würde sich bei solchen Berechnungen nicht irren. Denn Zahlen und Zukunftspläne waren ihr Ding. Ich musste mich an die Wand lehnen, legte meine Hände auf die Knie und versuchte zu atmen. »Ich glaube, ich muss mich übergeben.«

Sofort begannen meine Brüder, mich zu unterstützen.

»Alter, mach das nicht. Hör nicht auf sie.«

»Das ist ein Fehler, Kleiner. Wir finden eine andere Lösung.«

»Wir reden mit Dad, wenn wir zu Hause sind. Er wird dir helfen.«

»Wir helfen dir *alle*. Wir werden tun, was immer nötig ist. Du darfst deine Musik nicht aufgeben.«

Ihre Stimmen wirbelten durch meinen Kopf, bis alles, was ich hörte, nur noch ein Tornado war, der in meinem Hirn tobte und der alles zerstörte, was in seinem Weg lag. Nur einer einzigen Stimme gelang es, das Chaos meiner Gedanken zu durchbrechen. »Das kannst du nicht tun, Nate.«

Die leise, verzweifelte Stimme ließ mich aufblicken. »Jordan?« Ich sah mich um. Wann war sie angekommen, und wie viel hatte sie von dem Gespräch mitbekommen? Genug, um zu wissen, wogegen meine Brüder protestierten. Und ich war ihrer Meinung.

»Tut mir leid, dass ich so spät dran bin.« Sie schluckte nervös, atmete tief durch, dann sagte sie: »Du darfst die NYU nicht verlassen, Nate. Du darfst deine Musik nicht aufgeben. Das bist *du*. Sie wird das niemals verstehen, aber du *weißt* es. Musik ist deine Seele. Wenn du sie aufgibst, wirst du es nicht nur bereuen. Es wird dich umbringen.« Sie warf Sophie einen tränenfeuchten, hasserfüllten Blick zu. »Wenn du ihm das nimmst, wird er nicht mehr der Mann sein, den du liebst. Du wirst ihn *zerstören*. Ist es das, was du willst?«

Sophie sah blass aus. »Nein«, flüsterte sie. »Natürlich nicht, aber wir haben keine andere Wahl. Nicht auf jeden warten Treuhandfonds.«

Jordan schloss die Augen und hielt einen Moment inne, um durchzuatmen. Dann sagte sie mit fester Stimme: »Ihr könnt meine Wohnung haben.«

»Was?« Es sah für mich so aus, als würde sie versuchen, nicht zu weinen. »Jordan? Bist du okay?«

Wieder atmete sie tief durch. »Ich wollte dir das vor deinem Auftritt eigentlich nicht sagen, aber ich gehe wieder nach Hause, Nate. Zurück nach Los Angeles. Mein Dad hat Verbindungen zur USC, und ich kann nach den Semesterferien in ihrem Filmprogramm weitermachen.«

Colin und ich keuchten beide entsetzt auf. Jordans gequälter Blick wanderte zwischen uns hin und her. »Ich überlege schon seit Tagen, wie ich es euch beibringen soll.«

Ich dachte, ich wäre vorher schon schockiert gewesen. Ich lag falsch. Jordans Neuigkeit zerstörte mich. Das konnte nicht sein. Sie konnte nicht meinen, was sie gerade gesagt hatte. Auf keinen Fall. Es ergab keinen Sinn. »Warum?«

Sie schüttelte den Kopf. »Ich gehöre nicht hierher. Es schneit, alles bewegt sich zu schnell, und niemand weiß Flipflops zu schätzen. Ich bin ein kalifornisches Mädchen. Ich gehöre nach Tinseltown.«

»Süße, du gehörst *hierher*«, flüsterte Colin. »Zu uns.«

Jordan musste schlucken. Ihr Blick ging zu mir. »Bleibt in meiner Wohnung. Du, Sophie und das Baby. Mietfrei. Zahlt einfach die Nebenkosten, und ihr könnt bis zu eurem Abschluss bleiben.«

»Das würdest du für uns tun?«, fragte Sophie fassungslos.

Wut stieg in mir auf. Jordan würde das nicht für *uns* tun. Sondern für *mich*. Obwohl ich es nicht verdiente. Obwohl ich ihr das Herz gebrochen hatte. Das konnte ich nicht zulassen. »Nein, Jordan. Auf keinen Fall. Ich lasse dich nicht gehen und nehme dir dein Zuhause weg. Eher breche ich mein Studium ab und wohne bei meinem Vater.«

Tränen begannen über Jordans Wangen zu kullern. »Es ist bereits entschieden.« Sie schüttelte den Kopf. »Ich gehe. Das muss ich. Ich habe bereits alles in die Wege geleitet. Meine Wohnung wird einfach leer zurückbleiben. Ihr könnt also genauso gut darin wohnen. Ich will, dass ihr sie benutzt. Ich will helfen.«

Mein Herz klopfte wie verrückt. Sie durfte nicht gehen. New York wäre ohne sie nicht das Gleiche. *Ich* wäre ohne sie nicht der Gleiche. »Jordan ... nein ... ich ...«

Sophie packte mich am Arm und schüttelte mich sanft. »Nate, bist du verrückt? Sie bietet uns eine Chance, hier in New York zu bleiben. Das ist es doch, was du wolltest. Wie kannst du das ablehnen?«

»Weil es *falsch* ist, Sophie. So selbstsüchtig kann ich nicht sein.« Wieder sah ich zu Jordan. »Tu das nicht.«

Wir wurden unterbrochen, als der Mann mit dem Headset seinen Kopf in den Flur steckte. »Nathan Anderson?« Ich nickte. »Ihr seid als Nächstes dran. Es ist an der Zeit, euer Equipment aufzubauen.«

Ich atmete tief ein. Meine Welt brach auseinander, aber das musste ich jetzt beiseiteschieben. Ganz egal, wie ich mich entschied, was die Zukunft für mich bereithielt, ich hatte das ganze Semester auf diesen einen Moment hingearbeitet. Und wenn es meine letzte echte Chance war, der Welt zu zeigen, was ich draufhatte, musste ich jetzt mein Bestes geben. Jordan trat vor und lächelte traurig. »Colin und ich werden in der ersten Reihe sein, genau wie ich es versprochen habe.« Sie gab mir einen Kuss auf die Wange. »Toi toi toi, Rockstar.«

Sie sah zu Sophie, als würde sie ihren nächsten Schritt abwägen. Schließlich zog sie mein Gesicht heran und gab mir einen Kuss, der mich in Flammen stehen ließ. Er schob all das Drama der letzten Viertelstunde aus meinem Kopf und heilte mein gebrochenes Herz. Als wir uns voneinander lösten, musste ich erst mal tief Luft holen.

»Du schaffst das.« Sie schenkte mir ein letztes Lächeln, das wie durch Zauberhand alles wieder in Ordnung brachte, und zog Colin in den Zuschauerraum.

27

Tatsächlich ... Liebe

Mir schwirrte der Kopf, und mein Herz war ein einziges Chaos. Mein Körper war immer noch von Jordans Neuigkeit erschüttert. Das alles sorgte dafür, dass ich mir nicht sicher war, ob ich in der Lage sein würde, mich überhaupt auf den Auftritt zu konzentrieren. Im dunklen Zuschauersaal konnte ich Jordan und Colin nicht sehen, doch ein Blick auf die Vorfreude meiner Brüder und der anderen Musiker mit mir auf der Bühne beruhigte das stürmische Meer meiner Gedanken.

Als die Bühnenlichter angingen und der erste Schlag von Marks Pauken in meinen Ohren dröhnte, breitete sich ein Lächeln in meinem Gesicht aus. Ein Adrenalinschub durchdrang mich von Kopf bis Fuß. Dies war der Moment, auf den ich das ganze Semester lang hingearbeitet hatte. Meine Chance, der Welt zu beweisen, zu was Nathan Anderson fähig war. Ich *wollte* es. Ich war *bereit*.

Die Bühne war mein Königreich, das ich perfekt beherrschte. Der Song begann leise, und der romantische Text wurde von Geige und Cello begleitet. Dann ein weiterer Paukenschlag, die Band kam dazu und brachte das Lied von sanfter Vanille zu einer regelrechten Geschmacksexplosion.

Das überraschte Keuchen des Publikums, als der Song richtig loslegte, ließ mich von einem Ohr zum anderen grinsen. Ich hatte sie. Die Zuschauer gehörten mir. Ihr Jubeln feuerte mich an und drängte mich, mit einer Intensität zu singen und zu spielen, die ich nie zuvor erreicht hatte. Und ich wusste, dass ich genau dafür geboren war. Ich konnte es nicht aufgeben. Ganz egal, was nötig war, ich würde einen Weg finden, mein Kind aufzuziehen und gleichzeitig meinen Traum zu verfolgen.

Außerdem wusste ich, während ich mein Herz in Form eines Liebeslieds über Eiscreme ausschüttete, dass ich ohne Jordan das alles nie erreicht hätte. Sie inspirierte mich. Sie ließ mein Herz lebendig werden. Sie war meine Muse. Meine Inspiration. Die Quelle meiner Leidenschaft. Mein innerer Frieden. Meine geistige Gesundheit. Meine beste Freundin. Sie war die Frau, die ich liebte. Und ich brauchte sie wie die Luft zum Atmen.

Das war der einzige Gedanke in meinem Kopf, als der Vorhang fiel und ich dem begeisterten Applaus auf der anderen Seite lauschte: Ich liebte Jordan. Und ich konnte sie nicht gehen lassen.

Als ich mich umdrehte, um den anderen zu danken, die mit mir aufgetreten waren, stellte ich fest, dass ich nicht der Einzige war, der wie ein Idiot grinste. Wir hatten an diesem Abend etwas Unglaubliches erreicht, auf das wir zu

Recht stolz sein konnten. Meine Brüder fielen gleichzeitig über mich her. »Du warst einsame Spitze, Kleiner«, sagte Chris und Tyler folgte mit: »Glückwunsch, kleiner Bruder!«

»Ich hab dir doch gesagt, ich bin älter als du, Schwachkopf.«

»Und ich hab dir gesagt, dass ich damit Körpergröße meine, du Zwerg.«

Diesmal grinste ich über die Beleidigung und umarmte meine Brüder. »Danke, Leute.«

Sie erwiderten die Umarmung. Natürlich riss uns der Show-Koordinator zwei Sekunden später aus dem Moment, als er uns sagte, dass wir die Bühne für die nächste Gruppe freimachen sollten. Wir ließen uns los und schoben uns mit der unausgesprochenen Abmachung von der Bühne, dass wir alle so tun würden, als wäre das nie passiert.

Nach dem Talentwettbewerb konnte ich keine zwei Schritte in den Backstage-Bereich machen, bevor ich mit Komplimenten und Glückwünschen überhäuft wurde. Ich war dankbar, mir den Respekt der anderen Teilnehmenden verdient zu haben, doch es fiel mir schwer, mich zu konzentrieren. Meine Augen waren starr auf die Tür gerichtet, denn ich wartete darauf, dass Jordan hereinkam.

Dann wurde ich von einer Stimme abgelenkt, die meine volle Aufmerksamkeit erforderte. »Da ist ja unser Wunderkind!«, rief Mr Treager fröhlich über den Lärm der Menge hinweg. Er kam mit Mr Hendricks, der Frau aus der Audition, die gegen mich gestimmt hatte, und noch ein paar anderen Leuten, die ich nicht kannte, zu mir.

Mr Treager war der Erste, der mich begrüßte. »Nate, dieser Song war unglaublich.«

Ich schenkte ihm mein breitestes Lächeln und schüttelte ihm die Hand. »Danke, Mr Treager.«

Mr Hendricks wartete ungeduldig darauf, mir als Nächster die Hand zu geben. »Nate«, sagte er mit einem stolzen Lächeln. »Noch nie hatte ich einen Studierenden, der sich einer Herausforderung stellt und dabei meine Erwartung so sehr übertrifft, wie heute Abend.«

Die Frau sah mich fast ehrfürchtig an. »Ich auch nicht. Ich bin völlig überwältigt, Mr Anderson. Ich konnte kaum glauben, dass Sie der gleiche junge Mann sind, der für uns am Anfang des Semesters vorgesungen hat.«

»Hör nicht auf sie«, sagte Mr Treager scherzhaft. »Ich wusste, dass es in dir steckt. Danke, dass du mich nicht vor meinem Boss hast schlecht aussehen lassen.« Er deutete auf die Frau. »Nate, das ist Professorin Jennifer Alfaro. Ich glaube, ihr seid euch noch nicht offiziell vorgestellt worden.«

Ich schüttelte den Kopf und gab ihr die Hand. Ihre Ehrfurcht war durch ein freundliches Lächeln ersetzt worden. »Es ist mir ein Vergnügen. Sind Sie im Sommer in der Stadt?«

Die Frage brachte das ganze Drama vor der Show wieder in meinen Kopf zurück. Ich sah zu meinen Brüdern. Sophie stand bei ihnen und hörte ebenso aufmerksam zu. Ich schenkte Professorin Alfaro ein schwaches Lächeln. »Das, ähm, ist noch nicht endgültig entschieden.«

Sie nickte verständnisvoll. »Nun, falls Sie sich dafür entscheiden, zu bleiben, kommen Sie gern mal in meinem Büro vorbei. Ich habe viele Verbindungen und würde Ihnen liebend gern helfen, ein tolles Sommer-Praktikum zu finden.«

»Ich…« Es dauerte einen Moment, bis ich wieder sprechen konnte. »Danke, das würde ich wirklich sehr gern.«

Ich ignorierte Sophies empörtes Gesicht und schüttelte erneut Professorin Alfaro die Hand. Sie lächelte zufrieden. »Gut. Dann freue ich mich auf Ihren Besuch. Und hoffentlich sehe ich Sie nächstes Jahr in einem meiner Kurse. Aber jetzt möchte ich Ihnen ein paar Freunde vorstellen, die Sie gern kennenlernen würden.«

Die beiden Fremden, die geduldig gewartet hatten, traten mit Visitenkarten in der Hand auf mich zu. Ich wollte cool bleiben, doch als ich den Text darauf las, riss ich die Augen auf. »Sie arbeiten für *NuSound Records?*« NuSound Records war die größte Plattenfirma des Landes.

Sie nickten. »Nate, wir sind von ›31 Flavors of You‹ begeistert«, sagte die Frau. »Wir würden uns gern mal mit Ihnen zusammensetzen und über die Möglichkeit sprechen, ein Album mit Ihnen zu produzieren.«

Hinter mir hörte ich meine Brüder begeistert jauchzen.

Meine Knie gaben nach, und mein Magen rebellierte. *NuSound* war an mir interessiert? Das war so verrückt, dass ich es einfach nicht in den Kopf bekam.

Wo war Jordan? Sie sollte hier sein, um dieses entsetzlich kitschige Happy End mitzuerleben. Sie würde es lieben. Jetzt gerade war ich *Step Up*, *Save the Last Dance*, *Pitch Perfect* und jeder andere kitschige Wettbewerbsfilm, den mir Jordan zur Vorbereitung gezeigt hatte.

»Ich weiß nicht, was ich sagen soll«, brachte ich

schließlich heraus, als mein Hirn wieder zu funktionieren begann.

»Wie wäre es mit Ja?«, schlug die Frau vor.

»Ich …«

»Er wird darüber nachdenken.« Mr Treager unterbrach mich, bevor ich noch ein weiteres Wort sagte. Gleichzeitig schob er sich fast beschützend zwischen uns. Er zwinkerte mir zu und wandte sich lächelnd an die Leute von der Plattenfirma. »Er muss noch einen ganzen Raum voller Leute kennenlernen. Ihr seid nicht der einzige Fisch in diesem Teich, Lillian.«

Er nahm sie auf den Arm, und sie gab vor, gekränkt zu sein. »Aber wir sind die Besten, Will. Das weißt du.«

»Vielleicht.« Mr Treager lächelte. »Er wird euch anrufen, sobald er einen anständigen Agenten hat.«

Die Frau seufzte. »Rufen Sie uns zuerst an«, sagte Lillian, dann verabschiedete sie sich, bevor sie in der Menge verschwanden.

Ich starrte auf die Visitenkarten in meiner Hand, bis mich jemand an der Schulter berührte und mich so aus meiner Erstarrung holte. Mr Treager grinste mich wie ein stolzer Mentor an. »Überwältigend, oder? Keine Sorge. Ich helfe dir, einen tollen Manager zu finden, und du kannst dich mit Fragen jederzeit an mich wenden.«

Ich schluckte. Das hier war nur ein Traum. Es konnte nicht echt sein. Die ganze Zeit wartete ich auf die schlechten Neuigkeiten, weil das hier alles *zu* perfekt war. Doch sie kamen einfach nicht.

»Herzlichen Glückwunsch, Nate«, sagte Mr Hendricks. »Aber das sollte nicht bedeuten, dass Sie Ihr Studium abbrechen. Sie sollten nach der Winterpause besser wieder da sein.«

Ich starrte ihn an. »Natürlich komme ich zurück, Sir. Das war das beste Semester meines Lebens.«

Mr Treager, Mr Hendricks und Professorin Alfaro mussten lachen. Nach einer letzten Runde Glückwünsche ließen sie mich mit meinen Brüdern und Sophie allein, damit ich den Rest des Abends genießen konnte. Als sie weg waren, starrte ich erneut wie betäubt auf die Visitenkarten in meiner Hand. »Ich hab's geschafft«, flüsterte ich. »Ich hab es wirklich geschafft.«

»Und wie du das geschafft hast!« Ty klopfte mir so fest auf den Rücken, dass es brannte.

»Alter«, war alles, was Chris hervorbrachte.

»Alter«, stimmte ich ihm zu.

Eine hohe, unglückliche Stimme riss uns aus unserer Freude. »Was soll das bedeuten, Nate? Du hast dieser Frau gesagt, du willst nächsten Sommer ein Praktikum machen. Aber du hast mir doch versprochen, mit mir nach Hause zu kommen.«

Der Glücksmoment war vorbei. Mit einem Seufzen sah ich zu Sophie. »Es tut mir leid, aber ich kann das hier nicht aufgeben.«

»WAS?!«, rief sie.

Ich zog sie aus dem Raum. Im Flur waren immer noch genug Leute, dass ich mit ihr bis in die Lobby des Gebäudes gehen musste, um ein bisschen Privatsphäre zu haben. »Ich kann das hier nicht aufgeben«, sagte ich ihr erneut. »Du hast doch gesehen, was passiert ist. Das hier ist kein Hirngespinst von mir. Sondern meine *Gabe*. Das ist es, was ich tun muss. Ich gebe die NYU und meine Musik nicht auf. Das wird niemals passieren. Ausziehen werde ich auch nicht.«

Ich sah entschuldigend zu meinen Brüdern, die hinterhergekommen waren, doch überraschenderweise wirkten sie nicht gekränkt. Ihr ermutigendes Nicken gab mir den Mut, um weiterzusprechen. »Und Jordan gebe ich ebenfalls nicht auf.«

Sophie sah mich entsetzt an. »Du entscheidest dich für *sie?* Aber ich werde die Mutter deines Kindes sein.«

Bevor ich etwas erwidern konnte, stürmte Colin durch den Eingang der Schule. »Sie ist weg, Nate«, keuchte er.

»Was?«, fragte ich, obwohl ich genau wusste, was er meinte. Seine Verzweiflung erklärte alles.

»Ich habe versucht, sie aufzuhalten.« Er legte mir die Hände auf die Schultern. »Ich habe versucht, es ihr auszureden, aber sie wollte nicht auf mich hören. Sie meinte, sie könne sich nicht von dir verabschieden.« Er schüttelte den Kopf. »Sie sagte, sie würde das nicht überleben.«

Es fühlte sich an, als würde mir das Herz stehen bleiben. Ich wusste, dass dieser Abend zu perfekt gelaufen war. »Sie ist bereits weg?«, fragte ich und kämpfte gegen die aufsteigende Panik an. Wieder begann sich der Raum zu drehen.

Schniefend zog Colin ein kleines quadratisches Weihnachtsgeschenk aus seiner Manteltasche. »Ich musste ihr versprechen, es dir erst zu sagen, nachdem sie weg ist. Und das hier soll ich dir geben.«

Ich nahm das Geschenk an – es war genauso groß wie eine CD – und ließ mich auf eine Bank sinken, denn mir fehlte die Kraft, mich aufrecht zu halten. Jordan war fort. Sie war wirklich gegangen, ohne sich auch nur zu verabschieden. Nein, das stimmte nicht. Sie hatte mich vor meinem Auftritt geküsst, weil sie wusste, dass sie gehen und mich niemals wiedersehen würde. Dieser Kuss war ihr Abschied gewesen.

Wie betäubt klappte ich den kleinen Geschenkanhänger auf. Darin stand: *Ich hab mein Lieblingslied gefunden. Rate, welches es ist.*

Mir war speiübel, und ich hatte das Gefühl, nicht mehr atmen zu können. Ich musste es wissen. Ich riss das Weihnachtspapier auf und fluchte, als sich die kleine Schleife, die darum gewickelt war, nicht sofort löste.

Als ich das Cover sah, stieß ich ein hysterisches Lachen aus. »*Hannah Montana?*«

Als ich es umdrehte und die Titelliste überflog, befürchtete ich, mir das ganze Ding anhören zu müssen, bevor ich darauf kam. Doch dann fiel mir der fünfte Titel ins Auge. *If We Were A Movie.*

Wieder lachte ich. Nur Jordan konnte ein Lied finden, das das Leben mit einem Film verglich. Ich kannte es nicht, doch ich nahm an, dass es die ultimative romantische Komödie unter den Liebesliedern sein würde. Das *Schlaflos in Seattle*, wie Jordan sagen würde. Sie würde auf ihre typische stolze Art lächeln, und ich wusste genau, wie sie klingen würde, wenn sie sagte: »Du bist so ein Musiksnob, Nate. Das ist das *Schlaflos in Seattl*e der Liebeslieder.«

Es tat weh, mich an ihr Lachen zu erinnern. Ich schloss die Augen. Mein Herz schmerzte so sehr, dass mir die Talentshow plötzlich völlig egal war. Meine Unterhaltung mit den Vertretern von NuSound spielte keine Rolle. Was war eine Musikkarriere schon ohne meine Muse? Ohne sie konnte ich das nicht tun. Ich wollte es nicht.

Ich sah zu Colin. »Wir müssen sie aufhalten.«

»Wie? Wir sind gleich nach deinem Auftritt gegangen, und sie hatte bereits gepackt. Ich hab sie vor fast zwei Stunden in ein Taxi gesetzt. Ich weiß nicht mal, welche Fluggesellschaft oder welche Nummer ihr Flug hat!« Er war ebenso panisch, wie ich es war.

Ich wählte ihre Nummer, doch es ging sofort die Mailbox dran. Ich versuchte es noch drei weitere Male und wurde jedes Mal verzweifelter, wenn mir ihre Stimme sagte, eine Nachricht zu hinterlassen. Aber ich wusste, dass sie nicht drangehen würde. Ich fragte mich, ob sie das jemals wieder tun würde, wenn sie meine Nummer sah. »Hast du es schon versucht?«, fragte ich Colin.

Er nickte, und in seinen Augen standen Tränen.

Als ich erneut fluchte und mit der Faust gegen die Bank schlug, auf der ich saß, setzte sich Chris neben mich. »Wir teilen uns auf. Du und Colin fahrt zum LaGuardia, Ty und ich versuchen es im JFK. Sobald wir drinnen sind, können wir die Fluggesellschaften überprüfen. So viele Flieger nach Los Angeles wird es schon nicht geben.«

Sophie schnaubte verächtlich. »Man muss ein Ticket haben, um reinzukommen, du Idiot.«

Chris warf ihr einen bösen Blick zu, doch sie hatte recht.

»Na und?«, erwiderte Tyler. »Wir haben Kreditkarten für den Notfall.« Er sah mich ernst an. »Und das hier ist ein Notfall. Dad wird es verstehen.«

Chris nickte. Er und Tyler sahen mich erwartungsvoll an. Ich war gerührt, dass sie bereit waren, mir zu helfen, doch auch sie mochten Jordan sehr gern. Sie war über Thanksgiving zu einem Teil unserer Familie geworden, und die Andersons kümmerten sich umeinander. Jordan gehörte zu uns. Wir konnten sie nicht gehen lassen. Ich nickte. »Okay, so machen wir es. Hoffentlich ist sie noch nicht weg.«

»Ist sie nicht«, sagte eine neue Stimme.

Wir alle wirbelten herum.

Meine Brüder starrten erst die Frau an, dann mich. Chris zog eine Augenbraue hoch. »Eine Freundin von dir, Nate?«

Ich sah in Pearls verschmitzte Augen. »So könnte man das sagen. Was machen Sie hier, Pearl?«

»Meinen Job«, erwiderte sie und schüttelte den Kopf. »Ihr zwei macht mir ganz schön Ärger.«

»Wovon redet sie?«, fragte Ty. Es klang so, als sei ihm die Fremde ein bisschen unheimlich.

Ich grinste. »Pearl ist meine Verkupplerin.«

Sie runzelte die Stirn über die Ironie in meiner Stimme. »Und das ist auch gut so, denn sonst würdest du nicht erfahren, dass Jordan mit American Airlines von LaGuardia abfliegt.«

Colin sah sie erstaunt an. »Sind Sie sicher? Woher wissen Sie das?«

»Ich habe meine magischen Kuppelfähigkeiten genutzt«, antwortete sie.

Es war als Scherz gemeint, doch eine leise Stimme in meinem Kopf fragte sich, ob sie vielleicht doch die Wahrheit sagte. Sie sah wieder zu mir und lächelte, als würde sie wissen, woran ich dachte. »Beeil dich, dann erwischst du sie vielleicht noch.«

»Aber es ist Stunden her«, jammerte Colin. »Sie ist inzwischen bestimmt schon weg.«

Pearl zuckte mit den Schultern. »Jeder weiß doch, wie es in Flughäfen um die Feiertage herum aussieht. Es gibt immer Verspätungen. Besonders bei schlechtem Wetter.«

Ich hatte keine Ahnung, wovon sie redete. Das Wetter war alles andere als schlecht. Der Winter war ungewöhnlich mild gewesen, und bisher hatte es noch nicht mal geschneit. Colin warf einen Blick aus der Tür und runzelte die Stirn. »Das Wetter ist doch vollkommen in Ordnung.«

Pearl warf ihm ein diabolisches Grinsen zu. »Ach ja?«

Als hätte die alte Frau es heraufbeschworen, riss ein Windstoß an den Türen, und es begann plötzlich zu schneien. Pearl erwiderte meinen misstrauischen Blick mit einem stolzen Lächeln. Ich lachte. »Sie machen mir echt Angst, Pearl.«

»Hör auf, das Schicksal zu hinterfragen, Nathan. Beeil dich einfach, und hol dir dein Mädchen, bevor es weg ist.«

Als Pearl Jordan so nannte, setzte mein Herz einen Schlag aus. Noch war sie nicht mein Mädchen, doch das würde sie bald sein, selbst wenn ich nach Kalifornien fliegen musste, um sie zurückzuholen.

Colin klatschte begeistert. »Nate, das ist perfekt! Das typische Filmende, wo die Hauptfigur durch den Flughafen rennen muss, um zu verhindern, dass die andere Hauptfigur wegfliegt! Jordan *liebt* dieses Ende!«

Ich lachte. Das tat Jordan wirklich. Immer wieder hatte sie mir erklärt, dass Klischees in Ordnung waren, wenn man sie richtig anwendete. Das Flughafenende war immer eines ihrer Beispiele gewesen. Irgendwie kam es mir wie das perfekte Ende unseres Films vor.

Erleichtert umarmte ich Pearl. »Danke.«

Sie gab sich widerspenstig. »Vorsicht mit den alten Knochen, Nate.«

Widerwillig ließ ich sie los. »Ich meine es ernst. Danke, Pearl. Für alles.«

Wieder funkelten ihre Augen schelmisch. »Es war mir ein Vergnügen, mein lieber Junge. Und jetzt *los*.«

Als ich mich zum Gehen wandte, fauchte Sophie: »Soll das ein Witz sein?«

Ich drehte mich um und sah sie verwirrt an. »Was?«

»Du kannst mich nicht verlassen, Nate«, rief sie. »Ich bekomme dein Baby. Ich brauche dich. Wenn du jetzt gehst, was ist dann mit *uns*?«

Ihre Augen füllten sich mit Tränen, doch das besänftigte nicht den Zorn, der in mir aufstieg. »*Es gibt kein* Wir!« Jetzt verstand ich, warum Jordan dauernd Leute trat. Gerade wollte ich unbedingt etwas treten. Wie konnte Sophie das nicht verstehen? »Es ist *vorbei*. Baby hin oder her, wir werden nicht wieder ein Paar. Ich kann nicht mit dir auf diese Weise zusammen sein. *Ich liebe dich nicht!*« Als sie zusammenzuckte, senkte ich meine Stimme. »Tut mir leid. Ich werde dir mit dem Baby trotzdem so gut helfen, wie ich kann. Wir finden schon eine Lösung. Ich will am Leben meines Kinds teilhaben, aber ...«

Sophies Hände ballten sich zu Fäusten. Sie stampfte mit dem Fuß auf und stieß einen frustrierten Schrei aus. »Aggghhh! Es gibt kein Baby!«

Ich erstarrte und versuchte das, was sie gerade gesagt hatte, zu verarbeiten. Wir alle warteten auf eine Erklärung und waren zu schockiert, um die Frage laut auszusprechen.

»Das war der Schwangerschaftstest einer Freundin!«, fauchte Sophie. »Ich wollte ihn nicht benutzen, aber dann habe ich gesehen, wie du sie geküsst hast, und hatte keine andere Wahl!«

Mir wurde schwindlig, und ich sank auf den Boden. »Du hast gelogen?«, rief Chris fassungslos, während ich versuchte, mich nicht zu übergeben. »Du hast dir eine Schwangerschaft *ausgedacht?*«

»WAS ZUM TEUFEL!«, tobte Tyler.

»Mir blieb nichts anderes übrig!«, schrie Sophie. Sie sah mich an und begann jetzt richtig zu weinen. »Nate ... es tut mir so leid.«

Ihre Entschuldigung war wie ein Schlag in die Magengrube.

»Ich dachte, wenn ich dich nur von ihr weghalten kann, wenn du einen guten Grund hast, um zu mir zurückzukommen, würden wir es schon hinbekommen.«

»Und du denkst, ich hätte es nicht früher oder später herausbekommen?«

Sie schüttelte verzweifelt den Kopf und wischte sich die Tränen weg. »Ich hätte dir in ein paar Monaten gesagt, ich hätte es verloren. Ich brauchte nur genug Zeit, um dich dazu zu bekommen, dort auszuziehen, und dich daran zu erinnern, dass du *mich* liebst. Und nicht *sie*.«

Genug Zeit, um mein Leben zu zerstören. Die Übelkeit ließ nach und wurde durch Zorn ersetzt. »Wie konntest du mir das nur antun?« Ich sprang auf und zitterte vor Wut. »Hast du eigentlich eine Ahnung, was ich die letzten Wochen durchgemacht habe? Wie sehr mich diese Sache fertiggemacht hat? Um ein Haar hättest du mein Leben *zerstört*. Und bei Jordan hast du es vielleicht sogar geschafft. Wegen dir hab ich ihr das Herz gebrochen! Verdammt, Sophie, wenn ich sie nicht rechtzeitig erwische ...«

»Sie ist mir egal!«, schrie Sophie. »Ich hasse sie! Sie hat dich mir gestohlen! Sie hat *mein* Leben zerstört! Was ist mit *mir*, Nate? Was ist mit MIR?«

Ich konnte mir das keine Sekunde länger anhören. Ich fühlte mich nicht schuldig, schließlich hatte ich nichts falsch gemacht. Ich war ihr nie untreu gewesen. Wir hatten einen Monat vorher Schluss gemacht, bevor ich Jordan geküsst hatte. Und sie tat mir auch nicht mehr leid. Früher schon, doch nicht nach dem, was sie getan hatte. Es war verabscheuungswürdig. »Was mit *dir* ist, Sophie?«, fragte ich völlig emotionslos. »Was schert mich das noch?« Ich lachte freudlos. »Weißt du was? In gewisser Hinsicht bin ich sogar froh, dass du das gemacht hast, denn jetzt fühle ich mich nicht mehr schlecht. Ich bin drüber weg. Über dich. Vollkommen.«

Sophie begann zu schluchzen, doch ihre Tränen hatten keinen Effekt mehr auf mich. Ich schüttelte den Kopf und staunte, wie frei ich mich plötzlich fühlte. »Wenn du unbedingt nach Syracuse zurückwillst, dann mach das doch einfach. Geh nach Hause, und fang von vorne an. Oder bleib. Ist mir egal. Aber lass mich in Ruhe. Ich will dich nicht mehr kennen.«

Sie starrte mich zitternd an, während ihr die Tränen übers Gesicht liefen. Ich zuckte nur mit den Schultern, denn ich hatte ihr nichts mehr zu sagen. Ich drehte mich zu meinen erstaunten Brüdern um, atmete tief durch und fuhr mir durchs Haar. »Bitte erklärt es Dad, sollte ich es nicht zu Weihnachten nach Hause schaffen.«

Sie nickten, und Chris grinste mich an. »Silvester bist du besser zurück. Wir räumen den ganzen Weihnachtsschmuck nicht ohne dich weg.«

Lachend wirbelte ich herum und lief zur Tür. Colin hielt sie für mich auf. Er lachte und weinte gleichzeitig. »Geh und schnapp sie dir, Tiger.«

Ich schüttelte den Kopf. »Das ist der bis jetzt schlimmste Spitzname.«

Draußen stand bereits ein Taxi bereit, um mich zum Flughafen zu bringen. Ich sah Pearl überrascht an. »Ihr Werk?«

»Ich habe keine Ahnung, wovon du redest«, sagte sie unschuldig.

Das nahm ich ihr keine Sekunde ab. »Natürlich nicht.«

Pearl lachte. »Jetzt geh endlich, Nathan, sonst hole ich mir hier draußen noch den Tod.«

Ob aus Dankbarkeit oder Irrsinn, wusste ich nicht, aber ich beugte mich vor und gab der alten Dame einen Kuss auf die Wange. »Danke, Pearl. Ich schulde Ihnen einen Tee, wenn ich zurück bin.«

Ihr Lachen folgte mir, während ich ins wartende Taxi einstieg.

*

Es schneite inzwischen stark, was den Verkehr fast komplett lahmlegte. Ich dachte, die Fahrt würde mich umbringen, also begann ich über Filme nachzudenken, um mich zu beschäftigen. Je mehr ich darüber nachdachte, desto mehr wurde mir klar, dass sie immer glücklich endeten. Happy End um Happy End. *Eurotrip*, *Clueless*, *Step Up*, Jordans persönlicher Lieblingsfilm *Die Braut des Prinzen*. Selbst *Stirb langsam* hatte ein gutes Ende. Okay, das von *Shakespeare in Love* war eher bittersüß. Ich fand immer noch, dass es ein angemessenes Ende war, aber nun verstand ich Jordans Argumentation besser. Ja, es war ein gutes Ende, aber es hätte noch so viel besser sein können. *Mein* Ende würde besser sein.

Heute Abend waren Jordan und ich nicht *Shakespeare in Love*. Denn sie hatte recht. Warum sollte man ein angemessenes Ende wollen, wenn man stattdessen auch ein Märchenende haben konnte? Was spielte es für eine Rolle, ob es kitschig und klischeehaft war? Alles was zählte, war, dass wir uns am Ende bekamen. Welcher Film war das hier also? Von allen möglichen Happy Ends musste es eines geben, das zu meinem passte.

Während sich das Taxi seinen Weg durch die Stadt bahnte, starrte ich aus dem Fenster auf den fallenden Schnee – der erste Schnee, den New York dieses Jahr zu sehen bekam – und musste über die Ironie schmunzeln. Es regnete immer am Ende des Films. Okay, das hier war Schnee, aber schließlich war es auch Dezember in New York, und Schnee hatte genau den gleichen dramatischen Effekt wie Regen. Nur dass er gleichzeitig Weihnachtsstimmung verbreitete. Und da wusste ich es. Ich war in einem Weihnachtsfilm, und ich wusste auch genau, in welchem.

Tatsächlich ... Liebe. Der Titel sagte alles.

Es gab viele verschiedene Handlungsstränge in diesem Film und viele verschiedene Enden. Ich hatte die freie Wahl, weil mich die meisten an mich erinnerten. Da gab es Hugh Grant, der eine Frau suchte, die er aus seinem Leben verbannt hatte. Dann war da Colin Firth, der seiner Familie über die Feiertage den Rücken kehrte, weil ihm endlich klar geworden war, was er sich für eine gute Sache hatte entgehen lassen. Und dann war da noch der kleine Junge. Ich hatte seinen Namen vergessen, aber dieses kleine Mädchen war seine Muse, und es war die Musik, die ihm endlich den Mut gab, sie anzusprechen. Ganz zu schweigen davon, dass er durch einen Flughafen rannte, um ihr seine Gefühle zu gestehen, bevor sie für immer aus seinem Leben verschwand.

Es war das Lächeln dieses kleinen Jungen, das mir die Kraft gab, die endlosen Ticketschlangen am Flughafen durchzustehen. Und ich musste lachen, als ich nicht durch die Sicherheitsdetektoren kam, ohne mich praktisch bis auf die Unterwäsche auszuziehen. Ich wollte dem Beispiel des Jungen folgen und einfach durchrennen, doch LaGuardia hatte Wachhunde, und ich war mir ziemlich sicher, dass die mich erwischen würden, bevor ich das Gate erreichte.

Ich hatte solche Angst, ihren Flug zu verpassen, dass ich direkt nach der Sicherheitskontrolle loslief. Dass ich meine Schuhe vergessen hatte, merkte ich erst, als ich das richtige Gate erreicht hatte. Fast schon enttäuscht stellte ich fest, dass Jordans Flug Verspätung hatte und noch längst nicht aufgerufen wurde. Also würde nichts aus dem dramatischen Moment werden, in dem ich sie kurz vorm Einsteigen erwischte. Damit war es nicht genau *Tatsächlich ... Liebe*, aber das passte schon.

Als ich sie schließlich entdeckte, schien die Zeit stillzustehen, und all der Lärm des überfüllten Flughafens verstummte. Sie wirkte so traurig, was mich auf eine kranke Art froh machte, denn mir gefiel der Gedanke, dass ich ihre Traurigkeit gleich vertreiben würde.

Sie starrte auf ihren Schoß und bemerkte mich erst, als

ich direkt vor ihr stand. Als ich endlich sprach, zuckte sie zusammen. »*Hannah Montana?*« Ich stöhnte übertrieben. »Hast du denn von mir wirklich *gar nichts* über Musik gelernt?«

Sie sah völlig überrascht zu mir auf. Wir starrten einander an, bis ich verlegen mit den Schultern zuckte. »Ich finde das Ende von *Shakespeare in Love* jetzt doch doof.«

Ihre Augen füllten sich mit Tränen. Nach ein paar Sekunden lachte sie fassungslos auf. »Du rennst durch einen Flughafen, um mich aufzuhalten?« Sie klang nicht ganz so ironisch, wie sie es beabsichtigt hatte. Dazu war sie zu glücklich.

Erneut zuckte ich mit den Schultern. »In den Filmen klappt das immer.«

Sie stand auf. Von ihrer Nähe bekam ich Herzklopfen. »Ich wette, du hast deine Kreditkarte zum Glühen bringen müssen, um dir ein Ticket zu kaufen«, sagte sie mit leicht zitternder Stimme.

Ich grinste. »Mehr als du ahnst. Sie hatten nur noch Plätze in der ersten Klasse.«

Endlich bekam ihre Zurückhaltung Risse. Sie begann gleichzeitig zu lachen und zu weinen. »Ugh, Nate, das ist so kitschig«, stöhnte sie, während sie sich die Tränen von der Wange wischte.

»Na und? Jemand hat mir mal gesagt, dass es egal ist, wie klischeehaft etwas ist, solange es funktioniert.« Ich legte meine Hände um ihre Taille und zog sie so fest an mich, dass sie erschauerte. »Und das hier wird funktionieren. Versprochen«, flüsterte ich und küsste ihren Mundwinkel. Dann arbeitete ich mich zu ihrem Ohr vor. »Geh nicht, Jordan.« Ich umarmte sie fest. »Ich liebe dich.«

Ich hob ihr Kinn, und sie sah mich überrascht an. »T-tust du?«

Ich lächelte wehmütig. »O ja. Alle einunddreißig Geschmackssorten von dir.«

Wieder lachte sie, warf ihre Arme um mich und vergrub ihr Gesicht weinend an meinem Hals. Die Tränen störten mich nicht, denn ich wusste, dass es vor Erleichterung war. Ich verstand ganz genau, wie sie sich fühlte. »Ich liebe dich auch«, flüsterte sie. »Ich liebe dich so sehr.«

Sobald sie sich wieder im Griff hatte, wischte ich ihr die letzten Tränen von den Wangen. Mein Daumen strich über ihre sanfte Haut, und mein Blick fiel auf ihre Lippen. Ihr Körper spannte sich erwartungsvoll an, und mein Mund wurde trocken. Doch es gab noch eine Sache, die ich fragen musste, bevor wir uns in dem Kuss verloren, nach dem wir uns beide so verzweifelt sehnten. »Also, wenn wir ein Film wären, wie würden er enden?«

Sie riss ihren Blick von meinem Mund los und schaute mir in die Augen. Es sah aus, als würde es ihr schwerfallen. Ihr Lächeln wurde schief. »Hast du dir den Song nicht angehört? Ich wäre deine beste Freundin, und du würdest dich in mich verlieben.«

Ich grinste. »Und du findest, *ich* bin kitschig?«

»Halt die Klappe und küss mich endlich.«

»Kommandiere mich nicht so herum.«

»Tu es, oder ich trete dich.«

Sie war das Wortgefecht vor mir leid und presste ihre Lippen schließlich auf meine. Abblende und Abspann. Denn dieser Kuss war eine Million Mal besser als all der andere kitschige Kram, den sich Hollywood so einfallen ließ. Ich hätte ewig so bleiben können, nur dass ich meinen Gürtel bei der Sicherheitskontrolle hatte ausziehen müssen und ihn wie meine Schuhe vergessen hatte. Also musste ich den Kuss unterbrechen, um meine Hose hochzuziehen, als sie langsam, aber sicher herunterrutschte.

Jordan musterte mich grinsend. Ich verdrehte die Augen und verfluchte Chris und Tyler dafür, dass sie mich überredet hatten, eine Baggy Jeans anzuziehen. »Meine Brüder würden mich nie in meiner Skinny Jeans auftreten lassen. Sie wollen nämlich nicht als lahme Emo-Indie-Band abgestempelt werden. Was seltsam ist, denn Chris hat sich dick Kajal um die Augen geschminkt, als sie mir das gesagt haben.«

Okay, meine Brüder würden mich also immer ein wenig herumschubsen, aber hey, mein Ende konnte nicht zu einhundert Prozent perfekt sein. Schließlich war mein Leben nicht wirklich ein Film.

Epilog

Als ich durch die Tür trat, hörte ich erst ein Kreischen und ein lautes Fluchen, gefolgt von einem dumpfen Knall und einer Reihe weiterer Schimpfworte. Schmunzelnd nahm ich die Sonnenbrille ab und stellte meine Tasche auf den Küchentresen. Dann ging ich leise zu Jordans Zimmer. Dabei hielt ich mein Handy hoch, das ich auf Videoaufnahme gestellt hatte. Was auch immer da drin vor sich ging, war mit Sicherheit unterhaltsam.

Als ich ihre offene Tür erreichte, hob Jordan gerade einen umgekippten Koffer hoch, der halb so groß wie sie war, und wuchtete ihn aufs Bett. Dann sammelte sie die verschüttete Kleidung zusammen und stopfte sie in den Koffer, ohne sie noch mal zu falten.

Der Stapel war schließlich viel höher als der Koffer selbst. Er würde niemals zugehen. Doch das hielt Jordan nicht davon ab, das Unmögliche zu versuchen. Sie klappte den Deckel zu und versuchte, den Reißverschluss zu schließen. Als das nicht ging, wurde sie rabiat, zerrte den

Koffer herum und schlug dagegen. Schließlich sprang sie drauf und setzte sich.

Erst als sie darauf hockte, bemerkte sie mich und meine laufende Handykamera, um das Spektakel festzuhalten. Sie warf mir einen wütenden Blick zu. Lachend steckte ich mein Handy weg. »Und was für ein Film ist das gerade?«

Sie sah mich stirnrunzelnd an. »Der, wo das Mädchen den Sommer über nach Hause muss, um bei ihren Eltern zu wohnen – die ihren gewählten Berufswunsch nicht gutheißen, obwohl sie ein krasses Praktikum bei Oscar-Preisträger Zachary Goldberg bekommen hat –, während ihr brillanter und talentierter Freund in New York bleiben muss, um sein erstes Album aufzunehmen.«

Ich versuchte nicht zu grinsen, weil sie wirklich aufgebracht war, aber es war so süß, dass sie die Chance bekam, ihrem Lieblingsregisseur bei einer großen Filmproduktion zur Hand zu gehen, sich aber nicht richtig darüber freute, weil es bedeutete, dass wir den Sommer getrennt verbringen mussten. »Hmm. Klingt ja echt schrecklich.«

»Nate, ich meine es ernst.« Sie betrachtete den monströsen, überquellenden Koffer, auf dem sie immer noch saß, und seufzte. »Ich muss in zwei Stunden los, aber ich will nicht in diesen Flieger steigen.«

»Das liegt nur daran, weil wir uns noch nicht richtig voneinander verabschiedet haben.« Ich zog meine frustrierte Freundin von ihrem Koffer und in meine Arme. »Lass das Packen einfach sein. Holen wir uns stattdessen lieber Ice Cream Sundaes im Café.«

Sie versuchte zu schmollen, musste jedoch grinsen. »Meinetwegen. Wenn du darauf bestehst.«

»Das tue ich. Colin arbeitet heute, und er hat gesagt,

dass er mich umbringt, wenn ich dich nicht vor deinem Flug noch mal vorbeibringe, damit er sich ebenfalls verabschieden kann.«

Sie seufzte erneut. »Ich kann nicht glauben, dass ich euch beide hierlassen und gegen meine Eltern ersetzen muss. Ich *brauche* Verstärkung. Ich drehe noch durch. Wusstest du, dass sie sich *immer noch* darum streiten, bei wem ich bleibe, während ich dort bin? Dad ist sauer, dass ich bei Mom übernachte, statt in sein neues Haus in Malibu zu kommen. Als ob ich sie ihm vorgezogen hätte oder so was. Aber ich muss doch entweder zu Mr Goldbergs Büro oder aufs Sony-Gelände, und das ist eben beides näher bei meiner Mom. Und sie reibt es ihm natürlich bei jeder sich bietenden Gelegenheit unter die Nase.«

Ich versuchte mitfühlend zu wirken, aber das war fast unmöglich, weil ich dieses große Geheimnis hatte, das mich in Hochstimmung versetzte. »Du kannst dir doch wirklich was Eigenes suchen, während du dort bist«, schlug ich vor, während wir den Aufzug nach unten nahmen.

Jordan schüttelte den Kopf. »Ich hab darüber nachgedacht, aber etwas nur für ein paar Monate zu mieten, klingt total nervig. Es kam mir leichter vor, bei Mom in meinem alten Zimmer zu schlafen. Jetzt, wo ich gleich zum Flughafen muss, bereue ich diese Entscheidung.«

Ich zog sie in meine Arme und küsste ihre Stirn. »Es sind ja nur ein paar Monate. Das klappt schon.«

Der Aufzug öffnete sich und Jordan seufzte. »Ich weiß. Ich werde dich nur so vermissen.«

»Ich dich auch.«

Händchenhaltend verließen wir das Gebäude. Seit es

wärmer geworden war, waren wir oft spazieren gegangen. Der Frühling in New York war schon etwas Besonderes. Der Himmel war klar, es waren angenehme zwanzig Grad, und die Bäume standen in voller Blüte – es war so schön draußen, dass vollkommen Fremde sich unterwegs zulächelten.

»Ich glaube, so langsam gewöhnst du dich an diese Stadt«, sagte Jordan und riss mich damit aus meinen Gedanken.

Ich grinste sie an. Das hatte ziemlich anerkennend geklungen. »Ich glaube, da bin ich nicht der Einzige.«

Jordan sah zu den Gebäuden auf, die die University Street säumten, und nickte nachdenklich. »Weißt du was? Ich glaube, ich werde sie den Sommer über richtig vermissen.«

»Ohne dich wird sie auf jeden Fall nicht die Gleiche sein.«

Jordan trat näher und lehnte ihren Kopf an meine Schulter. Ich legte meinen Arm um sie und wir gingen weiter. »Also dieser Film, den du erwähnt hast«, sagte ich nach einem Moment der Stille. »Der, wo die Freundin den Sommer über weg muss ... ich glaube, der gefällt mir nicht.«

Jordan seufzte.

»Vielleicht sollten wir ihn umschreiben«, schlug ich vor. »Was, wenn der Junge das Mädchen begleitet? Dann kann sie für ihren Lieblingsregisseur Kaffee holen, während der brillante und talentierte Freund – deine Worte – seine Zeit damit verbringt, sein Album in einem Studio in L.A. aufzunehmen. So müssten sich die beiden nicht trennen und können die Missbilligung ihrer Eltern gemeinsam ertragen.«

Jordan schnaubte. »Weil der junge Möchtegernrockstar von der Ostküste eine noch düsterere Zukunft vor sich hat als ihre Verlierertochter.«

»Vergiss nicht ›arm und unkultiviert‹«, scherzte ich.

Ich hatte sie zu Weihnachten nach Hause begleitet, und es war haargenau wie in *Meine Braut, ihr Vater und ich* gewesen. Jordans Eltern hatten aus ihrer Enttäuschung keinen Hehl gemacht, dass ich kein Elitestudent aus einer gesellschaftlich anerkannten Familie mit einer Zukunft im Finanzwesen war. Am zweiten Weihnachtsfeiertag hatten wir bereits den ersten Flug nach Syracuse genommen.

Jordan verdrehte erneut die Augen, und ich zog sie fester an meine Seite. »Aber sie entkommen dem Irrsinn, wann immer sie können«, sagte ich. »Und fahren in einem umwerfenden Ferrari die Küste entlang, bis sie einen schönen, abgelegenen Strand entdecken.«

Jordan schloss die Augen, als würde sie es sich bildhaft vorstellen. Sie seufzte wohlig. »So ein Sommer wäre unglaublich. Verrückte Eltern hin oder her.«

»Finde ich auch.«

Wir erreichten das Café. Ich hielt die Tür für Jordan auf und sie ging hinein, immer noch in dieser Fantasie gefangen. »Warum musste Pearl wegziehen und all ihr Glück mitnehmen?«, fragte sie. »Das wird ein wirklich langer Sommer.«

»Das kannst du laut sagen«, jammerte Colin, als wir den Tresen erreichten, wo er bereitstand, um unsere Bestellungen aufzunehmen. »Was soll ich denn nur ganze drei Monate ohne dich machen?«

Ich hätte Mitleid mit ihm, wenn ich nicht genau wissen würde, wie sehr er sich auf diesen Sommer freute. Jordan ging es genauso. »Du wirst mit deinem hübschen Tänzer ausgehen und hübschere Schuhe tragen als ich.«

Ich lachte. Colin hatte einen Job als Nebendarsteller im Broadway-Musical *Kinky Boots* bekommen. Es war die perfekte Rolle für ihn. Und natürlich hatte er sich sofort in einen seiner Kollegen verliebt. Sie würden bald ihr Zwei-Wochen-Jubiläum feiern.

Colin rollte mit den Augen und grinste. »Er ist echt umwerfend, oder?«

Wir lachten.

»Du hast recht. Vielleicht wird dieser Sommer doch nicht so schlimm.«

Jordans Melancholie kehrte zurück. »Nicht für dich, aber für mich wird es der längste Sommer meines Lebens werden.«

Ich war mir sicher, dass sie es nicht kapieren würde, aber schließlich wusste ich auch etwas, das sie nicht wusste. »Das hoffe ich doch«, scherzte ich. »Schließlich sieht es so aus, als hätte Pearl ein bisschen ihrer Magie auf mich übertragen, bevor sie gegangen ist.«

Jordan starrte mich hoffnungsvoll an. »Was meinst du damit?«

»Ja, Nathan«, sagte Colin. »Raus mit der Sprache.«

Ich konnte meine Freude nicht länger verbergen. »Vor ein paar Tagen hat mich mein Agent angerufen. Die Produzenten von NuSound, die mit mir an meinem Album arbeiten werden, haben ziemlich viel zu tun, und all ihre anderen Klienten sind in L.A. Sie haben gefragt, ob es mir etwas ausmachen würde, das Album im Sommer in Kalifornien aufzunehmen.«

Jordan fiel die Kinnlade herunter. »Meinst du das *ernst?* Wehe, wenn nicht, denn das würde mir das Herz brechen.«

Mein Grinsen wurde noch breiter. »Na ja, da ich dir vor ein paar Monaten versprochen habe, dir niemals das Herz zu brechen, muss ich es wohl ernst meinen.«

Es dauerte einen Augenblick, bis die Neuigkeit richtig angekommen war, dann sprang mir Jordan kreischend in die Arme und küsste mich so leidenschaftlich, dass ich ihre Begeisterung schmecken konnte. »Ich kann es nicht glauben!«, rief sie. »Nate, das ist die beste Neuigkeit *aller Zeiten!*«

»Nicht die *beste*. Der Plattenfirma gehört ein schicker Apartmentkomplex für Situationen wie meine, also werden sie mich während meines Aufenthalts dort unterbringen. Du musst den Sommer also nicht bei deiner Mom verbringen. Du kannst bei mir unterkommen. Sei zur Abwechslung mal meine Mitbewohnerin statt umgekehrt.«

»Abgemacht!« Sie kreischte erneut und erwürgte mich fast vor Freude.

Colins wehmütiges Seufzen hielt uns vom Küssen ab. »Ihr seid so niedlich. Ihr werdet einen tollen Sommer haben.«

»Und ob«, sagte Jordan. »Und er beginnt gleich hier. Wir brauchen zwei Hot Fudge Sundaes.«

Colin lachte. »Natürlich. Kommt sofort.«

Nachdem wir unsere Eisbecher bezahlt hatten, setzten sich Jordan und ich an den Tisch im Schaufenster des Cafés. Es ließ mir das Herz aufgehen, sie so vollkommen glücklich zu sehen. Ich wollte, dass sie immer so aussah.

»Ich kann es nicht fassen, dass du mit mir nach L.A. kommst. Wenn ich nicht wüsste, dass Pearl am anderen Ende der Welt ist, würde ich denken, dass sie das eingefädelt hat.«

Am anderen Ende der Welt oder nicht, ich traute es der alten Dame dennoch zu.

Jordan wollte etwas sagen, doch Colin kam ihr zuvor. »Nathan!«, rief er in das Mikro der kleinen Bühne. Ich wusste, was er wollte, noch bevor er eine Gitarre hob und einen Schmollmund zog. »Du wirst den ganzen Sommer weg sein. Also musst du noch einen letzten Song für mich singen.«

Jordan und ich lachten. Colin erklärte den anderen uninteressierten Gästen, dass sie gleich etwas ganz Besonderes hören würden. »Unser ureigener Nate Anderson wird diesen Sommer sein erstes Album für NuSound Records aufnehmen.«

Damit hatte er das Interesse der Leute geweckt, und sie begannen sich nach diesem geheimnisvollen Nate umzusehen, der etwas für sie singen würde. Colin grinste triumphierend. »Gebt ihm einen ganz herzlichen Applaus, Leute.«

Ich war überrascht, als die Gäste tatsächlich zu klatschen begannen. Vielleicht hatten mich einige von ihnen auch schon singen gehört. Colin hatte mich im vergangenen Semester regelmäßig auftreten lassen.

»Jetzt geh schon, Rockstar«, sagte Jordan.

»Ich weiß, ich weiß. Bevor Colin anfängt Miley Cyrus zu singen.«

Als ich aufstand, rief mir Jordan hinterher: »Sing mir was Hübsches!«

Es fiel mir schwer, mir nichts anmerken zu lassen. Sie hatte wirklich keine Ahnung. Ich hatte Colin darum gebeten, mich auf die Bühne zu bitten. Den perfekten Song hatte ich bereits ausgesucht. Als ich mich auf den Barhocker setzte, bemerkte ich das Funkeln in Colins Augen. Er zwinkerte mir heimlich zu und reichte mir die Gitarre. »Danke«, flüsterte er gerührt.

Ich hatte eher das Gefühl, dass ich *ihm* danken sollte. Schließlich stahl ich ihm gerade seine beste Freundin.

Ich räusperte mich und wandte mich an das Publikum. »Danke, Leute. Ähm, meine Freundin hat mich gebeten, ihr etwas Hübsches zu singen, hier also einer meiner Lieblingssongs. Er ist von Train.«

Es wurde ganz still im Café, als ich die Saiten zu zupfen begann. Die Gäste hörten mit einem entspannten Lächeln im Gesicht zu, während ich ein Lied darüber zu singen begann, dass die Ewigkeit niemals lang genug sein würde, um Zeit mit der Frau zu verbringen, die ich liebte. Ich sah zu Jordan. Ihr Lächeln war das Einzige, was mir wichtig war.

Als der Refrain begann und ich die Worte *Marry me* zum ersten Mal sang, füllte sich die Atmosphäre mit begeisterter Energie. Einige Leute zogen überrascht die Augenbrauen hoch. Jordan fiel der Mund auf, und sie schnappte nach Luft. Unsere Blicke trafen sich, und ich sah die ganze Welt in ihren Augen. »Marry me«, sang ich erneut.

Ich erkannte den genauen Moment, als sie begriff, dass dies mehr war als ein spontanes Ständchen, dass ich sie gerade fragte, ob sie mich heiraten wollte. Dieser Moment war unbeschreiblich. Und er war alles, was passiert war, wert.

Ich begann die zweite Strophe, und ihre Augen füllten sich mit Tränen. Ihre Unterlippe begann zu zittern. Noch nie hatte ich eine schönere Frau gesehen. Das Café war voller Leute, die das Spektakel verfolgten, doch irgendwie gab es nur Jordan und mich. Ich konnte einfach nicht den Blick von ihr nehmen.

Als ich mich dem Ende des Songs näherte, stand ich auf und ging auf Jordan zu. Sie bedeckte ihren zitternden Mund mit der Hand, doch in ihren schimmernden Augen war ihr Lächeln noch zu erkennen.

Das Timing stimmte und ich war bei ihr, als ich die letzten zwei Worte des Songs sang. »Marry me.«

Als ich die Gitarre auf den Tisch legte, war es bis auf Jordans leises Schniefen mucksmäuschenstill. »Du hast mir mal gesagt, ich soll auf die Knie gehen und dich bitten«, sagte ich und sank wirklich auf ein Knie.

Jordan atmete scharf ein.

»An diesem Antrag ist nichts gespielt. Der einzige Film, in dem ich von nun an sein will, ist deiner. Willst du mich heiraten, Jordan?«

Als ich den Ring aus der Tasche zog, den ich seit über einer Woche mit mir herumtrug, kullerten ihr Tränen über die Wangen, und sie schluchzte und lachte gleichzeitig. Sie nickte enthusiastisch und schließlich gelang es ihr, die Worte auszusprechen, auf die ich wartete. »Ja. Natürlich will ich.«

Und mit dieser einfachen Antwort änderte sich erneut meine ganze Welt, genau wie an dem Abend, als meine

Brüder den Laptop zerstört hatten. Wenn aus einem so schlimmen Tag etwas so Gutes entstehen konnte, war kaum vorstellbar, wie viel Glück nun vor mir lag. Doch ich war bereit dafür.

Ich stand auf, zog Jordan an mich und küsste sie. Alle um uns herum jubelten. Sobald wir uns voneinander lösten, kam Colin dazu, der noch verheulter als Jordan war. »Ich liebe euch so sehr«, schniefte er und umarmte uns fest. »Und eine Hochzeit! Ich bin ja so aufgeregt!« Wir mussten alle lachen, und ich schob Jordan schließlich den Ring auf den Finger. »Der hat meiner Mutter gehört«, sagte ich.

»Nate!«, keuchte Jordan und schüttelte den Kopf. »Nein, das geht nicht …«

»Ich will, dass du ihn hast.«

»Aber was ist mit deinem Dad?«

»Es war seine Idee. Ich bin nach Hause gefahren, um ihn zu fragen, ob es komplett verrückt ist, dir in unserem Alter einen Antrag zu machen.«

»Das ist es«, scherzte Colin. »Von euch beiden.«

Ich lachte. »Vielleicht. Aber Dad hat mir seinen Segen gegeben. Er und Mom waren nicht viel älter als wir. Er sagte, dass sich das Schicksal nicht immer an unsere Zeitpläne hält. Wenn etwas richtig ist, ist es richtig, und man sollte es einfach tun.«

Jordan sah mich skeptisch an. »Dein *Dad* hat das gesagt?«

»Dieser letzte Teil war vielleicht Pearl, bevor sie gegangen ist. Wie auch immer. Der Punkt ist, dass dich Dad in unserer Familie willkommen heißt. Er hat gesagt, dass er diesen Ring nie jemand anderem geben könnte, aber dass sich die Vorstellung, wie du ihn trägst, richtig anfühlt. Wenn du dir natürlich selbst einen aussuchen willst, können wir ...«

»Nein, nein, er ist perfekt. Ich fühle mich geehrt, den Ring deiner Mutter zu tragen.«

Mir war nicht bewusst gewesen, wie sehr ich darauf gehofft hatte, bis die Worte ihren Mund verlassen hatten und sie lächelnd den Ring betrachtete. Mir drohte bei diesem Anblick das Herz zu platzen.

Sie sah mich an, und ich verliebte mich auf der Stelle erneut in sie. »Danke, Nate. Ich liebe ihn. Schau mal, er passt perfekt.«

»Irgendwie überrascht mich das nicht«, sagte Colin.

Mich auch nicht. Nach allem, was Jordan und mir widerfahren war, glaubte ich endlich ans Schicksal.

»Also ...«, sagte Jordan und schlang ihre Arme um meinen Hals. Ich umfasste ihre Taille und zog sie fest an mich. »Du begleitest mich diesen Sommer nach L.A.?«

Ich grinste. »Ich begleite dich diesen Sommer nach L.A.«

»Du weißt, was das bedeutet, oder?«

»Was?«

Ihre Augen funkelten, und sie lächelte durchtrieben. »Das bedeutet, dass wir dir Flipflops kaufen müssen.«

Du willst immer auf dem neuesten Stand bleiben?

Dann folge  auf Instagram

 @one_verlag
#oneverlag

AUF DICH WARTEN:

- Live-Events und Q&As mit unseren Autor:innen
- News zu unseren Büchern
- Tolle Gewinnspiele
- Und vieles mehr!